硕士学位研究生入学资格考试(GCT)

语文考试指南解析

SHUOSHI XUEWEI YANJIUSHENG RUXUE ZIGE KAOSHI (GCT)
YUWEN KAOSHI ZHINAN JIEXI

教育部学位与研究生教育发展中心

高等教育出版社·北京
HIGHER EDUCATION PRESS BEIJING

图书在版编目（CIP）数据

硕士学位研究生入学资格考试（GCT）语文考试指南
解析／教育部学位与研究生教育发展中心组编. —
北京：高等教育出版社，2011.7
ISBN 978 - 7 - 04 - 033338 - 1

Ⅰ.①硕⋯ Ⅱ.①教⋯ Ⅲ.①汉语 - 研究生 - 入学
考试 - 自学参考资料 Ⅳ.①H1

中国版本图书馆 CIP 数据核字（2011）第 130958 号

策划编辑　张耀明　　　责任编辑　李　宁　　　封面设计　顾　斌　　　版式设计　杜微言
责任校对　陈旭颖　　　责任印制　韩　刚

出版发行	高等教育出版社	咨询电话	400 - 810 - 0598
社　　址	北京市西城区德外大街 4 号	网　　址	http://www.hep.edu.cn
邮政编码	100120		http://www.hep.com.cn
印　　刷	高等教育出版社印刷厂	网上订购	http://www.landraco.com
开　　本	787 × 1092　1/16		http://www.landraco.com.cn
印　　张	14.5	版　　次	2011 年 7 月第 1 版
字　　数	350 000	印　　次	2011 年 7 月第 1 次印刷
购书热线	010 - 58581118	定　　价	35.00 元

本书如有缺页、倒页、脱页等质量问题，请到所购图书销售部门联系调换
版权所有　侵权必究
物料号　33338 - 00

前　言

自 2000 年举办在职人员攻读硕士学位全国联考（以下简称"全国联考"）工作以来，经过十年来的努力和建设，我国已初步建立起门类齐全、类型多样、结构基本合理的具有中国特色的专业学位研究生教育制度。新的十年，按照《国家中长期教育改革和发展规划纲要（2010—2020年）》，国家将会加快发展专业学位研究生教育，到 2020 年实现研究生教育从以培养学术型人才为主转变为学术型人才和应用型人才培养并重的格局，我国硕士专业学位教育工作进入一个新的重要发展机遇期。专业学位作为我国研究生教育的重要组成部分，在新的形势下，同样对在职人员攻读硕士专业学位工作提出了新的要求和任务。在全面落实科教兴国、人才强国和可持续发展战略的关键阶段，如何把握"基本实现教育现代化，基本形成学习型社会，进入人力资源强国行列"的战略目标，提升在职攻读硕士学位工作的人才选拔功能，社会服务功能显得尤为紧迫。在职攻读硕士学位工作社会化水平亟待提高，考试服务亟须加强，综合信息管理水平也需要进一步加强。

在这种大的背景下，按照国务院学位委员会办公室的要求，教育部学位与研究生教育发展中心（以下简称"学位中心"）积极转变发展思路，以树立品牌、强化特色为目标，大力推进全国联考的专业化、社会化水平。为此，从 2011 年起，全国联考全面实行全国统一网上报名，统一报名平台，迈出了社会化考试的重要一步。同时，作为全国联考向社会化、规范化发展的重要配套环节，在广泛征求各专业学位指导委员会、省级学位与研究生教育主管部门、招生院校和社会各界意见的基础上，学位中心与高等教育出版社合作，出版发行全国联考考试系列辅导丛书。

本套丛书编审人员均为各专业资深专家，对各科考试大纲及历年全国联考命题内容和规律有长期深入研究，对考试大纲的指导思想、评价目标、题量题型等有深刻了解和把握。考虑到全国联考的特殊性，本套丛书更符合在职人员攻读硕士学位的特点，更切合社会化考试对人才的选拔要求，更有利于更加客观地测试考生的综合水平，保证学位授予质量。专业的指导，权威的分析，精准的把握，高效的复习，丛书的出版必将更加有利于正确地指导广大考生应考，帮助考生有针对性地复习准备参加全国联考。

由于编写时间仓促，丛书难免仍存在一些不足之处，敬请读者批评指正。

教育部学位与研究生教育发展中心

2011.6

目　　录

第一章　GCT语言表达能力测试介绍

一、考试目的

语言表达能力测试,旨在以语文为工具,测试考生基于知识积累的语言表达能力。以自然科学、人文与社会科学知识为背景,通过检测考生对字、词、句、篇的辨识、阅读与理解,考查其运用语言工具表达思想与感情的能力,包括在知识宽广度基础上的思维敏捷度。

这个考试目的向我们揭示了 GCT 语言表达能力测试的实质——考查语言表达能力。同时也告诉我们,这项能力的取得,靠的是知识的积累。从设题背景来看,虽然是涵盖了自然科学、人文与社会科学等诸多方面,但设题角度主要还是从语文角度来考虑的,也就是说,它主要的目的还在于考查考生是否具备运用语文知识解决其他学科问题的能力。"包括在知识宽广度基础上的思维敏捷度"的提法,进一步告诉我们,GCT 语言表达能力测试对考生能力的要求——知识面要宽,解题速度要快。

二、试题结构

1. 题量与题型

关于试题结构,题量,50 道题;题型包括 15 道选择题,15 道填空题和 20 道阅读理解题。同时,从后面的描述可以看出,这三种题型都是四选一的客观题形式。《硕士学位研究生入学资格考试指南》(以下简称《指南》)表述清楚,同时有样题和考试真题做样板,可以参照阅读体会。考试时间为 45 分钟,这一点需要考生自己把握。因为考试总的时间为三个小时,考试科目为语文、数学、逻辑、外语四科,试卷是装订在一起发下来的,之所以给出这样一个参考时间,是为了提示考生,不要在某一科目上花费过多时间,避免影响作答其他科目的试题。从这些年的考试情况看,一份语文试卷就多达一万字,这样的文字量,对阅读和解题速度的要求就相当的高了。

2. 试题难易程度

关于试题的难易程度,容易、一般、较难的题目比例为 3∶5∶2,这只是一个理论数据,同样的题,对于基础较好的考生来说,就是容易题;而对于基础较差的考生来说,就是难题;对于有所了解但还不够熟练的考生来说,就应该属于一般题了。但从近几年考试的真题和考生的反映来看,试题的难易程度,大体上能够体现 3∶5∶2 这个比例。在考试时,考生应该根据自己的实际情况,做到容易题拿稳分,一般题不丢分,较难题不留空;这样,达到考试合格还是不难的。

3. 试题评分标准

评分标准的表述都很清楚,"多选、不选或错选均不得分",实际强调的是 GCT 试题的单选性;"所选答案均为 A 或 B、C、D 的答卷,一律视为废卷",告诉我们,考试要凭实力,不要瞎猜、瞎蒙。考生应在考前做好充分的准备,在此基础上,充分利用选择题的特点,运用排除法,快捷准确地得出正确答案。

三、命题范围

关于命题范围,"本部分的知识背景涉及自然科学、人文与社会科学知识,包括哲学、经济学、法学、教育学、文学、历史学、理学、工学、农学、医学、军事学、管理学等 12 个学科门类。在测试考生知识面宽广程度的基础上,注重对考生在学习与实践中形成的思想方法的测试,注重对考生获取知识和表达能力的测试。"这一段表述与前面的"考试目的"相呼应,对"自然科学、人文与社会科学"的范围作了具体的界定,表明 GCT 考试涉及这样 12 个学科门类,而后一句则表明,考试的重点在于"获取知识和表达能力"。

测试考生知识面宽广程度的考试目的就决定了 GCT 语言表达能力测试的命题范围宽的突出特点,而"12 个学科门类"的表述的确对考生心理上形成了相当大的压力,综合知识的复习也就成了使很多考生头疼的内容。但如果对近几年的试题做一下分析,就会发现,综合知识题在整个试卷中所占的比例并不是很大,而考查的内容往往又是这些学科门类最基本的知识,同时还往往是从语文的角度来设题的。具体地说,大致有以下几种情况:

(一)各学科的基础知识、基本概念,多是大家都了解的常识。

例 1. 2003 年第 12 题

我国《宪法》中关于国家性质的规定是:

A. 中华人民共和国是工人阶级领导的、以工农联盟为基础的人民民主专政的社会主义国家。

B. 中华人民共和国的一切权利属于人民。

C. 中华人民共和国各民族一律平等。

D. 中华人民共和国的国家机构实行民主集中制的原则。

【解析】 本题考查宪法知识,考查的是每一个公民都应该知道的常识;正确答案是 A。这是《宪法》总纲第一条第一款的内容,对大多数人来说,不会是难题。另外,从语文角度说,"国家性质"指的是该国家区别于其他国家的根本属性。所以 A 项正确。B 项说的是国家权利归属,C 项说的是国内各民族的地位,D 项说的是国家机构施政的方法原则。

例 2. 2003 年第 27 题

在我国,有权制定法律的机构是_____。

A. 中共中央政治局

B. 全国人大及其常务委员会

C. 国务院及各部委

D. 省、自治区、直辖市的人大及其常务委员会

【解析】 本题也是一个法律常识题,正确答案是 B 项。《宪法》第三章第一节第五十八条规定:全国人民代表大会和全国人民代表大会常务委员会行使国家立法权。第六十二条:全国人民代表大会行使下列职权:(一)修改宪法;(二)监督宪法的实施;(三)制定和修改刑事、民事、国家机构的和其他的基本法律;第六十七条:全国人民代表大会常务委员会行使下列职权:(一)解释宪法,监督宪法的实施;(二)制定和修改除应当由全国人民代表大会制定的法律以外的其他法律;(三)在全国人民代表大会闭会期间,对全国人民代表大会制定的法律进行部分补充和修

改,但是不得同该法律的基本原则相抵触;根据以上法律,可以知道,在我国,有权制定法律的机构应该是 B 项,即"全国人大及其常务委员会"。

例3. 2004 年第 26 题

凡具有中华人民共和国国籍的人都是中华人民共和国_____。

A. 人民　　　　　B. 国民　　　　　C. 公民　　　　　D. 居民

【解析】　本题考查的是宪法常识,正确答案是 C 项。根据《宪法》第二章 公民的基本权利和义务第三十三条,凡具有中华人民共和国国籍的人都是中华人民共和国公民。可以知道正确答案是 C。

以上三例考查的都是宪法知识,也是作为一个公民应该了解的基本常识。这类题,对于大多数人来说,显然属于容易题了。

例4. 2003 年第 14 题

企业制定相关的标准是为生产经营活动提供控制的依据。下列说法中不恰当的是:

A. 制定标准应考虑实施成本　　　　B. 制定标准应考虑实际的可操作性

C. 制定标准应定得越高越好　　　　D. 制定标准应考虑顾客需求

【解析】　本题考查的是经济学常识,正确答案是 C 项。考查内容虽然不像前面四道例题那样普及,却也还是最基本的东西。另外,题干"企业制定相关的标准是为生产经营活动提供控制的依据"已经表明了制定标准的目的,从逻辑角度看,"制定标准应定得越高越好"就失去了为"生产经营活动提供控制的依据"的意义。据此得出正确答案应该不难。

（二）有些题目内容确实是某学科的专业知识,但考查的角度还是语文,或者可以通过语文的方法得出答案。

例1. 2003 年第 13 题

按照我国《刑法》规定,刑罚的种类不包括:

A. 死刑　　　　B. 无期徒刑　　　　C. 有期徒刑　　　　D. 劳动教养

【解析】　本题考查的是法律常识,但也是从语文角度来考查的,正确答案是 D 项。根据《刑法》第三章·刑罚·第一节 刑罚的种类·第三十二条 刑罚分为主刑和附加刑。第三十三条 主刑的种类如下:(一)管制;(二)拘役;(三)有期徒刑;(四)无期徒刑;(五)死刑。

注意题干问的是"刑罚"的种类,"刑罚"是根据犯罪分子的罪行对其进行的相应的刑事处分,要义在于"惩罚"、"劳动教养",是我国对有轻微犯罪行为不够刑事处分的人给予强制性教育改造的行政措施,其要义在于"教育"。所以"刑罚"不包括的只能是 D 项。

例2. 2003 年第 15 题

大气层中的对流层是指自地面到 8～18 公里的大气空间,水汽多,具有剧烈的空气对流,气象要素水平分布不均匀;自对流层顶向上至 50～55 公里高度为平流层,空气垂直运动较弱,气流以水平运动为主,大气稳定,水汽尘埃含量少;自平流层向上 80～85 公里高度为中间层,气流垂直运动强烈。最适合飞行的是:

A. 对流层　　　　B. 平流层　　　　C. 中间层　　　　D. 三者皆可

【解析】　本题考查的是地理知识,但从逻辑上说,"最适合飞行"的也应该是"空气垂直运动较弱,气流以水平运动为主,大气稳定,水汽尘埃含量少"平流层,因此,只要认真审题,从题干的表述上看,我们也应该能够判断出正确答案 B。

例3. 2003 年第 29 题

冰岛首都雷克雅未克主要利用_____资源为当地居民提供能源,是世界上著名的"无烟城市"。

    A. 森林   B. 石油   C. 地热   D. 煤

【解析】 本题是地理常识题。冰岛首都雷克雅未克外围有很多温泉,正是这丰富的地热资源,使它成为世界上著名的"无烟城市"。但这一点也同样会有相当一部分同学不了解,因此,解题过程中还是要从题干上找解题思路。题干的"无烟"是不可忽视的信息,从生活常识上讲,什么能源能真正做到"无烟"呢?"森林"、"石油"和"煤"都不可能做到"无烟",只有利用地热资源,才能做到这一点。所以,即使没有专业知识,也同样可以得出正确的答案 C。

例4. 2003 年第 30 题

地球上的淡水资源在全球水量中所占比例极小,而且目前全球超过半数的淡水资源以_____的形式存在,尚未被开发利用。

    A. 两极的冰盖和高山冰川   B. 湖泊和河流

    C. 地下水   D. 洋流

【解析】 本题还是地理知识。但题干中"未被开发利用"六个字就已经给我们提供了重要的信息。随着科技的发展,到目前为止,"未被开发利用"的淡水资源只有两极的冰盖和高山冰川了。正是通过这六个字,我们可以推断出正确答案。

题干的表述固然可以为我们解题提供重要的信息,有时候,试题的选项也同样可以成为我们解题的工具。

例5. 2004 年第 29 题

在流速、流量与含沙量等因素影响下,流水作用改变着地表形态。一次暴雨可使黄土高原的某些沟谷谷地向源头方向伸长数十米,即沟谷源头前进数十米。这主要体现了流水的_____。

    A. 渗透作用   B. 搬运作用   C. 堆积作用   D. 侵蚀作用

【解析】 本题考查的是地理知识。正确选项是 D。侵蚀作用,是流水及其所携带的泥沙石砾对地表的冲刷和磨蚀。由于流水的冲刷,沟谷谷地向源头方向伸长,当属侵蚀作用。对于这样的专业知识,也同样可以从分析题干要求,辨别词语差别的角度得出正确答案。"渗透"、"堆积"都和题干描述的"伸长"、"前进"不符;"搬运"和体积、重量相关,与题干中"沟谷源头前进"的描述不够吻合。所以,用语文的方法,同样可以得出正确答案。

例6. 2004 年第 30 题

植物根尖的分生区和根本身比起来只是很小的一部分,但很重要。分生细胞是幼嫩的、尚未分化的细胞,它们终生保持着_____能力,不断提供新细胞,补充根冠,并产生新细胞,使根得以生长。

    A. 输导   B. 分裂   C. 延伸   D. 伸长

【解析】 本题考查的是植物学知识。正确答案是 B。植物靠根尖分生细胞的不断分裂,使根保持着不断生长的能力。如果没有这样的专业知识,也可以用语文的方法得出答案。解答此题的关键在于注意题干描述的内容,抓住关键词"尚未分化"、"不断提供"等。"幼嫩的、尚未分化的细胞"要"不断提供新细胞",需要保持的当然是"分裂"能力。

例7. 2007年第29题

像蚂蚁、蜜蜂等社会性昆虫的群聚生活,个体之间有明确的分工,同时又通力合作,共同维护群体的生存。它们的相互之间是_____的关系。

A. 竞争　　　　B. 互利寄生　　　　C. 捕食　　　　D. 种内互助

【解析】　本题考查的是生物知识,正确答案是D项。两种生物生活在一起,相互争夺资源和空间等,这种现象叫竞争。例如:生活在同一片草地上的牛和羊。两种生物共同生活在一起,互相依赖,彼此有利,这种关系叫互利共生。例如:豆科植物和根瘤菌之间的关系。捕食关系是一种生物以另一种生物作为食物的现象。例如:兔以某些植物为食,狼以兔为食。同种生物的不同个体或群体之间的关系叫种内关系。例如:蚂蚁、蜜蜂等社会性昆虫,在群体内部的个体之间有明确的分工,同时又通力合作,属于种内关系,个体之间是互利的,所以要选D项。A、B、C三项研究的是种间关系。没有生物知识,也应该知道蚂蚁与蚂蚁、蜜蜂与蜜蜂,应该属于同种生物。它们之间分工合作来维护群体生存,当然是种内互助。

以上两种类型的试题是综合知识的主体,从我们对试题的分析来看,对于多数考生来说,解答这类试题应该没有什么问题。

（三）有些试题考查内容专业性比较强,但对于具有这方面知识的人来说,往往并不是很难。

例1. 2004年第10题

下列国家中,其法律制度属于大陆法系的是

A. 加拿大　　　　B. 印度　　　　C. 法国　　　　D. 澳大利亚

【解析】　本题考查的是法制史知识,正确答案是C项。法系,是按照法的历史传统和形式上的某些特点,对各国法律体系作的分类。大陆法系和英美法系是当今世界的两大主要法系。大陆法系,亦称罗马法系,因盛行于欧洲大陆而得名,大陆法系的代表有德国、法国等。1804年法国民法典是大陆法系最具代表性的法典。英美法系以英国、美国为代表。本题可从加拿大、印度、澳大利亚与英美的关系上推断出三国属于同一法系。这样的题对具备了专业知识的人来说当然不难。

例2. 2004年第28题

在经济学中,生产者利用一定资源获得某种收入时所放弃的其他可能的最大收入,称为_____。

A. 会计成本　　　　B. 社会成本　　　　C. 隐含成本　　　　D. 机会成本

【解析】　本题考查的经济学知识。正确答案是D项。机会成本,又称"择一成本"。指把已放弃的方案可能获取的收益,作为评价优选方案即被选取方案所付出的代价。它是在管理会计或投资决策中常用的名词。对于专业术语不熟悉的考生可以从语文角度考虑,注意题干中"其他可能的"和D项中"机会"一词的联系。

例3. 2005年第12题

根据法律规定,县人民代表大会代表不得直接提出罢免的是:

A. 县长　　　　B. 县公安局长　　　　C. 县检察长　　　　D. 县法院院长

【解析】　本题考查的是法律常识,正确答案是 B 项。《宪法》第一百零一条规定:地方各级人民代表大会分别选举并且有权罢免本级人民政府的省长和副省长、市长和副市长、县长和副县长、区长和副区长、乡长和副乡长、镇长和副镇长。县级以上的地方各级人民代表大会选举并且有权罢免本级人民法院院长和本级人民检察院检察长。对于具备一定法律知识的同学来说,应该知道,我国实行一府两院制,虽然习惯上常常把公、检、法并称,但三者性质不同,检察机关和法院属于司法机关,公安局属于行政机关。公安局长作为政府工作部门主要领导,一般是通过上级公安部门和同级别党委任命和罢免的,也就是说,地方人大无权决定当地公安局长的任命。

应该承认,确实有一些题难度大一些,但如果平时接触过这方面知识,答题也不一定很困难。

例 4. 2006 年第 25 题:

美国心理学家马斯洛认为人类的需求可分为五个层次,其由低到高的顺序为_____。

A. 尊重、生理、安全、社交、成就

B. 安全、生理、尊重、社交、成就

C. 生理、安全、尊重、社交、成就

D. 生理、安全、社交、尊重、成就

【解析】　本题考查的是心理学知识,正确答案是 D。马斯洛将人的需求分为 5 个层次,1. 生理需要,是个人生存的基本需要。如衣、食、住、行。2. 安全需要,包括心理上与物质上的安全保障,如不受盗窃和威胁,预防危险事故,职业有保障,有社会保险和退休基金等。3. 社交需要,人是社会的一员,需要友谊和群体的归属感,人际交往需要彼此同情互助和赞许。4. 尊重需要,包括要求受到别人的尊重和自己具有内在的自尊心。5. 自我实现的需要,或者叫做成就需要。指通过自己的努力,实现自己对生活的期望,从而对生活和工作真正感到很有意义。人只有满足了基本的吃饭、穿衣的需求之后,才可以有其他方面的更高的需求,从物质到精神。

例 5. 2005 年第 27 题

_____是描述收入分配差异程度,反映贫富差距的一个重要指标。

A. 收入弹性系数　　B. 恩格尔系数　　　C. 基尼系数　　　D. 消费价格指数

【解析】　本题考查的是经济学常识,正确答案是 C 项。基尼系数是国际上用来综合考察居民内部收入分配差异状况的一个重要分析指标,可以较客观、直观地反映和监测居民之间的贫富差距,预报、预警和防止居民之间出现贫富两极分化,因此得到世界各国的广泛认同和普遍采用。恩格尔系数是用于食物的支出在全部支出中所占的比例,它可以反映一个家庭或国家富裕的程度,也可以反映一个家庭或国家的消费结构及其变化趋势。这是国际上通用的衡量一个国家富裕程度的标准。居民消费价格指数是反映一定时期内城乡居民所购买的生活消费品价格和服务项目价格变动趋势和程度的相对数,是对城市居民消费价格指数和农村居民消费价格指数进行综合汇总计算的结果。利用居民消费价格指数,可以观察和分析消费品的零售价格和服务价格变动对城乡居民实际生活费支出的影响程度。收入弹性系数多用来预测未来产品需求。由此可见,能够"描述收入分配差异程度,反映贫富差距"的只能是基尼系数。

例 6. 2007 年第 30 题

光的波长较短,因此,在一般的光学实验中,光在均匀介质中都是直线传播的。但是当障碍物尺度与光的波长相当或者比光的波长小时,光线会偏离直线路径而绕到障碍物阴影里去,这是_____现象。

A. 光的衍射　　　B. 光的干涉　　　C. 光的散射　　　D. 光的偏振

【解析】　本题考查物理知识,正确答案是 A 项。光绕过障碍物传播的现象称为光的衍射现象;光的干涉指两列光波相遇叠加出现的明暗相间条纹;光的散射指光传播过程中遇到小颗粒的发散现象;光的偏振指光的振动方向,自然光各个振动方向都有,但反射光往往仅有一个振动方向,称为偏振光。题干的表述就是"光的衍射"的定义,是光学最基本的常识。

以上这些题目,对于不具备这方面专业知识的人来讲,确实难度不小,但对于具有相关知识的人来说,应该属于容易题。

我们再换一个角度,以生物学知识为例,从试题考查的内容上做一个归纳,以求对综合知识的考查有一个更为明确的认识。

(四)从内容上分析,试题属于中学生物必修课的范围。

例 1. 2004 年第 15 题

散光是一种常见的视力缺陷,发生散光后,无法聚焦,其形成原因是:

A. 角膜或晶状体弯曲度不均匀

B. 眼球前后径过短

C. 角膜弯曲度变小

D. 视网膜与晶状体之间的距离过长

【解析】　本题考的是生理卫生方面的知识,正确答案是 A 项。B、C 两项是造成远视的原因,而 D 项是造成近视的原因。只有 A 项"角膜或晶状体弯曲度不均匀"才是散光形成的原因。不过,如果有一些光学知识,了解透镜的原理,也完全可以得出正确答案。

本题属于初中生理卫生方面的知识,考的是近视、远视、散光眼的成因。

例 2. 2005 年第 15 题

排泄系统在体内收集由细胞产生的废弃物,并将它们排出体外。通过排泄人体中的有害物质,可以保持人体内环境的稳定。大多数废弃物通过肾排出体外,其余少部分则通过其他器官排出体外。以下选项中不是排泄器官的是

A. 肺　　　　B. 皮肤　　　　C. 脾　　　　D. 肝脏

【解析】　这也是生理卫生方面的知识,考的是新陈代谢方面的问题,新陈代谢与人体的四个系统即与呼吸、循环、排泄、消化系统有密切关系。与人体稳态密切相关。本题正确答案是 C 项。人体中的代谢废物如废水和尿酸、尿素主要是通过肾脏排出的,皮肤中的汗腺通过排汗,也可以排出一些废水、尿酸、尿素和无机盐。肺的排泄作用体现在呼出二氧化碳上。肝脏是人体的主要解毒器官,它可保护机体免受损害,使毒物成为低毒的或溶解度大的物质,随胆汁或尿液排出体外,因此肝脏也是一种排泄器官。

例 3. 2005 年第 30 题

＿＿＿＿＿＿是一种由于脂类物质如胆固醇堆积而引起的血管壁增厚的疾病,限制了血液在动脉流动的空间。

A. 心脏瓣膜衰坏　　B. 高血压　　　C. 心肌梗塞　　　D. 动脉粥样硬化

【解析】　本题考查的是医学常识,正确答案是 D 项。题干的表述就是动脉粥样硬化的定义。A、C 两个答案不是血管疾病,而 B 项高血压是血液流经血管时对血管壁的侧压力超过正常

值造成的。

本题考查的内容是与动脉粥样硬化病、冠心病有关的知识,即循环系统的组成结构与功能以及造成血脂的原因等知识,还属于中学生理卫生学到的知识。

例4. 2007年第14题

非特异性免疫又称先天性免疫,是机体在长期的种系发育和进化过程中,不断与外界侵入的病原微生物及其他抗原异物接触和作用中,逐渐建立起来的一系列防卫机制。特异性免疫又称后天性免疫,是机体在生活过程中接触病原微生物及抗原异物后产生的免疫力。下列属于非特异性免疫的是

A. 接种牛痘预防天花　　　　　　B. 患麻疹后不会再感染麻疹

C. 唾液内溶菌酶的杀菌作用　　　D. 注射流行性乙型脑炎预防疫苗

【解析】 本题考查生物知识,正确答案是C项。从题干为"非特异性免疫"所作的界定可以知道,这种免疫是先天具有的,而不是后天形成的,非特异性免疫的特点是人人生来就有,不针对某一种特定的病原体,而是对多种病原体都有一定的防御作用。非特异性免疫包括人体的皮肤、黏膜等组成的第一道防线,以及体液中的杀菌物质和吞噬细胞组成的第二道防线。唾液内的溶菌酶属于体液中的杀菌物质。选项中ABD是后天形成的免疫力,只有C项是先天就有的。

本题考查免疫学知识,还是中学生理卫生方面的知识。

例5. 2005年第14题

以下人类活动对生物多样性造成威胁的是

A. 管制狩猎和物种贸易　　　　　B. 引进外来新种

C. 动物圈养　　　　　　　　　　D. 保护栖息地

【解析】 本题考查的是生态学部分,正确答案是B项。生态系统内的各物种经过长时间的生存斗争已经达到了稳态,也就是达到了生态平衡,而引进外来新物种可能会因为缺乏天敌,大量繁殖,导致泛滥成灾,破坏当地的生态平衡。例如:国外的一种杂草侵入了我国,这种杂草在我国没有天敌,家畜和野生草食动物也不吃它,因此,这种杂草繁殖特别快,生存竞争能力很强,这就使得别的物种的生长繁殖受到了抑制,对生物多样性造成了威胁。

例6. 2006年第15题

植物修复是利用某些可以忍耐和超富集有毒元素的植物及其共存的微生物体系清除污染的一种环境污染治理新技术。植物修复系统可以看成是以太阳能为动力的"水泵"和进行生物处理的"植物反应器",植物可吸收转移元素和化合物,可以积累、代谢和固定污染物,是一条从根本上解决土壤污染的重要途径。下列说法中不属于植物修复的优点的是

A. 植物修复价格便宜,可作为物理化学修复系统的替代方法。

B. 植物修复过程比物理化学过程快,比常规治理有更高的效率。

C. 对环境扰动少,因为植物修复是原位修复,不需要挖掘、运输和巨大的处理场所。

D. 植物修复不会破坏景观生态,能绿化环境,容易为大众所接受。

【解析】 这还是生态学方面的题,正确答案是B项。有些植物有忍耐和超富集有毒元素的能力。比如有的植物可以吸收空气中的有害气体二氧化硫、甲醛和其他有毒元素。我们可以利用它们的这些特性来清理污染,但是它们的修复过程——也就是积累、代谢和固定污染物的过程——不一定是一个快速的过程。

8

例7. 2006 年第 30 题

与土壤酶特性及微生物特性一样,土壤动物特性也是土壤生物学性质之一。土壤动物作为生态系统物质循环中的重要_____,在生态系统中起着重要的作用,一方面积极同化各种有用物质以建造其自身,另一方面又将其排泄产物归还到环境中不断改造环境。

    A. 生产者   B. 消费者   C. 分解者   D. 捕食者

【解析】 这也是生态学方面的题,正确答案是 C 项。在生态系统中,绿色植物是生产者,动物是消费者,而土壤中的微生物及动物则是分解者,它们分解动植物的尸体,把有机物分解成无机物,还回大自然,从中获取了食物及能量并推动了自然界的物质循环。

除例 5、例 6、例 7 之外,2007 年的第 13、27、28、29 题考查的也都是属于中学生物学科生态环保方面的知识。13 题考的是水体富营养化问题,27 题考的是生态系统的食物链和食物网问题,28 题考的是生态系统的概念、生态系统结构与功能,29 题考的是种间关系与种内关系等基本概念与知识。

通过上面分析可以看出,截至 2007 年,五年来,生物知识一共考了十二道题,都是属于中学生物必修课的内容,也是中学教学大纲要求的主干知识。由此看来,在复习的过程中,应重点地复习中学初、高中课本中必修课的相关内容。

生物学如此,其他学科的考查也是如此。如前面所分析的,法律题考查的多是法学最基本的常识;历史、地理等方面知识考查的也基本是中学教材的内容;经济学、教育学等考查的也是该学科的基本概念和基础知识。这样,结合试题,我们就可以比较明确地了解"命题范围"中"知识面宽广程度"的表述的实质内容了。

(五)试题内容涉及当前的热门话题

从考试真题来看,我们可以看出,生物试题内容主要涉及健康问题和资源环保等热门话题。

健康知识方面,以讨论一些人类的常见病、多发病为主。例如:例 1,涉及了近视问题,目前青少年患近视的人数与日俱增,这是应该引起重视的问题。例 2,与肾脏疾病有关,例 3,与心血管系统疾病有关。这些也是近年来的常见病、多发病,我们应该关注这类问题,还应该关注糖尿病、减肥、饮食安全、优生优育等问题。

其余考题是关于社会的可持续发展问题,涉及当前人类面临的严重问题即环境、资源、能源、人口、粮食等问题。

有的试题是综合性试题,如:例 5(2005 年第 14 题),还有 2007 年的第 27 题考查的是环保及保护生物多样性问题,涉及环保与资源问题。目前我国生物多样性面临极大威胁,动植物种类在以前所未有的速度迅速消失,例如:2007 年媒体刚报道了长江白鳖豚的灭绝,不久又在"'陕西省发现华南虎的假消息'事件"中报道说,已经有 20 多年看不到野生华南虎了。还有湿地、水域、森林的缩小等。凡此种种已导致了生态系统营养结构,食物链、食物网的被破坏,从而导致生态系统的稳态被破坏,引起了环境和气候的恶化。也许最近我国南方等省出现的 50 年以来罕见的冰雪灾害就与人类对自然的破坏活动有关,成了亟待解决的问题,应引起社会的广泛关注。

2007 年的第 13 题,也是环保资源方面的问题。目前我国的许多水域都涉及富营养化问题。由于人们缺乏生态学方面的知识,对问题缺乏认识和重视,因此往水域倾倒有机垃圾和投放大量饵料或倾倒富含 N(氮)、P(磷)的洗涤污水,造成了环境的极大破坏。水体的富营养化,使藻类大发生,造成水华,使水中缺氧,水生生物大量死亡,导致水质严重下降,水资源的严重浪费和损失。

当前生物方面的热门话题涉及目前存在的社会问题和与人们生产生活实践密切相关的问题,包括有关人类健康和社会的可持续发展等问题。我们在日常生活中应予以密切关注,复习时也应该特别注意。

以上仅仅是以生物为例来分析,其实,综合知识其他学科的考查也同样如此。例如2005年考试的第22题:

_____是国民党爱国将领中第一个率军奋起抗日的。

A. 马占山   B. 张自忠   C. 蔡廷锴   D. 冯玉祥

2005年是抗日战争胜利六十周年,抗日英雄的事迹,自然就成了各种媒体、影视重要题材,如果是平时对历史稍加关心的人,都应该不难找到答案。马占山1931年九一八事变后,任黑龙江省政府代主席,率部在泰来、江桥等地抗击日军。张自忠是在1933年在喜峰口参加长城抗战的,1940年5月在湖北宜城南瓜店前线与日军作战时牺牲,是抗战中牺牲的级别最高的抗日将领。蔡廷锴是在1932年1月28日在上海率部参加一·二八抗战。冯玉祥1933年5月在张家口组织察哈尔民众抗日同盟军。所以正确答案应该是A。其实,如果知道马占山是东北军,抗日战争是从东北最先发起,也就可以知道正确答案了。

从以上分析可以看出,综合知识的考查,对于每个考生来说,即使不复习,也不会一道题都答不上来;如果学会充分利用题干和选项来进行分析,有些题也可以比较容易地得出答案。如此看来,综合知识虽然题量占了全卷的25%左右,但对于广大考生来说,实际并没有什么可怕的。命题人就是要通过这样的试题,去测试考生"知识面宽广程度"的。

(六)关于语言表达能力的层级

语言表达能力的层级,实际是从命题研究角度提出的概念,只有和具体考查内容联系起来对考生才有意义。从语言表达能力测试的考查内容来看,各知识点的能力层级分别是:

1. 识记:

要求对所列知识内容有明确的识别和记忆。体现在试卷上,字音、字形题,文学、文化常识题以及"与人类进步、社会发展和日常生活紧密相关的科学常识"等考查内容,都属于这一层级。

2. 了解:

要求在感性认识的基础上,知晓所列知识内容,并能合理地应用于语言表达中。体现在试卷上,应该指自然科学、人文与社会科学的常用术语和表达形式,以及新成果和新术语。

这两条实际是对我们复习的一个重要提示:本科目涉及的科学知识应该是"常识"性的,以及各门学科的"常用术语和表达形式";与之相关的语言表达能力方面的知识点也属于这两个层级的内容。

3. 理解:

要求对所列知识内容有较深刻的理性认识,能够进行解释和判断。体现在试卷上,字义的理解,阅读中词语、句子的理解,自然科学、人文与社会科学类文章的理解,都属于这一层级的内容。

4. 应用:

要求掌握知识的内在系统联系,并能由此分析和解决较为复杂的或综合性的问题。体现在试卷上，标点符号，实词、虚词、成语的应用，语法、修辞题，以及阅读理解题中的分析综合类题等，都属于这一层级的内容。

从表达能力的第 3 条要求看，本科目考查的重点也主要是自然科学、人文与社会科学的"一般原理"，联系前面"考试目的"中"考查……包括在知识宽广度基础上的思维敏捷度"的说法，可以看出，这些知识，应该是平时学习积累的结果，而不是靠短时间的突击获得的。对这些内容，考生应该做到既"识记"，又"了解"。"识记"，是能够记住；"了解"，则是能够掌握。鉴于语文复习的量本来就大，而综合知识的范围又是如此的广，所以，这方面的复习应该以积累为主。关心时事，注意当前热点，再辅以一定量的练习，就能够比较快捷、准确地答好综合知识方面的试题了。

第二章 题型示例的解读

本章意在通过对题型示例进行逐题分析,使读者了解这道题考查什么知识或能力,这类题可能有几种考法,各类考法的难易程度及解题思路。力求达到举一反三,触类旁通的效果。

语言表达能力测试练习题

(50 题,每题 2 分,满分 100 分,考试时间 45 分钟)

一、选择题

1. 下列加点字的释义全都正确的一组是

A. 一文不名(占有)　　贪得无厌(厌烦)　　奇货可居(囤积)

B. 文(掩饰)过饰非　　一衣带(连带)水　　通宵达旦(清晨)

C. 原形毕(最终)露　　不速(邀请)之客　　贪赃枉(歪曲)法

D. 令人发(头发)指　　负(依仗)隅顽抗　　怨天尤(归咎)人

【答案】 D

【解析】 本题是 04 年考试真题的第 3 题,考查对汉语词语词义的准确把握。A 项"贪得无厌"的"厌"是"满足"的意思;B 项"一衣带水"语出《南史·陈本纪下》。陈后主荒淫无道,隋文帝决意派兵征讨,对高颎说:"我为百姓父母,岂可限一衣带水而不拯之乎?""一衣带水"意思是像衣带那样窄的河,原指长江,后用来形容一水之隔,往来非常方便。这里的"带"是"衣带"的意思;C 项"原形毕露"的"毕"是"全,尽"的意思。

2. 对下面句子的修辞方法及其作用的表述,判断不正确的一项是:

A. 那溅着的水花,晶莹而多芒;远望去,像一朵朵小小的白梅,微雨似的纷纷落着。

——运用了比喻的手法,描写了水花的颜色、形状和动态。

B. 思厥先祖父,暴霜露,斩荆棘,以有尺寸之地。

——运用了夸张的手法,说明了六国创业的艰辛不易。

C. 五岭逶迤腾细浪,乌蒙磅礴走泥丸。

——运用了对比的手法,写出了山势的起伏而又微不足道。

D. 这里叫教条主义休息,有些同志却叫它起床。

——运用了拟人的手法,使文章的说理更加生动。

【答案】 C

【解析】 本题考查的是修辞知识。"五岭逶迤腾细浪,乌蒙磅礴走泥丸"是毛泽东《长征》诗中的一句,按照语序,应该是"逶迤五岭腾细浪,磅礴乌蒙走泥丸",在诗人眼中,蜿蜒逶迤的五岭如同水面腾起的细小的浪花,气势磅礴的乌蒙山如同在中华大地上滚动的泥丸,运用的修辞应该是比喻,表现的应该是一种豪迈的革命英雄主义精神。

3. 明代四大奇书不包括:

A.《三国演义》　　　　B.《水浒传》　　　　C.《儒林外史》　　　　D.《金瓶梅》

【答案】　C

【解析】　本题是文学常识题。在文学史上,被称为明代四大奇书的是《三国演义》《水浒传》《西游记》和《金瓶梅》,《儒林外史》是清代文学家吴敬梓所著,被鲁迅先生誉为我国文学史上最伟大的一部长篇讽刺小说。

4. 给青年歌德带来世界性声誉的作品是他的书信体小说_____。

A.《浮士德》　　　　　　　B.《少年维特之烦恼》

C.《新爱洛伊丝》　　　　　D.《诗与真》

【答案】　B

【解析】　原第4题是一道历史知识题,今年给换成了2004年考试的第8题。本题考查对外国重要作家作品的了解。《浮士德》是歌德的诗剧,且是他晚年的作品;《新爱洛伊丝》是法国作家卢梭的小说;《诗与真》是歌德的自传,我国现代诗人梁宗岱的文论集名也叫《诗与真》。《少年维特之烦恼》是歌德青年时期写作的书信体小说,也是他的成名作。

5. 中国近代史上,清政府曾经进行过多次改革,比如"洋务运动"、"维新变法"以及后来的"新政"立宪,满清政府推行这些改革的根本目的是:

A. 适应帝国主义侵略中国的需要,更好地充当帝国主义的鹰犬。

B. 适应世界发展潮流和国内日益兴起的民族资产阶级的要求,发展资本主义。

C. 适应满清统治阶级的要求,维护清王朝在中国的统治。

D. 适应镇压太平天国运动需要,以达到巩固清王朝统治的目的。

【答案】　C

【解析】　本题是历史题。首先应该了解题干所列的事件的内容、时间,然后才能正确答题。"洋务运动"是清代同治光绪年间清政府所进行的与资本主义有密切联系的军事、政治、经济、文教、外交等方面的活动,以"中体西用"为指导思想,以维护清朝统治为根本目的。由奕䜣、文祥等人主持,曾国藩、李鸿章、左宗棠等人则是地方上办洋务的代表。在19世纪60年代至90年代中期,聘用外国军官,购买枪炮,训练军队;创办军事工业,设立京师同文馆等教育机构,派遣留学生出国学习,创办工矿和交通运输业,建立北洋海军等。中日甲午战争失败,洋务运动遂告失败。"维新变法"是1898年资产阶级改良派进行的一次政治改革运动。在以康有为、梁启超为代表的资产阶级改良派的强烈要求下,1898年6月11日光绪帝颁布《明定国是诏》,宣布变法自强,9月21日西太后为代表的守旧派发动政变,幽禁光绪帝,杀害谭嗣同等六人,康、梁逃往国外,变法运动失败。"新政立宪"是在1905年日俄战争后,梁启超、张謇等人发起,主张实行君主立宪,1909年被清政府取缔。从以上可知,这些事件都是清朝统治集团内部一些头脑比较清醒的人物为了巩固清政府的封建统治,所进行的一系列政治改革行为。注意题干要求,说"满清政府推行这些改革的根本目的"是为了"适应帝国主义侵略中国的需要",是为了"发展资本主义",都不合情理;至于说为"适应镇压太平天国运动需要",更属无稽之谈。因为当时太平天国运动已经被镇压下去了。正确答案只有C项。从这道题也可以看出,综合知识的考查,主要还是从语文角度设题的。

6. 下列哪一种创作不属于我国《著作权法》保护的范围：

A. 口述文学作品　　　B. 玩具造型　　　C. 工程设计图　　　D. 计算机软件

【答案】　B

【解析】　本题考查的是法律知识。《著作权法》所保护的有：文字作品、口头作品、音乐戏剧美术摄影作品、影视录像、工程设计地图等图形作品、计算机软件以及法律、行政法规规定的其他作品。"玩具造型"应该属于专利权法所保护的范畴了。

7. 在下列关于"扬弃"的说法中，不正确的是

A. 扬弃，就是辩证否定，即包含着肯定的否定。

B. 扬弃是新事物克服旧事物，并保留和继承旧事物中积极的东西。

C. 新旧事物是一种既克服又保留，既变革又继承的关系。

D. 新旧事物之间不是一种质的根本变革。

【答案】　D

【解析】　这是一道哲学题。"扬弃"是一个哲学概念，指新事物代替旧事物不是简单的抛弃，而是克服旧事物中消极的东西，又保留和继承以往发展中对新事物有积极意义的东西，并把它发展到新的阶段。用新事物代替旧事物，当然是一种质的变革，D 项"不是一种质的根本变革"的说法显然是错的。ABC 三项，是对"扬弃"这一概念的具体解说，与 D 项互相冲突，由此可以判定这才是命题人要求的唯一答案。

8. 在下列有关西方哲学的论述中，错误的是：

A. 尼采提出要重估一切价值。

B. 毕达哥拉斯认为数是万物的本质。

C. 柏拉图认为理念是概念与客观性的统一。

D. 斯宾诺莎把神看作唯一的实体。

【答案】　C

【解析】　本题是哲学常识题。尼采是 19 世纪德国哲学家，他否定传统的哲学宗教伦理道德观念，提出"要重估一切价值"的口号。

毕达哥拉斯是公元前六世纪（前 580—前 570 之间，到前 500）古希腊哲学家、数学家，是他最早提出的勾股定理，用数学研究乐律，亚里士多德的著作中保有他的观点。

柏拉图是前 427—前 347 年之间古希腊的哲学家，亚里士多德的老师。他是客观唯心主义的代表人物，理论的核心是理念论。他认为，理念是先于物质世界独立存在的，物质世界是它的表现。因此，说他认为"理念是概念与客观性的统一"显然是不正确的了。

斯宾诺莎是 17 世纪荷兰哲学家，是唯物主义唯理论的代表，他的理论被披上泛神论的外衣。

9. 下列论述中不正确的是：

A. 荀子是中国先秦时期的唯物主义哲学家，主张"性恶论"。

B. 休谟在认识论上主张不可知论。

C. 叔本华是一位唯意志主义哲学家，其代表作有《作为意志和表象的世界》。

D. "我思故我在"是培根提出的命题。

【答案】　D

【解析】　本题是哲学常识题。荀子是我国先秦时期最后一位儒学大师，是儒家学派的改良派代表。他一反孟子的性善论，主张"性恶论"。

休谟是英国18世纪哲学家、历史学家、经济学和美学家，主张知识源于经验，认为人们不可能知道知觉如何获得，以及知觉之外还是否有客观事物存在，被称为"怀疑论"。

叔本华是德国19世纪哲学家，唯意志论者，《作为意志和表象的世界》是他的代表作。

培根是16到17世纪英国哲学家，英国唯物主义和现代实验科学的始祖，他的名言是"知识就是力量"。

"我思故我在"是被称为近代哲学始祖的法国哲学家笛卡尔（1596—1650）在他的《第一哲学沉思集》所确立的经典命题。D项的错误是张冠李戴了。

10. 摄入过多或机体生理生化功能改变而导致体内集聚过多的脂肪，易造成体重过度增加。因此而发生的一系列病理生理改变，称为肥胖症。

下列不属于肥胖症发病原因的是：

A. 遗传倾向　　　　　B. 睡眠习惯　　　　　C. 内分泌和神经调节　　D. 饮食习惯

【答案】　B

【解析】　本题是生理知识题。解答此题一方面需要生活常识，另一方面也要学会利用题干。不属于肥胖症发病原因的是B项睡眠习惯，这一点有些生活常识就可以知道。在生活中，有人喜欢早睡早起，有人喜欢熬夜，有人睡眠时间要长一些，有人睡眠时间短一些，这些都不能成为患肥胖症的必然因素。而遗传倾向就不同了，肥胖成为家族特征的屡见不鲜。而题干中"摄入过多"应该属于"饮食习惯"，"机体生理生化功能改变"应该属于"内分泌和神经调节"，只要认真审题，这两项就不难排除。

11. 公害病是指严重环境污染造成的地区性中毒性疾病。下列哪些不属于公害病？

A. 美国洛杉矶光化学烟雾引起的红眼病

B. 日本富士县神通川下游地区镉污染引起的"疼痛病"

C. 日本熊本县水俣湾沿岸地区以及新泻县阿贺野川下游地区汞污染引起的"水俣病"

D. 旧中国由于"四害"横行引起的霍乱病流行

【答案】　D

【解析】　本题是环保知识。对于"公害病"，题干已经作出了界定，"指严重环境污染造成的地区性中毒性疾病"，因此，洛杉矶的"光化学烟雾"，日本富士县的"镉污染"，日本熊本县的"汞污染"显然都属于环境污染，而旧中国"四害"横行，是卫生条件差。

12. 自然界存在着四种基本的相互作用，即强作用、电磁作用、弱作用和引力作用等。请问核子间的相互作用是以上哪一种？

A. 强作用　　　　　　B. 电磁作用　　　　　C. 弱作用　　　　　　　D. 引力作用

【答案】　A

【解析】　本题是物理知识题。题干问的是"核子间的相互作用"，我们知道，在物理学中，核子包含质子和中子，质子之间的相互作用是斥力，中子间的相互作用一般表现为引力，也就是说，核子之间的作用不会仅仅是"引力作用"；另外，核子之间的作用力比电磁作用强1 000倍，显然不会是"弱作用"，而应该是"强作用"。

13. 第四纪是指 248 万年前至今的地质历史时期。它是地质发展的最新阶段,也是生物界发展的最新阶段。该时期存在着强烈的新构造运动、频繁的气候变迁、周期性的冰期旋回等。试问,下列哪项不属于该时期的事件?

A. 青藏高原的快速隆起　　　　　B. 智能人类的出现

C. 大面积黄土的堆积　　　　　　D. 裸子植物时代的开始

【答案】　D

【解析】　本题是地理知识。题干提到第四纪这样一个地理概念,在这一地质历史时期,被子植物时代开始,而不是裸子植物时代的开始。我们知道,地球上出现最早的植物是蕨类植物,蕨类之后就是裸子植物,大约出现在距今 5.7—2.5 亿年前的古生代二叠纪。命题人故意用这一字之差来迷惑人。

14. 土壤退化是人类活动及其与自然环境相互作用的结果,其三个主要类型为:

A. 生物退化,土壤侵蚀,养分耗竭

B. 物理退化,化学退化,生物退化

C. 土壤板结,养分耗竭,有机质减少

D. 土壤侵蚀,土壤板结,有机质减少

【答案】　B

【解析】　本题也是地理知识。实际这也是一个地理常识题。物理退化,指的是土壤的物质组成减少,质量发生退化,往往是由于土壤表层植被破坏引起的结果;化学退化,指的是土壤的物质组成增多,质量发生退化,往往是由于使用化肥等造成土壤酸碱失衡,土壤板结;生物退化,指的是由于对土壤的过度开发,造成土壤腐殖质减少。其余三项的表述互有交叉,不够准确。

15. 下列哪些遗嘱属有效遗嘱?

A. 身体有残疾人所立的遗嘱　　　B. 受胁迫情况下所立的遗嘱

C. 伪造的遗嘱　　　　　　　　　D. 被篡改的遗嘱

【答案】　A

【解析】　本题是一个法律题。从表述来看,即使没有法律知识,从情理或逻辑上看,也完全可以判断出 BCD 三项反映的不是立遗嘱人的真实意愿,只有 A 项才是立遗嘱人真实意愿的表达。

二、填空题

16. 依次填入下列词语,最恰当的一组是:

① 对他的那种_____的乐观和自信,我们都持一种怀疑的态度。

② 朗夜、繁星、银河,一个多么_____的夜啊!

③ 对森林的滥砍滥伐的行为,我们一定要采取一切必要的措施予以坚决_____.

④ 对这件文物的制作年代,学术界一直是有很大_____的。

A. 草率　　宁静　　禁止　　异议

B. 轻率　　宁静　　制止　　争议

C. 轻率　　安静　　禁止　　争议

D. 草率　　安静　　制止　　异议

【答案】　B

【解析】　本题属于近义词的辨析题。这类题可以采用排除法,把有把握辨别清楚的先排除,往往可以快捷准确地找到正确答案。第一组,轻率,指做事随便,没有经过慎重考虑;草率,往往指做事不认真,敷衍了事,从后面的"乐观和自信"来看,显然不是敷衍,只不过是考虑不慎重、不周全而已,故可排除 AD;第二组两个词都有"静"的意思,但宁静专指环境、心境的安静,从句意来看,描绘的是一个环境,应该用宁静,就可把 C 项排除了。至于其他两组,在有时间的情况下,可以用来验证一下答案的正确与否。第三组,禁止,是不准做;制止,是已经开始做了,使之中途停下。第四组,异议是不同的意见,是名词;争议是双方互相争执,意见不一,是动词。

17. "亦余心之所善兮,虽九死其犹未悔。"是_____作品中的一句话,表达了作者对故国的眷念。

　　A. 屈原　　　　　　B. 宋玉　　　　　　C. 扬雄　　　　　　D. 杜甫

【答案】　A

【解析】　本题是文学常识题。题干的句子是屈原《离骚》中的名句。阅读面宽的同学,这样的题应该没有问题。解答此题,可用排除法。从选项列出的四个人来看,扬雄擅长作赋,杜甫以诗歌闻名,题干所给出的诗句,既不是唐诗,也不是汉赋,即可排除 CD。屈原、宋玉都是楚辞的高手,但要说到九死不悔的爱国情怀,则非屈原莫属。

18. 下列古诗空白处所填颜色最恰当的是_____

　　_____烛秋光冷画屏,轻罗小扇扑流萤。

　　A. 红　　　　　　　B. 白　　　　　　　C. 翠　　　　　　　D. 银

【答案】　D

【解析】　本题是诗歌鉴赏题。有一定的难度。题干所选的诗句是杜牧的《秋夕》中的两句。全诗是:银烛秋光冷画屏,轻罗小扇扑流萤。天阶夜色凉如水,坐看牵牛织女星。全诗写了一个失意的宫妇的孤独生活和凄凉的心境。"天阶"表明是在皇宫,因此才有"画屏"这类摆设;但"流萤"却是生于草丛间,荒凉之地的小昆虫,宫殿之中已经有了流萤,生活的凄凉可知;一个"扑"字,写出了主人公的寂寞无聊,只好扑流萤来消遣;"轻罗小扇",本是夏天扇凉的,到了"冷画屏"的秋天,已经是毫无用处,因此,古人常以秋扇来喻弃妇;在此暗示了主人公的身份;了解了这些,就可以答题了。选项中的"红"、"翠",色泽鲜艳,与全诗的凄凉气氛不一致,而"白"又少了一点富贵气象,与主人公的身份不符,所以只有 D 项才是符合要求的答案。

19. 论及当朝统治者的史学著作为_____。

　　A.《史记》　　　B.《汉书》　　　C.《后汉书》　　　D.《资治通鉴》

【答案】　A

【解析】　本题是文学史知识,《指南》所给的答案有误。作为历史学家,敢于论及当朝统治者的,大概只有司马迁了。他是汉武帝时人,他的《史记》,从传说中的黄帝写起,一直写到汉武帝太初年间,当时汉武帝已经执政三十多年了。其他的几项,《汉书》是东汉史学家班固所撰,记载的是西汉的历史;《后汉书》是南朝宋史学家范晔所撰,记载的是东汉的历史;都是后代史学家编纂前代史实的断代史。《资治通鉴》是一部编年体的通史,是北宋年间著名的历史学家司马光所撰,它记事上起周威烈王二十三年(前 403 年),下止后周世宗显德六年(959 年),记载了共1362 年的历史,北宋是 960 年建国,宋太祖赵匡胤取代后周恭帝柴宗训为帝,建立宋朝。可见

《资治通鉴》也没有论及当朝统治者。

20. 被称为二战太平洋战争的转折点的是_____。

A. 中途岛海战　　　　　　　　　　B. 山本五十六遇伏死亡

C. 冲绳岛大战　　　　　　　　　　D.《波茨坦公告》

【答案】　A

【解析】　本题是军事史知识。中途岛海战发生在1942年5月27日,日军出动联合舰队全部主力,向太平洋上美海军基地中途岛大举进攻,由于美方事先破译了日方密码,早有准备,利用空中优势,给日舰以致命的打击,从此日军在太平洋上的力量一蹶不振,由战略进攻转入战略防御。所以说这次战役是太平洋战争的转折点。其他三项,CD都发生在1945年,二战即将结束的时候;B项山本五十六之死发生在1943年,但从情理上推也可排除,战争的转折,应该是实力对比发生了变化,而决不会仅仅由于某一个人的存在与否。

21. 神农氏"身自耕,妻自织"的传说,主要反映了_____。

A. 男耕女织的自然经济形成　　　　B. 氏族首领没有特权,亲自参加劳动

C. 原始农业、手工业产生　　　　　D. 男女分工出现

【答案】　B

【解析】　本题是历史知识。首先应该知道神农氏的身份,他是我国传说中的氏族首领,连他都要亲自下田种地,他的妻子都要纺纱织布,反映的当然是氏族首领没有特权,亲自参加劳动的情况。

22. 在中国先秦哲学家中,最重视"仁"和"礼"的是_____。

A. 老子　　　　　B. 孔子　　　　　C. 墨子　　　　　D. 韩非子

【答案】　B

【解析】　本题是哲学题。在先秦哲学家中,最重视"仁"和"礼"的是孔子。孔子思想的核心是"仁",他指出"仁者爱人",他的一生都在"克己复礼以为仁"。其他三位,老子主张清静无为,回复到小国寡民的原始社会;墨子主张兼爱非攻,代表了当时小生产者的利益;韩非子是法家思想的集大成者,他集法术势为一身,主张以法治国。

23. 下列著作中,属于黑格尔的是_____。

A.《实践理性批判》　　B.《形而上学》　　C.《工具论》　　D.《小逻辑》

【答案】　D

【解析】　本题也是哲学常识题。《实践理性批判》是德国哲学家康德的著作,1788年出版,主张意志绝对自由;《形而上学》是古希腊哲学家亚里士多德的作品,书中分析批判了在他以前的哲学家的思想,特别是他的老师柏拉图的理念论,他有一句名言,"我爱吾师,但我更爱真理"。《工具论》是亚里士多德六篇逻辑著作的总称,为形式逻辑奠定了基础。只有《小逻辑》一书,是德国哲学家黑格尔所著。这是他的《哲学全书》的第一部分,又名《逻辑学》,最能代表他晚年成熟的哲学思想。

24. 在中国哲学中,"机锋"与"棒喝"是_____的术语。

A. 道家　　　　　B. 华严宗　　　　　C. 宋明理学　　　　　D. 禅宗

【答案】　D

【解析】　本题也是哲学常识题。"棒喝"是禅宗师家接待初学者的手段之一,对于僧徒所问

的问题,师家不用语言答复,或用棒打,或以口喝,以验其根基利钝;《西游记》中须菩提对孙悟空就采用了这样的方法。机锋,佛教禅宗指问答迅捷,不落迹象,含有深意的语句;传说当达摩的衣钵从惠可、僧璨、道信传至五祖弘忍时,有一天弘忍想再往下传,他请众高徒随意出一偈,若语意冥合,当付衣钵。其高徒神秀作一偈,晚上悄悄写在廊壁上:"身是菩提树,心如明镜台;时时勤拂拭,莫使惹尘埃。"惠能走过见偈,赞说:"后代依此修行,亦得胜果。可惜犹未见本性也。"大家争相传诵。惠能在神秀的偈旁边另写一偈:"菩提本无树,明镜亦非台;本来无一物,何处惹尘埃。"五祖弘忍知道了,一个人来到碓坊,问春米的惠能:米春白了吗?惠能答:春白了,只是还没筛。五祖用杖击碓三下,走了。惠能神会,晚上三鼓时分入五祖房中,得五祖衣钵,成为禅宗六祖。这则传说中的两个偈语,就是"机锋"。

25. 目前常用的植物营养性状的遗传学改良措施有常规育种、细胞遗传学方法、植物细胞工程和组织培养技术与_____等。

A. 引种　　　　B. 杂交与谱系选择　　　　C. 轮回选择　　　　D. 植物基因工程

【答案】　C

【解析】　本题是生物题。题干所列的三种措施与 ABD 三项互有交叉,"引种"属于"常规育种"的方法之一,"杂交"应该属于对"细胞遗传学"的运用,"植物基因工程"与"植物细胞工程和组织培养技术"同样有交叉。只有 C 项才能与前面三项构成并列关系。

26. 不属于中医学理念的是_____。

A. 头疼医头、脚痛医脚　　　　　　　B. 自我协调、自趋稳态
C. 天人和谐　　　　　　　　　　　　D. 身心合一

【答案】　A

【解析】　本题是一道医学常识题。"头疼医头,脚痛医脚"不是医学理念,而是一个常用熟语,用来比喻对问题不从根本上解决,只从表面上或枝节上应付。

27. 东汉末年,出现了我国现存最早的药学专著_____。

A.《神农本草经》　　　　　　　　　　B.《英公本草》
C.《本草拾遗》　　　　　　　　　　　D.《开宝本草》

【答案】　A

【解析】　本题是一道医学常识题。《神农本草经》是秦汉时人假托神农氏所作,被公认是最早的药书。《英公本草》是唐代医学家苏敬主编,唐高宗显庆 4 年(660 年)成书,又名《新修本草》、《唐本草》;《本草拾遗》成书于清代乾嘉年间,是清代医学家赵学敏为补充《本草纲目》未载之药而编写的;《开宝本草》是宋代医学家刘翰、马志、翟煦等人在宋太祖开宝年间编写的一本药书。如果没有这些常识,《神农本草经》的一个"经"字也足以说明问题。

28. 能源可分为不可再生性能源如煤、石油、天然气等和可再生性能源如水力能、风能等,目前_____属于不可再生性资源。

A. 太阳能　　　　B. 潮汐能　　　　C. 铀矿　　　　D. 原子能

【答案】　C

【解析】　本题是地理题。但即使不懂地理知识,从题干所给的信息也很容易就能得出答案。题干中"不可再生性能源"所列举的煤、石油、天然气都属于矿产资源,实际就是在告诉我们,所谓的"不可再生性能源"就是矿产资源,当然也就只有 C 项铀矿符合要求了。

29. 系统与环境之间既无物质交换又无能量交换的系统称为孤立系统;只有能量交换的系统称为封闭系统;既有物质交换又有能量交换的系统称为开放系统。生物新陈代谢的过程说明生物体应属于_____。

A. 孤立系统　　　B. 封闭系统　　　C. 开放系统　　　D. 以上三个都不对

【答案】　C

【解析】　本题是一个生物题。从新陈代谢的定义我们可以知道,新陈代谢指的是生物体与外界环境之间物质和能量的交换,以及生物体内物质和能量的转变过程。因此,生物体应该属于开放系统。

30. 我国现行宪法规定,_____是中华人民共和国的根本制度。

A. 社会主义制度

B. 初级阶段的社会主义制度

C. 全面进入小康阶段的社会主义制度

D. 有中国特色的社会主义制度

【答案】　A

【解析】　本题是一道法律题,考查宪法知识。考查的还是常识。我国《宪法》第一条规定,中华人民共和国是工人阶级领导的、以工农联盟为基础的人民民主专政的社会主义国家。社会主义制度是中华人民共和国的根本制度。禁止任何组织或者个人破坏社会主义制度。

三、阅读理解题

(一)阅读小说《永远的蝴蝶》,回答下列四道题。

那时候刚好下着雨,柏油路面湿冷冷的,还闪烁着青、黄、红颜色的灯火。我们就在骑楼下躲雨,看绿色的邮筒孤独地站在街的对面。我白色风衣的大口袋里有一封要寄给在南部的母亲的信。

樱子说她可以撑伞过去帮我寄信。我默默点头,把信交给她。

"谁教我们只带来一把小伞哪。"她微笑着说,一面撑起伞,准备过马路去帮我寄信。从她伞骨渗下来的小雨点溅在我眼镜玻璃上。

随着一阵拔尖的刹车声,樱子的一生轻轻地飞了起来,缓缓地,飘落在湿冷冷的街面,好像一只夜晚的蝴蝶。

虽然是春天,好像已是秋深了。

她只是过马路去帮我寄信。这简单的动作,却要教我终生难忘了。我缓缓睁开眼,茫然站在骑楼下,眼里裹着滚烫的泪水。世上所有的车子都停了下来,人潮涌向马路中央。没有人知道那躺在街面的就是我的蝴蝶。这时她只离我五公尺,竟是那么遥远。更大的雨点溅在我的眼镜上,溅到我的生命里来。

为什么呢?只带一把雨伞?

然而我又看到樱子穿着白色的风衣,撑着伞,静静地过马路了。她是要帮我寄信的,那,那是一封写给在南部的母亲的信,我茫然站在骑楼下,我又看到永远的樱子走到街心。其实雨下的并不大,却是我一生一世中最大的一场雨。而那封信是这样写的,年轻的樱子知不知道呢?

妈,我打算在下个月和樱子结婚。

【文段分析】

这是一篇小说。小说属于文学作品的一种,它是以塑造人物形象为中心,通过故事情节的叙述和环境的描写反映社会生活的一种叙事性的文学体裁。

生动的人物形象、完整的故事情节和人物活动的具体环境是小说必须具备的三要素。其中,人物形象又是主要要素。阅读小说,应该在通读的基础上,抓住故事情节,了解小说通过什么样的故事运用什么手法塑造了什么样的人物,进而反映了什么现实。

本文通过结婚前夕,恋人由于车祸去世这样一个悲剧故事,表现了青年男女之间真挚的爱情。樱子要求替“我”去发信,是故事的开端;被撞身亡,是故事的发展;信的内容,是故事的高潮和结局。由于是一篇小小说,连标点总共 523 个字,把握起来并不难。至此,本文基本上就算读懂了。然后再考虑小说塑造人物形象运用的手法,考虑环境描写对于塑造人物的作用等等。进入解题阶段。

31. 对“雨”在全文中的作用,描述不恰当的一项是:

A. “雨”是不幸和灾难的起因。

B. “雨”是统一全文材料的核心。

C. “雨”是泪水与痛苦的象征。

D. “雨”塑造着全文阴冷苦涩的氛围。

【解析】 本题考查的是景物描写的作用。答案是 B。在记叙类作品中,景物描写的作用主要有两个:一是推动情节发展,A 项的表述就属于这一方面作用;二是烘托环境气氛,D 项的表述就属于这一方面作用。在马上要结婚时恋人死去,在文中,“雨”又被赋予了泪水与痛苦的象征意义,从主旨把握上看,C 项也是正确的。

32. 小说开始写“小雨点”溅在眼镜上,之后写“更大的雨”溅在眼镜上,其作用表达最佳的是:

A. 展示内心深处极大的痛苦。   B. 说明“雨”确实越下越大。

C. 说明了我的情感的变化。   D. 说明那场雨使我终生难忘。

【解析】 本题考查的还是景物描写的作用。答案是 A。注意后面接下来就是一句“溅到我的生命里来”。解题时,应该注意题干的要求,“表达最佳”,意味着其他并不一定错,只不过没有 A 项好。

33. 小说表现了我的痛苦、悔恨、对女友的无限眷恋,文中表现悔恨情绪最鲜明的句子是:

A. 虽然是春天,好像已是秋深了。

B. 更大的雨点溅在我的眼镜上,溅到我的生命里来。

C. 为什么呢? 只带一把雨伞?

D. 妈,我打算在下个月和樱子结婚。

【解析】 本题是一个句意理解题。答案是 C。这一句话中包含着诸多潜台词:“为什么让她一个人去?”“为什么被撞的是她不是我?”“为什么在这个时候让她去发信?”……悔恨自责之情溢于言表。这样内涵丰富的句子,往往是考查的重点。AB 两项只是在写痛苦的感受,D 项是信的内容,与悔恨无关。

34. 下列说法与原文不一致的一项是：

A. 题目叫《永远的蝴蝶》喻示着樱子美丽而又短暂的生命和在我生命里留下的永恒记忆。

B. 樱子是听了"我"的话才去送信的，一切都怨我太冒失。

C. 小说三次写到"站在骑楼下"，其目的在展示"我"思绪的发展变化层次。

D. "这时她只离我五公尺，竟是那么遥远。"暗示着我与樱子间不可逾越的生死界限。

【解析】 本题考查的是文意理解。答案是 B。从第二段"樱子说她可以撑伞过去帮我寄信"一句可知，樱子是自己主动要求帮我寄信的。其他三项，A 项的意思在文中几处都有显示，樱子被撞，像蝴蝶一样缓缓的飘落在地，倒数第二段又说我看到永远的樱子走到街心，足以说明这一项的表述是正确的。C 项，第一次站在骑楼下，是两个人避雨；第二次是看到樱子被撞后我的悲哀的感情；第三次是悲哀的感情又进一步，仿佛又看到樱子。步步深入地展示了"我"的思绪的发展变化。D 项实际是对句意的理解，"五公尺"竟然说是"遥远"，当然指的是两个人之间的生死界限。

（二）阅读下文，完成下列四道题。

汉字究竟起源于何时呢？我认为，这可以以西安半坡村遗址距今的年代为指标。半坡遗址的年代，距今有 6000 年左右。我认为，这也就是汉字发展的历史。

半坡遗址是新石器时代仰韶文化的典型，以红质黑纹的彩陶为其特征。其后的龙山文化，则以薄质坚硬的黑陶为其特征。值得注意的是：半坡彩陶上每每有一些类似文字的简单刻画和器物上的花纹判然不同。黑陶上也有这种刻画，但为数不多。刻画的意义至今虽尚未阐明，但无疑是具有文字性质的符号，如花押或者族徽之类。我国后来的器物上，无论是陶器、铜器或者其他成品，有"物勒工名"的传统，特别是殷代的青铜上有一些表示族徽的刻画文字和这些符号极相类似。由后以例前，也就如同黄河下游以溯源于星宿海，彩陶上的那些刻画记号，可以肯定地说就是中国文字的起源，或者中国原始文字的孑遗。

同样值得注意的，是彩陶上的花纹。结构虽然简单，而笔触颇为精巧，具有引人的魅力。其中有些绘画，如人形、人面形、人着长衫形、鱼形、兽形、鸟形、草木形、轮形（或以为太阳）等等。画得颇为得心应手，看来显然在使用着柔软性的笔了。有人以为这些绘画是当时的象形文字，其说不可靠。当时是应该有象形文字的，但这些图形，就其部位而言，确是花纹，而不是文字。

在陶器上既有类似文字的刻画，又有使用着颜料和柔软性的笔所绘画的花纹，不可能否认在别的质地上，如竹木之类，已经在用笔来书写初步的文字：只是这种质地是容易毁灭的，在今天很难有实物保留下来。如果在某种情况之下，幸运地还有万一的保留，那就有待于考古工作的进一步_____和幸运的_____了。

总之，在我看来，彩陶和黑陶上的刻画符号应该就是汉字的原始阶段。创造它们的是劳动人民，形式是草率急就的。

（选自郭沫若《古代文字之辩证的发展》）

【文段分析】

这是一段文字学的论文，意在探讨汉字的起源。文段的起始段推出观点，结尾段作出总结，中间主体部分是对观点的论证，应该说这是一篇比较典范的论文。

35. 在本文中，第二自然段加点字"由后以例前"中的"后"是指：

A．龙山文化中的黑陶花纹

B．殷代青铜上的表示族徽的刻画文字

C．仰韶文化彩陶上的花纹

D．半坡遗址中彩陶上类似文字的简单刻画

【解析】 本题考查的是非指代性词语的指代义。正确答案是 B。要了解这个"后"所指的是什么，必须知道"例"字在这里的用法。这个"例"字后面跟了一个方位名词"前"作宾语，可见它已经活用为动词，意为"以此为例，证明或推断前面的事情"，理解了这个字，答案就好找了。从文章第二段可以知道，"龙山文化"、"仰韶文化"都是史前文化，"半坡遗址"是"仰韶文化"的典型，只有殷代属于文中所说的"后"，其他都属于"前"。

36. 本文第三自然段中，作者推断"当时是应该有象形文字的"，能证明该推断正确的是：

A．彩陶上的花纹说明当时已经使用颜料和柔软的笔，某些刻画已经具有文字的性质。

B．彩陶上的花纹虽然简单，但笔触颇为精巧，具有引人入胜的魅力。

C．当时已经有写在竹木上的文字，只是质地容易毁灭，难以保留至今。

D．彩陶上所画的人和物的形状，已经初步具有象形文字的特点。

【解析】 本题考查的是信息的筛选，正确答案是 A 项。本项的前半部分在第三段的中间，说彩陶上的一些绘画，"画得颇为得心应手，看来显然在使用着柔软性的笔了"，后一半是从第二段中间"刻画的意义至今虽尚未阐明，但无疑是具有文字性质的符号，如花押或者族徽之类"一句得来的。B 项出于第三段的第一、二句，已经清清楚楚地表明是花纹了，和"字"无关。C 项见于第四段，只是作者的一种推测，还没有实物来证明，不足为凭。D 项"已经初步具有象形文字的特点"的说法有误，第三段末尾"但这些图形，就其部位而言，确是花纹，而不是文字"一句足以证明它的错误了。

37. 第四段中应填入下划线中的两个词语最恰当的是：

A．考订 发掘 B．考订 搜集 C．发现 搜集 D．发掘 发现

【解析】 本题考查的是词语理解。阅读中的词语理解题和基础部分词语理解题考查内容是相同的，不同点在于阅读所给的语境更大一些。解题思路也应该是相同的，可运用排除法。考订，是要根据资料进行考据、订正的，现在既无资料，当然也就无从"考订"。据此，可排除 AB。几千年来都没有发现的东西，自然也无从"搜集"，只有通过"发掘"，才有可能"发现"。正确答案只有 D 项。

38. 下列几种说法与原文意思不相符合的一项是：

A．仰韶文化的彩陶上和龙山文化的黑陶上所刻画的符号都是原始文字。

B．半坡彩陶上的刻画符号符合古代"物勒工名"的传统，因此它们是有意义的。

C．半坡彩陶上的刻画意义已经能够阐释，而龙山黑陶上的刻画意义尚未明了。

D．半坡彩陶上的绘画和龙山黑陶上的绘画都已经暗示着汉字的产生了。

【解析】 本题考查的是文意的把握。答案是 D 项。A 项可以从第二段"刻画的意义至今虽尚未阐明，但无疑是具有文字性质的符号"一句中看出。B 注意第二段末"由后以例前"句。C 项从第二段中"刻画的意义至今虽尚未阐明，但无疑是具有文字性质的符号"一句中来。只有 D 项在文中找不到依据。

（三）阅读下面短文，回答下列四道题。

后现代主义一词通常是指一种当代文化形式，而术语后现代性暗指一个特殊历史时期。后现代性是一种思想风格，它怀疑关于真理、理性、同一性和客观性的经典概念，怀疑关于普遍进步和解放的观念，怀疑单一体系、大叙事或者解释的最终根据。与这些启蒙主义规范相对立，它把世界看作是偶然的、没有根据的、多样的、易变的和不确定的，是一系列分离的文化或者释义，这些文化或者释义孕育了对于真理、历史和规范的客观性，天性的规定性和身份的一致性的一定程度的怀疑。某些人主张的这种观察方法有其现实的物质条件：它源自西方向着一种新形式资本主义的历史性转变——向着技术应用、消费主义和文化产业的短暂的、无中心化的世界的转变，在这样一个世界上，服务、金融和信息产业压倒了传统制造业，经典阶级政治学让位于一种"身份政治学"的分布扩散。后现代主义是一种文化风格，它以一种无深度的、无中心的、无根据的、自我反思的、游戏的、模拟的、折中主义的、多元主义的艺术反映这个时代性变化的某些方面，这种艺术模糊了"高雅"、"大众"文化之间，以及艺术和日常经验之间的界限。这种文化具有多大的支配性或者流行性——它是一直发展下去，还是仅仅表现为当代生活中的一个特殊领域——还是一个有争议的问题。

（［英］特里.伊格尔顿：《后现代主义的幻象》（中译本），华明译，商务印书馆 2000 年版，第 1 页）

【文段分析】 这是一篇介绍文化思潮的说明文。文章说明的对象是后现代主义和后现代性这样两个概念。在第一句中已经交代了这一说明对象。接下来"后现代性是一种思想风格"、"后现代主义是一种文化风格"两句分别领起对这两个概念的说明，文章层次非常清楚。弄清楚文章层次，解答后面的试题也就容易了。

39. 这段文字主要阐述的是：

A. 后现代性与后现代主义的界定问题

B. 后现代性的观察方法有其物质条件

C. 阶级政治学已经让位于"身份政治学"

D. 后现代主义的支配性或流行性

【解析】 本题考查的是对文意的把握，正确答案是 A。文章首句"后现代主义一词通常是指一种当代文化形式，而术语后现代性暗指一个特殊历史时期"就已表明，本文阐述的内容是"后现代主义"和"后现代性"两方面内容。B 项只涉及"后现代性"，没提"后现代主义"，当然不合要求；C 项只是"后现代性"存在的物质条件；D 项没提"后现代性"。

40. 下列哪种观点不属于"后现代性"范畴：

A. 世界是偶然的、无根的和不确定的。

B. 当代世界文化完全是糊涂账，没有内在根据。

C. 真理、历史和规范完全是人为建构的。

D. 虽然当代思潮异样纷呈，但知识分子仍需担负启蒙重任，使人们成为自由自觉的人。

【解析】 本题考查信息的筛选，答案是 D 项。阅读，实际是一个捕捉信息、筛选信息的过程，一定要到文中去找依据。文章前半段在说"后现代性"，后半段在说"后现代主义"，因此，有关"后现代性"的问题，应该在前半段找。AB 可从"它把世界看作是偶然的、没有根据的、多样的、易变的和不确定的"一句推出，C 项可从"这些文化或者释义孕育了对于真理、历史和规范的客观性,天性的规定性和身份的一致性的一定程度的怀疑"一句得知。只有 D 项,在原文中找不到相应的信息点。

41. 本段文字中"后现代性暗指一个特殊历史时期"一句主要的意思是:
A. 后现代性思想超越了启蒙主义思想
B. 后现代思潮隐隐表现出西方向新形式资本主义的转变
C. 信仰真理的时代已经过去了
D. 流行文化时代的到来

【解析】 本题考查的是对句意的理解,正确答案是 B 项。A 项说后现代性思想"超越了"启蒙主义思想不正确。在原文中说它"与这些启蒙主义规范相对立"。CD 只是持有"后现代性"主张的人们的看法的具体内容,与"特殊历史时期"无关。

42. 后现代主义是一种
A. 思想风格　　B. 文化风格　　C. 历史时期　　D. 流行文化

【解析】 本题是信息筛选题,应该属于较为容易的题,在文中就有现成的话。

(四)阅读下面短文,回答下列四道题。

随着信息科学和技术广泛地融入教育之中,21 世纪的现代教育必将展翅高飞,迅猛发展。传统的电教技术如幻灯、投影、电视、录音、录像等与先进的多媒体技术相结合,推陈出新,在新世纪的现代教学中仍大有作为。教师利用幻灯、投影设计教学,可灵活控制教学信息输出及解说速度,从而提高教学效果。运用电视录像技术,以及录音合成剪辑技术,设计课堂教学,令画面清晰,生动形象,色彩丰富,感染力强。

网络教育将成为 21 世纪现代教育技术革新、发展的主流。应用于教学的计算机网络,可分为室内网、校园网、地区网和互联网。室内网是电脑教室、语音教室、电视教室的完善统一。教师可选择 CD 激光视盘、VCD 视频光盘或其他课件内容动态连续地播放给单个、部分或全体学生观看,使用计算机辅助教学(CAI)软件可随时检查和监控学生学习,同步查看学生机的画面等。室内网的教学软件具有自动出题、自动评卷等功能,大大减轻了教师的负担。校园网包括:行政管理系统、图书管理系统、教学服务系统、教学科研系统等。地区网和互联网所构成的远程教学体系,使得非重点学校的学生也可享受与重点学校同等水平的教育,从而提高了人才培养质量并将有效地遏制"择校"风。网络教学,其鲜明的教育性、教学性、艺术性、标准性,将使教学信息无限延伸和拓宽,反馈信息加快,教学效益、教学质量明显提高。

在新世纪中,虚拟学校将如雨后春笋般蓬勃发展。在虚拟学校里,课程内容将从虚拟图书馆下载;学生和教师在虚拟教室相会,教师进行"现场"辅导;学生按照要求完成相应的作业与练习,并通过电子邮件传递给辅导教师批改;教师给予相应的辅导;最后通过网上联机考试,获得结业。虚拟现实技术在教学和培训领域的应用前景将十分广阔。

总之,信息时代崭新技术与传统教育技术有机结合的现代教育技术将支撑起新世纪的教育天地。

【文段分析】 这是一篇关于教育科学的说明文,主要介绍信息时代的新技术与传统教育技术相结合的现代教育技术对新世纪教育的作用和影响,重点介绍了网络教育和虚拟学校。第一段总论,第二段介绍网络教育,第三段介绍虚拟学校,最后总结。文章眉目清晰,层次鲜明。

43. 根据上文内容,对传统教育技术理解不正确的一项是:

A. 21世纪现代教育技术摈弃了传统的教育手段,而采用计算机技术、网络技术以及由其构建的虚拟学校来进行教育。

B. 教师利用电视、录像、录音合成剪辑技术,进行课堂教学,将会取得显著的教学效果。

C. 传统教育技术在色彩、表现力、感染力等方面存在许多不足。

D. 现代教育技术尽管是教育现代化的重要标志,但并不排斥传统的电教技术如幻灯投影等。

【解析】 本题考查的是信息筛选能力,答案是A。从第一段第二句"传统的电教技术如幻灯、投影、电视、录音、录像等与先进的多媒体技术相结合,推陈出新,在新世纪的现代教学中仍大有作为"可以看出,现代教育技术并没有"摈弃"传统教育手段。其他三项,B项是第一段末句表达的内容;C项是第一段末句从反面理解;D项明显与A矛盾,必有一假,因此,解题时,可以不考虑另外两项,直接在这两项中找出答案。

44. 下列哪一项不属于虚拟学校的教学活动?

A. 师生在网络环境中进行答疑

B. 教师在CAI的指引下进行讲解

C. 网上考试与结业典礼

D. 学生在虚拟环境下完成化学实验

【解析】 本题考查的仍然是信息的筛选。答案是B项。解题关键在于确定答题区间。关于"虚拟学校"的教学活动,是在第3段中加以说明的,而B项的表述,是在第二段,是室内网的功能之一。

45. 下列对上文第三段内容的概括,准确的一项是:

A. 该段简要叙写了新世纪中虚拟学校蓬勃发展的概况。

B. 该段简要描述了新世纪中虚拟学校的教学情景。

C. 该段扼要说明了新世纪中虚拟学校教学的方式和前景。

D. 该段高度概括了新世纪虚拟学校教学的基本要求。

【解析】 本题是对概括能力的考查。正确答案是C。从第3段第一句"在新世纪中,虚拟学校将如雨后春笋般蓬勃发展"可以知道,虚拟学校还没有成为现实,AB两项的表述把未然说成了已然,D项概括了"基本要求"的说法属于无中生有。

46. 网络教育最鲜明的特点是:

A. 辅助教学从而减轻了教师的负担

B. 能有效地遏制"择校"之风

C. 方便师生之间的交流与沟通

D. 实现教学信息无限延伸和拓宽

【解析】 本题考查的是主旨的把握,答案是D。"最鲜明的特点"应该是根本特点。ABC三项均不是根本特点,D项是从第2段的结尾句得来的,是对网络教育的总结。

(五)阅读下面短文,回答下列四道题。

症,即症状,多指患者自身觉察到的各种异常感觉,或由医生的感观直接感知的、机体病理变化的种种外部表现,如头疼、发热、出汗、鼻塞、耳鸣、咳嗽等。这些感觉和表现,通常都具有一定的规律性,因而成为中医辨证的主要依据。

证,即证候,它既不是症状,也不是病名,是中医学特有的诊断学概念。证是在中医理论指导下,对四诊搜集来的症状等资料进行全面综合而得出的诊断性结论。它概括了发病各方面的因素与条件,确定了病变的部位、性质,揭示了发病机制与发展趋势,提示了治疗的方向。

症与证,是两个既有密切联系又有严格区别的概念。它的产生虽然都是致病因子作用于人体,引起人体自身阴阳相对平衡严重失调和体内外环境统一性明显障碍的结果,然而症状和证候的意义却有很大区别。症状是疾病的临床表现,是辨证的主要依据;证是机体在疾病过程的某一阶段出现的各种症状所反映的病理机制的概括,是辨证所得出的结论。凡是与疾病有关的各种因素都属于证的范围,证的内涵十分丰富,只有综合分析各种因素,才能作出证的结论。因此,证比症更深刻、更全面、更正确地反映着疾病的本质,二者的主要区别在于,症状是疾病的外在表现,证候是疾病的本质反映。

中医诊断治疗疾病,是既辨病又辨证,辨病与辨证相结合。辨证就是要辨识每一疾病的具体证候,只有首先着眼于证的分辨,才能有针对性地正确施治。例如感冒一病,见发热、恶寒、头身疼痛等症状,病属在表,但由于致病因素与机体的反映性不同,又可表现为风寒感冒和风热感冒两种不同的证,只有把感冒所表现的"证"是属于风寒或是属于风热辨别清楚,才能确定用辛温解表或辛热解表方法,并给予恰当的治疗。由于中医辨证所追求的证候,实际上是从另一个重要的侧面反映着疾病的本质和不同患者的个体差异,是一种倾向于重点揭示人体病理生理状态的综合性诊断概念,因此,只有彻底弄清患者属于何种证候,才有可能抓住其当前病理发展的关键,采取针对性的治疗措施,从而求得疾病基本矛盾的解决。

【文段分析】　这是一篇介绍中医学理论的说明文。第一段介绍有关"症"的知识,"症,即症状,多指患者自身觉察到的各种异常感觉,或由医生的感观直接感知的、机体病理变化的种种外部表现",第二段介绍有关"证"的知识,"证,即证候,是中医学特有的诊断学概念"。第三段介绍症与证的关系。第四段则介绍"中医诊断治疗疾病,是既辨病又辨证,辨病与辨证相结合"。

47. 关于辨证与辨病的关系的描述正确的有:
① 辨病是辨别疾病的外部特征,辨证是辨别疾病的内部特征。
② 辨证是综合多种因素判断疾病发生的机制,辨病是对病的临床表现进行观察。
③ 辨病是辨证的主要依据,辨证是辨病的进一步深入。
④ 辨病是对现象的观察,辨证是对内在机理的推论。
A. ②③④　　　　B. ①②④　　　　C. ①③④　　　　D. ①②③

【解析】　本题考查的是信息筛选。正确答案是 A 项。第一句对辨病与辨证的说法是错误的。从文章 3、4 两段内容看,辨病应该是辨别疾病的"临床表现",辨证应该是辨别疾病的"具体证候"。把含有第一句的项排除,就可以得出正确答案了。

48. 文中给出的"感冒一病"举例是要说明以下什么问题?
A. 有两种原因可以会引起感冒。
B. 病的具体症状相同,但是致病因素与机体可能不同,因此,不仅需要辨病,还需要辨证。
C. 需要对具体的症状进行辨证分析,找出致病原因,才能对症下药。
D. 不同的"证"会导致相同的症状。

【解析】 本题考查的是文意的把握,要注意观点材料统一。正确答案是 B 项。可以由材料推知观点有两层意思,其一,症状相同,往往证候不同;其二,只有把证候搞清,才能恰当治疗。也就是说,要说明的是辨证的作用。A 项只说了得病的原因,C 项只说了辨证的作用,D 项讲的是症状与证候的关系。

49. 下列哪些是感冒可能的"证"?

A. 发热、恶寒   B. 头、身疼痛

C. 风寒感冒和风热感冒   D. 感冒致病因素与机体

【解析】 本题考查的是对词义的理解。正确答案是 C。AB 两项说的只是一般症状,临床的具体表现,D 项说的是表现为不同的"证"的原因。

50. 下列不适合作本文标题的一项是:

A. 辨证论治   B. 辨证与辨病的关系

C. 症与证   D. 证与症的区别

【解析】 本题考查的文意的把握。答案是 A。说明文的标题,应该能体现说明对象,而文中根本没有提具体治疗问题,所以不适合作本文标题。

第三章 考试真题分析

　　在《考试指南》中,第三章是 2003 年的考试真题,是用来替换 2003 版《考试指南》的"样题二"的。应该说,2003 年的考试真题,设题典型、规范,使考生能够通过这份真题形象的认识 GCT 考试。从试题所选的题目看,可以知道,GCT 语文考试采用题库制,从各种类型的语文考试中选取题目,组成试卷。需要指出的是,样题示例中综合知识有 22 道题,占了总题量的 44%,而 2003 年的考试真题中综合知识只有 12 道,以后几年中,综合知识题的比例一直保持在 12~13 题,并且考查的多是该学科最基本的常识,知识面比较宽的考生,解答这类题并不困难,可以看出命题人意在考查考生的知识的宽广度,而不是要难为考生。

　　但是,2003 年、2004 年两年的阅读题,都是五篇文章,每篇文章 4 道小题,从 2005 年开始,GCT 考试的阅读题就改成了只选四篇文章,每篇文章 5 道小题。这样相对来说,在阅读理解上可以稍微节省一点时间,并且从此以后,一直延续这样的形式。因此,我们的考试真题分析,选用 2007 年的 GCT 试题,这样更能反映 GCT 考试的实际。

2007 年在职工读硕士学位全国联考
研究生入学资格考试试卷

第一部分 语言表达能力测试

（50 题,每题 2 分,满分 100 分）

一、选择题

1. 下列加点字的释义全都正确的一组是

A. 声震寰宇（天下）　　瞬息万变（一眨眼）　　挺身而出（挺直）

B. 兢兢业业（谨慎）　　扪心自问（拍打）　　顺理成章（道理）

C. 金声玉振（玉石）　　不可理喻（晓喻）　　颠扑不破（抬高）

D. 相辅相成（辅助）　　洋洋洒洒（流畅）　　莫衷一是（衷心）

【答案】　A

【解析】　本题考查字义知识。B 项"扪心自问","扪",摸着;"顺理成章",形容写文章或做事,顺着条理就能做好;也比喻某种情况合乎情理,自然产生某种结果;这里的"理"是"条理"。C 项"颠扑不破"的"颠"是"倒下",是"跌落",而不是"抬高"。D 项"洋洋洒洒"中,"洋洋",众多,"洒洒"连续不断;形容文章、讲话内容丰富,连续不断;后也泛指其他事物连续不断。而不是什么"流畅"。莫衷一是,意思是不能断定哪一个对,哪一个不对。也指意见纷纭,分歧很大,不能

29

得出一致的结论。这里的"衷"是"折中"、"判断"的意思。

2. 下列各句中,没有错别字的一句是
A. 不可狂妄自大,也不要枉自菲薄。 B. 诗歌最忌娇揉造作,无病呻吟。
C. 他自顾不遐,哪里还能顾及他人。 D. 经过长途跋涉,他风尘仆仆赶到这里。

【答案】 D

【解析】 本题考查字形知识。A项"妄自菲薄",意思是毫无根据的小看自己,形容自轻自贱。这里的"妄",意为"不合理的,无根据的",不能写作"枉"。B项"矫揉造作",原指制作器物,须反复矫揉。比喻故意做作,不自然。"矫",意为使弯的变直,"揉",指使直的变弯,"矫"是不能写成"娇"的。C项"自顾不暇",意为自己没空闲时间顾及自己。"暇",空闲;如果写成"遐",就变成"遥远"了。

3. 对文中所用的修辞手法的表述,准确的一项是

桃树、杏树、梨树,你不让我,我不让你,都开满了花赶趟儿。红的像火,粉的像霞,白的像雪。花里带着甜味,闭了眼,树上仿佛已经满是桃儿、杏儿、梨儿!花下成千成百的蜜蜂嗡嗡地闹着,大小的蝴蝶飞来飞去。野花遍地都是,有名字的,没名字的,散在草丛里,像眼睛,像星星,还眨呀眨的。

A. 拟人、比喻、顶针 B. 排比、比喻、拟人
C. 排比、比喻、递进 D. 拟人、顶针、夸张

【答案】 B

【解析】 本题考查修辞知识。所选的语料是朱自清先生的著名散文《春》中的一段,也是中学语文教材中的名篇。"桃树、杏树、梨树,你不让我,我不让你,都开满了花赶趟儿"是拟人,"红的像火,粉的像霞,白的像雪"既是排比,也有比喻。没有"顶针"和"递进"。稍带说一句,"递进"也不是修辞格。

4. 下列各句中,加点的成语使用恰当的一句是
A. 作为人民大众所欢迎的文艺工作者,难道在艺术上不应该精益求精吗?
B. 五四以后,旧体诗已经式微,即使偶然有人唱和写作,也不过是噤若寒蝉。
C. 在这次学术会议上,专家学者们高谈阔论,肆无忌惮,畅所欲言。
D. 放眼望去,满园的红牡丹姹紫嫣红,美不胜收。

【答案】 A

【解析】 本题考查的是成语的使用。其他三项,B噤若寒蝉,指像深秋的蝉,因寒冷而不再鸣叫。比喻不敢说话。句子要表达的是写旧体诗的人少了,曲解词义。C肆无忌惮,毫无顾忌地(干坏事),是贬义词,色彩使用不当。D姹紫嫣红,指各种颜色鲜艳的花朵。句中的红牡丹只有一种颜色,适用范围不一致了。

5. 下列各句中,没有语病的一句是
A. 该电厂每年的发电量,除供当地使用外,还向北京、天津输送。
B. 随着科学技术日新月异的发展,电脑已成为人们不可或缺的工具。
C. 国产电视机的价格一降再降,有的甚至下降了一倍。
D. 文件对经济领域中的一些问题,从理论上和政策上作了详细的规定和深刻的说明。

【答案】 B

30

【解析】 本题考查的是病句的辨析。A项"输送"的应该是"电",而不是"发电量",搭配不当;C项不合逻辑,下降的不能用倍数;D项搭配不当,应该是"理论上""说明","政策上""规定"。

6．下列各句中,语意明确,没有歧义的一句是
A．在我们公司里,除了老王,他最关心老李。
B．不适当地管教孩子,对孩子的成长十分不利。
C．他文思敏捷,三天就写出了一篇文章。
D．火车票没买到,老王只好急急忙忙坐出租车去了。

【答案】 C

【解析】 本题考查的是消极修辞中的简明。A项"除了老王"可以有不同的理解,既可以理解为"关心老李"的人,也可以理解为"他"关心的人;B项是对"不适当地管教"可以有不同的理解,既可以理解为"没有适当地管教孩子",也可以理解为"管教了,但方法和时机等不正确,不合适";D项对"坐出租车去"做什么,可以有不同的理解,既可以理解为"坐出租车去买票",也可以理解为"不坐火车,改成直接乘坐出租车去目的地"。

7．下列关于文史知识的表述,有错误的一项是
A．鲁迅的《狂人日记》1918年发表于《新青年》杂志,后收入小说集《呐喊》。
B．所谓"前四史"指的是《史记》、《汉书》、《后汉书》、《三国志》四部纪传体史书。
C．《古文观止》是清人编选的著名古文选本,所选文章上起先秦,下迄清代。
D．《楚辞·九歌》共有十一篇作品,是屈原据楚国民间祭神乐歌加工、创作而成。

【答案】 C

【解析】 本题考查的是文学常识。《古文观止》是自清代以来最为流行的古代散文选本之一。是清人吴楚材、吴调侯于康熙三十三年(1694)选定的。所选之文上起先秦,下迄明末,共222篇,大体反映了先秦至明末散文发展的大致轮廓和主要面貌,没有清代的文章。

8．学者俞陛云曾分析一首词的艺术表现之妙,说:"(此)言清昼久坐,看日影之移尽,乃自见之静趣,皆写出静者之妙心。"与这段话意思相符的词句是
A．翠烟笼日上花梢。花外楼高。海犀不动帘栊静,昼长人懒莺娇。(李甲《风入松》)
B．小阁藏春,闲窗锁昼,画堂无限深幽。篆香烧尽,日影下帘钩。(李清照《满庭芳》)
C．雨过芳塘静,清昼闲中永。门外立双旌,隔花闻笑声。(舒亶《菩萨蛮》)
D．闲中好,尘务不萦心。坐对当窗木,看移三面阴。(段成式《闲中好》)

【答案】 D

【解析】 本题考查诗词鉴赏。本词通过"看移三面阴"间接写出了人物一整天的生活——从早到晚,眼见树的影子,随着太阳的东升、南转、西沉而移动,先后倾洒于西、北、东三面,这样就写出了人物一直在与当窗木为伴的"闲"。这才与"清昼久坐,看日影之移尽"的说法一致。

9．下列关于称谓礼貌用语的用法,解释不正确的一项是
A．对他人称呼自己已故的父母,可用"先父"、"先母"。
B．在别人面前称呼自己的弟弟、妹妹,可用"舍弟"、"舍妹"。
C．称呼谈话对方的子女或收信人的子女,可用"令郎"、"令爱"。
D．与人交谈或写信称呼对方父母,可尊称"家父"、"家母"。

【答案】　D

【解析】　本题考查消极修辞的得体。在与人交谈或写信称呼对方的父母,应该尊称"令尊"、"令堂",称呼自己的父母才叫"家父"、"家母"。应记住"家大舍小令外人"的口诀。

10. 依据宪法规定,农村的宅基地和自留地属于

A. 国家所有　　　　　　　　B. 个人所有

C. 集体所有　　　　　　　　D. 除法律规定属于国家所有外,属于集体所有

【答案】　C

【解析】　本题考查宪法知识。《宪法》总纲第十条规定,农村和城市郊区的土地,除由法律规定属于国家所有的以外,属于集体所有;宅基地和自留地、自留山,也属于集体所有。

11. 甲欲杀害其妻乙,某日饭前甲在乙的饭碗中放了毒药。乙食用后,甲后悔,随即送乙前往医院抢救,但乙仍因中毒抢救无效死亡。甲的行为属于

A. 犯罪终止　　B. 犯罪既遂　　C. 犯罪中止　　D. 犯罪未遂

【答案】　B

【解析】　本题考查法律知识。《刑法·总则》第二章第二节,《犯罪的预备、未遂和中止》第二十三条中规定:已经着手实行犯罪,由于犯罪分子意志以外的原因而未得逞的,是犯罪未遂。第二十四条:在犯罪过程中,自动放弃犯罪或者自动有效地防止犯罪结果发生的,是犯罪中止。题干中甲虽然后悔,将乙送往医院抢救,但并没能防止犯罪结果的发生,所以既不属于犯罪未遂,也不属于犯罪中止。应该是"犯罪既遂"。

12. 科学家们观测到南极上空在春天到初夏期间会有臭氧耗损、臭氧层变薄的情形,俗称臭氧空洞;而北极上空的臭氧空洞则不明显。这是因为南极地区的冬天远较北极地区寒冷所致。南极的最暖月约−30°C,最冷月−60°C,而北极最暖月 0°C,最冷月 −40°C。南极臭氧层空洞一般发生于

A. 9—12 月　　B. 6—9 月　　C. 3—6 月　　D. 12—3 月

【答案】　A

【解析】　本题考查的是地理知识。注意题干的说法,"南极上空在春天到初夏期间会有臭氧耗损、臭氧层变薄的情形",我们知道,南北半球的季节是相反的,南半球的"春天到初夏"应该是北半球的"秋天到初冬",据此,即使没有地理知识也可以判断出正确答案。

13. 水体的富营养化是今年太湖蓝藻爆发的主要原因之一。下列有关"富营养化"的说法,不正确的一项是

A. 水生生物大量繁殖,破坏了水体的生态平衡。

B. 藻类植物集中在水层表面,光合作用释放出的 CO_2 阻止了大气中 O_2 的溶入。

C. 富营养化是因水体中 N、P 等植物必需的元素含量过多而使水质恶化。

D. 富营养化发生在海洋中,浮游生物暴发性繁殖,使水变成红色,称为"赤潮"。

【答案】　B

【解析】　本题考查生物知识。水体的富营养化致使水体处于严重的缺氧状态,实际是由于藻类的呼吸作用及死亡藻类的分解作用造成的,而不是像选项 B 所表述的那样,由于"光合作用"。藻类植物、苔藓植物、蕨类植物、种子植物等凡是有叶绿素的植物都是光能自养植物,都能进行光合作用。光合作用是:植物的叶绿体(素)吸收光能,把无机物的 CO_2 和水合成有机物并

放出 O_2。而生物的有氧呼吸则相反:是在 O_2 参与下把有机物彻底分解为 CO_2 和水并放出大量能量的过程。其实,本题考查的是植物的光合作用,即使没有有关"富营养化"的知识,只要了解植物的光合作用是吸收二氧化碳,放出氧气,也可以判断出 B 项表述的错误。

14. 非特异性免疫又称先天性免疫,是机体在长期的种系发育和进化过程中,不断与外界侵入的病原微生物及其他抗原异物接触和作用中,逐渐建立起来的一系列防卫机制。特异性免疫又称后天性免疫,是机体在生活过程中接触病原微生物及抗原异物后产生的免疫力。下列属于非特异性免疫的是

    A. 接种牛痘预防天花　　　　　　 B. 患麻疹后不会再感染麻疹
    C. 唾液内溶菌酶的杀菌作用　　　 D. 注射流行性乙型脑炎预防疫苗

【答案】　C

【解析】　本题考查生物知识。从题干为"非特异性免疫"所作的界定可以知道,这种免疫是先天具有的,而不是后天形成的,非特异性免疫的特点是人人生来就有,不针对某一种特定的病原体,而是对多种病原体都有一定的防御作用。非特异性免疫包括人体的皮肤、黏膜等组成的第一道防线,以及体液中的杀菌物质和吞噬细胞组成的第二道防线。唾液内的溶菌酶属于体液中的杀菌物质。选项中 ABD 是后天形成的免疫力,只有 C 项是先天就有的。

15. 下列关于"消费者物价指数(CPI)"的说法,不正确的一项是

    A. 该指标的上升意味着居民生活成本下降
    B. 通常作为观察通货膨胀水平的重要指标
    C. 该指标较大时可能出现经济运行不稳定
    D. 反映与居民生活有关的商品价格与劳务价格的统计物价变动指标

【答案】　A

【解析】　本题考查的是经济学常识。消费者物价指数是反映与居民生活有关的产品及劳务价格统计出来的物价变动指标,通常作为观察通货膨胀水平的重要指标。如果消费者物价指数升幅过大,表明通胀已经成为经济不稳定因素,央行会有紧缩货币政策和财政政策的风险,从而造成经济前景不明朗。该指标上升,意味着居民生活成本的上升,而不是下降。

二、填空题

16. 在下列各句横线处,依次填入最恰当的词语。
    ① 误会产生之后,人们并没有给他_____的机会。
    ② 这两个问题之间没有什么关联,需要_____处理。
    ③ 大家的力量_____在一起,就没有克服不了的困难。

    A. 分辨　　各别　　会合　　　　　 B. 分辩　　个别　　会合
    C. 分辨　　各别　　汇合　　　　　 D. 分辩　　个别　　汇合

【答案】　B

【解析】　本题考查的是近义词辨析。"分辨"和"分辩"的区别在于前者侧重于辨认,后者侧重于辩白,要用语言来解释;从语境来看,有了误会,人们没有给他解释的机会,应该用后者。据此可排除 AD。"个别"和"各别",前者是"单个"或"各个"的意思;后者是各不相同,有区别。从句意看,应该是需要分开,一个一个地处理,据此可排除 C 项。"会合"与"汇合"都有聚集的意

思,不过后者更多用于水流的聚集。

17. 在下面文字的横线处依次填入恰当的标点符号。

飞乃厉声大喝曰_____"我乃燕人张翼德也_____谁敢与我决一死战_____"声如巨雷_____
_____曹军闻之_____尽皆股慄。

A. :。?。,　　　　　　　　　　B. :，！，
C. :，?。,　　　　　　　　　　D. ，！！，:

【答案】　A

【解析】　本题考查标点符号的用法。解答这类题应该充分利用选择题的特点,用排除法解题。第一空,"大喝曰"这样提示性语言后面,应该用冒号提示下文,可排除 D 项;第二空,"我乃燕人张翼德也",已经表明了一个完整的意思,应该用句号,排除 BC 两项。第三空是问话,当然应该用问号;第四空前面句子"声如巨雷"一个意思表达完整,应该用句号;后面"曹军闻之"怎么样呢? 话还没有说完,所以第五空应该用逗号。值得注意的是,有些同学拿着自己手中的某个版本的《三国演义》来与答案对照,而不是按照标点符号用法采用排除法来解题,只看到了第二个空可以用感叹号,就误选了 D 项,而不考虑第一空的冒号和第五空的逗号,当然很难得出正确答案了。本题语料出自《三国演义》第四十二回 张翼德大闹长坂桥,刘豫州败走汉津口。

18. 在文字的横线处,依次填入最恰当的关联词语。

中国人和日本人还是不同,_____中国人和日本人的不同,在外表上不容易看出来。因为每一个国家的国民,都有他特别的遗传和环境。_____自然就有了他的国民性。由这一点来讲,_____不能理解一国的国民性,就很难欣赏一国的文学。中国人写文章,是以维持世道人心为目的,_____,作者想写的东西并不一定都是"载道"的东西。

A. 而且　　因此　　即使　　当然　　B. 而且　　因此　　假使　　自然
C. 只是　　所以　　即使　　自然　　D. 只是　　所以　　假使　　当然

【答案】　D

【解析】　本题考查的是关联词语的用法。解答这类题,首先要分清语段各句之间的关系,然后再选用恰当的关联词语。第一空前后,前面说"不同",后面有说这个不同"不容易看出来",应该是转折关系,选"只是",排除 AB 两项。"当然"和"自然"都可以作副词,都可以表示符合事理,没有疑义,但"当然"可以用在主语的前面,多有停顿。

19. 在下面文字中的横线处填上一句话,使之与上下文衔接。

有位名人说过,道德和才艺是远胜于富贵的资产。因为_____,道德和才艺却可以是一个凡人成为不朽的神明。

A. 道德和才艺是永远的,富贵和资产只能是暂时的
B. 显贵的门第和巨额的财产可以因子孙的堕落而败坏、荡毁
C. 道德和才艺是永远可靠的,富贵和资产始终是不可靠的
D. 道德和才艺是变化的,富贵和资产也是变化的

【答案】　B

【解析】　本题考查的是消极修辞中的连贯。从题干所提供的语境来看,第一句已经给出了比较对象:"道德和才艺"与"富贵的资产"。第二个句子是对第一句的解说,并且已经给出了比

较的一方"道德和才艺",那么要求填写的句子只能是谈比较的另一方"富贵的资产"了。ACD三个选项都包含有比较的双方,和后面的"道德和才艺却可以是一个凡人成为不朽的神明"无法衔接。

20. 根据对仗的要求,在下面横线上填入最贴切的句子。

江风送月海门东,人到江心月正中。

_____,一船鸡犬欲腾空。

帆如云气吹将灭,灯近银河色不红。

如此宵征信奇绝,三更三点水精宫。

A. 半数佛花香易散　　　　　　B. 二月郊行最有情

C. 万里鱼龙争照影　　　　　　D. 三千组练挥银刀

【答案】　C

【解析】　本题考查的是积极修辞中的对偶知识。这首诗是清代袁枚的《江中看月作》。从对偶的要求来看,"万里"对"一船"数量词对数量词;"鱼龙"对"鸡犬",名词对名词,并且都是联合式结构;"争照影"对"欲腾空",动词对动词,对仗十分工稳。其他三项的第二个词语"佛花""郊行""组练"都是偏正式结构。后面的内容结构也不相同。

21. 判断下列各句横线处必须加"的"字的一组。

① 为了实施西部大开发战略,加快当地经济____发展,国家将在西部新建十大工程。

② 天文学家在太阳系外共发现28颗行星,它们____存在是通过间接渠道推断出来的。

③ 风险投资的注入可以使你____钱袋立即充盈,有实力去市场上拼抢厮杀谋求发展。

④ 他有"乒坛黑马"之称,具备快、灵、狠的特点,是欧亚高手取胜____最大障碍。

A. ①②　　　　B. ①③　　　　C. ③④　　　　D. ②④

【答案】　D

【解析】　本题考查的是结构助词"的"字的用法。在比较长的句子中,表示领属性关系的时候,结构助词"的"常常可以省略,但有一个前提,就是省略之后不能造成歧义。例如②句,"它们"和"存在"是偏正关系,如果省略了"的"字,就变成主谓关系了,④句也是如此,"取胜"和"障碍"之间本来是偏正关系,而如果省略了"的"字,往往会被人误解为动宾关系。

22. 在下列诗句的空格中,依次填入最恰当的词语。

① 无边_____萧萧下,不尽长江滚滚来。

② _____不是无情物,化作春泥更护花。

③ 细数_____因坐久,缓寻芳草得归迟。

④ 归云堕碧粘僧屐,_____飘红上客衫。

A. 落木　落红　落花　落叶　　　　B. 落木　落红　落叶　落花

C. 落叶　落木　落红　落花　　　　D. 落木　落花　落红　落叶

【答案】　A

【解析】　本题考查词语的选用。前两句本来就是大家非常熟悉的诗句,一个是杜甫的《登高》,一个出自龚自珍的《己亥杂诗》,排除CD应该不难。第三句出自王安石的《北山》,全诗是:北山输绿涨横陂,直堑回塘滟滟时;细数落花因坐久,缓寻芳草得归迟。第四句是宋代诗人舒坦的《游云湖过香山偶成二首》,全诗是:尘境回头隔圣凡,参差叠嶂巧如鑱。归云堕碧粘僧屐,落叶飘红上客衫。果熟遥看猿渡涧,风号定想虎离岩。长天自有无穷景,未信西冈日半衔。关键在于"落花"、"落叶"哪一个在前面的问题。如果注意到第三句后面的"芳草"应该对"落花"才合适,因为"落叶"该是秋天了,恐怕也就没有谁去寻"芳草"了。

23. 日本女作家紫式部公元十一世纪初创作的_____,被公认为世界上第一部长篇小说。

A.《雨月物语》　　B.《竹取物语》　　C.《平家物语》　　D.《源氏物语》

【答案】　D

【解析】　本题考查的是文学常识。《源氏物语》成书于 1001 年至 1008 年间,是世界上最早的长篇写实小说,作者是日本著名女作家紫式部。《平家物语》是十三世纪日本镰仓时代的一部长篇历史小说。《竹取物语》是日本最早一部物语文学,创作于 10 世纪初。《雨月物语》是日本作家上田秋成在 1768 年写的作品。

24. 毛泽东《论持久战》说:"有计划地造成敌人的错觉,给以不意的攻击,是造成优势和夺取主动的方法,而且是重要的方法。错觉是什么呢?'八公山上,草木皆兵',是错觉之一例。"这里"八公山上,草木皆兵"的典故出自古代的_____。

A. 垓下之战　　　B. 官渡之战　　　C. 淝水之战　　　D. 赤壁之战

【答案】　C

【解析】　本题考查的是历史知识。"八公山上,草木皆兵"的典故出自古代的淝水之战。《晋书·苻坚载记下》:"(苻)坚与苻融登城而望王师,见部阵齐整,将士精锐,又北望八公山上草木皆类人形,顾谓融曰:'此亦劲敌也,何谓少乎?'怃然有惧色。"

25. 人民法院审理_____案件,必须进行调解。

A. 离婚　　　B. 继承遗产　　　C. 借款合同　　　D. 追索劳动报酬

【答案】　A

【解析】　本题考查的是法律常识。《婚姻法》第三十二条规定:"男女一方要求离婚的,可由有关部门进行调解或直接向人民法院提出离婚诉讼。人民法院审理离婚案件,应当进行调解;如感情确已破裂,调解无效,应准予离婚。""应当进行调解"是人民法院审理离婚案件的必经程序。人民法院调解不同于诉讼外调解,它是司法机关行使审判职能的重要构成内容。人民法院受理离婚案件后,首先应当进行调解,不经调解就直接进行判决是违反法定程序的。

26. "学然后知不足,教然后知困"这句话反映了_____的师生关系。

A. 尊师爱生　　B. 民主平等　　C. 教学相长　　D. 辩证统一

【答案】　C

【解析】　本题考查的是教育学常识。题干语出《礼记·学记》:"学然后知不足,教然后知困。知不足然后能自反也;知困然后能自强也;故曰教学相长也。"意谓教师自身通过"教"和"学"可以互相促进。如果从教师自身角度来说,应该是辩证统一的关系。现在指师生之间相互学习,共同提高。本题问的是"师生关系",所以应该选 C 项。

27. 某地区青蛙被大量捕捉,致使稻田里害虫大量繁殖,造成水稻减产,生态平衡失调。其主要原因是生态系统的_____遭到了破坏。

A. 分解者　　　B. 食物链　　　C. 生产链　　　D. 消费者

【答案】　B

【解析】　本题考查的是生物学知识。生态系统的结构包括:生态系统的成分,食物链和食物网。生态系统的成分又包括生产者(自养生物)、消费者(动物)和分解者(细菌、真菌等)。食物链是:在生态系统中,各种生物之间由于食物关系而形成的一种联系。稻田里有这样的食物链:水稻→害虫→青蛙。一旦青蛙被大量捕捉,一定会导致稻田里害虫大量繁殖,造成水稻减产,生态平衡失调。生态系统的结构被破坏。

28. 生态系统是指在一定的空间内生物成分和非生物成分相互作用、相互依存而构成的一个生态学功能单位,_____是生态系统的主要功能。

    A. 通过光合作用制造有机物质并释放氧气

    B. 为人类提供生产和生活资料

    C. 维持能量流动和物质循环

    D. 保持生态平衡

【答案】 C

【解析】 本题考查的是生物学知识。生态系统是英国生态学家 Tansley 于 1935 年首先提出来的,指在一定的空间内生物成分和非生物成分通过物质循环和能量流动相互作用、相互依存而构成的一个生态学功能单位。生态系统的主要功能就是进行能量流动和物质循环。A 项是生态系统中的生产者(绿色植物)的功能。生态系统发展到一定阶段,它的结构和功能能够保持相对稳定,就达到了生态平衡。这是生态系统运行的结果,而不是它的"功能"。至于"为人类提供生产和生活资料"也是生态系统运行的结果。

29. 像蚂蚁、蜜蜂等社会性昆虫的群聚生活,个体之间有明确的分工,同时又通力合作,共同维护群体的生存。它们的相互之间是_____的关系。

    A. 竞争   B. 互利寄生   C. 捕食   D. 种内互助

【答案】 D

【解析】 本题考查的是生物学知识。同种生物的不同个体或群体之间的关系叫种内关系。例如:蚂蚁、蜜蜂等社会性昆虫,在群体内部的个体之间有明确的分工,同时又通力合作,属于种内关系,个体之间是互利的,所以选 D。A、B、C 三项研究的是种间关系。两种生物生活在一起,相互争夺资源和空间等,这种现象叫竞争。例如:生活在一片草地上的牛和羊。两种生物共同生活在一起,互相依赖,彼此有利,这种关系叫互利共生。例如:豆科植物和根瘤菌之间的关系。捕食关系是一种生物以另一种生物作为食物的现象。例如:兔以某些植物为食,狼以兔为食。

30. 光的波长较短,因此,在一般的光学实验中,光在均匀介质中都是直线传播的。但是当障碍物尺度与光的波长相当或者比光的波长小时,光线会偏离直线路径而绕到障碍物阴影里去,这是_____现象。

    A. 光的衍射   B. 光的干涉   C. 光的散射   D. 光的偏振

【答案】 A

【解析】 本题考查物理知识。光绕过障碍物传播的现象称为光的衍射现象;光的干涉指两列光波相遇叠加出现的明暗相间条纹;光的散射指光传播过程中遇到小颗粒的发散现象;光的偏振指光的振动方向,自然光各个振动方向都有,但反射光往往仅有一个振动方向,称为偏振光。题干的表述就是"光的衍射"的定义。

三、阅读题

（一）阅读下面短文，回答下列五道题。

"渐"的作用，就是用每步相差极微极缓的方法来隐蔽时间的过去与事物的变迁的痕迹，使人误认其为恒久不变。这真是造物主骗人的一大诡计！这有一件比喻的故事：某农夫每天朝晨抱了犊而跳过一沟，到田里去工作，夕暮又抱了它跳过沟回家。每日如此，未尝间断。过了一年，犊已渐大，渐重，差不多变成大牛，但农夫全不觉得，仍是抱了它跳沟。有一天他因事停止工作，次日就再不能抱了这牛而跳沟了。造物的骗人，使人留连于其每日每时的生的欢喜而不觉其变迁与辛苦，就是用这个方法的。人们每日在抱了日重一日的牛而跳沟，不准停止。自己误以为是不变的，其实每日在增加其苦劳！

我觉得时辰钟是人生的最好的象征了。时辰钟的针，平常一看总觉得是"不动"的；其实人造物中最常动的无过于时辰钟的针了。日常生活中的人生也如此，刻刻觉得我是我，似乎这"我"永远不变，实则与时辰钟的针一样的无常！一息尚存，总觉得我仍是我，我没有变，还是留连着我的生，可怜受尽"渐"的欺骗！

"渐"的本质是"时间"。时间我觉得比空间更为不可思议，犹之时间艺术的音乐比空间艺术的绘画更为神秘。＿＿＿＿＿空间姑且不追究它如何广大或无限，我们总可以把握其一端，认定其一点。时间则全然无从把握，不可挽留，只有过去与未来在渺茫之中不绝地相追逐而已。性质上既已渺茫不可思议，分量上在人生也似乎太多。因为一般人对于时间的悟性，似乎只够支配搭船乘车的短时间；对于百年的长期间的寿命，他们不能胜任，往往迷于局部而不能顾及全体。试看乘火车的旅客中，常有明达的人，有的宁牺牲暂时的安乐而让其座位于老弱者，以求心的太平（或博暂时的美誉）；有的见众人争先下车，而退在后面，或高呼"勿要轧，总有得下去的！""大家都要下去的！"然而在乘"社会"或"世界"的大火车的"人生"的长期的旅客中，就少有这样的明达之人。所以我觉得百年的寿命，定得太长。像现在的世界上的人，倘定他们搭船乘车的期间的寿命，也许在人类社会上可减少许多凶险残惨的争斗，而与火车中一样的谦让，和平，也未可知。

（选自丰子恺《缘缘堂随笔》，人民文学出版社，2000年版，个别字有改动）

31. 第一段中，作者引用那个比喻的故事，意在说明

A. 造物的骗人，使人留连于其每日每时的生的喜欢而不觉其变迁与辛苦，就是用这个方法的。

B. "渐"的作用，就是用每步相差极微极缓的方法来隐蔽时间的过去与事物的变迁的痕迹，使人误认其为恒久不变。

C. 人们每日在抱了日重一日的牛而跳沟，不准停止。

D. 自己误认为是不变的，其实每日在增加其苦劳！

【答案】 B

【解析】 本题意在考查材料与观点的关系。这是本段的观点句，引用这个比喻，就是为了证明观点的。ACD 三项是在对这个故事进行分析、总结。

32. 作者认为时辰钟是人生最好的象征，因为

A. 时辰钟像"渐"一样，一直在欺骗我们。

B. 时辰钟的针平时不动,就好像人生中的我也始终是我。

C. 时辰钟的针看似不动,实则常动,就像人生中的我,刻刻是我,又刻刻在变。

D. 时辰钟的针是最常动的,就好像人生中的我也是无常的。

【答案】 C

【解析】 本题考查信息的筛选,正确答案是 C 项。题干的这句话,是第二段的主旨句,接下来就是对它的进一步解说。A 项的表述,是对"欺骗"的误解,这里的"欺骗",应该是"误导"的意思。B 项"时辰钟的针平时不动"的说法不正确,在文中看,只是人"总觉得"不动,实际是最常动的。D 项中"就好像人生中的我也是无常的"的说法不准确,它源自"实则与时辰钟的针一样的无常"一句,这句中的"无常"实际是"时时在动"的同义语。

33. 第三段中,在画线处填入的关联词,最恰当的一个是

A. 因为　　　　B. 而且　　　　C. 不过　　　　D. 所以

【答案】 A

【解析】 本题考查关联词语的使用。这一句是对前一句的解说,和前一句构成因果关系,前一句是"果",这一句是"因",因此,只有表示因果关系的"因为"最为恰当。

34. 下列词语与第一和第二段中"骗"和"欺骗"的含义最接近的是

A. 欺诈　　　　B. 诱惑　　　　C. 隐瞒　　　　D. 误导

【答案】 D

【解析】 本题考查的是词义的理解。在文中,主要表达的是时间引起人的错觉,使人误认为是恒久不变的,而不是主观上去"欺诈"、"诱惑"、"隐瞒"什么,因此,应该选"误导"。

35. 对于"渐"的理解,不恰当的一项是

A. 全然无从把握,不可挽留,只有过去与未来在渺茫之中不绝地相追逐而已。

B. 不管它如何广大或无限,我们总可以把握其一端,认定其一点。

C. 性质上渺茫不可思议。

D. 分量在人生也似乎太多。

【答案】 B

【解析】 本题考查词义的理解。对"渐"的解释,集中在第三段。作者认为,"渐"的本质是"时间",ACD 的表述都是对"时间"特征的解说,而 B 项是对"空间"的解说。张冠李戴,偷换概念。

(二)阅读下面短文,回答下列五道题。

　　正在热闹哄哄的时节,只见那后台里,又出来了一位姑娘,年纪约十八九岁,装束与前一个毫无分别,瓜子脸儿,白净面皮,相貌不过中人以上之姿,只觉得秀而不媚,_____,半低着头出来,立在半桌后面,把梨花简丁当了几声,然是奇怪:只是两片顽铁,到她手里,便有了五音十二律以的。又将鼓槌子轻轻地点了两下,方抬起头来,向台下一盼。那双眼睛,如秋水,如寒星,如宝珠,如白水银里头养着两丸黑水银,左右一顾一看,连那坐在远远墙角子里的人,都觉得王小玉看见我了;那坐得近的,更不必说。就这一眼,满园子里便鸦雀无声,比皇帝出来还要静悄得多呢,连一根针掉在地下都听得见响!

　　王小玉便启朱唇,发皓齿,唱了几句书儿。声音初不甚大,只觉入耳有说不出来的妙境:五脏

六腑里,像熨斗熨过,无一处不伏帖;三万六千个毛孔,像吃了人参果,无一个毛孔不畅快。唱了十数句之后,渐渐的越唱越高,忽然拔了一个尖儿,像一线钢丝抛入天际,不禁暗暗叫绝。哪知她于那极高的地方,尚能回环转折;几啭之后,又高一层,接连有三四叠,节节高起。恍如由傲来峰西面攀登泰山的景象:初看傲来峰削壁千仞,以为上与天通;及至翻到傲来峰顶,才见扇子崖更在傲来峰上;及至翻到扇子崖,又见南天门更在扇子崖上:愈翻愈险,愈险愈奇。

那王小玉唱到极高的三四叠后,陡然一落,又极力骋其千回百折的精神,如一条飞蛇在黄山三十六峰半中腰里盘旋穿插。顷刻之间,周匝数遍。从此以后,愈唱愈低,愈低愈细,那声音渐渐地就听不见了。满园子的人都屏气凝神,不敢少动。约有两三分钟之久,仿佛有一点声音从地底下发出。这一出之后,忽又扬起,像放那东洋烟火,一个弹子上天,随化作千百道五色火光,纵横散乱。这一声飞起,即有无限声音俱来并发。那弹弦子的亦全用轮指,忽大忽小,同他那声音相和相合,有如花坞春晓,好鸟乱鸣。耳朵忙不过来,不晓得听那一声的为是。正在缭乱之际,忽听霍然一声,人弦俱寂。这时台下叫好之声,轰然雷动。

(节选自刘鹗《老残游记》,齐鲁书社,1985 年版,个别字有改动)

36. 结合上下文,在文中横线处填入最恰当的词句。

A. 高贵典雅　　　B. 清而不寒　　　C. 艳而不俗　　　D. 风韵犹存

【答案】　B

【解析】　本题考查的是词语的使用。这是一段肖像描写,由于前面已经对黑妞的肖像作了描写,说她"一件蓝布外褂儿,一条蓝布裤子,都是黑布镶滚的。虽是粗布衣裳,倒十分洁净",这里再说白妞就只说"装束与前一个毫无分别",如果没有读过这段文字的人答起来可能会有些难度。但这段是中学教材选用的篇章,应该知道,白妞王小玉是一位说书的艺人,只有十八九岁,"风韵犹存"是说"半老徐娘"的,显然不合适;"高贵典雅",与其身份不符;一身粗布衣服,又都是蓝色的,大概很难说是"艳而不俗"。所以,只有 B 项"清而不寒"恰当。

37. 文章除了描写王小玉的歌声,还着重描写了她的

A. 唇齿　　　B. 体态　　　C. 动作　　　D. 眼睛

【答案】　D

【解析】　本题考查的是对人物描写的把握。节选部分第一段侧重于肖像描写,后两端则侧重于对歌声的描写了。肖像描写中,又特别突出描写了人物的眼睛。"那双眼睛,如秋水,如寒星,如宝珠,如白水银里头养着两丸黑水银"是正面描写,"左右一顾一看,连那坐在远远墙角子里的人,都觉得王小玉看见我了;那坐得近的,更不必说。就这一眼,满园子里便鸦雀无声,比皇帝出来还要静悄得多呢,连一根针掉在地下都听得见响"是侧面烘托。

38. 文中写歌声"像一线钢丝抛入天际",不是指

A. 高亮悦耳　　　B. 余音绕梁　　　C. 飞扬飘逸　　　D. 富有弹性

【答案】　C

【解析】　本题考查的是对比喻的理解。比喻要有相似点,"像一线钢丝抛入天际",是比喻歌声"高亮悦耳""富有弹性",同时也可以给人一种"余音绕梁"的感觉。但说"飞扬飘逸",就和"钢丝"这一喻体不一致了。

39. 形容王小玉的说唱,主要运用的修辞手法是

A. 比喻　　　B. 夸张　　　C. 拟人　　　D. 排比

【答案】 A

【解析】 本题考查修辞手法的辨认。这一段文字是历来公认的描写声音的杰作。其主要特点就是大量运用了比喻。其他修辞手法也有,但不是"主要"的。

40. 文章用各种感官感觉的描写来表现王小玉的歌声。下列选项中与文章不符的是

A. 触觉、味觉、视觉　　　　　　　B. 听觉、味觉、视觉

C. 嗅觉、听觉、味觉　　　　　　　D. 听觉、触觉、视觉

【答案】 C

【解析】 本题考查的是信息的筛选。节选的这段文字,运用了通感修辞,从触觉(五脏六腑里,像熨斗熨过,无一处不伏帖)、听觉(有如花坞春晓,好鸟乱鸣)、视觉(如一条飞蛇在黄山三十六峰半中腰里盘旋穿插,像放那东洋烟火,一个弹子上天,随化作千百道五色火光,纵横散乱)、味觉(三万六千个毛孔,像吃了人参果,无一个毛孔不畅快)等几个角度来进行比喻,形象生动,新颖别致。但没有从嗅觉上设喻。

(三)阅读下面短文,回答下列五道题。

二丑艺术

浙东的有一处的戏班中,有一种脚色叫做"二花脸",译得雅一点,那么,"二丑"就是。他和小丑的不同,是不扮横行无忌的花花公子,也不扮一味仗势的宰相家丁,他所扮演的是保护公子的拳师,或是趋奉公子的清客。总之:身分比小丑高,而性格却比小丑坏。

义仆是老生扮的,先以谏净,终以殉主;恶仆是小丑扮的,只会作恶,到底灭亡。而二丑的本领却不同,他有点上等人模样,也懂些琴棋书画,也来得行令猜谜,但倚靠的是权门,凌蔑的是百姓,有谁被压迫了,他就来冷笑几声,畅快一下,有谁被陷害了,他又去吓唬一下,吆喝几声。不过他的态度又并不常常如此的,大抵一面又回过脸来,向台下的看客指出他公子的缺点,摇着头装起鬼脸道:你看这家伙,这回可要倒楣哩!

这最末的一手,是二丑的特色。因为他没有义仆的愚笨,也没有恶仆的简单,他是智识阶级。他明知道自己所靠的是冰山,一定不能长久,他将来还要到别家帮闲,所以当受着豢养,分着余炎的时候,也得装着和这贵公子并非一伙。

二丑们编出来的戏本上,当然没有这一种脚色的,他那里肯;小丑,即花花公子们编出来的戏本,也不会有,因为他们只看见一面,想不到的。这二花脸,乃是小百姓看透了这一种人,提出精华来,制定了的脚色。

世间只要有权门,一定有恶势力,有恶势力,就一定有二花脸,而且有二花脸艺术。我们只要取一种刊物,看他一个星期,就会发见他忽而怨恨春天,忽而颂扬战争,忽而译萧伯纳演说,忽而讲婚姻问题;但其间一定有时要慷慨激昂的表示对于国事的不满:这就是用末一手来了。

这最末的一手,一面也在遮掩他并不是帮闲,然而小百姓是明白的,早已使他的类型在戏台上出现了。

一九三六年六月十五日

(选自鲁迅《准风月谈》,人民文学出版社,1973年版)

41. "二丑们编出来的戏本上,当然没有这一种脚色的。"这一句话中的"二丑"指的是

A. 智识阶级　　　　　　　　　　　B. 戏剧作家

C. 担任二丑脚色的演员　　　　　D. 言行与"二丑"脚色相类似的某些文人

【答案】　D

【解析】　本题表面上考查的是词义的理解,实际考查的是文意的把握。本文是一篇杂文,是一篇文艺性的政论文,其特点在于"言在此而意在彼",本文就是从戏剧中的"二丑"入手,去讽刺那些言行与"二丑"类似的文人的。"二丑们编出来的戏本上",很显然,是指既具有"二丑"特质,又能"编戏本"的人。当然只有 D 项的表述是最为准确的了。

42. 对社会生活中的"二丑们",作者在文中的态度是

A. 抨击　　　　B. 讽刺　　　　C. 怜悯　　　　D. 戏谑

【答案】　B

【解析】　本题考查的是对文意的把握。从文章主旨来看,说作者的态度是"怜悯""戏谑"显然都不恰当,而"抨击",是用言语或评论来攻击某人或某种言论、行动,往往要选用政论文的形式。作为杂文,嬉笑怒骂皆成文章,应该是用比喻、夸张等手法对人或是进行揭露、批评或嘲笑的"讽刺"。

43. 下列句子,能反映"二丑"作为权门帮闲性质的是

A. 身分比小丑高,而性格却比小丑坏。

B. 他没有义仆的愚笨,也没有恶仆的简单,他是智识阶级。

C. 尽管装着和这贵公子并非一伙,但他依靠权门,凌蔑百姓,受着豢养,分着余炎。

D. 有谁被压迫了,他就来冷笑几声,畅快一下,有谁被陷害了,他又去吓唬一下,吆喝几声。

【答案】　C

【解析】　本题考查的是文意的把握,正确答案是 C 项。"性质",是一种事物区别于其他事物的根本属性,ABD 都不足以反映其"帮闲"的特征。A、B 两项是说"二丑"与其他脚色的区别,D 项是说"二丑"对于"寒门"的做法。只有 C 项,说的才是"二丑"们"权门帮闲的性质"。

44. 对二丑与其主子关系性质的说法,恰当的一项是

A. 主仆　　　　B. 主客　　　　C. 不客不仆　　　　D. 名客实仆

【答案】　D

【解析】　本题考查的是信息的筛选。从文中看,作者把二丑与"义仆""恶仆"相比较,就已经表明其"仆"的地位了,"倚靠的是权门,凌蔑的是百姓"也足以表明其奴才身份。但他又偏要"装着和这贵公子并非一伙",装成"清客"。第一段中"他也不扮一味仗势的宰相家丁"是说他的"实","所扮演的是保护公子的拳师,或是趋奉公子的清客",这是他的"名"。因此,它与主子的关系不是一般的"主仆",而是"名客实仆"。

45. 第五段"这就是用出末一手来了"一句中的"末一手",在舞台表演中指的是

A. 遮掩他并不是帮闲。

B. 他将来还要到别家帮闲。

C. 一面又回过脸来,向台下的看客指出他主子的缺点。

D. 一定有时要慷慨激昂的表示对于国事的不满。

【答案】　C

【解析】　本题考查的是对非指代性词语指代义的理解,也是对议论文中比喻论证的本体、喻体的辨别。注意题干"在舞台表演中"的要求,应该能确定在第二段。第三段开头"这最末的

"一手"也已表明,二段末尾"一面又回过脸来,向台下的看客指出他主子的缺点"就是"在舞台表演中"的"末一手"。从整体来看,文章第二段是说"二丑"角色在舞台上的表演,第五段是说"二丑"式的文人在生活中的表演。生活中的表演不容易被人认清,鲁迅说"这就是用出末一手来了",是在指出,一些文人"慷慨激昂的表示对于国事的不满"就像"二丑"角色在舞台上"回过脸来,向台下的看客指出他主子的缺点"一样。

（四）阅读下面短文,回答下列五道题。

"温室效应"与"阳伞效应"

在近百万年的地球气温变迁中,严寒的冰河期和温暖的间冰期曾交替出现。在冰河期,陆地冰川遍地,海水相对减少,海平面比今天要低 100～145 米。而在间冰期,冰川融化,海平面比今天要高 15～30 米。今天,人类居住的地球冰河尚未完全消失,可认为是处于冰河期的末尾。现在令人关注的是:地球今后是继续变暖使冰河期彻底结束而迎接间冰期到来呢？还是再次从寒冷又进入一个新的冰河期？人类对此虽尚难以预测,但"温室效应"和"阳伞效应"能给我们提供某些启示。

人类对地球气温变化的干预能力虽然极其渺小,但因为地球表面温度的平衡是以十分微妙的力学关系来维持的,只要对它施以较少的能量,就有打破热平衡的可能。人类活动可使大气中的二氧化碳、尘埃、水汽等增加,改变大气的成分,也能影响大气的透明度和热能辐射,从而导致地球气温发生变化。而导致地球气温变化的主导因素,是"温室效应"和"阳伞效应"。

地球外围大气层中的二氧化碳,能够透射太阳短波辐射,使热能容易到达地球表面;而对地面的长波辐射又有极强的吸收能力,既能将地球释放的热能截留在二氧化碳层内,不致逸入宇宙空间,同时通过逆反射又将热能返回地面。所以大气中二氧化碳浓度稍有增加,就会导致地面温度上升,全球气温变暖,即为"温室效应"。

而"阳伞效应"实质上是大气中人为尘埃的气候效应。大气中除火山爆发等自然原因产生尘埃外,人为因素产生的尘埃日益增加。随着人口的增长和工业的发展,通过工厂、交通工具和家庭炉灶及焚烧垃圾等产生的烟尘、废气,正越来越多地散发着大量的微尘粒子,造成大气污染。对大气尘埃的气候效应,一般认为微尘能把阳光反射回宇宙空间,从而减少和削弱到达地面的辐射能,这样使地球表面温度降低。大气尘埃所起的这种"遮阳伞"的作用称为"阳伞效应"。此外,尘埃还有吸湿特性,可把周围的水汽凝结在自身表面,促进和增加云雾的形成。云雾又能阻挡和减少太阳辐射到达地面,也可使地面降温。如果大气污染是下层云量增加到一定限度时,就会使冰河期再现。

综上可看出,当_____因人为的因素而被打破时,就会导致地球气候的急剧变化。但这其中是"温室效应"作用强,还是"阳伞效应"影响大,人们还难以定论。许多科学家认为地球正在变暖,这样会导致冰川融化;而也有些气象学家根据多方面的气象资料分析,认为地球将进一步变冷,可能面临着一个新的小冰河期的到来。对于这一全球性的气温问题,到底是正在变暖还是逐渐变冷,科学家们正在积极探索之中。

（节选自杨叔子主编《探索未知世界》,哈尔滨工业大学出版社,2005 年版,有删改）

46. 下列关于人类活动与全球气温变化关系的说法,表述最准确的是

A. 人类对地球气温变化的干预能力及其渺小。

B．人类活动通过改变大气的成分打破地球的热平衡，从而导致全球气候的变化。

C．人类活动造成"温室效应"和"阳伞效应"，直接导致全球气候的剧烈变化。

D．人类活动可使大气中的二氧化碳、尘埃、水汽等增加，改变大气的成分，从而造成局部气温的变化。

【答案】 B

【解析】 本题考查的是信息的筛选，主要依据第二段内容。A项"人类对地球气温变化的干预能力极其渺小"的说法在第二段的首句，这是一个转折复句，表意重点在"但"的后面，只截取这一复句的前半段，显然不准确。C项的表述错在"直接导致"，这两种效应都是通过影响大气层进而导致全球气候变化。D项的问题在于造成"局部"气温的变化的说法不准确，从第二段"从而导致地球气温发生变化"一句来看，应该是导致地球整体气温的变化。

47．根据文章，下列关于二氧化碳对地球温度影响的说法不准确的是

A．二氧化碳对地面的短波辐射有极强的吸收能力，能截留地球释放的热能。

B．将地球释放的热能截留在二氧化碳层内，同时通过逆反射又将热能返回地面。

C．大气中二氧化碳浓度稍有增加，就有可能破坏地球热平衡，导致全球气温变暖，造成"温室效应"。

D．二氧化碳能够透射太阳短波辐射，使热能容易到达地球表面，从而使地面增温。

【答案】 A

【解析】 本题考查的是信息的筛选。"二氧化碳对地面的短波辐射有极强的吸收能力，能截留地球释放的热能。"的说法来自第三段的第一句，原文是这样表述的，"地球外围大气层中的二氧化碳，能够透射太阳短波辐射，使热能容易到达地球表面；而对地面的长波辐射又有极强的吸收能力"，地面的辐射应该是"长波"，而不是"短波"。

48．下列关于"阳伞效应"的表述，不准确的是

A．"阳伞效应"实质上是大气中人为尘埃的气候效应。

B．大气中的微尘能把阳光反射回宇宙空间，从而减少太阳辐射，使地面降温。

C．火山爆发等自然原因产生的尘埃是"阳伞效应"加剧的主要原因。

D．尘埃的吸湿特性可以促进云雾的形成，起到"阳伞效应"。

【答案】 C

【解析】 本题考查的是信息的筛选，表述不准确的是C项。这在原文的第四段。本段开头一句就已经表明，"阳伞效应"实质上是大气中人为尘埃的气候效应。它的加剧，也应该是由于"人为因素产生的尘埃日益增加"。

49．结合上下文，在文中横线处填入最恰当的词语。

A．地球的力学平衡　　　　　　 B．地球稳定的热平衡

C．地球的能量平衡　　　　　　 D．"温室效应"和"阳伞效应"的平衡

【答案】 B

【解析】 本题考查的是文意的把握，正确答案是B项。"当_____被打破时"是与第二段开头句"人类对地球气温变化的干预能力虽然极其渺小，但因为地球表面温度的平衡是以十分微妙的力学关系来维持的，只要对它施以较少的能量，就有打破热平衡的可能"相呼应的，从这句来看，"打破"的应该是"热平衡"，而不会是其他。另外，原文未提到"地球的力学平衡"和"地球

的能量平衡";而"温室效应"和"阳伞效应"虽然能够改变地球气候,但也没有二者平衡的说法,这也属于无中生有一类的错误。

50. 根据文章提供的信息,下列推论不成立的是

A. 目前地球尚处于冰河期。

B. 二氧化碳和人为尘埃分别是"温室效应"和"阳伞效应"产生的主要原因。

C. 无论是"温室效应"还是"阳伞效应",都有可能使地球气候发生急剧变化。

D. "温室效应"与"阳伞效应"此消彼长,将导致地球冷暖平衡。

【答案】 D

【解析】 本题考查的是推断能力。前三项,都可以从原文中找到依据。比如 A 项,原文第一段说"今天,人类居住的地球冰河尚未完全消失,可认为是处于冰河期的末尾","冰河期的末尾"自然也是冰河期。而 D 项"'温室效应'与'阳伞效应'此消彼长,将导致地球冷暖平衡"没有根据,且与原文意思相反。文章结尾可以看出,对于这两种效应哪一种影响大,还难以定论,"将导致地球冷暖平衡"的说法属于无中生有。

第四章 备考指南

第一节 语 文 知 识

一、汉字

【考点解说】

汉字是记录汉民族语言的书写符号,是世界上最古老的文字之一。汉字是表意文字,是形音义的统一体。汉字的考查,是汉语知识考查必考的知识点之一。

汉字知识考查,主要分两部分:字音和字形,GCT 考试则多了一项字义。

(一) 字音

汉字字音的考查,是语文考查的的必考科目之一,其目的在于推广普通话。因此,考查只要求识记,不要求拼写;考查内容多是常见常用又比较容易读错的字。考查的类型有:选出字音全部正确的,选出字音有错误的,选出字音全部相同的等。试题的题面可以出现汉语拼音,也可以不出现汉语拼音。

(二) 字形

汉字字形的考查,目的在于消灭错别字。由于排版印刷等因素的制约,字形考查只考别字,不考错字;考查的内容多是常见常用又比较容易写错的字。考查的类型有:选出没有错别字的一项,选出有错别字的一项;选出有一个错别字的,选出有两个错别字的;有要求从词语中选错别字的,也有从句子中选错别字的等等。

(三) 字 义

汉字字义的考查,也是 GCT 考试的一项重要内容,几年来,每年都有这样一道题。从考查形式来看,字义的考查,考的都是词语语素义的理解。所选命题的素材,既有现代汉语常见实词,也有常用成语。汉字是音节文字,是形音义的统一体,构成词语的每一个汉字往往都会有它的含义,这就是词语的语素义。掌握一些简单的文字知识,通过对字形的分析以及习惯搭配来判断意义的正误,是解答这类题的重要方法。反过来说,如果掌握了整个词语的意义,对词语中单个语素的理解当然也会有帮助。

【试题例析】

例1. 下列加点字的注音全都正确的一组是

A. 海市蜃(shèn)楼　　良莠(yòu)不齐　　怙(gú)恶不悛

B. 为（wèi）渊驱鱼　　心广体胖（pán）　　瞠（chēng）目结舌

C. 刚愎（bì）自用　　胜券（juàn）在握　　面面相觑（qù）

D. 冠（guān）冕堂皇　　买椟（dú）还珠　　茅塞（sài）顿开

【解析】　本题是 2003 年 GCT 语文考试的第 1 题，考查的是字音知识。正确答案是 B 项。

其他三项，A 项"良莠不齐"的"莠"读三声，"怙恶不悛"的"怙"读 hù；C 项"胜券在握"的"券"读 quàn；D 项"茅塞顿开"的"塞"读 sè。

从试题所考查的十二个字来看，除了"为""冠""胖""塞"四个多音字以外，其余八个加点字都是习惯上容易读错的字。"茅塞顿开"意思是原来心里好像被茅草堵塞着，现在忽然被打开了。形容忽然理解、领悟。这里的"塞"是动词，堵塞的意思，在书面语中应该读 sè。

例 2. 下列加点字的注音全都正确的一组是

A. 觊（jì）觎　　胴（tóng）体　　恫（dòng）吓　　纨绔（kù）子弟

B. 忤（chǔ）逆　　扒（pá）窃　　伉（kàng）俪　　垂涎（xián）三尺

C. 不啻（chì）　　谄（chǎn）媚　　隽（juàn）永　　稗（bài）官野史

D. 刹（chà）那　　篡（cuàn）改　　狙（zǔ）击　　岿（kuī）然不动

【解析】　本题是 2004 年 GCT 语文考试的第 1 题，考查的也是字音知识。正确答案是 C 项。

其他三项，A 项"胴"应读 dòng，B 项"忤"应读 wǔ，D 项"狙"应读 jū。

本题考查了十六个字的读音，这十六个字中，"扒""隽""刹"三个是多音字，其余十三个都是习惯上容易读错的字。

例 3. 下列没有错别字的一句是

A. 按照上级布署，他们认真组织了一系列观摩课，师生们反应热烈。

B. 别看他俩在一起有说有笑的，其实是貌和神离。

C. 我们都迫不急待地想知道，究竟是谁能赢得最后的胜利。

D. 这哥儿俩，一个标新立异，一个循规蹈矩，差别太大了！

【解析】　本题是 2003 年 GCT 语文考试的第 2 题，考查的是字形知识。正确答案是 D 项。

其他三项，A 项"布署"的"布"应该写成"部"，要把它和"布置"的"布"分开；B 项"貌和神离"的"和"应该写成"合"；C 项"迫不急待"的"急"应该写成"及"。本题是 1992 年全国高考原题。

从这三个错别字来看，主要应该从意义角度上去辨别。"布"，有"布置"、"安排"的意思，"部"有"统率"的意思，所以，表示"对物件的安排摆放"的"布置"应该用"布"，而表示"对人力、任务的分配"的"部署"应该用"部"字。"和"（咊、龢）是形声字，本义是乐声相应；"合"是会意字，两个物件合在一起。"和"强调的是关系的协调性，"合"着眼于结构的一体性，"貌合神离"的意思是"表面上关系很密切，而实际上各有各的想法"。显然这里的"合"着眼于一体性，"合"也就不会写错了。"及"是会意字，是一只手（又）去抓一个人（上面部分是"人"字的变形），有"赶上""到""达到"等意思；"急"是形声字，从"心"，表明它指的是一种心理活动，"焦急"、"气恼"、"匆忙"、"迫切"等是它常用的义项。"迫不及待"的意思是"急迫得来不及再等待"，"及"当然不能写成"焦急"的"急"了。

例 4. 下列没有错别字的一句是

A. 此事的处理要恰如其分,当心过尤不及。

B. 物质条件好了,但仍要厉行节约,反对奢靡。

C. 老王仍在犹疑,不肯将计划合盘托出。

D. 他城府很深,有话从不直接了当地说。

【解析】 本题是 2004 年 GCT 语文考试的第 2 题,考查的也是字形知识。正确答案是 B 项。其他三项,A 项"尤"应该是"犹",C 项"合"应该是"和",D 项"接"应该是"截"。

本题的三个错别字,也还是应该从意义角度辨析。过犹不及,意指事情办得过火,就跟做得不够一样,都是不好的。"犹"在这里意为如同,而"尤",多表示程度的加深,用在这个成语中就无法理解了。和盘托出,意思是连盘子都端出来了,比喻没有保留。这里的"和"是连带的意思,用表示一体的"合"当然不对。直截了当,意为言语行动等简单爽快,而"直接"是与"间接"相对的,指不经过中间事物或中间环节,显然"直截了当"不能写成"直接了当"。

例 5. 下面各组词语中,没有错别字的一组是

A. 乐此不彼　　密云不雨　　墨守成规　　循规蹈矩

B. 靡靡之音　　诲人不倦　　漫不经心　　循循善诱

C. 坚守自盗　　杀鸡儆猴　　出人头地　　力挽狂澜

D. 投机取巧　　骇人听闻　　目不瑕接　　龙潭虎穴

【解析】 本题是 2005 年 GCT 语文考试的第 1 题,考查的还是字形知识。正确答案是 B 项。其他三项,A 项"乐此不彼"应为"乐此不疲",C 项"坚守自盗"应为"监守自盗",D 项"目不瑕接"应为"目不暇接"。

和前两年相比,本题把语境由句子换成了成语,但在解题时还是要从意义角度着手辨析。乐此不疲,意思是因喜欢做某件事而不知疲倦,"疲"是疲倦的意思,写成"彼"只是形相近,意思毫无关系。监守自盗,意为看管人盗窃自己所看管的财物,这里的"监"有看管的意思,而"坚守",是坚决守卫,不离开。这两个字显然是不能互换的。目不暇接,是指东西太多,眼睛看不过来。这里的"暇"指空闲时间,而"瑕"是玉石上的斑点,和时间毫无关系。

例 6. 下列各句中,加点词没有错别字的是

A. 满天的礼花此起彼伏,令人目不瑕接。

B. 管理的缺失使员工精神焕散,纪律松懈。

C. 述职报告应当客观翔实,又言简意赅。

D. 超女大赛风糜一时,有些人却嗤之以鼻。

【解析】 本题是 2006 年 GCT 语文考试的第 1 题,考查的还是字形知识。正确答案是 C 项。A 项"目不瑕接"是东西太多,眼睛看不过来的意思,应该用表示空闲时间的"暇"而不是表示玉石上的斑点的"瑕";B 项"焕散"是散漫、松懈的意思,应该用当"消散"讲的"涣"而不能用表示光明、光亮的"焕";D 项"风糜"本来是指草木随风而倒,应该用当"倒下"讲的"靡",不应该用当"浪费"讲的"糜"。

这道题从形式上看是前面两种题型的结合,但由于把句中某一词语加点,使整个题目考查点就集中在这四个词语上,比前两种形式难度明显降低了。

例 7. 下列加点字的释义全都正确的一组是

A．匹（个人）敌　　礼尚（注重）往来　　赦过宥（宽恕）罪

B．矜（怜悯）持　　横征暴敛（搜刮）　　欲盖弥（更加）彰

C．虔（恭敬）诚　　连篇累（连续）牍　　披（劈开）荆斩棘

D．自诩（夸耀）　　不刊（登载）之论　　化险为夷（平安）

【解析】　这是2003年GCT考试第3题，考查的是字义知识，或者说叫做词语的语素义知识。正确答案是C项。A项"匹敌"的"匹"是相当，相配，比得上，大家熟悉的词语"匹配"的"匹"也是这个意思。B项"矜持"的"矜"是慎重、拘谨，矜持的意思是因为过分拘谨而显得很不自然，用来形容人的神态，而不是描述对待别人的态度。D项"不刊之论"的"刊"是修订，删改，常见的词语"刊误"用的就是这个意思，"不刊之论"指的是非常正确，不可修改的言论。

例8. 下列加点字的释义全都正确的一组是

A．一文不名（占有）　　贪得无厌（厌烦）　　奇货可居（囤积）

B．文（掩饰）过饰非　　一衣带（连带）水　　通宵达旦（清晨）

C．原形毕（最终）露　　不速（邀请）之客　　贪赃枉（歪曲）法

D．令人发（头发）指　　负（依仗）隅顽抗　　怨天尤（归咎）人

【解析】　这是2004年GCT考试第3题，考查对常见成语语素义的准确把握。正确答案是D项。A项"贪得无厌"的意思是贪图名利之心永远没有满足的时候，这里的"厌"是"满足"的意思，而不是"厌烦"；B项"一衣带水"的意思是说水面像一条衣带那样窄，形容两岸虽然为水面所隔，但相距很近，往来方便。这里的"带"，是衣服上的"带子"，而不是动词"连带"；C项"原形毕露"指原来的面目完全暴露了，有贬义，"毕"是"全，尽"的意思，不能解释成"最终"。

例9. 下列加点字的释义全都正确的是

A．失宠（偏爱）　　韬（显示）光养晦　　老骥伏枥（马槽）

B．爽（失）约　　马革（皮）裹尸　　作茧自缚（捆绑）

C．舞蹈（顿足）　　既往不咎（过错）　　悲天悯（怜惜）人

D．龌龊（肮脏）　　不知端倪（头绪）　　臭（难闻的）味相投

【解析】　这是2005年GCT考试第2题，考查的是词语的语素义知识，正确答案是B项。A项"韬光养晦"的意思是隐藏自己的才能、锋芒，不使外露，这里的"韬"指弓或剑的套子，比喻隐藏，和"显示"没有任何关系；C项"舞蹈"是人们常见的一种文娱活动，手挥起来叫"舞"，脚跳起来叫"蹈"，解释成"顿足"就比较勉强；"既往不咎"意思是对已经过去的错误或罪责不予追究，"咎"，在这里是"追究罪责"、"责备"，是动词，解释成"过错"就变成名词了；D项"臭味相投"比喻思想、作风、爱好等相同，互相投合，多含贬义。这里的"臭"，比喻坏的思想作风、兴趣，不是真正的气味，这个解释望文生义了。

【复习指导】

通过对上面九道试题的分析可以看出，无论是汉字字音字形还是字义的考查，都离不开汉字形音义统一的特点，都应该从意义的角度辨析。因此，汉字知识的复习，一定要了解六书知识，因形定音，据义别形。

六书,是我国传统的研究汉字结构、造字规律和造字方法的学说。东汉的许慎,在他编纂的我国第一部字典《说文解字》的序言中,对六书知识作了较为准确的阐述。

1. 象形

"象形者,画成其物,随体诘诎,日、月是也。"这句话的意思是说,所谓的象形,就是用笔画描绘出所要表示的事物,让字的形体随着事物形体的曲折而有所曲折,日字、月字就是这样。象形字大多用来表示具体的有形可象的事物,如:日、月、山、川、牛、羊、鱼、鸟、人、口、手、目、眉、木、石等都是。

2. 指事

"指事者,视而可识,察而见义,上、下是也。"这句话的意思是说,所谓的指事,就是看到字形就可以认识这个字,进一步琢磨,就可以了解这个字的意义,上字、下字就是这样。这是用象征性的符号,或在象形字上加上符号,来表示某个词的造字方法。如本、末、刃、亦。

3. 会意

"会意者,比类合谊,以见指撝,武、信是也。"这句话的意思是说,所谓会意,就是选择表示几种事物的几个字,把它们集中起来,组合成一个新字,综合这几个字的意义,就是这个新字的意义。武字、信字就是这样。这是用两个或几个字组成一个字,把这几个字的意义合成一个字的意义的造字方法,如采、从、苗、林、休、炎、祭、降、陟、弄、宗、异、益、集、寇、冠等。

4. 形声

"形声者,以事为名,取譬相成。江、河是也。"这句话的意思是说,所谓形声,就是用表示一种事物的一个字标志它的名物类属,即表形;用表示另一事物的一个字比拟它的读音,即表声。表形表声的两部分相辅相成,江字、河字就是这样。

形声字的结构共有八种:

左形右声	铜	洋	硝	右形左声	攻 颈 削
上形下声	管	爸	晨	下形上声	案 贡 凳
外形内声	固	匮	衷	内形外声	问 闷 闻
形在一角	哉	腾	颖	声在一角	旗 座 房

5. 转注

"转注者,建类一首,同意相受,考、老是也。"这句话的意思是说,所谓转注,就是可以归于同一部首的一组字,它们的含义相同,可以互相解释,考字、老字就是这样。

这里说的转注,实际就是互训,就是用某些意义相同或相近的字互相解释。

6. 假借

"假借者,本无其字,依声托事,令、长是也。"这句话的意思是说,所谓假借,就是本来没有相应的字来表示的事物,借助于表示另一事物的同音字来表示,令字、长字就是这样。如难、易、止、莫。

有了六书知识作基础,就可以分别对字音、字形、字义知识进行复习了。

(一) 字音

形声字的出现,使汉字突破了表意的樊篱,变成了表意兼表音的意音文字。从例 1、例 2 两个例题看,字音的考查主要集中在多音字和习惯误读字两大类。汉字表意性的特点就决定了,读音不同,义必有异。因此,从意义角度去辨别,是确定多音字正确读音的重要方法。而习惯误读字,十有八九是形声字,由于古今语音的变化,有相当一部分形声字的声旁不能准确标音了,复习过程中,应该对这些字进行归类整理,以求准确掌握。

综上所述,字音题复习应该注意以下几点:

① 运用汉字知识,从意义角度区分字音。

② 注意相同声旁的形声字的语音特点,(包括共性和区别),进行归类整理,以求准确掌握形近字的字音。

③ 针对自己的情况,把自己经常读错的字归纳在一起,记准正确读音。

④ 认真做好练习,记牢正确读音。

(二)字形

后面四个例题是对字形的考查。从试题看,考查的内容主要是同音字和形近字。而这两类字的准确把握,还是要从字义角度着手。因此,在复习过程中,汉字表意的特点就显得尤为重要了。特别是占汉字绝大多数的形声字,它们的形旁对于意义的辨别会有很大的帮助,这是决不能忽视的。

因此,字形题的复习,应从以下三个方面入手:

1. 以义为纲,据义别形

同音字的辨析,是汉字字形题考查的重点,如果了解了每个字的意义,区别词语中的错别字就容易多了。比如,"汇"与"会"读音完全一样,也都有"聚合"的意思,但"汇"指水的汇合,如"百川所汇""汇成江河";而"会"有理解、懂得的意思,"融会贯通"自然应该写这个"会"。

2. 集中近体,分清笔画

有些字的形体十分相像,只是一笔之差,或是某一笔、几笔的长短曲直略有不同,例如"己"、"已"、"巳","盲"、"肓"、"育"等等。如果把这些字集中起来,加以比较,找出各自的笔画特点,也可以帮助我们记忆。

3. 抓住形旁,别义取字

许多音同、音近,形体也相近的字,都有共同的声旁,它们的区别只在于形旁。因此,只要抓住形旁加以辨析,就不会用错字。例如"杆"、"竿"、"秆",声旁相同,区别就在于形旁。"杆"从"木",指器物像棍子的细长部分;"秆"从"禾",指某些植物的茎;"竿"从"竹",指截取竹子的主干部分。从形旁就可以把这三个字的意义区分开了。

(三)字义

字义的理解历来被认为是考查的难点,其难点表现在两个方面:① 汉字的多义容易造成理解错误,② 不同词语中相同语素的近义造成解释困难。在复习过程中,应该注意三点:

1. 要养成查阅工具书的好习惯

对平时学习中所遇到的有关词语,如果自己拿不准,就一定要翻查字典、词典,准确理解字词以及其中关键语素的含义,日积月累,提高词汇量。

2. 要特别注意常见字词的非常用语义

这往往是命题的一个重点。如"不刊之论"这个成语中"刊"的含义是"更改",而不是常见的意义"刊登";再如"贪得无厌"的"厌"是"满足",而不是通常所用的"厌烦"等等。

3. 要注意字词的多义现象

汉语的词是由单音发展为双音乃至多音的,词的多义也是由单义演变而来的,因此其各种意义之间往往存在着一定的联系。首先要了解一个词的本义,这是最基本、最常用的意义;其次,掌握由本义推演出来的引申义,以及借本义作比喻而产生并固定下来的比喻义。

GCT考试字义的考查的多是考查词语具体的语素,解题时应该注意整体把握,在对整个词语理解的基础上把握语素义,而不要把语素和词语割裂开来,分别看待。

【巩固练习】

(一) 字音

1. 下列各组词语加点字注音没有错误的一项是:
   A. 按照(àn)   比较(jiǎo)   期末(qī)   挫折(cuō)
   B. 氛围(fēn)   曲折(qǔ)   几乎(jī)   肖像(xiào)
   C. 教室(shì)   结束(sù)   因为(wèi)   结婚(jié)
   D. 召开(zhào)   尽量(jǐn)   质量(zhì)   危险(wēi)

2. 下面加点字注音全部正确的一组是:
   A. 譬(pì)如   痉(jìng)挛   弱不禁(jìn)风
   B. 慨(kǎi)叹   玄(xián)虚   一暴(pù)十寒
   C. 省(xǐng)悟   糟粕(pò)   咬文嚼(jiáo)字
   D. 脊(jǐ)梁   穿凿(záo)   牵强(qiáng)附会

3. 对下列各组词语加点字注音完全正确的一项是:
   A. 外埠(bù)   物阜民丰(fù)   出访(fǎng)   茶坊酒肆(fāng)
   B. 暂时(zhàn)   崭露头角(zhǎn)   气氛(fēn)   纷至沓来(fēn)
   C. 条幅(fǔ)   万方辐辏(fú)   咀嚼(jǔ)   风雨无阻(zǔ)
   D. 勾当(gòu)   钩心斗角(gōu)   禁止(jǐn)   噤若寒蝉(jìn)

4. 下列各组词语中加点字的读音与所给注音全都相同的一组是:
   A. 数(shǔ)   数说   数九寒天   数落   数典忘祖
   B. 差(chā)   差别   一差二错   差遣   差强人意
   C. 与(yǔ)   与其   与人为善   参与   咸与维新
   D. 难(nán)   灾难   在劫难逃   难民   难分难解

5. 下列各组词语中加点的字的读音,与所给注音都相同的一组是:
   A. 混(hùn)   混淆   混乱   混水摸鱼   混世魔王
   B. 蒙(mēng)   蒙蔽   蒙骗   蒙头转向   蒙混过关

C. 称（chēng）　称赞　称号　称兄道弟　称心如意

D. 薄（bó）　刻薄　薄弱　妄自菲薄　日薄西山

6. 下列各组词语中加点字的读音，与所给注音全都相同的一组是：

A. 调（diào）　曲调　调查　陈词滥调　平仄不调

B. 卡（kǎ）　卡车　关卡　卡通人物　精致贺卡

C. 乘（chéng）　乘车　上乘　因利乘便　千乘之国

D. 背（bèi）　违背　背诵　背井离乡　背信弃义

7. 下列各组词语中加点的字的读音与所给注音不完全相同的一组是：

A. xiào　酷肖　肖像　神情毕肖　不肖子孙

B. xuān　寒暄　喧哗　宣泄感情　权势煊赫

C. ní　泥墙　泥淖　泥古不化　泥足巨人

D. bó　停泊　船舶　大气磅礴　日薄日山

8. 下列各组词语加点字读音全都相同的一组是：

A. 倔强　坚强　强人所难　强词夺理

B. 勾当　勾结　勾魂摄魄　一笔勾销

C. 宿命　住宿　二十八宿　宿愿得偿

D. 虚假　假定　假公济私　不假思索

9. 下列各组词语中，加点的字读音全不相同的一组是：

A. 边陲　锤炼　捶打　唾手可得

B. 彼此　山坡　波浪　疲惫不堪

C. 颠沛　嗔责　缜密　瞋目而视

D. 屹立　起讫　呓语　自古迄今

10. 下列各组词语加点字读音完全相同的一项是：

A. 前仆后继　扑朔迷离　铺张浪费　匍匐前进

B. 有的放矢　机不可失　尸位素餐　倒行逆施

C. 扑朔迷离　硕果仅存　数见不鲜　闪烁其辞

D. 挈妇将雏　携手并进　亦庄亦谐　挟嫌报复

【参考答案】

1. D。A 比较：jiào，B 曲折：qū，C 结束：shù

2. C。A 弱不禁风：jīn，B 玄虚：xuán，D 牵强附会：qiǎng

3. A。B 暂时：zàn，C 条幅：fú，D 禁止：jìn

53

4．A。B 差遣：chāi，C 参与、咸与维新：yù，D 灾难、难民：nàn

5．D。A 混水摸鱼：hún，B 蒙蔽、蒙混过关：méng，C 称心如意：chèn

6．D。A 平仄不调：tiáo，B 关卡：qiǎ，C 千乘之国：shèng

7．C。泥墙、泥古不化：nì

8．D。A 倔强：jiàng，坚强：qiáng，另两个读 qiǎng；B 勾当：gòu，C 二十八宿：xiù。

9．B。依次读为：bǐ，pō，bō，pí

10．C。A 匍匐：pú，B 有的放矢：shǐ，D 挈妇将雏：qiè。

（二）字形

1．下列词语中，没有错别字的一组是：
A．册封　　倜傥　　至高无上　　前事不忘，后世之师
B．骁勇　　阑珊　　变幻莫测　　高山仰止，景行行止
C．宣泄　　串通　　惮精竭虑　　精诚所至，金石为开
D．历练　　彪柄　　见微知著　　桃李不言，下自成蹊

2．下列词语中，没有错别字的一组是：
A．引申　　黯然失色　　自抱自弃　　走投无路
B．谰言　　别出新裁　　世外桃源　　人尽其才
C．抉择　　不骄不躁　　粗制滥造　　因材施教
D．欢度　　各行其事　　勉为其难　　原形毕露

3．下列各组词语中，没有错别字的一组是：
A．吆喝　　藕断丝连　　夙愿　　夜澜人静
B．延宕　　娇揉造作　　弥笃　　自惭形秽
C．痉挛　　惝恍迷离　　穿凿　　遐思迩想
D．讥诮　　莫可名状　　和霭　　义不容词

4．下列各组词语没有错别字的一项是：
A．原型　　原形毕露　　提携　　题纲挈领
B．反复　　翻天覆地　　摩擦　　摩拳擦掌
C．繁琐　　要言不烦　　接力　　再接再励
D．是非　　文过饰非　　陈规　　墨守陈规

5．下列各组词语没有错别字的一组是：
A．诚肯　　切中肯綮　　疾风　　愤世嫉俗
B．勉励　　励精图治　　精致　　克敌制胜
C．深奥　　港澳地区　　事端　　事得其反
D．传诵　　歌功诵德　　磨难　　摩拳擦掌

6．下列各组词语中，有错别字的一组是：
A．正规　　步入正轨　　坚韧　　坚忍不拔

B．现时　　面对现实　　不论　　不伦不类

C．发奋　　发愤图强　　绿茵　　绿阴蔽日

D．震动　　振动频率　　协调　　谐调关系

7．下列句子中没有错别字的一句是：

A．我们不能墨守成规，而要坚持科学研究先行，及时开发新的美容化装产品。

B．至少有如下两点足可令人三思：第一，文学创作和市场运作并非水火不相融；第二，文学创作绝对不是简单的市场运作。

C．翻开书卷，构想那美丽的画面，咀嚼文字中的言外之意，弦外之音，这是一种何等的享受！

D．他劝告那些不愿为公平竞争开绿灯的医药批发企业，如果还抱残守缺，只会"为渊驱鱼，为丛驱鹊"，最终将失去市场，无法生存。

8．下列句子中没有错别字的一句是

A．他为这次发言进行了充分的准备，还写了一个详细的发言题纲。

B．蔬菜检测员将运用先进的设备进行检测，一旦发现残留农药超标，蔬菜就地消毁。

C．对于侵犯未成年人合法权益的行为，任何组织和个人都有权予以劝阻和制止。

D．有关部门有必要通过立法手段，大幅提高事故责任者的赔尝金额。

9．下列语句中，没有错别字的一项是：

A．这份处理贪官的文件措词严厉，被印发传达给各级干部，以敬效尤。

B．由于学生参予讨论，变被动接受为主动学习，兴趣高涨，成绩也提高了。

C．江湖险恶，人生路上，陷井重重，千万不可掉以轻心，马马虎虎。

D．经过多次会商，他们终于达成了一致意见，以前的争吵自然烟消云散了。

10．下列各句中没有错别字的一项是：

A．将军正色地说："将在外，军命有所不受，您的这个意见，恕我不能接受。"

B．做月子要讲科学保健，从分娩结束到产妇身体恢复孕前状态，一般需要6—8周。

C．他是一个攻于心计的人，城府很深，一般人很难猜到他的意图。

D．许多人心浮气躁，急功近利，只注重应试的"实效"，忽视了认真读书。

【参考答案】

1．B。A世—事，C惮—殚，D柄—炳

2．C。A抱—暴，B新—心，D事—是

3．C。A澜—阑，B娇—矫，D蔼—霭，词—辞

4．B。A题—提，C励—厉，D陈—成

5．B。A肯—恳，C事—适，D诵—颂

6．D。谐调关系—协调关系

7．C。A装—妆，B融—容，D鹊—雀

8．C。A题纲—提纲；B消毁—销毁；D赔尝—赔偿

9．D。A敬—儆；B予—与；C井—阱

10．D。A军—君，B做—坐，C攻—工

（三）字义

1. 对下面加点词意义的解释，全恰当的一项是：

A. 日晕（光圈）。哀（悲愤）兵必胜　　出类拔（超过）萃

B. 熟稔（熟悉）　　一表（表现）人才　　秉（拿着）烛夜游

C. 审（周密）慎　　见贤思齐（齐国）　　自惭形秽（丑陋）

D. 叵（不可）测　　绳（捆绑）之以法　　偃（整饬）武修文

2. 对加点词的解释，不完全正确的一项是：

A. 应（响应）征　　适逢其会（时机）　　深思熟虑（熟练）

B. 惬（畅快）意　　独当（掌管）一面　　举措失当（合适）

C. 沦（陷入）落　　力有不逮（达到）　　投机倒（转换）把

D. 滥觞（酒杯）　　洞（透彻）若观火　　铤（快走的样子）而走险

3. 下列加点字释义全都正确的一组是：

A. 不容置喙（插嘴）　　不期而遇（约定）　　沁人心脾（渗入）

B. 形影相吊（慰问）　　闻名遐迩（远处）　　怒不可遏（止住）

C. 喜形于色（形貌）　　赍志而没（怀着）　　毁家纾难（解除）

D. 道貌岸然（水边）　　面面相觑（窥视）　　身体力行（实践）

4. 对下列词语意义的解释，正确的一组是：

A. 比附（比较）　　鳞次栉比（仿照）　　朋比为奸（勾结）

B. 罪行（行为）　　身体力行（实行）　　行将就木（将要）

C. 成果（果实）　　果不其然（果然）　　前因后果（结果）

D. 揭幕（拿开）　　揭竿而起（高举）　　昭然若揭（揭开）

5. 对下列词语意义的解释，正确的一组是：

A. 流刑（流放）　　流星赶月（移动）　　流光溢彩（流动）

B. 声讨（声音）　　声泪俱下（声音）　　声东击西（宣布）

C. 临终（将要）　　双喜临门（靠近）　　如临大敌（对着）

D. 虚辞（空的）　　虚怀若谷（谦虚）　　虚与委蛇（假意）

6. 对下列词语意义的解释，正确的一组是：

A. 海晏（平静）河清　　觥（酒杯）筹交错　　素不相能（尊重）

B. 怒不可遏（阻止）　　信（随意）步闲庭　　咫（八寸）尺天涯

C. 咸与维（革命）新　　胶柱鼓（弹奏）瑟　　解甲归（返回）田

D. 款款(缓慢)而行　　离群索(寻求)居　　李代桃僵(干枯)

7. 对下面句子中加点的词语理解不当的一项是:

A. 人们耳熟能详的司法用语"坦白从宽,抗拒从严",引起了法学界人士的质疑。(耳熟能详:听的次数多了,熟悉得能详尽地说出来。)

B. 犯罪团伙头目张军到处杀人越货,民愤极大,罪不容诛。(罪不容诛:处以死刑,也不能抵偿所犯的罪恶。)

C. 这篇文章结构完整,衔接顺畅,修改者却狗尾续貂,在后面加了一段无关紧要的文字。(狗尾续貂:比喻拿不好的东西接到好的东西后面,显得好坏不相称。)

D. 暮春的西子湖畔,到处草长莺飞,一派春意阑珊。(阑珊:盎然,生机勃勃。)

8. 根据横线上的内容,依次改换为成语,正确的一项是:

① 他爸爸是话剧演员,妈妈是歌唱家,平时常常听到看到,无形中受到很大影响,所以他也爱好舞台艺术。

② 诸葛亮舌战群儒,引古论今,说得理直气壮,从容不迫。

③ 他知道,以前的许多想法都是像空中虚幻不实的事物,转眼就会消失,以后必须踏实努力。

A. 耳濡目染　　侃侃而谈　　海市蜃楼

B. 潜移默化　　侃侃而谈　　空中楼阁

C. 耳濡目染　　滔滔不绝　　海市蜃楼

D. 潜移默化　　滔滔不绝　　空中楼阁

9. 对下文中出现的三个"笔记"分析正确的是:

毛泽东"不动笔墨不读书"。他年轻时读《伦理学原理》一书,全书仅有十万余字,而他在书上的批语却多达一万二千字。读陆游的《老学庵笔记》,全书都用朱墨两色的毛笔圈圈点点,画满了符号。毛泽东还勤于写读书笔记,仅在湖南第一师范学校的几年中所写的笔记就装了满满一网篮。

A. 三个"笔记"的意思都相同。

B. 三个"笔记"的意思都不同。

C. 前两个"笔记"的意思相同。

D. 后两个"笔记"的意思相同。

10. 下面句子中加点字词意义分类完全正确的一项是:

① 狂风一起,飞砂走石。

② 一片树叶在水面上漂着。

③ 这篇文章语言晦涩,理论肤浅,不值一读。

④ 深山有猛虎出没。

⑤ 他是共产党人肝胆相照的朋友。

⑥ 进攻的时候,首先要炸掉敌人修在桥头的堡垒。

⑦ 这部书是他一生心血的结晶。

基本义　　引申义　　比喻义
A. ①②　　　③④⑥　　　⑤⑦　　B. ①②⑥　　　④⑦　　　③⑤
C. ②⑥　　　①④　　　③⑤⑦　　D. ②④　　　①③⑥　　　⑤⑦

【参考答案】

1．A。B"一表人才"的"表"是外表、外貌;C"见贤思齐"的"齐"意思是达到同样的高度;D"绳之以法"的"绳",已经引申为约束、制裁的意思了,"偃武修文"的"偃",应该是停止的意思。

2．A。"深思熟虑"的"熟"与"深"同义,都表示程度深。

3．A。闻名遐迩的"迩"的意思是"近处","遐"才是"远处";喜形于色的"形"是动词,表现、显露;道貌岸然的"岸"是傲岸的意思,一副严肃的样子。

4．B。A"鳞次栉比"的"比"是紧挨着的意思,C"成果"的"果"是结果的意思,D"昭然若揭"的"揭"也是举起的意思。

5．A。B"声讨"意思是公开谴责,"声"应该是"公开的";C"双喜临门"的"临"意思是来到;D"虚辞"指虚夸不实的言论或文辞,"虚"应该是虚假的意思。

6．B。A"素不相能"的"能"是"和",C"咸与维新"的"维"是虚词,没有意义,D"离群索居"的"索"是孤单的意思。

7．D。"阑珊",将尽。

8．A。

9．B。第一个"笔记"是一种文体,第二个"笔记"是读书、听课时所作的记录,第三个"笔记"是作记录用的本子。

10．B。

二、词语

【考点解说】

词语是构建语言大厦的砖瓦,对词语掌握的情况,可以直接反映一个人语文学习的状况。因此,对词语的考查自然也就成了各类语文考试的重点内容。

词语习惯上可分为实词、虚词、成语三个部分,内容较多;考查时既可以考查词义的理解,也可以考查词语的运用;既可以采用填空的形式,让你从备考答案中选取恰当的一项,也可以让你辨析句子中间加点词语运用的恰当与否。GCT考试对词语的考查,包括实词、成语(熟语)以及虚词的运用三个方面内容。

（一）实词

实词的考查,重在运用,主要是近义词的辨析。往往是把词语放在具体的语言环境中,要求正确辨析使用。命题素材主要有三种情况,一种是音同义近的词语,词语的两个语素读音完全相同,其中一个语素的字形不同,例如"流传"和"留传",读音完全相同,又都有传下去的意思,但"流"和"留"字形不同;一种是有一个语素读音相同,另一个语素不同,例如"截止"和"截至";还有一种情况就是两个语素读音完全不同,而意义相近,例如"斡旋"和"调解"。前两种情况要特别注意不同语素,后一种情况往往要求注意不同场合。总之都要根据题干所给出的具体语境,分析判断,选出正确答案。

（二）成语

成语是经过长期使用,锤炼而成的固定短语,它是比词大、语法功能又相当于一个词的语言单位。成语大多由四个字组成。字音、字形、词语运用等各个知识点的考查,往往选用成语作命题素材。从考查形式上来说,成语的运用主要有选出成语使用恰当的一句或选出成语使用不恰当的一句,在各句横线处依次填入最恰当的成语等三种形式。

需要注意的是,近几年高考把成语的考查范围扩大了,变为"熟语"的运用,这一变化也可能会影响到 GCT 考试。

(三)虚词

和实词相比,虚词数量要少得多,意义又比较虚化,在句中主要起语法作用,往往使人觉得不好把握。虚词的考查,近义虚词的辨析也是重要的一项,但更重要的是关联词语的运用。无论是近义虚词辨析还是关联词语的运用,对语境的分析把握都是非常重要的。只有依靠上下文,才能正确判断应该使用哪一个词语,也只有依靠上下文,才能判断某词语使用的正误。

【试题例析】

例 1. 在下列各句横线处,依次填入最恰当的词语。

① 我们见到的农村妇女主任,就是电影中女主角的_____。

② 据报道,电子邮件已跃升为计算机病毒最主要的传播_____。

③ 由于环境污染,著名的阿尔卑斯山羊绒的品质正在_____。

A. 原形　　媒介　　蜕化　　　　　　　　B. 原形　　媒体　　退化

C. 原型　　媒介　　退化　　　　　　　　D. 原型　　媒体　　蜕化

【解析】　本题是 2003 年 GCT 考试第 16 题,考查的是近义词辨析。正确答案是 C 项。"原形",指原来的形状,本来面目,含有贬义;"原型"是原来的类型或模型,特指叙事性文学作品中塑造人物形象所依据的现实生活中的人。"电影女主角"的形象应该用后者。"媒介"指使双方发生关系的人或事物;"媒体"是交流、传播信息的工具,如报刊、广播、广告等;"计算机病毒"的传播,与"信息"的传播显然不同,只能用"媒介"。"退化",原指生物体进化过程中某一部分机能的减退,也用来泛指事物由优变劣,由好变坏;"蜕化"原指虫类脱皮,用来比喻腐化堕落。句中"羊绒的品质",应该是由好变坏了,该用前者。

例 2. 在下列各句横线处,依次填入最恰当的词语。

① 记者的不断追问,使他陷入十分尴尬的_____。

② 自出生以来,他第一次在北京_____了一个愉快的春节。

③ 画上熙熙攘攘的人群中,_____着几个衣衫褴褛的人。

A. 地步　　度过　　装点　　　　　　　　B. 地步　　渡过　　点缀

C. 境地　　度过　　点缀　　　　　　　　D. 境地　　渡过　　装点

【解析】　本题是 2004 年 GCT 考试第 16 题,考查的也是近义词辨析。正确答案是 C 项。"地步"有"境地""景况"的意思,一般多指不好的,经过长期累积才会出现的情况,"记者的不断追问",只是短时间发生的,在此显然不适合;"境地"的意思是生活或工作上遇到的情况,没有时间的长短方面的含义,正适用这一语境。"度过"和"渡过"都有"过"的意思,只是"度过"侧重时间上的"过",而"渡过"侧重空间上的"过"。"春节"应该是时间性的,所以该用"度过"。"装点"有"装饰点缀"的意思,侧重物质对象,一般指好的方面;"点缀"的意思是加以衬托或装饰,适用对象比较宽泛,情感色彩也是中性的。这里用"点缀"合适。

例 3. 在下列各句横线处,依次填入最恰当的词语。

① 外表大大咧咧的她,其实内心里深藏着不为人知的丰富_____的感情。

② 经过_____深入的调查研究,这家公司最终选择上海作为进入中国市场的切入点。

③ 四大名绣之一的苏绣,向来以其工艺精湛、针法_____而闻名世界。

A. 细密　　细腻　　细致　　　　　　B. 细腻　　细致　　细密

C. 细腻　　细密　　细致　　　　　　D. 细致　　细密　　细腻

【解析】　本题是 2005 年 GCT 考试第 16 题,考查的还是近义词辨析。正确答案是 B 项。和前两题不同的是,本题所给的三个词语属于同一组近义词:细腻,细致入微;细致,精细周密;细密,精细仔密。从搭配角度来说,"细腻"可以形容感情,其他两个不能;"细致"可以和"深入"搭配,另外两个不能;刺绣的针法,也只有用"细密"最恰当。掌握了这三个词语的意义,从搭配角度就可以很容易得出正确答案。

例 4. 下列各句中,加点成语使用正确的一句是

A. 病菌虽然可以说是微不足道的,但它对人体的危害却极其严重。

B. 有的领导干部身居要职,却胸无城府,思想僵化,能不被时代潮流所淘汰吗?

C. 长篇小说《三国志通俗演义》问世之后,流传甚广,几乎是家喻户晓。

D. 他忠于党的教育事业,工作起来处心积虑,任劳任怨。

【解析】　本题是 2003 年 GCT 考试第 4 题,考查的是成语的使用,正确答案是 C 项。家喻户晓,每家每户都知道,用来说明《三国演义》流传甚广,十分恰当。其他三项中,微不足道,意思是非常渺小,不值一提,从后面"对人体的危害却极其严重"来看,说病菌"微不足道"显然就不合适了,应该说它体积微小,危害却很大。城府,比喻待人处事的心机,胸无城府,是说为人坦率,应该是优点,在句中和"思想僵化"连用,应该是"胸无点墨"才对。"处心积虑"意为千方百计的盘算,有贬意,对一个任劳任怨,忠于党的教育事业的人说他"处心积虑"显然不妥,可以用"殚精竭虑"。

例 5. 在下列各句横线处,依次填入最恰当的成语。

① 合理的知识结构是广博与精专的辩证结合。专与博都是相对的,应该_____,协调发展。

② 神话能给人们一种积极向上的力量,迷信则是使人们屈服于"妖魔鬼怪"。我们绝不能把神话与迷信_____。

③ 我们在困难面前不应该_____,而应该奋勇前进。

A. 融会贯通　　相提并论　　犹豫不决　　　　B. 交相辉映　　同日而语　　举棋不定

C. 相辅相成　　混为一谈　　畏缩不前　　　　D. 兼而有之　　一视同仁　　贪图安逸

【解析】　本题是 2004 年 GCT 考试第 21 题,考查的是成语的使用,正确答案是 C 项。和前一题不同的是,前一题采用的是选择正误的形式,本题采用的是选择填空的形式。给出三组近义成语,要求分别选择恰当的填入句子的空缺处。第一组,"融会贯通"的意思是把各方面的知识或道理融合贯穿起来,从而得到系统透彻的理解,而句子说的是"知识结构"形式不是知识本身,所以不能用融会贯通。"交相辉映"是指(各种光亮、彩色等)相互映照,在这里对象不适合。"兼而有之"是指同时涉及或具有几种事物,从句意看,"专与博"本来就是"合理知识结构"这一事物的两个方面,已经不存在"涉及"或"具有"的问题了,用在这里也不合适。"相辅相成"是指互相

补充,互相配合,同一"知识结构"的两个方面,互相补充,互相配合,与语境相合。第二组,"相提并论"的意思是把截然不同或不是一个性质的人或事物摆在一起进行评论,强调的是"放在一起评论"。"同日而语"是放在同一天说,是从时间角度强调对象的,而且一般与否定词相搭配。"混为一谈"是将本质不同的事物相混淆,说成是同一事物。"一视同仁"是不加区别,相同对待,一般对象是人。题干所给出的句子,是从作用角度揭示神话和迷信的区别,强调二者本质不同,因此选用"混为一谈"最为恰当。第三组,"犹豫不决"是因拿不定主意而无法做出决定。"举棋不定"是比喻遇事无主见,决断能力差,与"犹豫不决"语意相近。"畏缩不前"是因害怕而不敢向前。"贪图安逸"是极力希望得到安闲舒适。所给出的句子列出了面对困难"应该"和"不应该"的两种不同的态度,因此,只要找出"奋勇前进"的反义词即可。从第三组成语来看,和"奋勇前进"相对的只能是"畏缩不前"。

例 6. 在下面两段文字中横线处,依次填入最恰当的关联词语。

① 为了蝇头小利,一些人不惜头破血流,_____几张"大团结"就可以"收购"某些人的廉耻心、自尊心,_____骨头和灵魂。

② 一个人_____不懂得正确意见只能是对实际事物的客观的全面的反映,而坚持要按自己的主观的片面的想法去办事,那么,他_____有善良的动机,也还是会犯或大或小的错误。

A. 乃至　　甚至　　如果　　即使　　　　　　B. 甚至　　乃至　　如果　　即使

C. 甚至　　乃至　　即使　　如果　　　　　　D. 乃至　　甚至　　即使　　如果

【解析】　本题是 2003 年 GCT 考试第 17 题,考查的是虚词中关联词语的使用,正确答案是 B 项。"甚至"可以用来强调突出的事例,也可以用在并列成分的最后一项之前,表示这一项更加突出,"乃至"在后一个用法上和它相同,多用于书面语。从第一个句子看,后一空"廉耻心、自尊心,……骨头和灵魂"是几个并列的成分,用"甚至"或"乃至"均可,但前一空"几张'大团结'就可以……"显然意在强调突出的事例,只能用"甚至",可以根据这一点排除 AD,"如果"和"即使"都有表示假设的意思,但"即使"不仅表示假设,还包含了让步的意思,相当于"就算是",常常和"也""还"配合使用。第二个句子的后一空后面有"也还是……"与要求填写的词语呼应,只能填"即使"。根据这一点,可以排除 C 项。

例 7. 在下面一段文字横线处,依次填入最恰当的关联词语。

我们到了脑筋疲倦的时候,往往随意地将课本以外的书籍取来阅看,_____这书籍就成了常和我们亲近的一种消遣品。_____我们_____以它当做消遣品,没有什么大关系,也就没有严格的选择。

A. 因此　　因为　　虽然　　　　　　　　　　B. 但是　　因而　　既然

C. 但是　　因而　　虽然　　　　　　　　　　D. 因此　　因为　　既然

【解析】　本题是 2004 年 GCT 考试第 17 题,考查的是虚词中关联词语的使用,正确答案是 D 项。和前一题的不同在于,本题所选语料是一段话,而前一题选了两个相对独立的句子。在"脑筋疲倦"时取"课本以外的书籍"看,显然是为了消遣,前后不是转折关系,而是因果关系,该用"因此",而不能用"但是",据此就可以排除 BC 两项;后一句是承前在陈述"没有严格选择"的原因,所以要用"因为",而因为"以它当做消遣品"和"没有什么大关系"之间并没有转折语意,所以不用"虽然",加上前边已经说它是消遣品了,成了事实,所以用"既然"合适,A 项也就排除了。

例 8. 在下列各句横线处,依次填入最恰当的关联词。

① 上千吨的轮船碰上这么大的风浪也得上下颠簸，_____这么一只小船。

② 他的动作完成得简直无可挑剔，_____全体裁判员无一例外地亮出了满分。

③ 我们在对某些教育现象进行分析后，_____应该思考教育的更深层次问题。

A. 况且　　以至　　进而　　　　　　　　　B. 何况　　以至　　进而

C. 况且　　以致　　从而　　　　　　　　　D. 何况　　以致　　从而

【解析】 本题是 2005 年 GCT 考试第 18 题，考查的还是关联词语的使用，正确答案是 B 项。本题给出三个独立的句子，要求从三对近义虚词中选填正确的一组。"况且"和"何况"都有递进的意思，只是"况且"有进一步补充条件的作用，而"何况"侧重于反问语气，隐含着前后的对比意思。同时，"何况"后面可以是一个词语，而不一定要带一句完整的话；"况且"在表示递进关系时，后面必须是完整的句子。第一句话"这么一只小船"不是一句完整的话，只是一个词语，据此可以排除 AC 两项。"以至"表示在时间、数量、程度、范围上的延伸，"以致"表示结果，而且通常是不好的结果。第二句话"全体裁判员无一例外地亮出了满分"显然不是什么"不好的结果"，不应该用"以致"，据此可以排除 D 项。"进而"是意思上的进一步，"从而"是在前句基础上引出下面的结果。第三句话"思考教育的更深层次问题"显然是要进一步深入，只能用"进而"。

【复习指导】

从前面所举例题也可以看出，词语的考查，在 GCT 考试中占有十分重要的地位。它包括正确理解词语在具体语境中的意义，并能根据语境正确选用。词语考查的核心是"使用"，它体现出词语的"动态"，命题的选材，注重语言材料的生活化，往往从报纸、书籍中选取。

（一）实词

正确使用实词，需要两种能力：对词义的准确理解，对语境的确切领会。常见题型是同音词、近义词或既同音又近义的实词的辨析填空。近义词大多具有相同语素，因此，两词的相异语素就成了辨析的关键。

实词词义的辨析一般可以从以下三个方面着手：

1. 词义方面

（1）看适用对象

如：终生和终身

"终生"适用于事业，如：为了共产主义事业奋斗终生。

"终身"则适用于切身的事情，如：这是你的终身大事，一定要慎重考虑。

（2）看词义轻重

如：妨碍和妨害

"妨碍"是对人或事造成一定障碍，词义较轻，如：在阅览室里大声说笑会妨碍别人学习。

"妨害"指使人或事物受到损害，词义较重，如：过度烟酒会妨害人的身体健康。

（3）看涵盖范围

如：事情、事件、事故

"事情"泛指一切活动和所发生的现象，意义范围最大，如：这是三十年前发生的事情了。

"事件"指已经发生的不平常的事情，范围比较小，如：这决不是一般的事情，而是一个非常事件。

"事故"指由于某种原因而发生的不幸的事情，范围最小，如：这个事件的主人公死于一场事故。

2．色彩方面

（1）感情色彩

如：效仿、效尤

"效仿"的意思是效法，中性词，如：这家公司把业绩和工资挂钩之后，取得了良好的效益，其他公司纷纷效仿。

"效尤"是明知别人的行为是错误的还照样去做，贬义词，如：对这样以权谋私的做法一定要严惩不贷，以儆效尤。

（2）语体色彩

如：诞辰、生日

"诞辰"多用于书面语，带有庄重尊敬的感情，"生日"则更侧重于口语。

3．用法方面

在语言实践中，词和词组的搭配有一定的限度，不能任意组合。词语的搭配，一要合乎事理，二要合乎习惯。如：发扬——优点、作风、传统、精神、民主，发挥——作用、威力、积极性、创造性。改进——工作、方法、技术，改善——生活、关系、条件。

词语复习的关键在于词汇量的积累，重点在于近义词细微差别的辨析，所考词语多是常见常用的，我们复习的着眼点也应该放在这些基础词语上。

（二）成语

成语的复习，一是要注意积累的"量"，二是要注意在使用过程中的"质"。具体说，要做到以下几点：

1．高度重视积累

GCT的考生都是受过高等教育的，十几年的学习生活中已经掌握了相当数量的成语，平时阅读报刊书籍也应该注意积累，做到读得准确，写得无误，用得自如。有了一个量的积累，面对考试才能游刃有余。

2．确切掌握意义

复习中，对自己掌握的成语进行归类整理，首先要弄清成语的字面意义和整体意义。现代汉语中大部分的成语的字面意义和整体意义并不一致，它们的意义并非字面意义的简单相加，往往是通过引申或用本义作比喻而产生的整体意义。其次要注意成语中某些字的古义，了解成语的出处有助于对成语的理解。

3．仔细辨析差异

不同的成语，感情色彩和适用范围常常不同，不理解这一点，就会导致成语运用不当。和实词近义词的辨析一样，在解题时，对于成语的细微差异，也要注意联系语境，从对象、程度、褒贬、范围、侧重点等方面认真加以揣摩。

（三）虚词

GCT考试对虚词的考查，几年来只考了关联词语，但这并不能排除对其他虚词的考查。对于虚词、关联词语的运用能力，只能是通过增强语感，有意识地体味一些常见虚词在句中的作用来提高。在做题时要注意分清它们间的细微差别,结合语境之间及句子内部关系,再注意词与词间的配套搭配,这类题就容易做了。

具体来说,虚词的使用应该注意这样几点:

1. 位置是否恰当

在使用过程中,虚词的位置往往是确定的,位置恰当,句意就准确鲜明,否则,就会句意不明,甚至会改变句子原意。一般来说,副词用在形容词或动词前,介词一般用在名词、代词或名词性短语之前,连词虽然不和任何句子成分发生关系,但由于表意的需要,其位置有时在主语之前,有时却在主语之后,不能随意挪动,不然就会影响文意的表达。在复习中,一定要学会根据语境确定该词语位置的正确与否。

2. 搭配是否得当

一些虚词,特别是关联词语,往往有固定的搭配,不注意这些约定俗成的搭配,也会造成表达上的障碍。因此,在解题过程中,能否与前后语境搭配,也可以成为虚词使用题的一个重要解题依据。

3. 使用是否正确

虚词使用常出现的错误有两种,一是当用而未用,二是不当用却用了。虚词的功能是帮助表意,当用不用,往往会造成语意不明。但不该用的地方用了,轻则造成表达上的赘余,重则造成结构上的混乱,形成病句,切不可掉以轻心。

学习和运用虚词,需要做到四点:一是理解并掌握虚词的语法特点,二是在具体的语境中掌握虚词的用法,三是增加阅读量,培养语感,积极发掘规范使用虚词的潜意识,四是在做题中积累经验,提高虚词的使用能力。

【巩固练习】

(一) 实词

1. 依次在横线处填上词语,最恰当的一组是:

长江流域,无疑也是中华民族文化的_____之一。考古发现_____,旧石器时代处于长江上游今云南境内的元谋人,与黄河流域今陕西境内的蓝田人_____。这个结论具有划时代的意义。

A. 发源地　表明　共存　　　　　　　　　B. 发祥地　证明　并存
C. 发源地　证明　并存　　　　　　　　　D. 发祥地　表明　共存

2. 依次填入下面横线上的词语,最恰当的一组是:

有位作家说,要想使自己生活的扁舟轻驶,务必要让它_____的仅限于必不可少之物,不然轻则_____无以进,重则可能压沉自己的生活之舟。道理很明白,什么都舍不得撒手,往往_____什么都不得不_____。

A. 装载　徜徉　致使　割爱　　　　　　　B. 承载　徘徊　导致　舍弃
C. 装载　徘徊　致使　舍弃　　　　　　　D. 承载　徜徉　导致　割爱

3. 依次填入下面这段话空白处的词语,最恰当的一组是:

阅读优秀作品,_____其语言,感受其思想、艺术自然力,不仅可以_____大自然和人生的多姿多彩,还可以激发_____自然、热爱生活的感情。

A. 品味　体味　珍爱　　　　　　　　　　B. 品评　体验　珍惜

C. 品评　　　体验　　　珍爱　　　　　　　D. 品味　　　体味　　　珍惜

4. 依次填入下列横线处的词语,最恰当的一组是:

① 在他所著的_____新颖的《物候学》中,我们可以看到这幅有意义的曲线图。

② 我们现在的法律法规,是与我们的国家____相适应的。

③ 为应对 WTO 的冲击,红星厂迅速调整了产业结构,提高生产_____,积极参与国际竞争。

A. 题材　　　体制　　　效益　　　　　　　B. 体裁　　　机制　　　效益
C. 体裁　　　体制　　　效率　　　　　　　D. 题材　　　机制　　　效率

5. 依次填入下列横线处的词语,最恰当的一组是:

① 随着时光的_____,他脸上的皱纹更深更密了,古铜色的面庞犹如深秋里沟谷纵横的山路。

② 深更半夜还有一个人在校园徘徊,小刘发现这个人_____可疑,便悄悄盯上了。

③ "旺发"厨师培训班面向全国招生,凡初中毕业或具有相同_____者均可报名。

A. 流逝　　　行迹　　　学历　　　　　　　B. 流失　　　形迹　　　学力
C. 流逝　　　形迹　　　学力　　　　　　　D. 流失　　　行迹　　　学历

6. 依次填入下列横线处的词语,最恰当的一组是:

① 古典诗词的艺术美感是光彩照人、美不胜收的,在一定意义上甚至还是不可_____和无法复制的。

② 亚洲金融危机烙下的累累伤痕催人_____,发人深思。

③ 这件事情盘根错节,个中_____绝非三言两语能说清楚的。

A. 超脱　　　警醒　　　委屈　　　　　　　B. 超越　　　警醒　　　委曲
C. 超脱　　　惊醒　　　委曲　　　　　　　D. 超越　　　惊醒　　　委屈

7. 依次填入下列横线处的词语,最恰当的一组是:

① 深圳女孩黄慧_____的脊髓植入广西男中学生程金波体内,这是内地首例非亲缘异性间骨髓移植的手术。

② 社会实践的继续,使人们在实践中引起感觉和印象的东西_____出现,于是人们头脑里便发生了一个认识的突变,产生了概念。

③ 肖老比我年长 30 岁,他无愧为我们的师长,每次相见,我都以晚辈、学生的身份向长者请教,带着几分_____。

A. 捐赠　　　重复　　　拘谨　　　　　　　B. 捐献　　　反复　　　拘谨
C. 捐赠　　　反复　　　拘束　　　　　　　D. 捐献　　　重复　　　拘束

8. 下列各加点的词语,使用正确的一项是:

A. 偶然与当年单位里的老同志邂逅,忆及当年,我们都不胜感慨。

B. 为迎接"华商大会",南京市舍得在硬环境上投入,更舍得在软环境上下工夫。

C. 要不是园林工程师的巧妙设计,这棵百年老树在城市道路改造的时候就可能夭折。

D. 这两种提法,第一种是省编教参上的观点,第二种是一位普通中学语文教师的管见。

9. 下列各加点的词语,使用正确的一项是:

A. 我一向以为葡萄牙是很贫穷的,这次的访问,使我立刻对脑海里的蓝图进行了修改。

B. 勤奋学习,勇于置疑,不断创新,是 21 世纪对年轻人的要求。

C. 床上被子杂乱地拖到潮湿的地上,两张椅子上乱堆着一些脏衣服和杂物。

D. 李安执导,周润发、杨紫琼、章子怡主演的影片《卧虎藏龙》,获今年奥斯卡四项大奖,开创了华语影片在奥斯卡获奖之先河。

10. 下列句中加点的词语使用正确的一句是:

A. 李庆出生于一九四九年十月,他经常自豪地说:"我与伟大的祖国同龄。"

B. 近日下水的大型画舫的外形与颐和园的石舫极为酷似。

C. 她的冤屈终于得到伸张,她所蒙受的耻辱终于得到洗刷。

D. 电影《泰坦尼克号》曾一度风靡全球,使无数观众为之倾倒。

【参考答案】

1. B。"发源地"与"发祥地"都指事物发生起源的地方,但前者多指事物开始发生,所指事物多为具体的,而后者多用于抽象事物起源、兴起之地。"表明"多用来把态度或决心表示清楚;"证明"指用可靠材料来断定某人或事物的真实性。"并存"强调的是"同时存在",没有主次之分;而"共存"则指"共同存在",则表现出主次的分别了。

2. B。"装载"指用运输工具装,往往侧重于具体的事物,"承载"意为托着物体,承受它的重量,可以是比较抽象的事物;"徜徉"和"徘徊"都有来回走的意思,但"徜徉"指优游自在地来回走;"致使"多强调不好的结果;"割爱"是舍弃心爱之物。

3. A。品味,品尝体会;品评,评定优劣。体味,仔细体会;体验,亲身实践,获得认识。"珍爱"不仅珍惜,而且有爱护的意思。

4. A。题材,文学艺术作品中表达主题、塑造形象的材料;体裁,文章或文学作品的表现形式。体制,有关机构设置、管理权限和工作部署的制度;机制,指事物的有机联系和工作系统。效益,效果和利益;效率,单位时间内完成的工作量。

5. C。流失,多用于具体的事物,如水土流失;流逝,多用于抽象的事物。行迹,行动的踪迹;形迹,举动和神色。学历,学习经历;学力,学习能力。

6. B。超脱,不拘泥成规、传统、形式等;超越,超出,越过。警醒,警戒醒悟;惊醒,受惊动而醒来。委屈,受到误解而心里难过;委曲,事情的底细和原委。

7. B。捐赠,捐献赠送;捐献,献出钱物。重复,同样的事情再次出现;反复,重复多次,一次又一次。拘谨,言谈举止拘束而谨慎,多用于书面语;拘束,不自然,程度比拘谨要轻,多用于口语。

8. B。邂逅,不期而遇,和前面的"偶然"重复;夭折,未成年而死,用在百年老树上不合适;管见,是谦词,用在别人身上不合适。

9. D。蓝图,比喻长远的规划,这里说的是过去的印象;置疑,怀疑,多用于否定形式,这里应该用"质疑",提出疑问;杂乱,多而乱,说床上的被子不合适。

10. D。祖国,自己的国家,我们的祖国有五千年的文明史,没有哪一个人能和祖国同龄;"酷似"和前面的"极为"重复;伸张的是正义,冤屈应该是昭雪。

（二）成语

1. 下列各句中,加点的成语使用恰当的一句是:

A. 读鲁迅的作品,你会随着作品一起愤怒、忧伤、欢喜,时而陷入沉思,时而掩卷失笑,叹为观止。

B. 当时,解放区的大秧歌、活报剧一类下里巴人的节目,受到城里人极大的欢迎。

C. 喜剧中的正面人物也应具有喜剧性,可这部喜剧中的两个正面人物的道貌岸然,不苟言笑,与整个影片的气氛极不协调。

D. 没有调查就没有发言权,侃侃而谈的乱说一通并不能解决问题。

2. 下列各句中,加点的成语使用恰当的一句是:

A. 教员天天在课堂上给大家讲授,不但不会使他自身的知识减少,反而可以得到教学相长的益处。

B. 文章生动细致地描写了小麻雀的外形、动作和神情,在叙述、描写和议论中,倾注着强烈的爱憎感情,读来楚楚动人,有很强的感染力。

C. 在太空穿梭飞行中,看到了12名已死去的前苏联太空人的尸体在太空轨道飘浮,甚至看到了他们临死前那恐怖的表情,真令我们有兔死狐悲的感受。

D. 很少有人知道,他最近还出版了一本文不加点,又几乎没有注释的旧体诗集子,文字比较艰深,读起来确实累人。

3. 下列句中,加点成语使用正确的一项是:

A. 张厂长的一席话起到了抛砖引玉的作用,引出了许多提高产品质量的好建议。

B. 我们做工作,不能因为受到一点挫折,就因噎废食。

C. 在我告别时,这个服装个体户非要送我几件高档衣服不可,真是大方之家。

D. 这些人对个人利益无不斤斤计较,面对广大群众的疾苦却漫不经心。

4. 下列句子中,加点的成语使用正确的一句是:

A. 康有为曾奋笔疾书:如再徘徊迟疑,苟且度日,故步自封,坐失时机,则外患内讧,间不容发。

B. 在有的国家的某些地区,青少年吸毒已蔚然成风,引起了当局的注意。

C. 望着那一片花海,端详着那散发着香气、摇曳多姿的奇花异卉,你会禁不住赞叹人们选择和布置这么一个场面来作为迎春的高潮,真是匠心独运。

D. 有人说生活提高了,生产就会提高,这是舍本逐末的说法,无异于缘木求鱼。实际上是生产水平提高了,生活水平才能提高。

5. 下列各句中加点的成语使用恰当的一句是:

A. 这个展览会规模宏大,其展品可以说是包罗万象,美不胜收。

B. 他把相敬如宾当作与朋友交往的一条起码原则,但在生活中他却常常得不到别人的尊敬,他为之很苦恼。

C. 王军和李刚是男篮的主力队员,他们既是同乡又是同学,两小无猜,在场上配合得非常好。

D. 他们俩人在拜把兄弟时曾经海誓山盟,永不背叛,可到了商战的关键时刻,竟成了仇敌。

6. 依次填入句中横线的成语,与句意最贴切的一组是:

① 不管别人怎么看,我觉得他的文章和讲话就是_____。

② 这时的王川,用浅浅的一笑,迎接着老方那_____、热情期待的目光。

③ 李光这天腿脚特别勤快,说话也_____,可是他的心却在忐忑着。

④ 刘老师在前,杨明同学在后,_____地走了进来。

A. 和蔼可亲　　　平易近人　　　笑容可掬　　　和颜悦色

B. 和颜悦色　　　笑容可掬　　　平易近人　　　和蔼可亲

C. 笑容可掬　　　和颜悦色　　　和蔼可亲　　　平易近人

D. 平易近人　　　和蔼可亲　　　和颜悦色　　　笑容可掬

7. 依次填入下列各句横线上的成语,与句意最贴切的一组是:

① 觉新知道他们虽说来同他商量事情,其实他们还是_____,不肯听从劝告。

② 如果你们坚持与人民为敌的政策,_____,制造事端,还有什么铸剑为犁的余地?

③ 任何人的生活都不是孤立的,都和整个社会_____,有着千丝万缕的联系。

④ 我们的抗日战争需要各国人民的援助,他们也一定会援助我们,因为他们和我们是_____的。

A. 固执己见　　　一意孤行　　　休戚相关　　　息息相关

B. 一意孤行　　　固执己见　　　息息相关　　　休戚相关

C. 固执己见　　　一意孤行　　　息息相关　　　休戚相关

D. 一意孤行　　　固执己见　　　休戚相关　　　息息相关

8. 依次填入句中横线的成语,与句意最贴切的一组是:

① 现在金奖越来越多,本来_____的金奖变得像鸡毛牛角一样稀松平常了。

② 古往今来,那些制造流言蜚语的人之所以有时能畅行无阻,_____,且代不乏人,我想,那种无原则的"涵养功夫"实在是起了开绿灯和_____的作用。

③ 言及高雅,人们往往扯上"阳春白雪",以为高雅艺术是_____,高不可攀。

A. 凤毛麟角　　　随心所欲　　　推波助澜　　　不同凡响

B. 不可企及　　　肆无忌惮　　　推波助澜　　　曲高和寡

C. 不可企及　　　随心所欲　　　姑息养奸　　　不同凡响

D. 凤毛麟角　　　肆无忌惮　　　姑息养奸　　　曲高和寡

9. 选出下列各组句子中加点的熟语使用正确的一项。

A. 临阵换帅乃兵家大忌,但是乌兹别克斯坦队却不管这么多了,反正出线无望,也就破罐子破摔了事。

B. 咱们向社会公开招聘副局长,符合条件的同志尽管来报名,这叫做姜太公钓鱼——愿者上钩,双向选择,公开,公正,公平。

C. 面对金钱的诱惑,他一身正气,不为五斗米折腰,坚持依法办案,赢得了社会各界的好评。

D. 大考在即,他天天不复习功课,仍旧出入于网吧、游戏室,好一个黄连树下弹琵琶。

10. 选出下列各组句子中加点的熟语使用正确的一项。

A. 我国的乒乓球运动五十年来长盛不衰,一直处于世界领先地位,不过有的重大比赛也会输球,丢分失牌,正所谓尺有所短,寸有所长。

B. 人们对体育的关注是没有间断的,申奥成功带来万众欢腾,一波未平,一波又起,男足杀进世界杯再度引发全国球迷的热情喷涌。

C. 青少年犯罪呈低龄化倾向,初生牛犊不怕虎,小小年纪心狠手辣,藐视法律,令人心寒。

D. 面对检察院同志的审问,李真是徐庶进曹营——一言不发,妄图以此蒙混过关。

【参考答案】

1. B。叹为观止,指赞美所见到的事物好到了极点;与句意不合。道貌岸然,指神态严肃,一本正经的样子;有贬意,多作定语。侃侃而谈,理直气壮,从容不迫地说话;与句意不合。

2. A。楚楚动人,形容美好的样子引人怜爱;与“读来”搭配不当。兔死狐悲,比喻因同类的死亡而感到悲伤;有贬意,色彩不当。文不加点,形容文思敏捷,写作技巧纯熟,不是没有标点。

3. B。抛砖引玉,比喻用自己不成熟的意见或作品引出别人更好的意见或作品;不能用在别人身上。大方之家,泛指见识广博或学有专长的人;词义理解错误。漫不经心,随随便便,不放在心上;从前面的“斤斤计较”来看,这里应该用漠不关心。

4. C。间不容发,比喻与灾祸相距极近,或情势急迫到了极点;与语境不合。蔚然成风,一件事情逐渐发展盛行,形成良好的风气;褒义。缘木求鱼,比喻方向或方法不对头,不可能达到目的;用在这里,语义过重了。

5. A。相敬如宾,形容夫妻互相尊敬,像对待宾客一样;对象错。两小无猜,用在男女之间,对象错。海誓山盟,用在恋人、夫妻之间,对象错。

6. D。平易近人,对人和蔼可亲,没有架子;和蔼可亲,态度温和,容易接近;和颜悦色,脸色和蔼喜悦;笑容可掬,形容笑容满面。

7. C。固执己见,顽固地坚持自己的意见,不肯改变;一意孤行,不接受别人意见,顽固地按照自己的主观想法去做;从句意来看,第一句用前者更贴切,第二句应该用后者。休戚相关,形容关系密切,利害相关;息息相关,形容彼此关系非常密切;第三句将每个人与社会都有千丝万缕的联系,侧重于关系密切,用“息息相关”,第四句则强调利害相关,用“休戚相关”。

8. D。凤毛麟角,比喻珍贵而稀少的人或物;不可企及,没有希望达到,形容远远赶不上;句意在于表明贵而少。随心所欲,随着自己的意思,想干什么就干什么;肆无忌惮,非常放肆,一点没有顾忌,贬义;从句意看,后者更确切。推波助澜,比喻从旁鼓动,助长声势和发展,扩大影响,多含贬义;姑息养奸,无原则的宽容,只会助长坏人作恶;句意更侧重于无原则的宽容。不同凡响,形容事物不平凡,很出色;曲高和寡,比喻言论或作品不同俗,能了解的人很少。

9. A。姜太公钓鱼——愿者上钩,比喻心甘情愿地去做可能吃亏上当的事;报名应聘,不是吃亏上当,与句意不合。不为五斗米折腰,比喻为人清高,有骨气,不为利禄所动;句意是说一身正气,拒收贿赂,秉公执法,与句意不合。黄连树下弹琵琶,有苦中作乐的意思,与句意不合。

10. D。尺有所短,寸有所长,比喻人或事物各有所长,也各有所短,句意说的是各有胜负,与句意不合。一波未平,一波又起,比喻事情进行波折很多,一个问题还没解决,另一个问题又出现了;与句意不合。初生牛犊不怕虎,比喻青年人勇敢大胆,敢作敢为,褒义词;色彩错。

（三）虚词

1. 下列各句方括号中的词语,必须删去的一组是:

① 出人意料的,今年3月,物价[的]下跌,后来慢慢地稳定了。

② 文艺工作者要深入生活,学习社会,无论业余作者[或]专业作家都不可忽视。

③ [从]上述事实说明,科学技术能极大地提高生产力。

④ 那时鲁迅的杂文,其矛头多指向封建思想,[对]封建意识进行了无情的揭露和批判。

A. ①②　　　　　　B. ③④　　　　　　C. ①③　　　　　　D. ②④

2. 下列各句中加点的词能与括号中互换的一组是：

① 参加本次会议的，有中国、俄罗斯和(以及)东南亚等国家。

② 或者(不)是你去，或者(就)是他去，反正有一个人要去。

③ 曾几何时，报纸书刊上出现了许多缅怀往事、慨叹现代生活中人与(跟)人之间关系冷漠的文章。

④ 列宁说："对于(关于)发展所持的两种基本的观点是……"

A. ①③　　　　　　B. ②④　　　　　　C. ②③　　　　　　D. ①④

3. 下列各句中加点的虚词，使用正确的一句是：

A. 由于改编者没有很好地理解原作的精髓，任凭主观想象，加入了许多不恰当的情节，反而大大地减弱了原作的思想性。

B. 晚会上，广播艺术团的演员满腔热情地歌颂了辛勤劳动的环卫工人，他们的节目，无论从创作到演出，都受到观众的称赞。

C. 这个城市交通拥挤的状况日益严重，许多人认为，采取货车在规定时间内不准进入城区的措施，未尝不是一个缓解矛盾的办法。

D. 问题的严重性还在于对种种不爱惜人民币的错误做法，以及随意将人民币放大后销售的违法行为，尚未引起社会的广泛关注。

4. 下列句子中，加点的词语使用正确的一句是：

A. 小材大用固然不好，而挂羊头卖狗肉，吹牛皮说假话，危害更大。

B. 他似乎对山光水色不感兴趣，上车以来，他一直在打瞌睡，我真怀疑他会始终这样瞌睡下去。

C. 于成龙居官二十三载，一贯勤政爱民，关心属下，但是对自己要求极严，常年食用粗米青菜，得绰号"于青菜"。

D. 一进动物园，我们就看到小熊猫，它们样子漂亮，活泼好动，尤其可爱。

5. 下列各句中，加点的词语使用不恰当的一句是：

A. 美国伊利诺伊大学的两位科学家不久前在美国天文学会举行的会议上报告说，他们在大片星云中首次发现一种氨基酸。

B. 北宋画家张择端绘制的长卷风俗画《清明上河图》，与唐人韩滉创作的《五牛图》一样，被称为画苑"国宝"。

C. 凭借着传统观念、传统文化、政治力量、各种宗教，龙的意识深深植根于中国人心中。

D. 为了表示对陶渊明的崇敬，江西九江建筑了陶渊明纪念馆，替他立了塑像，以寄托人们永不衰竭的怀念。

6. 下列句中加点的虚词使用正确的一句是：

A. 陈林同学把平时省下来的零用钱买了一批学习用具，送给希望小学。

B. 孔繁森把自己的整个生命无怨无悔地献给了人民，他的伟大奉献精神值得我们每个热血青年的学习。

C. 西部之行使我们充满了希望,当然也留下些许沉重。

D. 事情发生后,班主任同家长一起商量,决定就这个问题同马可飞进行一次教育。

7. 下列依次填入横线处的词语,恰当的一组是:

与常规的计算机相比,生物计算机具有密集度高的突出优点。_____用 DNA 分子制成生物电子元件,将比硅芯片上的电子元件要小得多,_____可小到几十亿分之一米。_____,生物芯片本身具有天然独特的立体化结构,其密度要比平面型硅集成成路高 10 万倍。

A. 由于　甚至　所以　　　　　　B. 只是　也许　可见

C. 如果　甚至　而且　　　　　　D. 虽然　也许　然而

8. 依次填入下文① —⑤五个标号处的词语的一组是:

一些同志____①____懂得建设社会主义精神文明的重要,____②____知道它在建设有中国特色的社会主义当中的地位,____③____在一定时期内能够做到两个文明一起抓。____④____当精神文明建设形势比较好,经济建设任务又很重的时候,他们往往____⑤____自觉不自觉地将精神文明建设当成"软"任务来看待。

A. 不　　不　　尽管　然而　才　　　B. 也　　也　　而且　但是　就

C. 又　　又　　而且　然而　则　　　D. 既　　又　　虽然　但是　也

9. 依次填入下列各句横线上的词语,恰当的一组是:

① 地质工作是地下情况的调查研究工作,往往在短时间内不能产生经济效益,容易被_____领导忽视。

② 凡星期天参加本系统歌咏比赛的同志_____调休一天。

③ 你这个人真是麻烦,为什么_____不说,现在才说?

A. 有些　　一律　　刚刚　　　　　B. 某些　　一概　　刚才

C. 某些　　一概　　刚刚　　　　　D. 有些　　一律　　刚才

10. 依次填入下列各句横线处的词语,最恰当的一组是:

① 街上的汽车一辆跟着一辆,_____没个完。

② 这件事我记不大清了,只有个_____的印象。

③ 大家都没想到,他_____做出了这种事情。

A. 简直　　大约　　果然　　　　　B. 几乎　　大约　　居然

C. 简直　　大概　　居然　　　　　D. 几乎　　大概　　果然

【参考答案】

1. C。① 句加上"的"字,前后变成偏正关系,意思就变了;③ 句如果加上"从"字,全句就没有主语了。

2. C。"和"与"以及"都是连词,都可表示并列关系,但用"以及"连接,常常有主次之分;"对于"是介词,用来介进动作的对象;"关于"也是介词,用来表示关联、涉及的事物,二者意义作用不同,不能互换。

3. C。A"任凭主观想象,加入不恰当情节"自然会削弱原作的思想性,不存在转折,"反而"应改为"因而";B"无论"后面应该跟并列的名词或表任指的代词,不能跟一个过程;D 用了介词"对",使后面的句子没有主语了。

4．A。始终，表示从头到尾持续不变，但不能指将来，如果把"始终"和"一直"换位，句子就通了。但是，表转折，句子无转折，应删去。尤其，副词，表示在全体中或与其他事物比较时特别突出，本句没有比较对象，应该用"特别"。

5．D。替，作介词时，有"为"、"给"的意思，但它又是动词，有"代替"的意思，为使表达更清楚，在本句中应该用"为"或"给"。

6．C。把，作为介词，它的主要作用是提宾，以表示强调；"平时省下的零用钱"不是"买"的宾语，而是"买"的凭借物，应该换成"用"。B"的"字赘余。D"马可飞"是教育的对象，"同"改为"对"。

7．C。本题的解题关键是理解题干语句之间的关系，弄清句意，用 DNA 分子制成生物电子元件是假设之中的事，而非已然之事，所以第一处应填"如果"，第二处横线后面的分句与前面的分句之间是递进关系，而不是表示不很肯定的语气，所以应用"甚至"。第三处是递进关系，故用表示递进的词语"而且"。

8．B。注意几个分句之间的关系。前三句明显的让步关系，就决定了只能是 B。

9．D。"有些"表示有数量不大的一部分，泛泛地说；"某些"则表示有所指；从句意看，并没有指向性，用前者合适。"一律"、"一概"都可表示没有例外，用于人，常用"一律"。"刚才"、"刚刚"都表示时间过去不久，但"刚才"后面可以用否定词，"刚刚"就不行。

10．C。"简直"在程度上比"几乎"更重些；① 句强调的意味很浓，用简直更恰当。"大概"既可以作副词，也可以作形容词，"大约"只能作副词，② 句要表达的是一个大致的印象，是形容词，只能用"大概"。"果然"表示事实与所说或所料的相符，"居然"表示出乎意料，③ 句前面有"大家都没想到"，还是"居然"恰当。

三、语法

【考点解说】

语法知识的考查，重点在于病句的辨析。考查病句，实际上也是在考查考生的语言运用能力。换句话说，清楚地知道语法规则，只是必要条件，准确无误地灵活使用，才是最重要的。要准确判别句子是否有毛病，还要了解一些常见的语病类型，这可以帮助自己作出判断。

常见病句类型共六种，有：语序不当、搭配不当、成分残缺或赘余、结构混乱、表意不明、不合逻辑。应该通过对经典试题的分析，掌握六种病句的基本形式，学会比较辨析。

语法题考查的类型以选出没有语病的形式为主，但也有时会要求选出有语病的一项。在解题时应注意审清题目要求。

【试题例析】

例1. 下列各句中，没有语病的一句是

A. 我们要学会正确的立场、方法和观点，去解决问题、分析问题和提出问题。

B. 文件对经济领域中的若干重要问题，从理论上和政策上做了详细的规定和深刻的说明。

C. 为了防止不再发生类似事故，单位领导制定了一系列切实加强安全保卫工作的措施。

D. 我国宪法规定，公民享有宪法和法律规定的权利，同时必须履行宪法和法律规定的义务。

【解析】 这是 2003 年 GCT 考试第 5 题，考查病句的辨析，正确答案是 D 项。A 项有两方面错误，一是成分残缺，"学会"后面应该有动词"运用"，才能和后面的"去……"相匹配；二是语序

72

不当,应该是"提出问题—分析问题—解决问题"才对。B项是搭配不当。应该是"政策上……规定,理论上……说明"。C项是由于否定不当造成的不合逻辑。要"防止"的应该是"发生事故",而不是"不发生事故";原句和要表示的意思正好相反了。

例2. 下列句子中,没有语病的一句是

A. 在高等教育规模迅速扩大的新形势下,对高校的管理工作提出了更高的要求。

B. 这些经验值得广大管理干部,特别是各企业主要领导的重视。

C. 在客观事实面前,谁也无法否认他的确完成了常人难以完成的工作。

D. 老王看到了领导的批示,才使他心里的一块石头落了地。

【解析】 这是2004年GCT考试第4题,考查病句辨析,正确答案是C项。A项属于主语残缺,由于使用了介词结构"在……下",淹没了原句的主语"新形势",去掉"在……下",句子才通。B项属于成分赘余,"值得"是一个助动词,它要和动词"重视"结合在一起做句子的合成谓语,才能准确表达完整的意思。加上一个"的"字,"广大管理干部,特别是各企业主要领导""重视"由主谓结构变成偏正结构了,改变了句子原来的意思,应该把"的"字去掉。D项属于结构混乱,从前半句来看,陈述对象是"老王",而后半句"才使他"又明显表示出陈述对象不是"老王",前后两部分主语不一致,造成句式杂糅,应该把"才使他"删掉。

例3. 下面没有语病的一句是

A. "费改税"能否遏制住愈演愈烈的乱收费现象,这对农村工作是个考验。

B. 亚健康状态,往往受到无规律的生活和沉重的学习工作压力而引起。

C. 一听说有盛夏的免费音乐节,许多的附近居民早早就赶来,等待观看。

D. 就反腐败这样一个国际性的顽疾来说,"公开"是最有效的一剂良药。

【解析】 这是2005年GCT考试第3题,考查病句辨析,正确答案是A项。B项属于结构混乱,是"由……而引起"和"受到……影响"两种形式糅合在一起造成了句式杂糅;C项语序不当,应该是"附近许多的"。D项不合逻辑,"腐败"是"顽疾","反腐败"怎能成为"顽疾"呢?当然,从搭配角度说,本句也有问题,"就……来说"这一介词结构,用来表示动作的对象时,往往和比较抽象的词语结合,句中的"顽疾"是比较具体的事物,应该用"对……来说"才搭配。

例4. 下列各句中,没有语病的一句是

A. 随着改革开放的日益深入,每年到绥芬河市观光旅游的人次逐步攀升。

B. 校长非常理解他这次因县里召开第三届教学能手大赛而耽误正常上课。

C. 对于网上发布的应取消房屋预售制度的各种意见,专家持否定态度。

D. 是否具有坚忍不拔的毅力和卓而不凡的智慧,是成为杰出人才的重要条件。

【解析】 这是2006年GCT考试第3题,考查病句辨析,正确答案是C项。病句应该从整体把握,记住几个病句类型,学会比较辨别。A项属搭配不当,"人次"与"攀升"不搭配;B项属成分残缺,"理解"没有宾语;D项前面"是否"指的是两面,后面的"是"指一面,两面变一面,一面、两面不照应。

【复习指导】

通过对以上例题的分析,我们可以看出,GCT考试对语法知识的考查主要侧重于病句的辨析。因此,复习时熟练地掌握病句的多种表现形式,通过一定量的练习总结答题规律,是这一部分复习的关键。

辨析语句是否有毛病,还应了解几种常用的方法。

1. 语感审读法

语感是人们在长期的语言运用中形成的语言感受能力,在辨析句子的语病中应该相信自己的语感,只要觉得不顺当或不对劲,就应该意识到句子可能出现了语病。就要分析比较,看是否属于病句。

例如:不管气候条件和地理环境都极端不利,登山队员仍然克服了困难,胜利攀上了顶峰。

这个句子读起来觉得有些别扭,进一步分析,就发现,"不管……都(极端)……"的使用是不规范的,正确的说法应该是"不管……多么……",或者改为"尽管……非常不利"。

再如:我真后悔,怎么因为一时的意见不合,就同与自己共过患难的朋友分道扬镳呢?

这句话乍看好像是对的,但语感强的同学却会觉得有些不对劲,仔细一分析就会发现,"怎么"这个疑问代词充当了动词,而在汉语语法规则中,疑问代词是不能带宾语的。只有改成"怎能"句子才说通。

从这个意义上说,语感强的同学在解答这类题的时候,就会既快又准。

2. 枝干梳理法

试题所给出的例句,往往都比较长,修饰成分多,不会让你一眼就看出毛病来。因此,解题时就要学会使用"抓主干"、"理枝叶"、"看逻辑"等方法。看一个句子是不是病句,先要抓出主干,看有没有搭配不当、成分残缺或赘余、语序不当等问题;如果没有,再看枝叶,即看句子的修饰限制成分有没有赘余、残缺、错误等问题;最后分析它是否存在不合逻辑的问题。

例如:过去几万名地质队员经过数十年才能做到的事情,资源卫星几天内即可完成。

运用紧缩法,这句话的主干是"事情完成",主谓搭配不当,应该说"事情做完"。

再如:这次整修之后,列车经过大桥时发生的"哐哐"、"哐哐"的声音将会消除。

运用紧缩法,这句话的主干是"声音……消除",没有问题,再看修饰成分,"发生的……声音"显然搭配不当,应该改为"发出的"。

如果主干、枝叶都没有问题,就应该看一看是否存在逻辑问题了。

例如:在古代,这类音乐作品只有文字记载,没有乐谱资料,既无法演奏,也无法演唱。

这句话从语法上讲没有问题,但是,一个在古代就"既无法演奏,也无法演唱"的作品怎么能算是"音乐"作品呢? 显然不合逻辑。

3. 造句类比法

有时句子是否有毛病,一时拿不准,就要仿照原句结构再造一个句子,经过比较,问题就清楚了。

例如:这些经验值得广大管理干部,特别是各企业主要领导的重视。

这是 2004 年第 4 题的 B 项,紧缩以后,可以变为"经验值得……领导的重视",问题仍不明显。我们可以仿照这种形式造句:"经验值得我们的学习"、"做法值得我们的提倡"。经过比较,就会发现,"值得……学习"、"值得……提倡"中都不能加进"的"字,我们就可以判断出例句也犯了同样的错误。

【巩固练习】

1. 下列各句中,没有语病的一项是:

A. 我本想这次能在家乡同你见面,回家后才知道你由于正忙着搞科研,不回来了。

B. 为什么对于这种浪费人才的现象,至今没有引起有关部门的重视呢?

C. 无论干部和群众,毫无例外,都必须遵守社会主义法制。

D. 经过老主任再三解释,才使他怒气逐渐平息,最后脸上勉强露出一丝笑容。

2. 下列各句中,没有语病的一句是:

A. 一些不自觉的游客因身边没有清洁袋,就随手将用过的垃圾扔在树林里、草丛中,给美丽的中山陵抹上了不和谐的色彩。

B. 在本届世乒赛团体比赛中,刘国梁就首开中国选手输球先例,最终被排除出主力阵容。

C. 在江宁区周岗镇钱家村,活跃着一支老党员护路队,平均年龄 75 岁。

D. 日前,经教师、家长、学生共同评选,北京市教委学生统一着装管理服务中心正式向学校推出 37 套色彩鲜艳、款式新颖的学生制装。

3. 下列各句中,没有语病的一项是:

A. 中国速度滑冰队出征世界锦标赛,勇夺三金,已于昨晚凯旋,在首都机场受到热烈欢迎。

B. 我们顺利地按照老张头画的那张简图找到了住在莫愁新寓的案件目击者。

C. 这所大学的一些学生语文水平实在低下,传扬出去,准会被人贻笑大方,影响学校的声誉。

D. 据北京中心气象台资料显示,今年北京市除夕最高气温 16 摄氏度,年初一气温更达 18 度,创 1984 年以来北京春节最高气温。

4. 下列各句中,没有语病的一句是:

A. 因策划实施美国驻东非大使馆而被通缉的阿布纳斯近日在苏丹首都喀土穆落网,现被关押在当地一所监狱里。

B.《谈艺录》对许多问题都做了前无古人的发掘和辨析,出版之初就以视角的独特、观点的新颖和材料的丰赡震动了学界。

C. 和传统书法艺术不同,现代书法艺术追求的是视觉艺术性,更注重以造型来抒发自己的感情和主张。

D. 要提高现代文阅读题的准确率,考生平时应多读例文、精做习题是行之有效的办法。

5. 下列各句中没有语病的一句是:

A. 谁又能否认英雄的品质不是在这一天天的努力学习中渐渐培养起来的呢?

B. 海湾战争初期,伊拉克通过设置大量假目标,迷惑了多国部队的飞机和侦察卫星,最终使部分飞机保留下来。

C. 因特网作为传媒,可以在世界范围内使各地的人们凭借计算机的互联共享同样的信息。

D. 他用铁一般的事实和确凿的证据,剥下了这个"正人君子"的真面目。

6. 下列各句中,没有语病的一句是:

A. 实践证明,自然保护区的建设对保护国家珍贵的物种资源和生态系统,减缓经济发展给资源带来的压力,起了重要作用。

B. 中午是小镇最热闹的时候,家家的烟囱都冒出缓缓的炊烟,到处都飘散着饭菜的香味儿。

C. 大家再也坐不住了,立刻召开支委会,互相作了深刻的自我批评。

D. 必然性不仅和偶然性互相依存,而且在一定条件下互相转化。

7. 下列各句中,没有语病的一句是:

A. 鲁迅先生一直认为"童年的情形，便是将来的命运"，因此他十分重视儿童文艺创作。

B. 我们不妨把赋予崭新含义的"生无所息"这句格言，写在时代的旗帜上，为中华民族腾飞于世界而奋力拼搏。

C. 在全球经济衰退的情况下，我国的对外贸易进出口依然保持持续增长的势头，2001年全年进出口总额与去年同期相比，比同期增长7.5%。

D. 最近一段时间，中科院以及北大、清华等学府纷纷出台自己的学术戒律，力图在学术腐败成风的情况下，廓清弥漫在学术及科研领域的道德。

8. 下列各句中，没有语病的一句是：

A. 当她发现这一险情时，拼命地呼喊车子停车，并拖着怀有6个月身孕的身子冲向跑在最前面的孩子。

B. 成都都江堰市虹口乡深溪村农民张天成发现了这只大熊猫，当时正处于半昏迷状态，13日下午被当地政府护送到中国保护大熊猫研究中心进行抢救。

C. 中国公民有权利在宪法许可的范围内，对于有关社会的公共事务和重大事件进行评议。

D. "依法治国"的核心是建立社会主义民主法制，但究竟是"依法治官"还是"依法治民"，是政府用法律来治百姓，还是人民依法来治理国家，很多人并不清楚。

9. 对下列句子病因分析不正确的一项是：

A. 资本的积累，是为资本家牟取更大的利润为目的。（结构杂糅）

B. 殷代社会已达到使用大批奴隶从事农业和畜牧业生产。（成分残缺）

C. 精心配制的"健脑宁"口服液，不愧为中成药的良方。（表意不明）

D. "康师傅"咸酥夹心饼干，首次面世，就受到消费者的好评。（语意重复）

10. 下列各句加点的部分与"他对我的帮助很大"中加点的部分结构相同的一句是：

A. 大家对他的表演报以热烈的掌声。

B. 他对大家的帮助表示感谢。

C. 我们对自己的优势信心十足。

D. 同志们对他的批评语重心长。

【参考答案】

1. A。B成分残缺，因为多了一个介词"对于"，全句就没了主语；C搭配不当，关联词语"无论"应该和"还是"搭配；D成分残缺，把"经过"去掉。

2. D。A成分赘余，把"用过的"删去；B搭配不当，"先例"是先前已有的事例，与"首开"矛盾；C成分残缺，后一分句缺少主语。

3. A。B语序不当，"顺利地"应调到"简图"后面；C成分赘余，"贻笑大方"本身就已经表示被动了，与前面"被人"重复；D成分残缺，"创"后面应该有"纪录"之类的宾语。

4. B。A搭配不当，"实施……大使馆"不搭配；C搭配不当，"抒发……主张"不搭配；D句式杂糅，"应多读例文、精做习题"和"多读例文、精做习题是行之有效的办法"两种句式杂糅在一起。

5. C。A否定不当，把"不"去掉；B成分残缺或赘余，删去"通过"或在"目标"后面加上"的手段"；D不合逻辑，"剥下"的应该是"假面具"。

6. A。B语序不当，"缓缓"是动态，应该做状语，修饰"冒出"；C不合逻辑，"自我批评"与

"互相"矛盾；D 语序不当，"不仅"应该在"偶然性"后面。

7．B。A 表意不明，"儿童文艺创作"有歧义；C 成分赘余，删去"与去年同期相比"；D 成分残缺，"廓清"没有宾语。

8．D。A 成分残缺，把"当……时"这一介词结构删去；B 表意不明，谁"正处于半昏迷状态"？C 成分赘余，把"有关社会的"删去。

9．C。主宾不搭配。

10．D。D 项"对他的批评"和题干"对我的帮助"是定语和中心词的关系，作全句的主语；ABC 三项加点部分是介宾结构，作全句的状语。

四、修辞

【考点解说】

根据表达的需要，运用各种语言材料、各种表现手法，选择最恰当的语言形式来加强表达效果的语言活动叫修辞。它是从表达方法、表达效果的角度去研究语音、词汇、语法的运用的。

一般来说，语法研究怎样把话说得对，修辞研究怎样把话说得好。

修辞包括消极修辞、积极修辞两大类。消极修辞主要指词语的锤炼、句式的选择，它以简明、连贯、得体为标准，目的是使人领会；积极修辞则是积极的运用语言文字上的感性因素，使语言呈现形象性、具体性和体验性，目的是使人感受。修辞学上的各种修辞格，都属于积极修辞的范畴。GCT 考试对修辞方面的考查也分积极、消极修辞两个类别。考查形式主要有正误选择和填空选择两种。

消极修辞的考查，内容主要有：语句的衔接、句子的排列、词语的排列、用语的场合对象等。考查的点相当广泛，词、短语、句子都有所涉及，同时也考查了语法、语义、语境、材料组织等知识的掌握和运用的能力。

积极修辞考查的是常见的几种修辞格的辨别和作用的分析，一般来说，增强语言形象性的修辞方法有：比喻、借代、比拟、夸张、对比等；增强语气声势的修辞方法有：设问、反问、对偶、排比、反复等；使语义丰富的修辞方法有：双关、反语、引用等。对于修辞的考查，不会纠缠名词术语，而是考查在具体运用中的辨别。因此，我们复习的重点，也要放在相近的修辞手法的辨别上。

【试题例析】

例 1. 下列各句中，语义明确、没有歧义的一句是：

A. 小王回到了宿舍，发现老朱和他的朋友仍然坐在那里聊天。

B. 在《我的首长》这篇文章中，他写了许多感人的故事。

C. 我眼看着他进了自己的屋子，就跟着走了进去。

D. 董事长看到总经理非常高兴，不由分说地把他拉到了办公室里。

【解析】 本题是 2003 年 GCT 考试第 6 题，考查的是消极修辞中的"简明"一项，正确答案是 B 项。A 项"他的朋友"，既可理解为"老朱"的朋友，也可理解为"小王"的朋友。C 项"自己的"既可以理解为"我"自己的，也可以理解为"他"自己的。D 项"非常高兴"的既可以是"董事长"，也可以是"总经理"。

例 2. 在下面文字横线处，填上与上下文衔接最恰当的一句话。

解放思想不是一句堂皇的口号，不是一曲浪漫的旋律。它需要直面更多的难题，_____。

A. 需要锐气和胆识,需要实事求是的科学品格,需要承受更多的风险,需要付出更多的代价

B. 需要承受更多的风险,需要锐气和胆识,需要付出更多的代价,需要实事求是的科学品格

C. 需要承受更多的风险,需要付出更多的代价,需要锐气和胆识,需要实事求是的科学品格

D. 需要付出更多的代价,需要承受更多的风险,需要锐气和胆识,需要实事求是的科学品格

【解析】 本题是 2004 年 GCT 考试第 20 题,考查的是消极修辞中的"连贯"一项,正确答案是 C 项。"风险""代价""锐气和胆识""科学品格"从逻辑关系上看有递进意思,"风险"是"困难"的第一重表现,而解决"风险"就会付出"代价",对此得有一定的"锐气和胆识"来面对,但光有"锐气和胆识"难免卤莽,因而还要有"科学的品格"。另外,从词语搭配上看,题干中"需要"所带宾语"直面……难题"是动宾结构,紧承它的应该是结构相同的"承受……风险,付出……代价";而"锐气和胆识"与"科学品格"都是名词性宾语,相承应该远些。

例 3. 下列关于称谓礼貌用语的用法,解释不正确的一项是:

A. 对他人称呼自己已故的父母,可用"先父"、"先母"。

B. 在别人面前称呼自己的弟弟、妹妹,可用"舍弟"、"舍妹"。

C. 称呼谈话对方的子女或收信人的子女,可用"令郎"、"令爱"。

D. 与人交谈或写信称呼对方父母,可尊称"家父"、"家母"。

【解析】 本题是 2007 年 GCT 考试的第 9 题,考查的是消极修辞中的得体,解释不正确的是 D 项。在与人交谈或写信称呼对方的父母,应该尊称"令尊"、"令堂"。"家父"、"家母"是谦称。在文明礼貌用语中,谦敬称呼用语应该格外引起重视。应记住"家大舍小令外人"的口诀,也就是,在别人面前称呼自己的父母、长辈时用"家",比如"家父"、"家兄"等;称呼自己的晚辈时用"舍",比如"舍弟"、"舍侄"等。与人交谈称呼对方的亲人,前面用"令"表敬,比如"令兄"、"令侄"等。

例 4. 对下列句子的修辞方法及其作用的表述,不正确的一项是:

A. 长征是宣言书,长征是宣传队,长征是播种机。自从盘古开天地,三皇五帝到于今,历史上曾经有过我们这样的长征么?

——用比喻的修辞手法,形象地说明长征的伟大意义。

B. 蜡烛一生虽然短暂,却把毕生心血化为光明来照亮别人。

——用拟人的修辞手法,赞颂大公无私的牺牲精神。

C. 白发三千丈,缘愁似个长。不知明镜里,何处得秋霜。

——用夸张的修辞手法,形容愁多易老。

D. 横眉冷对千夫指,俯首甘为孺子牛。

——用夸张的修辞手法,表明对敌人、对人民的不同态度。

【解析】 本题是 2004 年 GCT 考试第 6 题,考查的是积极修辞知识,正确答案是 D 项。"横眉冷对千夫指,俯首甘为孺子牛"运用了对偶和对比修辞,没有夸张。

例 5. 对下面这段话使用的修辞手法分析不当的一项是:

风是调皮的小男孩,抓把土抛到空中,趁机扯乱女孩子的长发;风是年老的画家,一味选灰色调,造出黄昏的画面;风是不高明的小偷,溜进屋时弄响了门,逃走时还在窗上留下了脚印。

A. 这段话使用了拟人的修辞手法。

B. 这段话运用了三个长度、句式风格相近的句子,这是排比的修辞手法。

C. 这段话使用了明喻,分别把风比作"小男孩"、"年老的画家"、"小偷"。

D. 这段话中几种修辞方法结合得不露痕迹,恰到好处。

【解析】 本题是 2005 年 GCT 考试第 5 题,考查的是对修辞方法的辨识和作用的分析,分析不当的是 C 项。"明喻"要用喻词"像""如同"等把本体喻体连接在一起,而本段是采用了判断句的形式,用"是"来连接本体和喻体,因此,这段话虽然用的是比喻,但不是明喻,而是暗喻。

例 6. 下面加点的语句,后面紧接前句重复。这种修辞方式是_____。

返咸阳,过宫墙;过宫墙,绕回廊;绕回廊,近椒房;近椒房,月昏黄;月昏黄,夜生凉……

A. 排比　　　　　　B. 对仗　　　　　　C. 顶针　　　　　　D. 夸张

【解析】 本题是 2006 年 GCT 考试第 24 题,考查的是积极修辞中的修辞格知识,正确答案是 C。实际是对顶针修辞格的确认。和前几个例题相比,这样的题型应该属于容易题了。

【复习指导】

从前面试题例析可以看出,修辞知识的考查,在 GCT 考试中,消极修辞和积极修辞两个方面都会设题,占有相当的比重,必须引起重视。我们的复习,也应该两个方面都要顾及。

(一) 消极修辞

消极修辞主要考查简明、连贯、得体。所谓"简明",就是语言要简要清楚,不能重复累赘或让人产生歧义;所谓"连贯",是指上下文之间要有明显的联系,话题要统一,陈述对象要尽可能保持一致,句子的组合与衔接要自然;所谓"得体",是指语言表达恰如其分,表达方式适合特定的语境,包括语体色彩、感情色彩等。

简明遵循的准则是:当交际双方具有共同的背景知识时,这部分背景内容就应该简化或省略。通俗地说,就是对方已知的要不讲或少讲,对方不清楚的要讲明白。违背这一原则,产生了多余的话,语言表达就不会简明。如何才能做到语言的简明? 概括地说,就是不要说多余的话,要用尽可能少的语言表达尽可能丰富完整的内容。具体可从三方面入手:

① 不说废话,做到避重复,会省略,去赘疣,要善于运用代词来指代上下文中已经出现的语句;

② 要正确使用词语,忌用那些令人费解的词语,防止误解,避免歧义;

③ 要合理安排句子,挑选合适的句式等。

其中重点是第二条。

"连贯"是书面表达中句子排列组合的规则,以及加强语言联系与衔接使之更为通畅的方法,是考查频率较高的知识点,其考查形式主要有句子衔接判断、修饰成分及句子排序等。做句子衔接题可以从下面几个方面入手。

① 看情调氛围,考虑色彩、意境的和谐协调因素。

② 看逻辑顺序、事理相承,考虑思维的走向性因素。

③ 看陈述对象,考虑话题叙述的一致性因素。

④ 看词语呼应、前后勾连,考虑语脉的相承性因素。

⑤ 看表达中心,考虑整体表达目的。

⑥ 看句式照应,考虑句式对应的因素。

⑦ 看音节和谐。

"得体"是语言运用高层次的标准,它讲正误,还讲优劣。因此须认真比较,以适合语境,还须掌握一些技巧。

使语言表达得体要努力做到以下几点:

① 用词要妥当:弄懂词义,区别词的感情色彩、词义轻重、范围大小,区别表示具体的、个别的事物的词与表示概括的、集体的事物的词。

② 根据不同的语体,选用适当语言。在同一篇文章或同一场合,要保持语言风格的一致性。

③ 根据不同的场合选择与之相适合的语言。

④ 区别说话对象,选用调控语言。

⑤ 根据表达目的选用得体的语言。

(二)积极修辞

积极修辞考查的是常见的几种修辞格的辨别和作用的分析,一般来说,增强语言形象性的修辞方法有:比喻、借代、比拟、夸张、对比等;增强语气声势的修辞方法有:设问、反问、对偶、排比、反复等;使语义丰富的修辞方法有:双关、反语、引用等。对于修辞的考查,不会纠缠名词术语,而是考查在具体运用中的辨别。因此,我们复习的重点,也要放在相近的修辞手法的辨别上。

应该了解八种常见的修辞格及其作用:

1. 比喻

比喻的结构一般由本体、喻体和比喻词构成。比喻的本体和喻体必须是不同的事物,但相互之间有相似点。运用比喻可以化平淡为生动,化深奥为浅显,化抽象为具体。

2. 比拟

包括拟人和拟物两类。拟人是把物当人来描写,赋予物以人的情感、意志、动作等;拟物是把人当物来描写,或把此物当彼物来描写。运用比拟,可使人或物色彩鲜明,描写生动,蕴含丰富。

3. 借代

用借体代本体。它不直接说出所要表述的人或物,而用上其相关的事物来代替,可用部分代整体,以特征代本体,以专名代泛称等,如《药》中以"花白胡子"代人物,便是以特征代本体。比喻要求本体与喻体有相似点,借代要求借体与本体有相关处。借代可使表达具体形象。

4. 夸张

包括对事物作合情合理的夸大或缩小。鲁迅《药》中写道:"……眼光正像两把刀,刺得老栓缩小了一半。"后一句使用了"缩小"的夸张。夸张要合情合理,其作用是烘托气氛,增强联想,给人启示,增强表达效果。

5. 对偶

俗称"对对子",诗歌中叫"对仗"。对偶有宽对、严对之别。一般来说,上下两句应字数相等、词性相对、结构相同、意义相关;可以是短语,也可以是句子。有正对、反对、流水对等类型。用对偶,句子整齐,表意凝练,抒情酣畅。

6. 排比

由三个或三个以上结构相同或相似、内容相关、语气一致的短语或句子构成。其作用在加强语气、强调内容、加重感情。

7. 设问

无疑而问,在自问自答中引人注意,启人思考。

8. 反问

也是无疑而问,但答案就在问句中,即用肯定的形式表示否定的意思,用否定的形式表示肯定的意思。有强化语气、强化情感的作用。

GCT 考试对于修辞的考查不注重名词概念,而是侧重于对作用的分析,因此,通过相当的练习,了解各类修辞方法的作用,体会不同修辞方法之间的区别,就显得非常重要了。特别是借喻和借代、对偶和排比、设问与反问等容易混淆的辞格,要能够区分开。

【巩固练习】

(一)消极修辞

1. 下列各句中,语义明确、没有歧义的一句是:

A. 主管会计只凭副总经理一个电话,未按总经理的指示,将预付款电汇给对方,给公司造成了巨大的经济损失。

B. 某人接到一学术会议秘书组来函,信上说:只要你单位同意,报销旅差费,安排住处,领取大会出席证的问题可由我们解决。

C. 他每天骑着摩托车,从城东到城西,从城南到城北,把 180 多家医院、照相馆、出版社等单位的废定影液一点一滴地收集起来。

D. 别看他年龄不大,辈份却很高,单位的几位元老与他兄弟相称,小李、小王叫他叔叔。

2. 下列各句中,语义明确、没有歧义的一句是:

A. 我看谁也不能否认,在目前形势下,这出戏有一定的消极影响。

B. 他在某杂志生活栏目上发表的那篇关于饮食习惯与健康的文章,批评的人很多。

C. 因患病住院,83 岁高龄的黄昆和正在美国的姚明没能到场领奖。

D. 驾车经过此地时,他发现一边放着一个写满红字的牌子,看上去字迹不很清楚。

3. 下面说法全都符合画线部分的内容的一组是:

鲍卡斯出席了美中贸易企业联合主办的一次记者招待会,<u>该联合会代表去年为延长对华最惠国待遇进行游说并取得成功的一些大的贸易社团和数千家美国公司。</u>

① 去年,为延长对华最惠国待遇,美国一些大贸易社团和数千家公司委派代表进行了游说。

② 美中贸易企业联合会代表大贸易社团和美国公司召开了记者招待会。

③ 美中企业联合会的代表团去年曾为延长对华最惠国的待遇进行游说并取得成功。

④ 美中贸易企业联合会代表着一些大贸易社团和数千家公司的利益和意愿。

A. ①②　　　　B. ②③　　　　C. ③④　　　　D. ①④

4. 下面① —⑦是文中方框处摘出的词语,依次排列顺序最好的一组是:

世界屋脊上的 ☐☐☐☐☐☐☐ ,以其特殊的魅力,吸引着越来越多的游客,千里风雪的青藏公路,正成为一条令人神往的旅游热线。

① 晶莹的湖泊　　② 大漠　　③ 奔腾的江河　　④ 雪岭　　⑤ 数不清的珍禽异兽

⑥ 草原　　⑦ 冰峰

A. ⑦④②⑥①③⑤　　　　　　　　B. ②④⑥⑦①③⑤

C. ①②③④⑤⑥⑦　　　　　　　　　　　　D. ⑤①③⑦②④⑥

5. 给下列句子排序,恰当的一项是:

① 病痛是人类必须面对的最残酷、最强大和最无情的敌人

② 它从人刚刚诞生的那一刻起,就像影子一样追随着人们的脚步

③ 如果没有各种各样的疾病,人类一大半"正常死亡"都可以避免

④ 病痛是人类与生俱来的敌人

⑤ 与这样的敌人战斗,人类自身的意志、毅力和高贵性才得以展现

A. ①⑤④③②　　　　　　　　　　　　　　　B. ②④①⑤③

C. ④②③①⑤　　　　　　　　　　　　　　　D. ①②④③⑤

6. "到大森林中去,这只是……'冒险'"一句中,"冒险"前面有五个修饰成分:

① 小小的　　② 熙熙攘攘忙忙碌碌嘈嘈杂杂的　　③ 一些　　④ 人们的　　⑤ 厌倦了都市生活的

它们的正确排列顺序是

A. ①③⑤②④　　　B. ⑤②③④①　　　C. ③⑤②④①　　　D. ④③②⑤①

7. "对爱好文科的学生,加强文科辅导是必要的,但是否可以忽视理科的学习呢? 还要不要他们学好数学、物理、化学和生物呢?"从下面的四句中选出能与它衔接的句子。

A. 从长远的观点看,我们认为这样做是很不恰当的。

B. 如果我们缺乏战略眼光,在实际工作中就可能作出错误的回答。

C. 为了使学生有合理的知识结构,我们的回答应该是肯定的。

D. 只要认真想一想中等教育的培养目标,我们就会说:不可以。

8. 选择最恰当的一句填在下段文字中的横线上,使上下文句通顺合理。

用低垂的乌云解渴,草露哺育了大山的精灵。湖水洗过的鸟声是那么清脆、响亮。一块流浪的云,＿＿＿＿＿＿＿＿;游牧的长笛,轻轻吹绿湖水的茂盛。

A. 在蓝色的天空飘过　　　　　　　　　　　B. 倒映在湖水之中

C. 使湖水更加明净　　　　　　　　　　　　D. 擦亮湖水的媚眼

9. 杨礼同学说话喜欢引经据典,在下面几种情境讲话时,他引用的古诗文恰当得体的一项是:

A. 同学张志明要到加拿大去读书了,在给他送行时杨礼说:"'与君离别意,同是宦游人。'志明,你一人在异国他乡,要多多珍重啊!"

B. 同学刘意作文时想找一句表现读书乐趣的名句,杨礼不假思索地说道:"这还不容易,'谈笑有鸿儒,往来无白丁'嘛!"

C. 杨礼和同学一起去春游,面对着满园盛开的梨花,他情不自禁地说道:"太美了,真可谓'忽如一夜春风来,千树万树梨花开'啊!"

D. 杨礼的同桌白帆学习上得过且过,不求甚解,杨礼意味深长地对他说:"'学而不思则罔',你可不能总是浅尝辄止啊!"

10. 李工程师举办家宴,宴请他的日本朋友夫妇,席间,这位日本太太非常客气地说:"李太太非常文雅,和我们日本女人一样,不像中国人。"李工的太太一愣,随即很得体的回答了一句话,使日本太太知道了自己的语言欠妥,却又没有感到尴尬。这句话应该是:

A．太太说出了一个事实：中日文明是同源的，中国的文明哺育了日本。

B．太太也很文雅，您的先生也很文雅，都和我们中国人一样，不像日本人。

C．太太过奖了，还是您更文雅。我可不如日本人，更不如中国的知识女性。

D．我看咱们站在一起，好像一对姐妹，分不出谁是日本人，谁是中国人。

【参考答案】

1．D。A"总经理的指示"是什么，可有不同理解。B 对"你单位同意"什么，可有不同理解。C 对"180 多家"的修饰范围可有不同理解。

2．A。B"批评的人很多"有歧义，是"文章中批评的人很多"，还是"批评这篇文章的人很多"，不明确。C"因患病住院"的主语不明确。可改为"患病住院的 83 岁高龄的黄昆和正在美国的姚明没有到场领奖"。D"一边放着一个"可以有不同理解。

3．D。② 定语状语位置混淆；③ 偷换概念，"代表"不等于"代表团"。

4．A。考虑字数由少到多，再考虑青藏高原的特点，由高到低排列。

5．C。④ 句是总说，② 句是对"与生俱来"的具体解说，③ 句是从反面支撑首句，① ⑤是对全段的总结。

6．C。本题考查复杂定语的排序，正确答案是 C 项。这个定语结构比较特殊。实际上，"一些""厌倦了都市生活的""熙熙攘攘忙忙碌碌嘈嘈杂杂的"是用来修饰"人们"的，"一些……人们"和"小小的"共同修饰"冒险"，只有看清这个结构关系，才能正确排序。

7．B。A"这样做"指代不明；题干是从正反两方面表述，C、D 却只从一方面回答，造成一面两面不对应。只有 B 项照顾到了两个方面。

8．D。不仅要注意语句的整齐，还应注意形象性。

9．D。本题考查语言得体，正确答案是 D 项。A 项"宦游人"指的是为求做官而外出奔走的人，不是指出去求学的人。B 项"谈笑有鸿儒，往来无白丁"指人际交往，与读书无关。C 项"忽如一夜春风来，千树万树梨花开"是用梨花来比喻雪花，不是用来形容梨花盛开的。

10．D。本题考查语言的得体，正确答案是 D 项。日本太太的话可以理解为中国人都不够文雅，在这样的场合显然是不够得体的。李太太说两个人"好像一对姐妹，分不清谁是日本人，谁是中国人"，隐含着这样的信息：中日两国人都是不错的，应该像兄弟姐妹一样。其他三项，B 项是以牙还牙，不太友好，也有失东道主的身份；A 项口气就更重了一些，对方难免尴尬；C 项有些谦虚过度。

（二）积极修辞

1．对下面句子所采用的修辞方法和它的表达作用理解正确的一项是：

A．要论中国人，必须不被搽在表面的自欺欺人的脂粉所诓骗，却看看他们的筋骨和脊梁。

——运用了拟人手法，说明了看人要看他的本质和主流。

B．"闭塞眼睛捉麻雀"、"瞎子摸鱼"、粗枝大叶、夸夸其谈、满足于一知半解，这种极坏的作风，这种完全违反马克思列宁主义基本精神的作风，还在我党许多同志中继续存在着。

——运用了比喻方式，喻指不细致的工作作风。

C．我的心常在黑暗的岛上飘浮，要不是得着灯光的指引，它有一天也会永沉海底。

——作者运用比喻修辞，表达了"我"在黑暗的日子里充满了苦闷和彷徨的感情，如果没有光明在前头引路。也会消沉下去。

D. 有的人活着,他已经死了;有的人死了,他还活着。

——作者运用对偶的修辞方法,表达了自己对人生意义的认识和思考。

2. 选出对下列句子运用的修辞手法及其作用分析不正确的一项:

A. 那又浓又翠的景色,简直是幅青绿山水画。

——运用比喻的手法,描绘出了荔枝树林夜色的浓郁和美好。

B. 狂风紧紧抱起一层层巨浪,恶狠狠地把它们甩到悬崖上。

——运用拟人的手法,突出了大海涨潮时的有力气势。

C. 世间还能有比这更居心险恶的事情吗?我是一辈子没有到过蒙大拿的。

——通过设问,揭露了资本主义自由竞选的虚伪性。

D. 花下也缺不了成群结队的"清国留学生"的速成班,头顶上盘着大辫子,顶得学生制帽的顶上高高耸起,形成一座富士山。

——通过夸张和比喻,写出了清朝留学生可笑的打扮和丑态。

3. 从修辞的角度看,下面对古诗词名句的解说不正确的一项是:

A."问君能有几多愁,恰似一江春水向东流。"

——以水喻愁,显示出愁思如春水般汪洋恣肆,奔放倾泻;又如春水之不舍昼夜,长流不断,无穷无尽。

B."即从巴峡穿巫峡,便下襄阳向洛阳。"

——既是工整的地名对,又是活泼流走的流水对,迅疾飞驰,有如闪电,写出了诗人回归故乡的急切心情。

C."千古兴亡多少事?悠悠,不尽长江滚滚流!"

——时间漫长久远,人生苦短,通过强烈的正反对比,抒发了词人胸中翻滚的不尽愁思和感慨。

D."东边日出西边雨,道是无晴还有晴。"

——"晴"是"情"的谐音双关语,明确又含蓄的表达了一位初恋少女的迷惘和眷恋,希望和等待。

4. 对下列古诗句解说有误的一项是:

A."醉卧沙场君莫笑,古来征战几人回?"表现了将军抱着必死的决心,喝饱老酒,上阵杀敌的豪壮气概。

B."羌笛何须怨杨柳,春风不度玉门关"。意思是说,那吹笛子的人啊,请你不要抱怨没有杨柳可折吧,因为春风是吹不到玉门关的。

C."秦时明月汉时关"一句的意思是说这个地方在秦朝时还是明月朗照的荒野,到汉朝便已有关城了,概括地说出了这一带边关重镇的发展变化。

D."两岸猿声啼不住,轻舟已过万重山"调动了多种艺术手法,不仅描绘出水急船快,其往如箭的形象,同时,也表现出诗人的欢快心情。

5. 对下列各句所用的修辞方法及其作用分析得不正确的一项是:

A."争渡、争渡、惊起一滩鸥鹭。"运用了反复修辞,表现了词人急于寻路回家,奋力划船的情状。

B."如果生命是树,尊严就是根;如果生命是火,尊严就是燃烧;如果生命是鹰,尊严就是飞翔。真正的尊严是高于生命的。"运用排比和比喻,形象地表达了尊严高于生命。

C. "眼前的山,已把夏天的翠裙换成了深秋的茶绿色的晚服。"运用拟人和比喻写出了山色的变化。

D. "一味地追'星',一味地模仿'星',哪里还会有创新的意识?哪里还会有开拓的精神呢?"运用设问和反问,批评了"追星族"缺乏创新和开拓。

6. 对下列语句中的修辞的分析,错误的一项是:

A. 一篇新闻的正题是"先'拾柴'后'烧火'"(副题是"某集团军新班子通过调查研究取得工作主动权")——正题综合运用了比喻、双关等修辞手法,寓意深远。

B. "当太阳以轰响的光彩……"(艾青《吹号角》)——运用通感的修辞手法,把太阳跳出地平线时给人的那种震惊感、辉煌感表现得动人可感。

C. 在我们走向胜利的路上,不仅荆棘丛生,而且路旁随时有扒手在窥视着,想乘我们不备,窥取我们奋斗的果实而去。——其中一连串的比喻都是借喻。

D. 他用他那一支又泼辣、又幽默、又锋利的笔,画出了黑暗势力的鬼脸,画出丑恶的帝国主义的鬼脸,他简直是一个高等的画家。——其中的"笔"、"鬼脸"、"高等画家"用的是借代修辞。

7. 选出对下列各句修辞方法分类正确的一项:

① "义哥是一手好拳脚,这两下,一定够他受用了!"壁角的驼背忽然高兴起来。

② 最可恨那些毒蛇猛兽,吃尽了我们的血肉。

③ 小栓……两块肩胛骨高高凸出,印成一个阳文的"八"字。

④ 唉!像人样儿的却成了十七,十八!

⑤ 老妇人……泪膜底下的眼珠闪着猛兽似的光芒。

⑥ 我们需要千百万个雷锋。

A. ①③⑤/②④⑥　　　　　　　　　　B. ②④⑤/①③⑥

C. ③④⑤/①②⑥　　　　　　　　　　D. ②③⑤/①④⑥

8. 对下面的比喻理解不恰当的一项是:

一次,北京某礼堂,首都师范大学李燕杰教授给台下特殊听众——下岗女工作报告。他用了两个比喻句作开场白,话音刚落,全场掌声雷动,不少女工流下了激动的泪水。这两个比喻句是:"没下岗的如秧田里的苗,下岗的如同石缝里的草。"

A. 这两个比喻句概括了下岗女工的生活经历和心理感受。

B. 前一比喻意在告诉我们:在岗的有优越的生活环境,应努力创造条件,争取上岗。

C. "石缝里的草"即使在"石缝"里,也可以凭着自己的坚韧,为生活添上一株新绿。

D. "石缝里的草"是说尽管生存环境艰难,但并没有失掉生存的希望。

9. 对画线句理解正确的一项是:

宋代的苏舜钦住在他丈人家中,每晚要饮一斗酒。他丈人很奇怪,就去窥探他。只听他在朗读《汉书·张子房传》。读到张良狙击秦始皇,误中副车,拍案叫道:"惜乎击之不中!"就满饮一大杯。他丈人笑道:"有如此下酒物,一斗诚不为多也!"这就是有名的"汉书下酒"的典故,其乐趣在"书"而不在"酒"也。

A. 好书一部不为多,只要有乐趣,越多越好。

B. 精湛的书籍能给人带来无穷的乐趣。

C. 好文章能引起人们的乐趣,读得越多乐趣越大。

D. 能引起人们乐趣的好文章越多越好。

10. "用典"是古典诗词常见的表现方式。下列诗句用典的说法不正确的一项是:

A. "天子三章传,陈王七步才"用"曹植"的典故

B. "叹凤嗟身否,伤麟怨道穷"用"孔子"的典故

C. "千载琵琶作胡语,分明怨恨曲中论"用"白居易"的典故

D. "灵均标致高如许,忆生平既纫兰佩,更怀椒醑"用"屈原"的典故

【参考答案】

1. C。A项是比喻。B项中的"喻指不细致的工作作风",应是"主观主义"的不良作风。D项应该是对比。

2. C。这是反问。

3. C。此句出自辛弃疾的《南乡子·登京口北固亭有怀》,以比喻的形式指出了往事悠悠如无尽的江水滚滚东流,同时也以江水比喻词人心中的愁思和感慨。没有"正反对比"的修辞手法。

4. C。应该知道"秦时明月汉时关"是互文,了解了这一点,C项的问题就很明显了。

5. D。"运用设问和反问"的说法不确。应是"连用两个反问"。

6. D。"高等画家"用的是暗喻。

7. D。②③⑤比喻,①④⑥借代。

8. B。"创造条件,争取上岗"不恰当,原文无此意。

9. C。画线部分中"下酒物"喻为"文章","一斗诚不为多"喻为"读好文章应多读几遍"。

10. C。"千载琵琶作胡语,分明怨恨曲中论"出自杜甫的《咏怀古迹》,吟咏的对象是王昭君。

五、文学文化文体常识

【考点解说】

文学文化常识部分包括文学常识,文体常识以及文化常识等三个方面内容。

文学常识,考查的是古今中外的作家作品知识,可以分为中国古代文学常识、现代文学常识和外国文学常识三部分。其中包括对名家名句的理解和解说。

文体常识,指古今中外各种文学体裁知识。

文化常识包含的内容相当广泛,包括天文地理、科举官职、礼仪习俗、姓名称谓、衣食住行、器物用具等诸多内容。

【试题例析】

例1. 下列有关文史常识的表述,不正确的一项是:

A. 李清照,宋朝著名女词人,其作品多为豪放之作。

B. 朱自清是我国现代著名散文家、诗人、学者,代表作《背影》为中国现代散文史上的名篇。

C.《钢铁是怎样炼成的》是苏联作家奥斯特洛夫斯基的作品,小说塑造了钢铁战士保尔·柯察金的形象。

D. 中国古代的史书体裁有编年体、纪传体和纪事本末体等。

【解析】 这是 2003 年 GCT 考试第 8 题,本题主要考查的是文学常识,正确答案是 A 项。在

宋代词坛上,李清照是婉约派的代表作家,虽然她偶尔也能写出一两首巾帼不让须眉的壮词来。如果细分一下的话,D项考查的应该算是文体常识。

例2.《春江花月夜》在唐诗史上地位突出,被闻一多先生誉为"以孤篇压倒全唐"。其作者是_____。

A. 张说　　　　B. 张若虚　　　　C. 张籍　　　　D. 张九龄

【解析】　这是2003年GCT考试第21题,本题考查的是古代文学常识,正确答案是B项。张若虚的《春江花月夜》在文学史上十分有名,虽然比较长,很多人没有读过,但作为对文学常识的了解,还是应该知道的。

例3. "己所不欲,勿施于人"这句话出自_____。

A.《诗经》　　　B.《道德经》　　　C.《庄子》　　　D.《论语》

【解析】　这是2005年试卷第24题,考查的是文学常识,就属于给出名言要求选作品的。正确答案是D项。这句话出于《论语·卫灵公篇》,子贡问曰:"有一言而可以终身行之者乎?"子曰:"其恕乎!己所不欲,勿施于人。"

例4. 下列史书中,属于编年体的是:

A.《史记》　　　B.《通典》　　　C.《资治通鉴》　　D.《通鉴纪事本末》

【解析】　本题是2004年试卷第9题,考查的是文体常识,正确答案是C项。编年体是按照年代顺序记载历史事实的史书体裁,《资治通鉴》则是我国第一部编年体通史,作者是北宋著名的史学家司马光。《通鉴纪事本末》是我国第一部纪事本末体史书,是南宋的袁枢根据《资治通鉴》所记载的重要事实,以事件为中心编纂的纪事本末体史书。《史记》是我国历史上第一部纪传体通史,是西汉的历史学家司马迁所撰。编年体、纪传体和记事本末体是我国古代三个重要的史书体裁。《通典》是我国第一部典章制度分类体专史,开创了典章制度专史的编撰方法。

例5. 将下列诗句依次填入林逋的《山园小梅》:"众芳摇落独暄妍,_____。_____,_____。"排序正确的是

① 暗香浮动月黄昏　② 占尽风情向小园　③ 疏影横斜水清浅

A. ②③①　　　B. ③②①　　　C. ①②③　　　D. ③①②

【解析】　本题是2006年试卷第21题,考查的是文体知识,正确答案是A。这是林逋《山园小梅》的前四句,全诗是:众芳摇落独暄妍,占尽风情向小园。疏影横斜水清浅,暗香浮动月黄昏。霜禽欲下先偷眼,粉蝶如知合断魂。幸有微吟可相狎,不须檀板共金尊。解答此题,首先应该知道这是一首七言律诗,作为近体诗,有双句押韵的特点,同时,颔联、颈联要求对仗。这首诗历来被称为咏梅诗中的绝品,如果读过这首诗的,解答此题非常容易。这道题难在韵脚,从现代语音看,第二句已经不押韵了,但我们仍然能够从颔联对仗的特征选取正确答案。

例6. 下面这首古诗描述了我国民间一个传统节令的景象,这个节令是:

中庭地白树栖鸦,冷露无声湿桂花。

今夜月明人尽望,不知秋思落谁家?

A. 重阳　　　　B. 七夕　　　　C. 中秋　　　　D. 元宵

【解析】　这是2005年GCT考试第6题,本题考查的是文化常识,正确答案是C项。这是唐代诗人王建写的《十五夜望月》,"冷露"、"桂花"都是八月的时令特征,而"人尽望"、"秋思"则是中秋节这一团圆节的典型情节。

例7. 下面表述不正确的一项是：

A. 13 世纪的《马可·波罗行记》是最早较系统地向欧洲介绍中国的一部游记。

B. 圆明园于 1860 年被英法联军抢劫焚烧之后,1900 年又被八国联军彻底破坏。

C. 中国第一所现代大学是 1898 年建立的京师大学堂,1912 年改名为北京大学校。

D. 明清殿试合格进士分为三甲,一甲第一名称状元,第二名称探花,第三名称榜眼。

【解析】 这是 2005 年 GCT 考试第 7 题,本题重点考查的是文化常识,答案是 D 项。明清科举,一甲第一名称状元是正确的,但第二名称榜眼,第三名称探花,选项故意颠倒了。

例8. 京剧作为综合性艺术,最贴切的概括是_____。

A. 生、旦、净、丑　　B. 说、学、逗、唱　　C. 唱、念、做、打　　D. 吹、拉、弹、唱

【解析】 本题是 2003 年 GCT 考试第 23 题,考的是文化常识,正确答案是 C 项。京剧是中国的国粹,有关京剧的常识我们应该知道。"生、旦、净、丑"是京剧的角色,还不足以代表它"综合性艺术"的特征,"说、学、逗、唱"是相声的特点,"吹、拉、弹、唱"则可泛指各种文艺表演,只有"唱、念、做、打"才准确地表现了京剧的综合性艺术的特征。

例9. 下面的诗词名句,如果依照宴会送行、握手道别、别后思念、再度相见的次序排列,正确的排序是：

① 执手相看泪眼,竟无语凝噎。

② 劝君更尽一杯酒,西出阳关无故人。

③ 从别后,忆相逢,几回魂梦与君同。

④ 问姓惊初见,称名忆旧容。

A. ②①③④　　　B. ①②③④　　　C. ④①③②　　　D. ②①④③

【解析】 这是 2004 年 GCT 考试第 7 题,本题考查的是文学常识,正确答案是 A 项。应该说,本题和前一题一样,考查的是对古代诗词内容的理解。应该从诗句所给出的信息去分析判断。① 句出自北宋柳永的《雨霖铃》,"执手"即握手,此句表现分别时的难舍难分;② 出自唐代王维的《送元二使安西》,有"酒"当然是饯别宴上酒;③ 句出自北宋晏几道的《鹧鸪天》,"别后""忆"几个字已经表明是别后相思了;④ 句出自唐代李益《喜见外弟又言别》,前两句是"十年离乱后,长大一相逢",表明是别后相逢,"问姓惊初见"正常的语序是"初见问姓惊","称名忆旧容"是一说出名字就想起旧时的容颜,这显然是再度相见的场景。

例10. 学者俞陛云曾分析一首词的艺术表现之妙,说："(此)言清昼久坐,看日影之移尽,乃自见之静趣,皆写出静者之妙心。"与这段话意思相符的词句是：

A. 翠烟笼日上花梢。花外楼高。海犀不动帘枕静,昼长人懒莺娇。(李鼐《风入松》)

B. 小阁藏春,闲窗锁昼,画堂无限深幽。篆香烧尽,日影下帘钩。(李清照《满庭芳》)

C. 雨过芳塘静,清昼闲中永。门外立双旌,隔花闻笑声。(舒亶《菩萨蛮》)

D. 闲中好,尘务不萦心。坐对当窗木,看移三面阴。(段成式《闲中好》)

【解析】 本题是 2007 年考试真题第 8 题,和前面例子不同的是,本题题干给出的是对诗句的评论,要求选出与之对应的诗句。本题正确答案是 D 项。段成式的《闲中好》通过"看移三面阴"间接写出了人物一整天的生活——从早到晚,眼见树的影子,随着太阳的东升、南转、西沉而移动,先后倾洒于西、北、东三面,这样就写出了人物一直在与当窗木为伴的"闲"。这才与"清昼久坐,看日影之移尽"的说法一致。AB 有"日影"而看不出人"久坐",C 项有人"久坐"却看不到

"日影",故都不合要求。

【复习指导】

GCT考试在文学文化常识方面的考查,题量是相当大的,平均每年要有六七道题。我们认真考察一下,就会发现,这些试题,考查的多是最基本的知识,是我们在中小学时代就学过的内容,对于一般阅读面比较宽的考生,很多题难度并不算大。

中国古代文学常识的复习,应该和文学史联系起来。以先秦、两汉、魏晋六朝、唐宋元明清的历史脉络为线索,穿插各个时期的作家作品、名家名句;现代文学常识,应该把诸如鲁迅、郭沫若、茅盾、巴金、老舍、曹禺等著名作家分为专题,其他作家按照文学社团进行复习,再按照小说、戏剧、诗歌、散文这四大文学样式的主要作家群进行归类,联系我们以前学过的知识,这样可以比较系统、全面地形成一个文学常识的知识网络;至于外国文学常识,应该按照国籍,把世界各国著名作家作品按时代排列,记忆起来就容易多了。

文体知识,也应该采取分类记忆的方法。我们可以把古代文体分为韵文、散文两大类,韵文包括诗词曲赋,散文可分为论说文、史传文、笔记文等几类,然后分门别类进行复习、记忆。现代文体知识也同样如此,我们可以把现代文分为实用文和文学作品两大类。实用文包括记叙文、说明文、议论文和应用文,文学作品包括诗歌、小说、戏剧和散文。

文化常识范围广阔,内容复杂,很难在短时间突击,主要靠平时的积累。建议在梳理复习文史常识时有意识地做一定的延伸和拓展,在日常学习生活中也应该注意积累。

理解与鉴赏是要以了解文学、文体、文化常识为基础的,综合性比较强一些,实际是在考查这些知识与阅读理解的灵活运用能力。只要这些知识掌握得比较扎实、全面,并且能够灵活运用,解答这类题也不是十分困难的事。

附:

文学文体常识数字记忆法

1. △古代文学第一部诗歌总集:《诗经》

△第一部叙事详尽的编年史:《左传》

△第一个伟大的浪漫主义诗人、第一个伟大的爱国诗人:屈原

△第一部纪传体通史:《史记》(司马迁)

△第一部纪传体断代史:《汉书》(班固)

△第一部大型的编年体通史:《资治通鉴》(司马光主编)

△第一部笔记体小说:《世说新语》(南朝宋 刘义庆)

△第一部长篇抒情诗:《离骚》

△第一部长篇叙事诗:《孔雀东南飞》

△第一部有系统的文学批评著作:《文心雕龙》(梁 刘勰)

△第一部系统的诗歌批评著作:《诗品》(齐梁 钟嵘)

△第一部文章总集:《文选》(梁 昭明太子 萧统)

△第一部记述河道水系的专著:《水经》

△第一个田园诗人:陶渊明(东晋)

△第一个山水诗人:谢灵运(南朝宋)

△我国古代诗人中,诗歌创作数量第一的是:陆游

△现代文学史上第一篇白话小说是周树人第一次用"鲁迅"这个笔名发表的《狂人日记》

△我国新诗第一部优秀的诗集是:《女神》(郭沫若)

△《在延安文艺座谈会上的讲话》发表后产生的第一部优秀长篇叙事诗是:《王贵与李香香》(李季)

△现代文学史上第一个文学社团:文学研究会(1921)

△"五四"新文学运动中第一个浪漫主义进步文学团体:创造社

△中国现代文学史上第一个在中国共产党直接领导下的革命文学界的组织:"中国左翼作家联盟"("左联")

△外国文学史上第一个无产阶级作家高尔基的《母亲》是第一部用"社会主义现实主义"方法创作的长篇小说。

2. △先秦散文可一分为二:① 历史散文 ② 诸子散文

△风骚并重,双璧齐辉:《诗经》中的《国风》与《楚辞》中的《离骚》

　　　　　　　　　　《孔雀东南飞》与《木兰诗》

△两汉两大史学家:西汉司马迁,东汉班固

△唐朝的两大文学运动:韩愈、柳宗元的"古文运动",白居易的"新乐府运动"

△宋词的两大风格、两大代表:婉约派:柳永、姜夔

　　　　　　　　　　　　豪放派:苏轼、辛弃疾

△两李两杜:李白与杜甫,李商隐与杜牧

△二拍:《初刻拍案惊奇》

　　　《二刻拍案惊奇》

△史家两司马、史学双璧:西汉司马迁《史记》,宋代司马光《资治通鉴》

△元曲的两大部分:杂剧、散曲

3. △《春秋》三传:《谷梁传》、《公羊传》、《左传》

△"三曹"、"三苏":曹操、曹丕、曹植;苏洵、苏轼、苏辙

△杜甫的代表作品"三吏"、"三别":《新安吏》、《石壕吏》、《潼关吏》;《新婚别》、《垂老别》、《无家别》

△冯梦龙的"三言":《醒世恒言》、《警世通言》、《喻世明言》

△清朝散文大派"桐城派"的三个代表人物:方苞、姚鼐、刘大櫆

△现代文学史上的三大代表作家:鲁迅、郭沫若、茅盾

△现代文学史的三个阶段:① 1919—1927

　　　　　　　　　　　② 1927—1937

　　　　　　　　　　　③ 1937—1949

△三部曲

茅盾的农村三部曲:《春蚕》、《秋收》、《残冬》

巴金的激流三部曲:《家》、《春》、《秋》

爱情三部曲:《雾》、《雨》、《电》

高尔基自传体三部曲:《童年》、《在人间》、《我的大学》

△三大文体：议论文、记叙文、说明文

△议论文的三要素：论点、论据、论证

△小说的三要素：人物、情节、环境

△世界三大短篇小说家：美国的欧·亨利、俄国的契诃夫、法国的莫泊桑

△三坟五典：古书名。伏羲、神农、黄帝的书为"三坟"；少昊、颛顼、高辛、唐尧、虞舜的书为"五典"。

△三代：夏、商、周

△三王：伏羲、燧人、神农

△三军：中军、上军、下军，或中军、左军、右军。中军为三军统帅

△三春：春季的三个月，分孟春、仲春、季春。（夏、秋、冬照此类推）

△三牲：祭祀用的牛、羊、猪。（后来也用鸡、鱼、猪）

△三甲：科举名。始于宋代，殿试分三甲，一甲第一名叫状元，第二名叫榜眼，第三名叫探花；二、三甲第一名叫传胪。明清时期相沿，一甲限三人，二甲称"赐进士出身"。三甲称"赐同进士出身"。

△三纲五常：君为臣纲，父为子纲，夫为妻纲。五常也叫"五伦"，是封建礼教所规定的君臣、父子、兄弟、夫妇、朋友之间的关系。

△三从四德：古代奴役妇女的精神枷锁。"三从"指幼从父，出嫁从夫，夫死从子。"四德"指妇德、妇言、女容、妇功。

4. △战国"四公子"，赵国平原君赵胜、魏国信陵君无忌
　　　　　　　　楚国春申君黄歇、齐国孟尝君田文

△前四史：司马迁《史记》、班固《汉书》、范晔《后汉书》、陈寿《三国志》

△唐朝文学发展的四个阶段：初唐、盛唐、中唐、晚唐

△初唐四杰：王勃、杨炯、卢照邻、骆宾王

△元杂剧四大家：关汉卿、马致远、白朴、郑光祖

△明清最著名的四部长篇小说：元末明初罗贯中《三国演义》
　　　　　　　　　元末明初施耐庵《水浒传》
　　　　　　　　　明吴承恩《西游记》
　　　　　　　　　清曹雪芹《红楼梦》

△晚清四大谴责小说：曾朴《孽海花》、李宝嘉《官场现形记》、刘鹗《老残游记》、吴趼人《二十年目睹之怪现状》

△世界文学画廊中的四大吝啬鬼：莎士比亚《威尼斯商人》　　　夏洛克
　　　　　　　　巴尔扎克《欧也妮·葛朗台》　　　葛朗台
　　　　　　　　果戈理《死魂灵》　　　泼留希金
　　　　　　　　莫里哀《悭吝人》　　　阿尔巴贡

△莎士比亚的四大悲剧：《哈姆雷特》、《奥赛罗》、《李尔王》、《麦克白》

△四书：《论语》、《孟子》、《大学》、《中庸》

△四库全书：经、史、子、集

△四时：春、夏、秋、冬

△文房四宝:笔、墨、纸、砚

△四海:东海、西海、南海和北海,泛指海内之地

△苏门四学士:秦观、黄庭坚、张耒、晁补之

5. △五经:《诗经》、《尚书》、《礼记》、《易经》、《春秋》

△五音:宫、商、角、徵、羽

△五湖:洞庭湖、鄱阳湖、太湖、巢湖、洪泽湖

△五岳:东岳泰山、西岳华山、中岳嵩山、北岳恒山、南岳衡山

△左联五烈士:柔石、白莽(殷夫)、冯铿、李伟森、胡也频

△五谷:上古对粮食作物的统称。一般分为:稷、黍、麦、菽(豆)、麻

△五帝:有三种说法:① 太昊、神农、黄帝、少昊、颛顼
                    ② 黄帝、颛顼、帝喾、尧、舜
                    ③ 少昊、颛顼、帝喾、尧、舜

△五行:金、木、水、火、土

△五方:东、南、西、北、中

6. △六书:六种构字方法,象形、指事、会意、形声、转注、假借

△六艺:六门技艺:礼、乐、射、御、书、数
        六经:《诗》、《书》、《礼》、《易》、《春秋》、《乐》

△六朝:魏、东晋、宋、齐、梁、陈。它们均建都于南京。

△六合:① 表示年月日的天干地支两两相合,迷信说法
        ② 天地四方

△六部:吏、户、礼、兵、刑、工

7. △战国七雄:齐楚燕韩赵魏秦

△建安七子:孔融、陈琳、王粲、徐干、阮瑀、应玚、刘桢

△竹林七贤:魏晋名士。嵇康、阮籍、山涛、阮咸、王戎、刘伶、向秀。

8. △唐宋八大家:韩愈、柳宗元、王安石、欧阳修、苏洵、苏轼、苏辙、曾巩

△八股文:明清科举考试所规定的文体。由破题、承题、起讲、入手、起股、后股、束股八大部分组成。

9. △三教九流:三教:儒教、道教、佛教

儒教:仁、义、礼、智、信

道教:金、木、水、火、土

佛教:生、老、病、死、苦

△九族:高祖、曾祖、父、自己、子、孙、曾孙、玄孙。上推四世、下推四世

10. △十天干:甲、乙、丙、丁、戊、己、庚、辛、壬、癸

11. △十二地支:子、丑、寅、卯、辰、巳、午、未、申、酉、戌、亥
                | | | | | | | | | | | |

    △十二生肖:鼠 牛 虎 兔 龙 蛇 马 羊 猴 鸡 狗 猪

12. △二十四史:从《史记》到《明史》共24部史书(正史)

△二十四节气:

立春、雨水、惊蛰、春分、清明、谷雨

立夏、小满、芒种、夏至、小暑、大暑

立秋、处暑、白露、秋分、寒露、霜降

立冬、小雪、大雪、冬至、小寒、大寒

鉴于文学、文体、文化常识内容较多，巩固练习也多设了一些题目。

【巩固练习】

1. 下列有关文学常识的表述，不恰当的一项是：

A. 我国的旧体诗有古体近体的分别。古体诗亦称"古风"，有四言、五言、六言、七言、杂言等；近体诗亦称"今体诗"，有律诗和绝句。

B. 明代的小说在我国文学史上有很高的地位，罗贯中的《三国演义》、施耐庵的《水浒传》、吴敬梓的《儒林外史》等作品都给后代极大的影响。

C. 朱自清字佩弦，是我国现代著名的散文家、诗人，其《荷塘月色》、《背影》、《桨声灯影里的秦淮河》等散文都是脍炙人口的名篇。

D. 印度著名诗人泰戈尔，一生创作丰富，其代表诗集有《新月集》、《飞鸟集》、《园丁集》。他的诗歌格调清新，具有民族风格。

2. 下列有关文学常识的表述，不正确的一项是：

A. "骚体"又称"楚辞体"，得名于屈原的《离骚》，特点之一是多用"兮"字。

B. 散曲包括套曲和杂剧，是盛行于元代的一种曲子形式，体式比较自由。

C. 《白洋淀纪事》是孙犁最负盛名和最能代表他创作风格的一部作品集。

D. 惠特曼是美国伟大的诗人，他的诗对我国"五四"以来的新诗影响很大。

3. "何处招魂，香草还生三户地；当年呵壁，湘流应识九歌心"这副对联，说的是：

A. 贾谊　　　　　B. 诸葛亮　　　　C. 屈原　　　　D. 文天祥

4. 在"文章西汉两司马"的说法中，"两司马"指的是：

A. 司马光　司马迁　　　　　B. 司马迁　　司马相如

C. 卫青　　霍去病　　　　　D. 司马相如　卓文君

5. ＿＿＿是我国第一部文人独立创作的小说。

A. 《搜神记》　B. 《世说新语》　C. 《三国演义》　D. 《金瓶梅》

6. 被恩格斯称赞为"提供了一部法国'社会'，特别是巴黎'上流社会'卓越的现实主义历史"的作品是：

A. 巴尔扎克的《人间喜剧》　　　B. 小仲马的《茶花女》

C. 雨果的《悲惨世界》　　　　　D. 司汤达的《红与黑》

7. 第一位获得诺贝尔文学奖的亚洲作家及其作品是：

A. 高行健《灵山》　　　　　B. 泰戈尔《吉檀迦利》

C. 李敖《北京法源寺》　　　D. 川端康成《伊豆的舞女》

8. 下列不属于世界名著中"四大吝啬鬼"的一项是：

A. 莎士比亚《威尼斯商人》中的夏洛克

B. 果戈理《死魂灵》中的泼留希金

C. 莫里哀《悭吝人》中的阿巴公

D. 巴尔扎克《欧也妮·葛朗台》中的欧也妮·葛朗台

9. "冬天来了,春天还会远吗?"出自雪莱的:

A. 西风颂　　　　B. 云雀颂　　　　C. 自由颂　　　　D. 欢乐颂

10. 下列作家、作品、时代(或国籍)对应有误的一项是:

A. 曹操——《观沧海》——三国——诗歌

B. 李白——《蜀道难》——唐代——诗歌

C. 郭沫若——《虎符》——现代——戏剧

D. 格林——《海的女儿》——德国——童话

11. "清水出芙蓉,天然去雕饰"是_____的论诗的名句。

A. 李白　　　　B. 王维　　　　C. 苏轼　　　　D. 陆游

12. 下面关于学习的语录,不是出自《论语》的一项是:

A. 学而时习之,不亦说乎　　　　B. 学而不厌,诲人不倦

C. 温故而知新　　　　D. 学,然后知不足

13. 指出下列表述不正确的一项:

A. "有的人活着,他已经死了;有的人死了,他还活着",是赞颂鲁迅伟大而光辉的一生的诗句。

B. "劝君更尽一杯酒,西出阳关无故人",是王维《送元二使安西》一诗中的名句,《阳关三叠》就是根据这首诗谱成的送别名曲。

C. "碧云天,黄花地,西风紧,北雁南飞,晓来谁染霜林醉",是《西厢记》"长亭送别"一折中写景抒情的名句。

D. "生命诚可贵,爱情价更高,若为自由故,二者皆可抛",这首诗的作者是意大利的诗人裴多菲。

14. 以下叙述,完全正确的一项是:

A. "王杨卢骆当时体,轻薄为文哂未休。尔曹身与名俱灭,不废江河万古流。"杜甫撰写此诗是为了批评初唐绮靡的文风。

B. "欲济无舟楫,端居耻圣明",孟浩然的这两句诗,语带双关,表明他热爱自由,不喜被官场牵绊的矛盾心情。

C. "清新庾开府,俊逸鲍参军",这两句诗表现出杜甫对庾信、鲍照两位诗人的高度评价和敬仰之情。

D. "西陆蝉声唱,南冠客思侵。那堪玄鬓影,来对白头吟。"诗中骆宾王以蝉自喻,忧伤自己蒙受不白之冤。

15. "王业不偏安,两表于今悬日月;臣言当尽瘁,六军长此驻风云",这副对联赞颂的是:

A. 文天祥　　　　B. 诸葛亮　　　　C. 杜子美　　　　D. 陆放翁

16. "著作最谨严,岂徒中国小说史;遗言犹沉痛,莫作空头文学家",这副对联是为纪念_____撰写的。

A. 鲁迅　　　　B. 茅盾　　　　C. 巴金　　　　D. 老舍

17. 关于我国书信的习惯和格式,下列理解不正确的一项是:

A．一封书信一般应有"称呼"、"正文"、"祝语"、"署名"、"日期"等部分。

B．给老师写信,称呼部分如果连名带姓写上,就显示得不够恭敬。

C．书信的"祝语"部分,如写"此致敬礼"应将"此致"退后两个字的位置,"敬礼"则另起一行顶格书写。

D．书信的"署名"部分,写信人应连名带姓都写上,否则就显得不够恭敬。

18．下列有关文学体裁的表述,正确的一项是:

A．"乐府诗《陌上桑》"中的"乐府"与《东坡乐府》中的"乐府"是同一概念。

B．司马相如《上林赋》中"赋"与杜牧《阿房宫赋》中的"赋"是同一概念。

C．"唐传奇《柳毅传》"的"传奇"与"明传奇《牡丹亭》"的"传奇"是同一概念。

D．"白词小令《忆江南》"的"小令"与"元曲小令《天净沙》"的"小令"是同一概念。

19．下面有关文体知识的说法,不正确的一项是:

A．词是古代适合合乐歌唱而产生的一种新诗体,又叫"曲子词"、"长短句"、"乐府"等。

B．词牌是词的曲调名,它不仅规定了词的音乐,也规定了词的字数、句数、韵脚等。

C．根据字数的多少,词分为小令、中调和长调;从片数来分有单调、双调、三叠、四叠等。

D．一般认为,词萌芽于隋,形成于唐,盛行于宋。王之涣的《凉州词》就是唐人词的名篇。

20．下面有关文体知识的说法,不正确的一项是:

A．我国古代历史著作可分为编年体、国别体、纪传体和记事本末体等,由西汉刘向编辑整理的《战国策》就属于国别体史书。

B．"说"是古代的一种文体,既可以叙事,也可以议论,常用来表明作者的见解,跟现在的杂文相似。例如:《师说》、《捕蛇者说》。

C．新诗,又称"现代诗",指中国"五四"运动以来产生的新体诗歌。它打破了旧体诗歌格律的限制,不再押韵;语言形式自由、精练,接近口语,句式大体整齐。

D．小说是以塑造人物形象为中心,通过完整的故事情节和具体的环境描写,展示人物的思想情感和性格特征,从而广泛而深刻地反映社会生活的一种文学体裁。

21．下面四句诗,依次排列正确的一组是:

①破额山前碧玉流　②欲采蘋花不自由

③骚人遥驻木兰舟　④春风无限潇湘意

A．①②③④　　　B．①③④②　　　C．②④③①　　　D．②①④③

22．为下面的《念奴娇》词甲、乙两处依次应填写的文句是:

水天空阔,恨东风,不借世间英物。蜀鸟吴花残照里,忍见荒城颓壁!铜雀春情,金人秋泪,____甲____!堂堂剑气,斗牛空认奇杰。

那信江海余生,南行万里,属扁舟齐发。正为鸥盟留醉眼,____乙____。睨柱吞嬴,回旗走懿,千古冲冠发。伴人无寐,秦淮应是孤月。

A．此恨谁雪　细看涛生云灭　　　B．此恨凭谁雪　看涛生云灭

C．此恨谁雪　看涛生云灭　　　　D．此恨凭谁雪　细看涛生云灭

23．下面一首词的词牌应该是:

楼阴缺,阑干影卧东厢月。东厢月,一天风露,杏花如雪。

隔烟催漏金虬咽,罗帏黯淡灯花结。灯花结,片时春梦,江南天阔。

    A. 菩萨蛮   B. 忆秦娥   C. 清平乐   D. 西江月

24. 下列加点词解释正确的一项是:

    A. 沛公居山东时

        指太行山以东地区。战国时秦以外的六国都在太行山以东,所以称为"山东"。

    B. 江表英豪咸归附之

        指长江以南地区。从中原来看,该地区在长江之外,所以称为"江表"。

    C. 马超、韩遂尚在关西,为操后患。

        指嘉峪关以西的地区。

    D. 南取百越之地,置以为桂林、象郡

        "百越"即"百粤",秦时"百越"的地域相当于现在的广东、广西一带。

25. 下列有关文化常识的表述,不正确的一项是:

    A. 九品中正制是我国魏晋南北朝时期实行的一种官吏选拔制度。

    B. 国子监的掌管人员为祭酒、司业,进国子监读书的统称为监生。

    C. "六部"中吏部主管的事有官吏的任免、考核、升降及科举取士。

    D. 天干和地支循环相配得60组,古代既可用来纪年,也可用来纪日。

26. 对于下列人物称谓的解说有误的一项是:

    A. 邹君海滨,邹是姓,加"君"字表示礼貌,海滨是字。

    B. 庐陵萧君圭君玉,庐陵是他的籍贯,萧是姓,君圭是名,君玉是字。

    C. 王忠肃公翱,王是姓,忠肃是谥号,加"公"字表示尊敬,翱是名。

    D. 百里孟明视,百里是姓,孟明是字,其中"孟"表示排行第二,视是名。

27. 下列说法有误的一项是:

    A. "中国",古时指中原地区,司马光《赤壁之战》中"若能以吴、越之众与中国抗衡,不如早与之绝"一句中的"中国"就是如此。

    B. "九州",是传说中的我国上古时期划分的九个行政区域,后来泛指中国。陆游的"死去元知万事空,但悲不见九州同"的"九州"即指此。

    C. "赤县",古人称中国为赤县神州,毛泽东词《浣溪沙·和柳亚子先生》中"长夜难明赤县天",就以此代中国。

    D. "海内",古代我国疆土四面环海,故称国境之内为海内。王勃《杜少府之任蜀州》"海内存知己,天涯若比邻"中"海内"就是这个意思。

28. 下列诗句描写的季候,若依春、夏、秋、冬时序排列,正确的排序是 _____ 。

    ① 兴尽晚回舟,误入藕花深处。

    ② 不似春光,胜似春光。寥廓江天万里霜。

    ③ 梅英疏淡,冰澌溶溶,东风暗换年华。

    ④ 孤村芳草远,斜日杏花飞。

    A. ④①③②   B. ④①②③   C. ③②①④   D. ②③④①

29. 《窦娥冤·滚绣球》一段开头两句"有日月朝暮悬,有鬼神掌着生死权"表明窦娥信奉鬼神的力量;而后面为什么又说"不分好歹何为地""错勘贤愚枉做天"?以下理解准确的是:

A．说明窦娥因冤生怨、情绪波动,故认识前后不一致。

B．是残酷的现实使她改变观念,对天地鬼神产生怀疑。

C．一个穷苦妇女敢于直斥天地鬼神,表现出觉醒的意识。

D．通过诅咒日月鬼神的不公道,诅咒社会现实的不合理。

30．下面是对散曲《天净沙·秋思》的分析,不正确的一项是

枯藤老树昏鸦,小桥流水人家,古道西风瘦马。夕阳西下,断肠人在天涯。

A．此曲的前三句选取了富有特征的九种事物组成了一幅深秋晚景图。

B．第二句用处于动态中的"流水"与处于静态中的"小桥""人家"相映衬,更显出环境的幽静。

C．从整个构图来看,前四句写景,末一句写人。景物是背景,人是主体。写景是为了烘托人。

D．从此曲的题目来看,作者所要表达的是对秋的伤感,而并无思乡之情。

【参考答案】

1．B。《儒林外史》是清代作品。

2．B。散曲包括套曲和小令。

3．C。《招魂》《九歌》都是屈原的作品,"三户"这里代指楚国,"呵壁"指屈原写《天问》。

4．B。注意"西汉",司马光是宋代的;"文章"应该指文学家,卫青、霍去病是武将;司马相如与卓文君虽然都有文才,但卓文君并没有以文章著名。

5．D。注意题干要求:"文人独立创作",《搜神记》《世说新语》仅仅止于搜奇记异,还不是真正意义上的小说;《三国演义》则是在民间说话、戏剧、传说基础上,经过文人整理润色成书;只有《金瓶梅》,是第一部文人独立创作的小说,也由英雄史诗转入关注平凡市民生活。

6．A。

7．B。罗宾德拉纳特·泰戈尔是一位印度诗人、哲学家和印度民族主义者,1913 年以他的《吉檀枷利》获得诺贝尔文学奖,是第一位获得诺贝尔文学奖的亚洲人。高行健原籍江苏泰州,出生于江西赣州。目前为法籍华人。2000 年 10 月 12 日获得诺贝尔文学奖,时年 54 岁。川端康成,日本小说家。主要作品有《伊豆的舞女》、《雪国》、《古都》、《千只鹤》等。1968 年作品《雪国·千只鹤·古都》获诺贝尔文学奖。李敖根本没有获得过这一奖项。

8．D。应该是欧也妮的父亲,老葛朗台。

9．A。《欢乐颂》是德国诗人席勒的作品。雪莱是英国积极浪漫主义诗人,欧洲文学史上最早歌颂空想社会主义的诗人之一。《西风颂》中的这句话,广为流传。

10．D。《海的女儿》是丹麦作家安徒生的作品。

11．A。这两句诗出自李白的《经乱离后天恩流夜郎忆旧游书怀赠江夏韦太守良宰》,这两句诗赞美韦太守的文章自然清新,也表示了自己对诗歌的见解,主张纯美自然——这是李白推崇追求的文章风格,反对装饰雕琢。

12．D。本句出自《礼记·学记》。

13．D。裴多菲是匈牙利诗人。

14．D。A 项杜甫撰写此诗的目的在于批评时人对四杰的哂笑,高度评价初唐四杰在文学史上的地位。B 项孟浩然的这两句话,语带双关,实际是希望张九龄能够推荐他入朝为官。C 项的

这两句诗是杜甫对李白的赞美。

15. B。注意"两表"、"尽瘁","两表"指前后出师表,"尽瘁"指《后出师表》中"鞠躬尽瘁,死而后已"句。

16. A。这是蔡元培给鲁迅先生的挽联。上联概括地写出了鲁迅著作的最大特点,下联号召人们必须化悲痛为力量,才能学好鲁迅的战斗精神。"莫作空头文学家"本是鲁迅先生留下的遗言,蔡先生把这句话用到自己的对联里边,先表示这是鲁迅先生的"遗言",再表示这也是作者的"心愿"

17. D。书信署名没有这样的要求。

18. B。A《东坡乐府》中的"乐府"指的是词,C唐传奇是小说,明清的传奇是戏剧,D词的"小令"是按照字数划分的,曲的小令是按照曲子划分的。

19. D。《凉州词》虽然题目叫"词",实际是诗。

20. C。诗歌的音乐性决定了,新诗虽然不受旧体诗歌格律的限制,但也应该押韵。

21. B。本题考查近体诗排序知识,选取的诗歌是柳宗元的《酬曹侍御过象县见寄》。这类题,可以采用排除法解题。近体诗,双句是要押韵的。另外,七言绝句又有一个特点,就是首句也要入韵,那么也就是说,只有第三句是不押韵的。因此,我们可以先确定第三句,也就是"春风无限潇湘意"只能放在第三句的位置,据此就可以排除 AC 两项了。这是一首应和诗,是曹侍御先给诗人寄来了诗句,诗人所作的和诗。按照一般习惯,和诗应该先提及对方给自己的诗作,然后再说自己如何。"破额山前碧玉流""骚人遥驻木兰舟"两句中,"骚人"应该是对曹侍御的称呼,在破额山前,像碧玉一样清澈的流水之中,诗人无心赏景,也没有急于赶路,却"遥驻"木兰之舟,怀念起自己这位被贬柳州的友人来了。怀念却不能过访,只好以诗代柬,来表达自己的感情。而"欲采蘋花不自由",有着浓烈的抒情色彩,应该是作者有感于朋友的情谊,为不能相见感到遗憾,不仅不能相见,就连采蘋花相赠都不得自由,这又是一件多么痛苦的事情啊。如果选 D 项,把这充满抒情色彩的收束句放在第一句的位置,显然是讲不通的。因此,只有 B 项正确。

22. D。这首词,步的是苏轼《念奴娇·赤壁怀古》的韵,凭"调有定格,句有定字,字有定声"的原则,苏词与之对应的两句分别是"卷起千堆雪""樯橹灰飞烟灭",便可推知 D 项是正确的。

23. B。本题考查的是文体知识。这首词是宋代诗人范成大的《忆秦娥》,这首词着重描绘春日晚景,以抒愁情。由于每一词牌的字数句数都有定制,这类题,只要会背一首同类词就可以判明,如毛泽东的《忆秦娥·娄山关》

24. B。A 山东当时指崤山以东,C 关西当时指函谷关以西,D 百越相当于现在的江浙闽粤一带。

25. C。科举考试由礼部主管。

26. D。"孟"表示排行第一。

27. D。"四面环海"只是古代的传说。

28. B。本题考查的还是基本的文学常识。"孤村芳草远,斜日杏花飞"句出自寇准的《江南春》,"杏花"是春天盛开的花朵,可以根据这句判断为春天。"兴尽晚回舟,误入藕花深处"是李清照的《如梦令》,中学教材中就有,如果知道荷花盛开的季节,自然也就可以确定这是夏季了。"寥廓江天万里霜"是毛泽东《采桑子·重阳》中的名句,"不似春光,胜似春光"表明绝不会是春天,"万里霜"是秋天才有的。至于"梅英疏淡,冰澌溶溶,东风暗换年华"句,是秦观的《望海潮》中的名句。虽然"东风"是春天的形象,但"梅花"却是冬天开放的,再加上"冰渐溶"可知是冬天将尽时的景象。

29. D。本题考查对古诗文名句的理解,正确答案是 D 项。这两句最能体现窦娥的反抗精神。其他选项中,"认识前后不一致""改变观念""表现出觉醒的意识"等说法都有些牵强,缺乏根据。

30. D。本题考查诗歌鉴赏,不正确的是 D 项。这是浪迹天涯的游子思乡之作,从末句"断肠人在天涯"即可知,不仅仅是对秋的伤感,更有对家乡的思念之情。

六、标点

【考点解说】

标点符号是辅助文字记录语言的符号,是书面语的有机组成部分,用来表示停顿、语气以及词语的性质和作用。

标点符号与"表达"相关,考的是"应用"。正确使用标点符号,从本质上说,是考查对句子结构、意思、语气等的正确理解以及表达中相关问题标示。考查的类型有:选出标点符号使用正确的,选出使用错误的,依次填入横线处正确的等等。

【试题例析】

例1. 在下面一段文字横线处,依次填入正确的标点符号。

在_____关于在中小学实行统一收费的若干规定_____的听证会上_____各方代表争论的焦点是_____一费制_____能否真正彻底解决中小学乱收费问题_____

A. " " : " "? 　　　　　　　　B. 《 》 : 《 》 ?

C. 《 》 , " " 。 　　　　　　　D. " " , 《 》 。

【解析】 本题是 2004 年 GCT 考试第 18 题。正确答案是 C 项。解答此题可以用排除法,"关于在中小学实行统一收费的若干规定"属于法律法规,所以用书名号;据此可将 A、D 两项排除。这是一个陈述句,且没有说完,所以"会上"后用逗号;据此就可排除 B 项了。"一费制"是特指对象,所以用引号;最后一句也是陈述句,所以用句号,不用问号。

例2. 在下面文字横线处,依次填入最恰当的标点符号。

现在的小孩_____从小生活在爸爸身边_____爸爸长得高矮胖瘦_____说话的口头语_____喜欢的京剧还是球赛_____他都清楚_____而我尚未出生_____爸爸就去打日本鬼子去了_____不到四岁_____爸爸已经战死沙场了

A. ,。,,……　。,;,。 　　　　B. ,,,、……　。,;,。

C. ,,,,……　。,,,。 　　　　D. 。,、……　。,,,。

【解析】 本题是 2005 年 GCT 考试第 22 题。正确答案是 A 项。全句需填标点的地方一共十处,但有七处标点是相同的,我们只要注意不同的三处就可以了。"身边"后用句号,是因为前面是总说现在的小孩清楚"爸爸"情况的条件,一个意思已经完了,据此可排除 B、C 两项。"口头语"后用逗号,表示此句与前后是同一层次,用顿号则仅表示与"喜欢京剧还是球赛"并列,和"爸爸长得高矮胖瘦"就不属于同一层次了,这与整个语段语意不合。"打日本鬼子去了"后用分号,表示前后是并列关系,前边是"未出生"时的情况,后边是"不到四岁"时的情况。

例3. 在下面一段文字中的横线处一次填入标点符号,最恰当的一组是:

艺术的历史是人类显示自己的创造力的历史_____美术史则是把这种创造的结果中的一部分_____美的以及有意味的_____记载下来_____现代艺术的历史就是人类挣脱美术史的范围_____直呈自己创造力的历史。

A. 。：，，，　　　　　　　　　B. ，——　　。　、

C. 。：，。，　　　　　　　　　D. ，——　——　，　、

【解析】　本题是2006年GCT考试第17题,正确答案是D项。这段文字,意在介绍"现代艺术的历史"。从语脉来看,先说"艺术",再说"美术史",进而说到"现代艺术的历史",范围由大到小,最后落实到"现代艺术史"上。第一空前后两句是明显的递进关系,话没说完,应该用逗号,可排除A、C。同样道理,第四空也应该用逗号,排除B项。

例4. 对于以六个惊叹号为题目,最正确的理解是:

A. 孩子做了六次游戏　　　　　　B. 我看了六次游戏

C. 我等了六次车　　　　　　　　D. 我看游戏时感情的六次变化

【解析】　本题是2005年GCT考试第31题。正确答案是D项。本题是在阅读中考查标点符号的使用。从原文看,每句前有明显的情绪变化:欣然——哑然——陶然——惘然——慨然——愕然,这些就成了我们解答此题的依据。

【复习指导】

从以上四个例题可以看出,标点符号的使用,和对句意的理解紧密相关。如果对语句的含义不理解,只是生硬的套用标点符号,就难以得出正确的判断。因此,复习时应掌握各种标点符号的基本用法,在此基础上,结合语段的意思作出正确的选择。

标点符号共有十六种,包括七种点号:句号、问号、叹号、逗号、顿号、分号、冒号。九种标号:引号、括号、破折号、省略号、着重号、连接号、间隔号、书名号、专名号。要掌握常见标点符号的用法,才有可能进行正确的判断。

有关标点符号的用法,《新华字典》的附录《常用标点符号用法简表》说得简洁明了,在复习时可作参考。

标点的考查,不考名词术语,而是注重三个层面的内容:一是标点符号使用是否正确,尤其是顿号、分号、问号、引号和书名号等的用法成为考查的重点;二是标点符号之间的搭配是否恰当,特别是冒号、引号、括号的书写位置以及和其他标点符号的搭配往往会进入试题当中;三是标点符号对表达感情、消除歧义、理清句子间关系的作用。标点的复习,应该以作题为主,在解题过程中,注意比较,总结规律,以期达到快捷准确。

【巩固练习】

1. 下列各项中,标点符号的使用合乎规范的一项是:

A. 有些小企业由于规模小、技术、产品、管理水平落后,面临的竞争程度高、市场需求变化快,因而承担的风险往往要大于获得的效益。

B. 唐先生教宋词,基本上不讲,打起无锡腔调。把词"吟"一遍:"双鬓隔香红啊——玉钗头上风……好! 真好!"这首词就算讲过了。

C. 火车站售票处有一个特殊、鲜明的标志,很好找。记者走进售票处,马上有工作人员迎上来,问有什么事情需要帮助?

D. 出版社除出了《读书生活》和《认识》两种杂志(均因抗战爆发而停刊。后一种好像只出

了两期,现已少为人知,然而很有分量。)外,还出了若干译著。

2. 下列各句中,标点符号使用正确的一句是:

A. 家是什么? 家不只是房子,不只是丈夫、妻子、孩子,家是一份惦念,家是一份牵挂。

B.《教师口语》一书的《序言》说:"《教师口语》是为了强化教师的口语表达能力而新增的专业课程。"

C. 诈骗犯有一种特长,讲究"适销对路":你迷信鬼神,他就以鬼神为饵,你迷信权力,他就以权力相诱。

D. 这种白内障冷冻摘除器,具有制冷、解冻迅速、操作方便、安全性能高等特点。

3. 下列选项中标点符号使用有错误的一项是:

A. "激情"源于希腊语,原意是"上帝本色",这里的上帝本色不是别的,而是指一种持久不变的爱心——恰当的自爱(自我接受)和由此延伸出的对别人的爱。

B. 古人赏梅,欣赏的是它那盘曲的虬枝老干,品味的是它那馥郁的浓香。宋代范成大《梅谱》云:"梅,天下尤物,无问智愚不肖,莫敢有异议。"

C. 对岸的草原上万籁无声,河这边却是一片骚动和聒噪:鸟啄击橡树干的笃笃声,野兽穿越丛林的沙沙声,潺潺的流水声,野牛的低哞声——荒野的世界充满一种亲切而粗犷的和谐。

D. 近日,《重庆日报》、重庆电视台和重庆电台共同推出的"保持共产党员先进性教育"栏目——《不朽的红岩》,在社会上引起强烈反响。

4. 下列各句中,标点符号使用正确的一句是:

A. 旅游景点大都承担着对广大群众进行历史文化教育的责任,景区门票价格由谁定、如何定、定多少? 都需要充分论证。

B. 李老教导他的学生说:"一定要采取实事求是的态度,知之为知之,不知为不知,不要强不知以为知"。

C. 实践,要靠认识来指导;认识,要靠实践去检验:实践和认识是密切相关的。

D. 上海文艺出版社最近推出了《当代文坛大家文库》:《巴金七十年文选》、《冰心七十年文选》、《夏衍七十年文选》、《施蛰存七十年文选》、《柯灵七十年文选》,这些书都是留给子孙后代的精神财富。

5. 下列各句中,标点符号使用正确的一句是:

A. 姚明在整个 NBA 赛季中都会因为这样那样的原因成为关注的目标。这到底是什么原因呢? 是他的体型? 他的亲切? 还是他的什么?

B. 以《团结、友谊、交融、发展》为主题的第 48 届世界乒乓球锦标赛,今天在"上海东方明珠电视塔"广场隆重开幕。

C. "留住济南"图片展深深吸引了观众。那小巷,那泉水,那绿草青苔,已经成了难以寻觅的影子——真可谓"梦忆深深深几许,一街一巷总关情。"

D. 据考证,古历下亭址在今名士阁西侧(该处现有一石碑,正面题"古历下亭址"五个大字,背面刻有杜甫《陪李北海宴历下亭》诗)。

6. 下列各项中,标点符号使用合乎规范的一项是:

A. 张依朋把自己的烦恼,苦闷,一股脑儿地向王校长倾诉着,说话中间还不停地叹着气。

B. 王三胜——沙子龙的大伙计——在土地庙拉开了场子,摆好了家伙。

C. "是谁找我们来凿墙的？是您老人家吧？先凿哪面墙呀，是都凿了哇还是留下一面啊？"

D. 她打扫卫生不认真，对待孩子不耐心，买菜报花账，好吃懒做，等等……真让人忍无可忍！

7. 在下列材料的横线处依次填入标点符号恰当的一项是：

1995年，27岁的孙炯去北京参加全国优秀导游考试　①　遇到一道考题　②　英国小说家J·希尔顿的小说　③　消失的地平线　④　里写到的　⑤　香格里拉　⑥　源自哪种语言　⑦　法语、英语　⑧　还是喜马拉雅山麓的一种方言　⑨　答案是最后一个。

	①	②	③	④	⑤	⑥	⑦	⑧	⑨
A	，	：	《	》	"	"	？	，	？
B	，	，	《	》	《	》	，	，	？
C	。	：	《	》	《	》	？	？	。
D	，	，	《	》	"	"	，	？	。

8. 下面文字横线处依次填入标点正确的一项是：

《人民日报》全文刊登了新修订的《标点符号用法》　①　这次修订的内容包括四个方面　②　增加间隔号和连接号两种符号　③　使标点符号由原来的14种增加到16种　④　简化说明　⑤　更换例句　⑥　针对书写排印由直行改为横行，某些说法也作了相应的改动。

```
        ①    ②    ③    ④    ⑤    ⑥
A. ：   ，   。   ；   ，   ，   ，       B. ：   ——   ，   ，   ，   ；
C. 。   ——   。   ，   ；   ，           D. 。   ：   ，   ；   ；   ；
```

9. 下面语段标点使用全不恰当的是：

我翻阅《茶经》：　①　寻思着什么样的感动让陆羽写下了这本书？　②　是喜欢喝茶？　③　还是在品酌之中体会茶汁沿喉咙缓缓而下，　④　与血肉之躯融合之后的那股甘醇？　⑤

A. ①②　　　　　B. ②③　　　　　C. ③④　　　　　D. ④⑤

10. 下面一个句子，因缺少一个逗号而不易读通，如果要加上一个逗号，它的位置应在：

……"对妇女的歧视"一词（A）是指基于性别而作的任何区别、排除和限制（B）其作用（C）或目的是要妨碍或破坏对在政治、经济、社会、文化、公民或任何其他方面的人权和基本自由的承认（D）以及妇女不论已婚未婚在男女平等的基础上享有或行使这些人权和基本自由。

逗号的位置是在＿＿＿＿＿处。

【参考答案】

1. B。A顿号使用不当，"技术、产品、管理水平"是最小一级的并列，用顿号；"规模小"、"水平落后"、"程度高"、"变化快"是又一层次的并列，应该用逗号。C全句没有疑问语气，句末的问号使用不当，应改为句号。D项的括号是句内括号，括号内句末不应该用标点。

2. A。B项"序言"是书的一个组成部分，不是文章的名字，不能用书名号。C项冒号后面的内容，是两个并列的假设复句，在"以鬼神为饵"后面应该以分号。D项是顿号使用不当，"制冷"、"解冻"是句中最小的并列层次，应该用顿号，但"解冻迅速"和"操作"、"性能"又是高一个层次的并列，它们之间应该用逗号。

3. D。"不朽的红岩"应改书名号为引号。电视、报刊等栏目名称不能用书名号，而该用引号。

4. C。A."由谁定、如何定、定多少?"应改为"由谁定,如何定,定多少,"因为这几个词组是谓语性质的,而它与"景区门票"合在一起作了"都需要充分论证"的主语,实际上总的句子在这里是陈述性质的。B. 应将句末的句号放在引号之内,因为这是完全引用。D. 有两处需修改。一是"《当代文坛大家文库》",这里的书名号应改为引号。二是"这些书"前面的这个逗号应该修改为句号,因为前面的冒号只能管到这里为止。

5. D。A选择问,"体型"和"亲切"后的问号改成逗号。B《团结、友谊、交融、发展》不是书,而是世乒赛的主题,书名号应当改为双引号。C不完全引用,最后一个句号应放在引号外。

6. B。A项中"烦恼"和"苦闷"是两个名词短语并列,中间应使用顿号;B项双破折号表示夹注,无误;C项前后不一致,句中四句话是针对四个问题发问,应全部使用问号,将逗号改为问号;D项"等等"和"……"重复,应删掉其一。

7. A。要从整体上对提供的语段内容有一个大致的理解,才能准确答题。解题过程中尽量运用排除法,而不要把选项一一对应。全段叙述孙炯参加考试时遇到的一道考题及其答案,①处"遇到考题"事还没说完,应该用逗号,不能用句号,排除 C、D。②后面是对考题内容的具体叙述,因此在这里应该用冒号,不能再用逗号。就只有 A 项正确了。其他几处,"消失的地平线"是一部小说的名字,③④当然应给用书名号。"香格里拉"是一个名词,是一个旅游点的名称,全句问这个词源自哪种语言,⑤⑥处用引号有特指义。"源自哪种语言"是疑问句,⑦处当然应该用问号。"法语、英语____⑧____还是喜马拉雅山麓的一种方言"是选择问,前面用逗号,后面用问号。⑧处逗号,⑨处问号。

8. D。①处前后相承关系,第一句话已说完,应该用句号。排除 AB。②处前后是总分关系,应该用冒号。排除 C 项。冒号以后三层意思,所以④⑤⑥三处用分号;而第③处前后两句合在一起,属于一个层次,与后面三个层次并列,所以用逗号。

9. B。②句是陈述句,句末不应该用问号;③句是选择问的前一半,问句还没有结束,应改为逗号。

10. B

第二节　综合知识

综合知识考查是 GCT 考试独有的一项内容,考查面涉及历史、地理、哲学、法律、经济、军事、生物等方方面面的知识,范围广,内容多,信息量大,往往被考生视为畏途。

从 2003 年到如今,每年 GCT 考试试卷都有十几道题是考查综合知识的:2003 年十二道题中,有四道法律题,两道经济题,三道地理题,三道历史题;2004 年十一道题中,有三道法律题,两道经济题,三道历史题,两道生物题,一道地理题。2005 年考查综合知识有十四道题,其中法律常识有三道题,哲学、教育学、经济学常识有四道题,历史有三道题,生物、医学常识有三道题,地理常识一道题。2006 年综合知识也是十四道题,其中法律常识四道题,经济学、教育学、心理学常识共四道题,历史、地理、生物常识各两道题……从整体上看,综合知识在全卷五十道题中所占比重约在 25% 左右,考查的内容大多是各个学科最基本的知识,更何况又往往是从语文角度设题,因此,大可不必为这一部分知识的考查担忧。

通过以上分析,我们可以看到,在 GCT 试卷中,法律、经济类型题又占了综合知识的一半,其次是历史知识题,地理、生物、医学等常识题加在一起,在每年试卷中也不过是四五道题。因此,这一部分复习,如果有时间,可以翻翻以前学过的中学教材,毕竟中学学过的大多是基础知识和基本常识;如果没有时间,做一做本书的练习题也就可以了。

应该说,综合知识的考查,有些题往往包含几类知识,很难完全把它归入一个明确的门类之中:军事知识往往和历史在一起考查,文史哲不分家,也会出现几类知识放在同一道题里的情况。

一、历史知识

【考点解说】

历史知识包括:中国古代史、中国近现代史、世界古代史、世界近现代史四大部分。在内容上,中国古代史着重在政治、经济、军事、文化、民族关系等方面。中国近现代史着重在资本主义、帝国主义对中国的侵略;中国人民反帝反封建、争取民族独立和民主、自由的斗争;中国人民在中国共产党领导下进行民主革命、社会主义革命、探索社会主义建设道路;中国社会经济的发展变化;对外关系方面等。世界古代史主要是考查历史常识。世界近现代史着重在资产阶级革命和改革,资本主义的发生、发展和二战后世界经济的发展,民族解放运动、社会主义运动、国际关系和国际格局的变化,科技和文化等。

从近几年 GCT 试卷看,历史知识以考查中国历史为主,兼顾世界史内容。主要考查中外重大事件、历史人物、历史常识。一般没有超过中学历史的范围。

【试题例析】

例1. "忆昔开元全盛日,小邑犹藏万家室。稻米流脂粟米白,公私仓廪俱丰实。"这两句诗反映的是哪个朝代的盛世局面?

A. 唐朝　　　　　　 B. 东汉　　　　　　 C. 西汉　　　　　　 D. 元朝

【解析】 这是 2003 年 GCT 考试第 10 题,是一道材料选择题,也是一道语文和历史相结合的题目。本题考查历史知识和知识的迁移能力,正确的答案是 A 项。解答本题,首先要明确:在我国古代史上,被称为盛世的有西汉的"文景之治"、唐朝的"开元盛世"、清朝的"康乾盛世"等。第二,"开元"是哪个皇帝的年号?"文景之治"是指西汉文帝景帝统治时期,采用的是王位纪年,皇帝尚无年号。设年号是从汉武帝开始的。"康乾盛世"是指清朝康熙、雍正、乾隆三帝统治时期(明清两朝一个皇帝只有一个年号,习惯上以年号称皇帝。康熙、雍正、乾隆分别为玄烨、胤禛、弘历皇帝的年号。)"开元"是唐玄宗李隆基统治前期的年号,题目引用的诗句反映的是唐朝"开元盛世"或"开元之治"(713—741 年),是唐王朝的全盛时期,也是我国历史上继西汉之后出现的第二个盛世局面。唐玄宗天宝十四年(公元 755 年),身兼平卢、范阳、河东三镇节度使的安禄山,在范阳起兵叛乱,开始了历时八年的安史之乱,使唐朝统治由盛而衰。

例2. 以下表述不正确的是:

A. 世界三大宗教是佛教、基督教、伊斯兰教。　　　 B. 佛教的创始人是释迦牟尼。

C. 道教的创始人是老子。　　　　　　　　　　　 D. 儒学的创始人是孔子。

【解析】 这是 2005 年 GCT 考试第 8 题,本题考查的是历史知识,表述不正确的是 C 项。道教是产生于中国的宗教,源于古代神仙信仰和方仙之术,东汉顺帝时,张道陵在鹤鸣山创立的五斗米道为道教定型化之始。以老子为教祖,尊称太上老君,以《道德经》为主要经典。东汉末年,张角创立"太平道",与五斗米道同为早期道教的两个重要派别,并在东汉末年成为当时农民起义的旗帜。后来道教也发生了变化。而"道家"与"道教"是两个既有实质区别,又易混淆的不同概念。虽然二者都以《道德经》为重要经典,有人常误以为道教就是道家。其实,"道家"是以先秦老子、庄子关于"道"的学说为中心的学术派别,而"道教"则是宗教。

例3. 在中国古代社会,赋役制度几经变化,明朝张居正进行赋役改革,推行了_____。

   A. 两税法   B. 方田均税法   C. 一条鞭法   D. 摊丁入亩

【解析】 这是 2004 年 GCT 考试第 26 题,考查历史知识。赋税制度是古代经济制度的一个重要内容,题目 4 个选项所列的是唐、宋、明、清的赋税制度。正确答案为 C 项。一条鞭法,是明朝万历内阁首辅张居正推行的,即把原来的田赋、徭役、杂税"并为一条",折成银两分摊在田亩上,按人丁和田亩的多少来分担。一条鞭法是我国赋税史上一次重大改革,纳银代役的规定说明农民对封建国家依附关系的松弛,有利于农业商品化和资本主义萌芽的增长。A. 两税法,是唐朝后期实行的赋税制度,每户按资产交纳户税,按田亩交纳地税,一年分夏季和秋季两次纳税,改变了战国以来以人丁为主的赋税制度,是我国赋税制度上的一次重大改革。B. 方田均税法,是北宋王安石变法的新法之一,政府重新丈量土地,按照每户占有土地的多少和肥瘠收取赋税,官僚地主也不例外。D. 摊丁入亩,是清朝雍正帝推行的,即把丁税平均摊入田赋中,统一征收地丁银。这样人头税废除了,封建国家对农民的人身控制进一步松弛。摊丁入亩对我国人口增长和社会经济的发展有重要意义。

例4. 在国民党爱国将领中第一个率军奋起抗日的是:

   A. 马占山   B. 张自忠   C. 蔡廷锴   D. 冯玉祥

【解析】 这是 2005 年 GCT 考试第 22 题,本题考查的是中国近代史知识。1931 年"九一八"事变后,日军在攻陷辽、吉两省后,又开始进犯黑龙江省,欲吞并东北全境。当年 10 月,时任黑龙江省代主席兼军事总指挥的马占山,不满于蒋介石奉行的不抵抗错误政策,组织黑龙江省民众抗日救国义勇军奋起抵抗。11 月 4 日,日军在飞机、大炮和装甲车掩护下,出动 4 000 多人,向驻守洮昂铁路嫩江桥的中国军队发起进攻。马占山将军率部奋勇抗击,打响了中国东北武装抗日的第一枪。江桥抗战从 11 月 4 日到 19 日,激烈的战斗进行了 16 天。马占山领导的江桥抗战是"九一八"事变以来第一次大规模的激烈战斗,使日军"九一八"事变以来首次受到沉重打击。江桥抗战,得到全中国人民的高度赞扬与支持,故正确答案是 A。张自忠,1940 年在枣宜会战中牺牲。蔡廷锴在 1932 年 1 月日军制造的"一·二八"事变中,违背蒋介石的命令指挥十九路军在上海进行抵抗。冯玉祥是著名爱国将领。1933 年他同共产党员吉鸿昌组织察哈尔民众抗日同盟军与日军血战,收复多伦,把日伪军赶出察哈尔省。

例5. 将以下中国近代史上提出的口号按提出时间的先后顺序排列,正确的一项是:

   ① "扶清灭洋"   ② "超英赶美"   ③ "抗美援朝,保家卫国"   ④ "外争主权,内惩国贼"

   A. ①②③④   B. ①②④③   C. ②④③①   D. ①④③②

【解析】 这是 2006 年 GCT 考试第 6 题,本题是组合选择题,考查中国近现代史知识。正确答案是 D。"扶清灭洋"是在义和团运动发展过程中,由鲁西北义和拳首领赵三多于 1898 年秋提出的。义和团运动兴起于 19 世纪末,1900 年达到高潮。它是一次反帝爱国运动。"外争主权,内惩国贼"(实际口号是"外争主权,内除国贼")是 1919 年五四爱国运动中提出的口号。"抗美援朝,保家卫国"是 1950 年—1953 年抗美援朝运动中提出的口号。"超英赶美"是 1958 年"大跃进"中提出的口号。1957年,苏联提出15年赶上和超过美国。毛泽东也提出中国用15年左右的时间,在主要工业品产量方面超过英国。

例6. 解放战争时期,毛泽东说:"蒋介石两个拳头(指陕北和山东)这么一伸,他的胸膛露出来了。所以,我们的战略就是要把这两个拳头紧紧拖住,对准他的胸膛插上一刀。"这里说的"插上一刀"指的是:

A. 挺进大别山　　　B. 辽沈战役　　　C. 百万雄师过长江　　　D. 横扫大西南

【解析】 这是2006年GCT考试第9题,本题为材料选择题,考查中国近代史知识。正确答案为A。题干中的材料非常形象地说明了国民党军队重点进攻出现的弱点。1946年6月全面内战爆发后,人民解放军经过8个月的作战,粉碎了国民党军队的全面进攻。1947年3月,国民党集中兵力对陕北和山东解放区实行重点进攻。由于国民党军队集中在山东、陕北两个战场,在这两个战场之间的鲁西南、豫皖苏直至大别山区(即中原地区)的兵力十分空虚(而这个地区的战略地位十分重要),形成两头强、中间弱的哑铃形的布局,也就是毛泽东所说的"两个拳头这么一伸,他的胸膛露出来了"。战争的第二年,中共中央决定不等到完全粉碎国民党军队的重点进攻,人民解放军就转入战略反攻,以主力打到外线,把战争引向国民党区域,同时减轻陕北、山东两个战场的压力,迫使敌人转入战略防御,改变敌我之间的攻防形势。人民解放军战略反攻的主攻方向选择了敌人防守薄弱的中原地区。1947年6月,刘伯承、邓小平率晋冀鲁豫解放军主力12万人,一举突破黄河天险,打开了南下的通道,甩开合围的国民党军队千里挺进大别山,揭开了人民解放军战略进攻的序幕。8月27日进入大别山区,恢复并扩大了中原解放区,像一把尖刀插入敌人的心脏。刘邓率军挺进大别山成功改变了整个战争形势,从此,解放军由战略防御转入战略进攻。辽沈战役是1948年9月—11月进行的,地点在东北。百万雄师过大江,即渡江作战,发生在1949年4月21日,4月23日人民解放军占领南京。解放大西南,是在新中国成立之后的事了。即使不十分了解解放战争的历史,从"把这两个拳头紧紧拖住,对准他的胸膛插上一刀"也应该能够判断这"插上一刀"应该发生在中原地区,B、C、D三项都不是在中原发生的。

【复习指导】

在GCT考试历史试题中,从内容上看,涉及了政治、经济、军事、文化,但政治史方面占的比例较大。从中国史世界史看,中国史占比重大,主要是考查历史事件、历史人物。题型上主要是单一选择题,也有材料选择题,组合选择题。但多是历史基础知识、历史常识性内容,基本上没有超过中学学过的内容,难度不大。从设题的角度看,有的题与其他知识糅合在一起,体现了文史、政史不分家。如例1题干材料节选自杜甫《忆昔》诗句,与古代文学常识结合在一起。例6关于挺进大别山题又和地理知识相关。例2关于世界三大宗教属于常识性知识,要分清道家、道教的区别。因此,在复习历史的过程中,应注意与语文、政治、地理学科的联系。

复习历史时,首先要按照时间和历史阶段对历史知识进行系统梳理,理清历史发展脉络,建立历史知识结构和知识体系,并准确熟练地掌握知识,尤其是重要的、常识性的知识。如中国古代史按朝代和阶段(先秦、秦汉、三国、两晋南北朝、隋唐、五代辽宋夏金元、明清)去理清知识,建立知识结构。在此基础上,还可按知识的类型复习,从另一个角度建立知识体系,形成一个全面的知识网络。如世界近现代史,在按时间阶段复习之后,再按资产阶级革命和改革,资本主义发生发展,殖民地、半殖民地民族解放运动,无产阶级的斗争和社会主义运动,国际关系和国际格局的变化,科学技术、文学艺术等几条线进行归类复习。这样纵横交错地复习,有利于牢固地掌握知识和提高能力。

复习历史时注意读图。GCT 考试虽然未考过地图、文物图、人物图等,但结合地图和其他插图,左图右史,尤其是战争战役、重大事件发展图、政治格局图等,既可以帮助搞清空间概念,而且直观,有助于知识的掌握记忆。

做练习时,要注意题目解析中对各选项历史知识的解说。不仅要明确题目所问的知识点,其他选项的相关知识也应该了解,这就扩大了知识面,从而获得了更多的知识。进而还可以以某个知识点为出发点,串联更多的相关知识。如例1,题目问"开元盛世"是哪个朝代?我们就可以把古代历史上出现过的所有盛世联系起来。又如例4,题目问的是国民党将领中第一个奋起抗日的马占山,以此为出发点,联系题目选项中提到的其他三位爱国将领,和题目里没有涉及的其他抗日爱国将领。又如例3,题目问的是明朝的赋税制度一条鞭法,以此为出发点,不仅要了解题目其他三项中的赋税制度,而且应该把整个中国古代的赋税制度联系起来归类复习。这样既可以记忆掌握更多的知识,又能提高能力。

历史是一门记忆性很强的学科,复习中要注意运用多种方法去记忆、掌握知识,提高复习效率。

历史学习,平时还应注意从报纸、杂志、电视、影视作品中汲取和积累正确的历史知识。

【巩固练习】

1.《韩非子》载:"上古之世……民食瓜果蚌蛤,腥臊恶臭,民多疾病,有圣人作,钻燧取火,以化腥臊。"懂得"钻燧取火"的我国远古居民相当于:

    A. 元谋人   B. 蓝田人   C. 北京人   D. 山顶洞人

2. 在战国变法运动中,认为今胜于古,"圣人苟可以强国,不法其故;苟可以利民,不循其理"的思想家是:

    A. 墨子   B. 孟子   C. 商鞅   D. 荀子

3. 作家余秋雨曾写道:"就在秦始皇下令修长城的数十年前,四川平原上已经完成了一个了不起的工程。它的规模从表面上看远不如长城宏大,却注定要稳稳当当地造福千年。长城的社会功用早已废弛,而它至今还在为无数民众输送汩汩清流。""它"指的是:

    A. 都江堰   B. 郑国渠   C. 灵渠   D. 大运河

4. 秦统一中国后"书同文"所用的文字是:

    A. 甲骨文   B. 金文   C. 小篆   D. 楷书

5. 在今天陕西韩城市郊有一座古柏环绕的"汉太史公墓",郭沫若曾为之题诗:"龙门有灵秀,钟毓人中龙。学殖空前富,文章旷代雄。怜才膺斧钺,吐气作霓虹。功业追尼父,千秋太史公。"这位太史公的杰作是:

    A.《史记》   B.《汉书》   C.《后汉书》   D.《资治通鉴》

6. 曹操《蒿里行》中的"铠甲生虮虱,万姓以死亡,白骨露于野,千里无鸡鸣"反映的是哪个时期的社会情况:

    A. 东汉末年   B. 三国时期   C. 西晋末年   D. 安史之乱后

7. 以"天变不足畏,祖宗不足法,人言不足恤"的精神,对官僚和大地主特权加以限制的改革是:

    A. 商鞅变法   B. 北魏孝文帝改革

C. 唐代杨炎"两税法"改革   D. 宋代王安石变法

8. 下列著名战役发生的先后顺序是:

① 马陵之战   ② 淝水之战   ③ 雅克萨之战   ④ 郾城之战

A. ①②③④   B. ①②④③   C. ①④③②   D. ②①④③

9. 新疆有一座晚清名臣的祠堂,悬挂一副楹联:"提挈自东西……十年戎马书生老;指挥定中外……万里寒鸦相国寺。"它颂扬的是:

A. 曾国藩   B. 左宗棠   C. 李鸿章   D. 张之洞

10. 全国人大十届二次会议期间,温家宝总理在答记者问时,引用了清末诗人丘逢甲的《春愁》:"春愁难遣强看山,往事惊心泪欲潸,四百万人同一哭,去年今日割台湾。"这首诗的"去年"和割台湾的条约是:

A. 1860 年《北京条约》   B. 1894 年《马关条约》

C. 1895 年《马关条约》   D. 1885 年《中法新约》

11. 下列条约签订的先后顺序是:

①《辛丑条约》   ②《南京条约》   ③《马关条约》   ④《北京条约》

A. ①②③④   B. ③②①④   C. ④③②①   D. ②④③①

12. 《中华民国临时约法》的制定受到了法国启蒙思想家观点的影响,这位启蒙思想家及其观点是:

A. 卢梭   天赋人权   B. 伏尔泰   开明专制

C. 孟德斯鸠   三权分立   D. 狄德罗   宗教信仰自由

13. 新文化运动的战斗口号是:

A. 实业救国   B. 民主和科学   C. 科学和教育   D. 民主共和

14. 20 世纪 70 年代我国取得的外交成就主要有:

① 恢复了在联合国的合法席位

② 中美建立正式外交关系

③ 周恩来提出和平共处五项原则

④《中日友好条约》签订

A. ①②③   B. ②③④   C. ①②④   D. ①③④

15. 中国在航天技术和运载火箭技术方面已经迈进世界先进国家行列,其标志是:

A. 向南太平洋海域成功发射远程运载火箭   B. 建成"远望"1 号航天测量船

C. 成功发射"东方红"1 号人造地球卫星   D. 成功发射"神舟"号载人宇宙飞船

16. 现在通行的星期制度最早起源于:

A. 古代两河流域   B. 早期基督教徒

C. 古代埃及   D. 古代希腊天文学家

17. 被称为阿拉伯数字,包括"0"在内的十个数字符号的创造者是古代:

A. 印度人   B. 阿拉伯人   C. 埃及人   D. 巴比伦人

18. 文字的出现标志着人类文明的产生,世界最早的文字是:

A. 苏美尔人创造的楔形文字   B. 古埃及人创造的象形文字

C. 中国的甲骨文   D. 腓尼基字母文字

19. 世界上第一部比较完整的资产阶级成文宪法是:

    A. 英国《权利法案》　　　　　　　　B. 法国 1791 年宪法

    C. 德意志帝国宪法　　　　　　　　　D. 美国 1787 年宪法

20. 从结果上看,南北战争时期林肯政府的施政措施和"罗斯福新政"的相同之处是:

    A. 维护了国家的统一　　　　　　　　B. 巩固了美国的资本主义制度

    C. 加强了国家对经济的全面干预　　　D. 一定程度上改变了国内种族歧视状况

【参考答案】

1. D。本题考查对材料的理解、提取有效信息和历史基本知识,解答此题,首先要读懂材料,抓住"钻燧取火"四字。"钻燧取火"就是开始使用"人工"取火。我国山顶洞人距今约 3 万年,处于旧石器时代晚期,他们已经懂得人工取火,故答案为 D。其他三项,A 项元谋人距今约 170 万年,是已知的我国最早的远古居民,因发现于云南元谋而得名。B 项蓝田人距今 100 万—65 万年。C 项北京人发现于北京西南周口店龙骨山,距今约 70 万—20 万年。他们会制造石器和使用火,但不会人工取火,处于旧石器时代。

2. C。此题主要考查理解分析能力,应该读懂引文,并注意题干中的"在战国变法运动中"一句限制词。战国变法运动的指导思想是法家学说,其中的"历史进化论"是法家进步思想的关键所在,而商鞅是这一理论的实践者。A 项墨子,是墨家学派的创始人,主张"兼爱"、"非攻"、"尚贤"。B 项孟子和 D 项荀子都是战国时期儒家的代表。孟子主张施"仁政",提出"民贵君轻"的思想。荀子认为自然界有自己的规律,并提出"制天命而用之"。根据题干中的言论,联系战国时期变法活动的实质,即可作出答案为 C 的正确判断。

3. A。根据引文中"修长城的数十年前"、"四川平原"、"至今还在为无数民众输送汩汩清流"等语,可知答案应是 A 都江堰。因为都江堰是战国时期秦国蜀守李冰在今四川成都附近的今都江堰市修建的,它使成都平原成为"天府之国"。后历代有所整修扩建,新中国建立后,经大力整治扩建,灌溉面积达 800 多万亩。都江堰水利工程至今仍在发挥作用。B 项郑国渠,是战国时秦国著名的水利工程,但它在关中地区且后来逐渐湮废。C 项灵渠是秦朝秦始皇为统一岭南下令在今广西兴修,沟通湘水、漓水,联系长江和珠江两大水系。D 项大运河是隋朝所建。B、C、D 均不符合题干引文之意。

4. C。秦统一后,秦始皇下令统一文字,把小篆作为标准字体通令全国使用。隶书是后来在小篆基础上演化发展而成的。A 项甲骨文是刻写在龟甲或兽骨上的一种文字。商朝时,甲骨文已经是比较成熟的文字,已经具备了象形、指事、会意、形声、转注、假借"六书"构字规律,与今天的汉字基本相同。B 项金文又称"钟鼎文",是铸刻在商周青铜器上的铭文。商代金文字体与甲骨文相近。D 项楷书出现在三国时期,曹魏的钟繇开始把隶书转化楷书,这是汉字书法的一种进步。

5. A。诗中提到的太史公是西汉著名史学家司马迁,他写的中国古代第一部纪传体通史《史记》,全书 130 篇,52 万 6 千字。它以人物传记为主,编年为辅,叙述了传说中黄帝到汉武帝两三千年的历史。《史记》既是杰出的历史著作,也是优秀的文学作品,被鲁迅誉为"史家之绝唱,无韵之离骚"。答案为 A。B 项《汉书》是东汉史学家班固著的中国古代第一部断代史,是叙述西汉一朝的历史。C 项《后汉书》叙述东汉的历史,为南朝史学家范晔所著。D 项《资治通鉴》是北宋史学家司马光编撰的我国第一部编年体通史巨著,记述了上起战国,下至五代 1300 多年的历史。

6. A。解此题的关键是抓住题中引文作者曹操。公元184年爆发了黄巾起义。在黄巾起义的打击下，东汉政权名存实亡。而在镇压黄巾起义过程中形成了许多割据一方的军阀，他们之间为争夺地盘，互相攻杀混战，给社会生产造成严重破坏，人口大量死亡。曹操是当时北方较强大的割据军阀，他的诗正是反映了东汉末年军阀混战对社会生产和人民造成的灾难，所以答案是A东汉末年。B项三国时期具有迷惑性，易选错。曹操始终未做皇帝，而是挟天子以令诸侯。曹操死后，他的儿子曹丕于220年废了汉献帝，自称皇帝，建都洛阳，国号魏，东汉灭亡，历史才进入三国时期。

7. D。在读懂材料的基础上，再与选项所示的改革进行联系。A项商鞅变法废除奴隶主贵族特权，建立地主阶级的统治。B项北魏孝文帝改革促进了鲜卑族的封建化，为北方各民族的融合创造了条件。C项唐代杨炎"两税法"，"唯以资产为宗，不以丁身为本"。改变了自战国以来以人丁为主的赋役制度，是我国封建社会赋税制度的一次重大改革和进步。王安石变法不顾保守势力的反对，对前代成法进行了大胆改革，其青苗法、募役法、方田法等都限制了官僚和大地主的特权，答案为D。

8. B。①马陵之战发生在战国时齐魏之间。②淝水之战是公元383年前秦同东晋之间的战役④郾城之战发生在南宋和金之间。1140年岳飞率岳家军大败金兀术的"铁浮图"、"拐子马"。③雅克萨之战是清朝中国抗击沙俄入侵的自卫反击战。1685年和1686年清朝康熙帝命清军两次进攻盘踞在我国雅克萨的沙俄军队，俄军伤亡惨重，被迫同意与清政府谈判解决中俄东段边界问题。故答案应为B。

9. B。题目四个选项都是近代"晚清名臣"，四个人都是晚清地方实力派。他们又都是洋务派代表。但与新疆有着密切关系的只有左宗棠一人。1865年中亚地区浩罕国军事头目阿古柏入侵新疆，并受到俄英的支持。1871年俄国借口"安定边境秩序"，派兵侵占伊犁地区。1875年清政府派左宗棠率军进军新疆。1878年击败阿古柏侵略军，收复新疆。左宗棠率军收复新疆，维护国家领土完整，受到各族人民的颂扬。故答案为B。

10. C。此诗反映了诗人对于台湾被迫离开祖国的悲愤心情和强烈的爱国之心。应该知道清末占领台湾的是日本，与法国无关，排除D项。A项《北京条约》和日本无关，明显错误。1894年7月，日本帝国主义不宣而战，发动了侵略中朝的甲午中日战争。1895年中国战败，日本迫使清政府在日本马关签订《马关条约》割让台湾。抓住诗中"去年今日割台湾"，由此可判断此诗应写于1896年。答案为C。

11. D。此题考查历史基础知识。《辛丑条约》是1900年八国联军侵华战争后，1901年9月清政府与英、俄、德、法、美、日、意、奥、比、荷、西等11国签订的。《南京条约》是第一次鸦片战争后清政府在1842年8月与英国签订的。《马关条约》是中日甲午战争后清政府与日本签订于1895年4月。第二次鸦片战争后，1860年清政府与英、法、俄分别签订《北京条约》。故按签订条约的先后时间顺序正确的排列应该是D。

12. C。《中华民国临时约法》确立行政、立法、司法三权分立的政治体制。这是受孟德斯鸠的影响。他在《论法的精神》一书中，发展了英国早期著名启蒙思想家洛克的分权学说，明确提出了立法权、司法权、行政权分立的原则，三种权力互相"制约和平衡"。故答案为C。A项卢梭否定封建王权，提倡"社会契约论"和"人民主权"说。B项伏尔泰反对君主专制，主张英国式的君主立宪制。

13．B。此题考查历史知识。1915年,陈独秀在上海创办《青年杂志》,第二卷起改名为《新青年》。陈独秀在创刊号上发表《敬告青年》一文,倡导民主和科学,反对封建文化,标志着新文化运动的兴起。新文化运动提倡民主和科学,反对专制和愚昧、迷信,打出了德先生和赛先生两面大旗。德先生即"民主",是指民主思想和民主制度,包括人权平等、个性解放、独立人格、民主共和制等。赛先生即"科学",是指近代自然科学法则和科学精神,包括进化论、唯物论、无神论,反对封建迷信、愚昧盲从和偶像崇拜等。陈独秀认为中国经历几千年的封建统治,从来没有民主和科学,要使中国成为真正的民主共和国,必须用民主取代专制,用科学扫荡封建迷信。中国要富强也必须提倡民主和科学。科学和民主成为新文化运动的口号。故答案为B。但新文化运动的内容还有提倡新道德,反对旧道德;提倡新文学,反对旧文学。

14．C。本题是组合选择题,主要考查我国有关外交方面的知识。1971年10月,第26届联合国大会以压倒多数通过决议,恢复中华人民共和国在联合国的合法席位,恢复在安理会常任理事国的席位。中美正式建立外交关系是在1979年。和平共处五项原则是1953年12月,中国政府同印度政府就两国在西藏地方的关系问题进行谈判,周恩来接见印度代表时首先提出的。1954年周恩来访问印度、缅甸时,一致同意以和平共处五项原则作为中印、中缅两国关系的基本原则。《中日友好条约》签订于1978年。故答案为C。也可用排除法,首先确定③是在20世纪50年代,A、B、C三项都含有③,可排除。答案为C。

15．D。本题考查历史基础知识。A项向南太平洋海域成功发射远程运载火箭是1989年,标志着我国运载火箭技术达到新的水平。C项1970年我国第一颗人造地球卫星"东方红"1号发射成功,中国成为世界上第五个发射卫星的国家。B项1979年"远望"1号航天测量船建成并投入使用,中国成为世界上第四个拥有远洋航天测量船的国家。2003年10月25日我国载人飞船"神舟"号载着宇航员杨利伟升上太空,经过21小时飞行后,又成功返回地面。中国成为世界上第三个掌握载人航天技术的国家。A、B、C三项都是航天技术方面取得的成就,但是标志我国航天技术和运载火箭技术方面迈进世界先进国家行列的是载人飞船的发射和返回地面。正确答案为D。

16．A。在古代两河流域的亚述和新巴比伦时期(新巴比伦王国为公元前626年—前538年)人们根据月相的变化,将每月分为四周,每周七天,分别用日、月、火、水、木、金、土七个星神的名字来命名,以表示每个星神管1天。这就是现在通行的7天一个星期的由来。解答此题容易误选B。因为基督教中有上帝创世到第七天休息的说法,基督教徒也有星期日做礼拜的规定。但上帝创世说是宗教迷信。基督教是公元一世纪兴起的,在基督教创立以前,世界上已存在七天一个星期的制度。

17．A。本题既考查历史知识,又考查对阿拉伯数字概念的准确把握和理解。正确答案是A。现在世界通用的阿拉伯数字1、2、3、4、5、6、7、8、9、0十个数字符号的发明者是古印度人。公元9世纪以前只有1~9九个数字,公元9世纪时才出现"0"。这是古印度人对人类数学知识宝库的巨大贡献。这些数字符号后来由阿拉伯人稍加改进,传到欧洲,被称为阿拉伯数字。此题易错选B,以为既称阿拉伯数字就是阿拉伯人创造的。

18．A。古代两河流域的苏美尔人,在公元前4000年末创造了楔形文字。这种文字用削尖的芦苇或木棒刻写在粘土泥板上,落笔印痕深而宽,起笔印痕浅而细,状如木楔,故称为楔形文字。楔形文字既有语义符号，又有语音符号，是最早文字。后来楔形文字成为古代西亚通用的文字体系。稍晚一点，公元前 3500 年前后，埃及人发明了象形文字。象形文字有一定的读音，属于真正的文字。中国的甲骨文在商代（公元前 1600 年到公元前 1064 年）已是一种比较成熟的文字。腓尼基（大约相当于今天的黎巴嫩）字母出现于公元前 13 世纪，共 22 个，是线形符号，只有辅音，而无元音。希腊人在此基础上加入元音，形成希腊字母；罗马人又在希腊字母的基础上形成拉丁字母，从而为后来西方各国字母奠定了基础。

19. D。解答本题首先要明确宪法的概念。宪法是一个国家的根本大法，通常规定一个国家的社会制度、国家制度、国家机构、公民的基本权利和义务等。近代资产阶级第一部比较完整的成文法，是美国 1787 年 5 月制宪会议制定，1789 年 3 月美国第一届联邦国会宣布正式生效的 1787 年宪法。宪法由序言和正文组成。序言阐明了制定联邦宪法的目的和宗旨。正文部分对联邦的立法权、行政权和司法权加以说明和规定，对其他立法事项进行了规定。宪法宣布美国是一个联邦制国家，实行三权分立、相互制衡的原则，国家权力分别由立法、司法、行政三个部门行使。立法权属于参议院和众议院组成的联邦会议。行政权归总统，总统为国家元首和政府首脑、武装部队总司令，总统由选民间接选出。法院掌管司法权。1787 年宪法奠定了美国资产阶级共和制度的基础。故答案为 D。英国《权利法案》是"光荣革命"后，议会通过一系列法案中影响最深远的一个。法国 1791 年宪法在美国 1787 年宪法之后。德意志帝国宪法是在 1871 年 1 月统一的德意志帝国成立后，于当年 4 月颁布的。

20. B。本题考查考生分析比较问题的能力。在美国内战中，林肯政府在 1862 年 5 月颁布了《宅地法》，满足了广大人民对土地的要求。同年 9 月颁布《解放黑人奴隶宣言》，宣布从 1863 年 1 月 1 日起，所有叛乱诸州的奴隶都成为自由人，可以参加联邦政府军队。这两个法令调动了广大人民群众的积极性，扭转了战局，最后北方取得内战胜利，从而维护了国家的统一，进一步扫除了资本主义发展的障碍，当然也就巩固了美国资本主义制度。罗斯福新政是面对 1929—1933 年的经济大危机，罗斯福政府采取的一系列改革措施，史称"罗斯福新政"。"罗斯福新政"主要有：整顿银行与金融业，克服金融危机；调整农业政策；复兴工业以恢复工农业生产、社会救济与公共工程，增加就业、刺激消费和生产、稳定社会秩序。新政使美国渡过了经济大危机，在很大程度上缓和了社会矛盾，一定程度上遏制了美国的法西斯势力，巩固了资本主义统治。新政还开创了国家干预经济的新模式。根据以上分析，A 项是林肯政府施政措施的作用，但不是"罗斯福新政"的影响。C 项是"罗斯福新政"的影响，但不是林肯政府施政措施的作用。D 项不是两者的相同点。B 项是两者的相同之处。答案为 B。

二、地理知识

【考点解说】

地理知识，大致可分为自然地理、人文地理和区域地理三大部分。考试内容涵盖自然和人文两大地理要素。自然地理要素包括气候、水文、生物、地貌、土壤等 5 个要素，尤其应注意以下知识点：地球自转和公转的意义、地球大气运动的基本规律以及气候的形成和分布、地壳运动的地理意义、洋流的成因分布以及对气候的影响、地球上自然带的形成和分布规律等。

人文地理要素可分为经济要素（资源、市场、交通、科技、劳动力、信息等因素）、社会要素（政治政策、军事国防、文化教育、历史、宗教、个人等因素）以及环境要素（是否存在环境污染或生态破坏)。自然地理要素相对稳定,因此我们只能因时因地制宜地对它进行充分利用与改造(如澳大利亚混合农业发展所进行的东水西调,我国宁夏平原的灌溉农业、新疆的绿洲农业、长江三峡工程的建设、华北平原涝洼地的改造、南方低山丘陵地区的立体农业等)。由于人类活动的广泛性与能动性,人文地理要素往往变化较大(如科技因素、农业区位中的市场因素,工业区位中的市场、原料、交通、劳动力等因素,城市区位中的宗教、军事、旅游、生态等因素),一旦适应不了这种变化,便会产生各种问题,比如农业问题(如亚洲水稻种植业面临的问题)、工业问题(如传统工业区的衰落)、城市问题(如上海市的问题)、交通问题(如交通拥堵、西南交通运输的落后)、环境问题(如酸雨等环境污染,气候变暖、臭氧层遭破坏、黄土高原水土流失、西北地区土地荒漠化、华北平原土壤盐碱化、东北林区森林减少等生态破坏)等。

区域地理知识包括世界和中国地理。世界地理主要掌握美国、日本、埃及、巴西、印度、俄罗斯、英国、德国等重要国家的经济和自然地理状况;中国地理则放在中国的自然地理特征和中国各种人文地理事物分布上。

复习中,应该以中学地理学科学习的内容为主,熟记地理事物,掌握地理概念,构建知识框架,在头脑中形成一个完整而清晰的地理知识体系。

【试题例析】

例 1. 大气层中的对流层是指自地面到 8~18 公里的大气空间,水汽多,具有剧烈的空气对流,气象要素水平分布不均匀;自对流层顶向上至 50~55 公里高度为平流层,空气垂直运动较弱,气流以水平运动为主,大气稳定,水汽尘埃含量少;自平流层向上 80~85 公里高度为中间层,气流垂直运动强烈。最适合飞行的是:

A. 对流层   B. 平流层   C. 中间层   D. 三者皆可

【解析】 本题是 2003 年 GCT 考试第 15 题,正确答案是 B 项。考查的是地理知识,但从逻辑上说,“最适合飞行”的也应该是“空气垂直运动较弱,气流以水平运动为主,大气稳定,水汽尘埃含量少”平流层。

例 2. 冰岛首都雷克雅未克主要利用_____资源为当地居民提供能源,是世界上著名的“无烟城市”。

A. 森林   B. 石油   C. 地热   D. 煤

【解析】 本题是 2003 年 GCT 考试第 29 题,正确答案是 C 项。冰岛首都雷克雅未克外围有很多温泉,正是这些丰富的地热资源,使它成为世界上著名的“无烟城市”。从生活常识来看,选项中也只有“地热”能“无烟”。

例 3. 地球上的淡水资源在全球水量中所占比例极小,而目前全球超过半数的淡水资源以_____的形式存在,尚未被开发利用。

A. 两极的冰盖和高山冰川   B. 湖泊和河流

C. 地下水   D. 洋流

【解析】 本题是 2003 年 GCT 考试第 30 题,正确答案是 A 项。解题时应注意“未被开发利用”六个字。正是通过这六个字,我们可以推断出正确答案。

例 4. 在流速、流量与含沙量等因素影响下,流水作用改变着地表形态。一次暴雨可使黄土高原的某些沟谷谷地向源头方向伸长数十米,即沟谷源头前进数十米。这主要体现了流水的_____。

A. 渗透作用　　B. 搬运作用　　　　C. 堆积作用　　　　D. 侵蚀作用

【解析】　本题是 2004 年 GCT 考试第 29 题,正确答案是 D 项。侵蚀作用,是流水及其所携泥沙石砾对地表的冲刷和磨蚀。由于流水的冲刷,沟谷谷地向源头方向伸长,也就是说原来地表的土层被流水侵蚀掉了,故当属侵蚀作用。

例 5. 冻土问题是青藏铁路建设的难题之一。冻土是由固体矿物颗粒、未冻水、冰和气体组成的一种特殊土壤。铁路路基的修建,改变了冻土的物理特性,引起冻土融化下沉,或者冻结膨胀,严重危及路基的_____,会给列车运营带来隐患。

A. 透气性　　B. 防腐蚀性　　　　C. 稳定性　　　　D. 可塑性

【解析】　本题是 2005 年 GCT 考试第 29 题,考查的是地理知识。正确答案是 C 项。建设铁路时,对沿线地表冻土开掘,使得原先不易受到外界气温影响的季节性冻土直接与大气和阳光接触,从而影响到冻土的温度和硬度,而冻土的融化下沉或冻结膨胀,直接危及的当然是路基的稳定性。

【复习指导】

地理作为一门与现实结合紧密的学科,在复习时,首先要准确把握自然地理的基本知识和基本原理,在此基础上,活学活用,密切联系身边发生的各种事物,学会用自然地理的知识进行学理上的理解,比如用大气循环和洋流的知识来理解全球气候变化问题,用水循环的知识来解释某地人类活动产生的影响等。从这几年的考试试题和指导委员会的指导思想来看,地理知识越来越趋近于以课本知识为基础,遵循理论和现实相结合,灵活运用地理规律和知识进行解题等方向。所以在复习时,应以例题解析为参照,体会考试的方向和特点。要准确熟练地掌握地理学科的基本概念和基本原理,像地球运动的意义、影响天气的因素、洋流的分布规律及其影响、自然带的分布规律、城市化及其问题、人口迁移、文化扩散、旅游资源的评价、环境问题与可持续发展等都应该掌握。通过做题,帮助我们回忆以前学过的知识,可用尽量少的时间,取得较好的复习效果。

【巩固练习】

1. 中国南方民宅间距多比北方要小,原因是:

A. 南方平地较北方为少,需要尽可能地利用

B. 南方民宅通风为主,北方民宅采光为主

C. 南方太阳高度比较大,不需要大间距即可满足采光需求

D. 这是南方民宅的建筑传统,与北方有别

2. 最新火星观测发现其有极地地区,得知火星亦有季节变化。火星有季节变化的原因是:

A. 火星的自转周期约与地球相同

B. 火星的表面经常引起沙暴

C. 火星的赤道面与公转轨道面约夹 25°角

D. 火星到太阳的距离作周期性变化

3. 拉萨具有“日光城”之誉,日照时数占到全年总时数的三分之一,这是因为:

A. 降水少,晴天多　　　　　　　　B. 地广人稀,污染少

C. 高山积雪反射阳光　　　　　　　D. 地势高,白天较长

4. 百叶箱为什么外表漆成白色:

A. 减少吸收热辐射　　　　　　　　B. 防止日照反光

C. 造型比较美观　　　　　　　　　　　　D. 目标明显,观测方便

5. 某沙漠是世界上最干燥的地区之一,终年雨量极少,但夜间却常有浓雾笼罩。科学家在沙漠上张设纤维制成的网,让夜间雾气在网上凝成水滴,以便搜集水。该沙漠少雨,夜间却多雾的原因,和下列哪一因素的关系最密切?

　　A. 有寒流经过的沿海　　　　　　　　B. 受到下沉气流控制的地区

　　C. 四周有山谷围绕的内陆地区　　　　D. 西风的背风坡

6. 北欧建筑通常都是采用尖屋顶,主要是考虑当地:

　　A. 夏秋多飓风,减少飓风损失　　　　B. 冬夏温差太大,有利于保温

　　C. 日照不足,增加受照面积　　　　　D. 降雪量太大,减少积雪

7. 中国华北平原是中国工农业最发达的地区之一,这个地区目前面临的最主要的人为造成的环境问题是:

　　A. 温室效应,冰山融化海水倒灌

　　B. 地层下陷,夏季洪水

　　C. 热岛效应,地表植被发生变化

　　D. 过度抽取地下水,导致沿海地区海水倒灌

8. 二战中著名的诺曼底登陆,在时间上选择了夏季,这在气候上的考虑是:

　　A. 夏季风力较小,海面平静

　　B. 夏季温度适宜,便于军械携带

　　C. 夏季阴雨较多,利于藉此登陆

　　D. 夏季风向适宜

9. 世界大渔场通常都位于温带地区的原因是:

　　A. 饵料多　　　　B. 海水污染少　　　　C. 盐度适中　　　　D. 人口多,需求量大

10. 珊瑚礁岛国图瓦卢,位于大洋洲,该国领导人在一份声明中说,他们对抗环境变迁的努力已告失败,将放弃自己的家园,举国移民新西兰。该声明中所谓的“环境变迁”最可能是:

　　A. 海平面上升　　　　B. 火山爆发　　　　C. 酸雨侵蚀　　　　D. 臭氧层破洞

11. 日本温泉世界有名,很多名流到到日本休假泡温泉;为何日本有此资源:

　　A. 附近有日本暖流经过,水温较高

　　B. 位于板块交汇处,内力释放较多

　　C. 地震较多缘故

　　D. 岛国降水丰富,地下水资源丰富

12. 下列人类活动违反水循环和水平衡规律的是:

　　A. 跨流域调水　　　　　　　　　　　B. 引水灌溉

　　C. 大面积地排干湖泊和沼泽　　　　　D. 修建水库

13. 赤潮比较容易发生在下列哪些地区:

　　A. 渤海湾　　　　B. 长江入海口　　　　C. 三峡地区　　　　D. 太湖地区

14. 物种多样性是生态保育的重要目标,但过去数十年来,许多物种在数量上快速缩减,甚至濒临灭绝;也有些外来种快速繁殖,危害当地农作物。非洲象总数从1970年的250万头,骤减至目前的30万头左右,其主要原因是:

① 栖地面积缩减　　② 人类非法猎杀　　③ 外来物种侵入　　④ 全球气候变迁

A. ①②　　　　　　B. ②④　　　　　　C. ①③　　　　　　D. ③④

15. 中国是世界上水旱灾害最为频繁的国家之一,这是因为:

A. 南北跨纬度广,气候差异大　　　　B. 地形复杂多样,山区面积广大

C. 地势西高东低,呈阶梯状分布　　　D. 夏季风强弱和进退的迟早不同

16. 青藏高原能进行耕作农业的地区大多是位于河谷地带,主要原因是:

A. 靠近河流,灌溉便利　　　　　　B. 地势低平,便于耕作

C. 海拔较低,温度适宜　　　　　　D. 土壤肥沃,亩产较高

17. 形成长江中下游平原地区人口密度大于密西西比河平原地区的主要原因是:

A. 经济发达　　　B. 开发历史长　　　C. 气候条件优越　　　D. 资源丰富

18. 近年来中国老龄化的速度明显加快,这是因为:

A. 平均寿命的延长和人口自然增长率的升高

B. 人口自然增长率的下降和生活水平的提高

C. 经济发展迅速和城市化水平的提高

D. 环境质量的改善和人口素质的提高

19. 巴西政府于1956年把首都由里约迁到荒芜的内陆高原之巴西利亚,其原因是:

A. 高原气候凉爽　　　　　　　　　B. 高原上矿产丰富

C. 内陆较安全　　　　　　　　　　D. 促进内陆高原的开发

20. 下列由人类适应自然环境所产生的文化景观是:

① 耶路撒冷的哭墙　　　② 东西德的柏林围墙　　　③ 东南亚的高架屋

④ 欧洲人食用橄榄油　　　⑤ 阿拉伯人不吃猪肉。

A. ①③　　　　　　B. ②⑤　　　　　　C. ③④　　　　　　D. ①④

【参考答案】

1. C。间距小并不有利于通风,虽然南方民宅通风很重要;更重要的原因是南方年平均太阳高度角大,小间距即可满足采光需求,故此选 C

2. C。地球之所以有季节变化是因为直射点会按照南北方向来回摆动,导致一地太阳高度角和昼夜长短有所变化,而这两点也成为真正区分四季的主要指标;而直射点会在南北回归线之间来回摆动的主要的原因是地球的公转轨道面和自转轨道面——亦即黄赤交角——存在夹角,故此选择 C

3. D。拉萨并非中国降水最少、晴天最多之地,但是日照时数却首屈一指;该地最突出的特点就是地势高,白天较长。由是观之,选择 D

4. A。白色能反射所有波长的可见光,能尽量减小百叶箱本身对箱内温度计的影响,故此选择 A

5. A。雾是空气中的水汽遇冷凝结在凝结核上而成;寒流本身温度低于流经海区的温度,因此接近寒流的近地面空气会遇冷形成雾;B、D 选项空气下沉温度升高,不符合雾形成的条件;C 选项无法确定空气上升还是下沉,通常白天跟晚上空气在垂直方向上运动方向正好相反。

6. D。飓风是发生于印度洋和大西洋的热带气旋,北欧纬度高,冬季长降雪量大,为了减少大量积雪对房屋的损害,故此采用尖屋顶。

7．D。温室效应是全球性环境问题，非独华北区；夏季洪水是自然灾害；热岛效应并非环境问题；过度抽取地下水导致海水倒灌，地下水水质变坏，在华北造成次生盐碱化，成为影响华北生产的严重环境问题。

8．A。风浪最小时登陆最宜；诺曼底登陆地主要受到从中纬吹向高纬的西风影响，风力大小取决于中高纬之间的温差大小；夏季高纬地区太阳高度角虽小，但是日照时间长；中纬较高纬虽然太阳高度角大，但日照时间短，故此中高纬之间温差夏季最小，风浪亦小，故选 A。

9．A。从食物链的角度来说，渔业资源丰富之地一定是因为该海区饵料多。

10．A。虽然珊瑚岛地质构成中主要为石灰岩，酸雨可侵蚀之，但是酸雨危害严重的地方主要在化石性燃料(煤、石油)使用较多之地；岛国面临的最大危害是由于全球变暖导致的海平面上升可大规模淹没岛国国土，故选 A。

11．B。温泉是地下水受到岩浆热量而成，无论是地震还是火山岩浆或温泉，能量都是来自于地球内部放射性元素衰变产生的热量，在板块交汇处这些能量释放方式最为明显，故选 B。

12．C。湖泊和沼泽属于湿地，是很多珍贵动植物生存的乐土，对于生物多样性保护非常重要，排干它们有违自然平衡和谐。故选 C。

13．A。赤潮的发生，一般有两个原因，第一是海区封闭，污染物在海区内难以扩散到其他海区以便于缓解污染；第二就是海区温度较高，利于富营养化的发生；中国污染物排放较多的海区是渤海湾和珠三角地区；前者是海区封闭，后者是水温较高，故选 A。

14．A。非法捕猎获取象牙是非洲野生象近些年锐减的最主要的原因，另外一个原因是栖息地的缩减；故选 A。

15．D。季风气候最大的缺点就是降水的年际变化和季节变化太大，以至于旱涝灾害常发生；故选 D。

16．C。青藏高原平均海拔超过 4 000 米，海拔高，温度低，故此发展农业的主要限制因素是热量；河谷地区海拔低，比高原温度高，利于农业生产。

17．C。长江中下游平原从农业历史来说，长于密西西比河平原；而关键是由于长江中下游平原地处亚热带季风气候，农业地域类型为水稻种植业，需要较多劳动力，同时由于复种指数较高，亩产较高，所以人口比较密集；而密西西比河平原纬度较高，机械化操作，需要较少劳动力，复种指数亦偏低。综合而言，气候条件比较优越是主要因素；故选 C。

18．B。一般说来，老龄化的出现原因是人口寿命的延长以及出生率下降，导致社会老年人口增多，60 岁以上人口占到 10% 或者 65 岁以上占到 7% 是老龄化的界限；中国由于实行计划生育政策导致人口出生率下降同时由于生活水平提高而使得人口平均寿命延长，以至于 2000 年以后就达到老龄化标准；故选 B。

19．D。拉丁美洲地区因为早先被殖民的缘故，经济发达地区多位于海运较为便利之港口地区；巴西政府为了开发内陆高原，故此迁都；故选 D。

20．C。哭墙、阿拉伯人不食猪肉均属于宗教原因，柏林墙属于政治原因，均与自然环境无关；东南亚因为气候潮湿，虫豸繁多，为了防潮以及蚊虫等危害，建高脚屋；欧洲人尤其是南欧人食用橄榄油是因为当地地质和气候条件适宜橄榄树生长；故选 C。

三、法律经济哲学知识

【考点解说】

法律知识从法律部门上可以分为宪法、刑法、民法、商法、经济法、行政法等,其中每个部门法又包括许多具体的法律规定,如《宪法》、《刑法》、《民法通则》、《合同法》、《继承法》、《公司法》等,重点是宪法、刑法、民法的基本常识。

经济知识包括西方经济学理论、马克思主义政治经济学原理、社会主义市场经济制度以及财政、税收、金融等方面的基本经济常识,重点是基本经济概念的掌握。

哲学知识主要是马克思主义哲学,包括唯物论、辩证法和认识论等,重点是哲学基本原理的理解与运用。

【试题例析】

例1. 按照我国《刑法》规定,刑罚的种类不包括:

A. 死刑　　　　　　B. 无期徒刑　　　　C. 有期徒刑　　　　D. 劳动教养

【解析】 这是2003年GCT考试第13题,本题考查的是法律知识,正确答案是D项。题干考查的是刑罚的种类,根据我国刑法的规定,刑罚包括管制、拘役、有期徒刑、无期徒刑、死刑、罚金、没收财产、剥夺政治权利,对于外国人还可以适用驱逐出境。而劳动教养是我国对有轻微犯罪行为不够刑事处分的人给予强制性教育改造的行政措施。

例2.《中华人民共和国继承法》规定的第一顺序继承人中不包括:

A. 配偶　　　　　　B. 子女　　　　　　C. 父母　　　　　　D. 兄弟

【解析】 这是2004年GCT考试第12题,本题考查的是法律知识,正确答案是D项。根据我国《继承法》规定,法定继承人分为两个顺序,第一顺序包括配偶、子女、父母,丧偶儿媳对公婆、丧偶女婿对岳父母尽了主要赡养义务的,作为第一顺序继承人。第二顺序包括兄弟姐妹、祖父母、外祖父母。

例3. 宪法的修改必须由全国人大常委会或者_____以上全国人民代表大会代表提议,并由全国人民代表大会以_____以上的多数通过。

A. 十分之一,全体代表的三分之二　　　B. 五分之一,全体代表的三分之二
C. 五分之一,到会代表的三分之二　　　D. 三分之一,到会代表的三分之二

【解析】 这是2005年GCT考试第26题,本题考查的是法律知识,正确答案是B项。根据我国宪法第64条的规定,"宪法的修改由全国人民代表大会常务委员会或五分之一以上的全国人民代表大会的代表提议,并由全国人民代表大会以全体代表的三分之二以上的多数通过。"

例4. 在经济学中,生产者利用一定资源获得某种收入时所放弃的其他可能的最大收入,称为_____。

A. 会计成本　　　B. 社会成本　　　C. 隐含成本　　　D. 机会成本

【解析】 这是2004年GCT考试第28题,本题考查的是经济知识,正确答案是D项。机会成本,又称择一成本,指把已放弃的方案可能获取的利益,作为评价优选方案即被选取方案所付出的代价。它是在管理会计或投资决策中常用的名词。

例5. 管理者在做下列工作时,一般需遵循的正确程序是:

① 分析评价各方案　　　② 确定决策目标

③ 选择满意的方案并实施　④ 认识和分析问题

⑤ 拟定备选方案

A. ①②④⑤③　　B. ④②⑤①③　　C. ⑤④②①③　　D. ⑤④①②③

【解析】　这是 2004 年 GCT 考试的第 14 题,本题考查的是经济管理知识,正确答案是 B 项。即使没有经济学知识,本题也可以从逻辑上得出正确答案。按照逻辑顺序,应该先认识分析问题,确定决策目标,然后再拟定备选方案,对各方案分析评价,最后选择满意的方案并实施。

例 6. "一把钥匙开一把锁"的说法在教育学体现了人的发展的:

A. 阶段性　　　B. 不平衡性　　　C. 顺序性　　　D. 个别差异性

【解析】　这是 2005 年 GCT 考试第 9 题,本题考查的是哲学知识,正确答案是 D 项。从哲学角度看,"一把钥匙开一把锁"体现的是矛盾的特殊性;从教育学上讲,矛盾的特殊性恰恰体现了人的发展的个别差异性。

【复习指导】

法律经济哲学知识是 GCT 考试综合知识考查的重点,平均每年要有六道题之多。其中法律知识又是综合知识中占比例最大的,而且内容繁杂,也是复习的一个难点。

法律知识的考题中,宪法、民法、刑法、经济法、行政法之类都在考查范围之内,甚至还考到了法理题。从内容上看,考点虽然比较多,但难度并不大,均为各部门法中的基本常识,大多在大学的"法学概论"课程中曾经学过。复习时应将重点放在宪法、刑法、民法这几个与日常生活关系较为密切的法律部门上,将精要训练中涉及的基本知识点予以掌握。另外,还要注意日常积累,尤其是新闻报道所关注的重要法律法规的修改应予以重视。

经济知识的考查主要分为两类,一类是基本经济概念,一类是经济常识的实际运用。后者相对比较简单,一般用逻辑推理即可得出正确答案,如 2004 年 GCT 考试的第 14 题。前者则有一定的难度,尤其是马克思主义政治经济学原理以外的经济概念,以前学习时可能接触的并不多,需要多加注意,对一些基本概念,如基尼指数、边际效益等要有所了解。

哲学知识在考查中所占的比例较小,也相对容易,运用中学时学过的哲学常识即可应对。但需要注意的是,哲学知识的考题很少直接考查基本原理,往往涉及对一些诗句、成语、谚语的理解问题,因此复习时还要特别注意成语、格言、俗语等包含的哲学原理。

总之,这部分知识涉及范围广泛,但考的都是应知应会的基本知识,对其进行系统复习没有必要也不可能。因此,平时注意观察、思考和积累,考前复习做好练习题是最佳对策。

【巩固练习】

1. _____的人是中华人民共和国公民。

A. 具有中国国籍

B. 具有中国国籍且年满十八周岁

C. 具有中国国籍且有选举权和被选举权

D. 具有中国国籍,年满十八周岁且有选举权和被选举权

2. 下列人员中在我国享有选举权的是:

A. 年满十六周岁的中学生　　　　B. 精神病人

C. 在我国长期居住的无国籍人　　D. 因故意杀人被判处无期徒刑的罪犯

3. 在我国国家生活的各种监督中,具有最高监督权的是:

A. 中共中央　　　　B. 全国人大　　　　C. 全国政协　　　　D. 最高法院

4. 下列行为不违反《未成年人保护法》的是:

A. 赵某让自己 12 周岁的女儿辍学出去打工

B. 小学生晓钢在上课时大声喧哗,老师罚他站到教室外面

C. 某营业性舞厅让 17 周岁的小华进入舞场

D. 老张逼迫自己 20 周岁的女儿嫁给一个中年男人

5. 下列选项中的哪个机关不实行集体负责制:

A. 中央军委　　　　　　　　　　B. 全国人大及其常委会

C. 人民法院　　　　　　　　　　D. 人民检察院

6. 我国特别行政区不享有的自治权是:

A. 行政管理权　　　B. 防务权　　　C. 立法权　　　D. 独立的司法权和终审权

7. 某国驻我国大使馆武官甲向我国公民乙收买我国国家秘密,对甲应当:

A. 依照我国刑法追究刑事责任　　　B. 通过外交途径解决其刑事责任

C. 由其本国处理　　　　　　　　　D. 不予追究刑事责任

8. 李某是间歇性精神病人。一日,李某喝醉了酒,把邻居打成重伤,在抓捕他时,李某因惊恐而精神病发作,则李某:

A. 应负刑事责任　　　　　　　　　B. 不负刑事责任

C. 应当负刑事责任,但可以从轻处罚　　D. 应当负刑事责任,但可以减轻处罚

9. 甲持刀欲杀乙,乙与其搏斗,反手将甲杀死。关于乙行为的性质,下列选项正确的是:

A. 乙的行为属于正当防卫,不负刑事责任

B. 乙的行为属于正当防卫,但造成他人死亡,应当负刑事责任,但应当减轻或者免除处罚

C. 乙的行为属于防卫过当,应当负刑事责任,但应当减轻或者免除处罚

D. 乙的行为是故意杀人,应当负刑事责任

10. 在刑事附带民事诉讼中,被告人被法院依法判处罚金并赔偿被害人损失,但其财产不足以全部支付罚金和承担民事赔偿。下列表述哪一项是正确的:

A. 刑事优先,应当先执行罚金

B. 应当先承担民事赔偿责任

C. 承担民事赔偿责任后减免罚金

D. 按比例执行罚金和承担民事赔偿责任

11. 在我国,16 周岁以上的未成年人,以自己的劳动收入为主要生活来源的,应视为:

A. 无民事行为能力人　　　　　　B. 完全民事行为能力人

C. 限制民事行为能力人　　　　　D. 完全限制民事行为能力人

12. 甲将一台彩电借给乙使用。在甲出差期间,乙未经甲同意,将彩电卖给丙,丙以为彩电为乙所有,便以合理价格购得。对此:

A. 甲可要求丙返还彩电　　　　　B. 甲可要求丙赔偿损失

C. 甲可要求乙与丙共同承担赔偿责任　　D. 甲不得向丙请求返还彩电

13. 有完全民事行为能力的人在被宣告死亡期间实施的民事法律行为：

A. 无效   B. 部分有效   C. 有效   D. 在撤销死亡宣告后有效

14. 甲持老年证免票乘坐公共汽车回家,途中遇到车祸,身受重伤。根据合同法的规定,下列说法错误的是：

A. 若车祸是由甲故意造成的,则公交公司不承担损害赔偿责任。

B. 若车祸是由甲重大过失造成的,则公交公司不承担损害赔偿责任

C. 甲属于免费乘坐,公交公司对其不承担损害赔偿责任

D. 若无抗辩事由公交公司应当承担损害赔偿责任

15. 甲向乙购买一辆自行车,甲付钱后约定第二天来取车,当天晚上该车被盗。该车被盗的损失应由：

A. 甲承担   B. 乙承担   C. 甲乙各承担一半   D. 以上都不对

16. 继承开始后,遗产处理前,继承人没有作出放弃或接受继承表示的,视为：

A. 接受继承   B. 放弃继承   C. 丧失继承权   D. 继承无效

17. 著作权自____之日起产生,并受法律保护。

A. 作品创作   B. 作品完成

C. 作品发表   D. 经版权局核准登记并公告

18. 根据票据法的规定,下列不属于支票必须记载的事项的是：

A. 确定的金额   B. 付款日期   C. 出票日期   D. 付款人名称

19. 下列行为不属于不正当竞争行为的是：

A. 假冒他人的注册商标

B. 以低于成本的价格销售有效期限即将到期的商品

C. 利用广告对商品的质量作引人误解的虚假宣传

D. 利用有奖销售的手段推销质次价高的商品

20. 消费者甲从乙商店购买丙厂生产的燃气灶后,使用时发生了爆炸,致使甲面部严重烧伤,下列说法中正确的是：

A. 甲只能向乙商店索赔

B. 甲只能向丙厂索赔

C. 甲既可以向乙商店索赔,也可以向丙厂索赔

D. 甲只能向消费者协会投诉,请其确定向谁索赔

21. 下列情况,用人单位不得解除劳动合同的是：

A. 甲在试用期内不能胜任工作   B. 乙被依法追究刑事责任

C. 丙因工负伤而丧失劳动能力   D. 丁严重违反劳动纪律

22. "不要把所有的鸡蛋都放在一个篮子里"的投资理念,强调的是要重视股票、债券等投资方式的

A. 流动性   B. 灵活性   C. 风险性   D. 稳定性

23. 下列属于货币执行流通手段职能的是：

A. 一件衣服标价 200 元   B. 把 200 元存起来

C. 工厂给工人 200 元工资　　　　　　　　D. 用 200 元买一台风扇

24. 关于股票和公司债券的特征,下列表述不正确的是:

A. 股票和公司债券都是有价证券

B. 公司债券持有人和股票持有人与公司之间都是债权债务关系

C. 法律对于发行股票和发行公司债券有不同要求

D. 公司破产时,公司债券持有人优先于股票持有人得到清偿

25. 不属于界定倾销的必要条件的是:

A. 价格低于正常价值

B. 对进口国同类产品工业造成严重损害威胁

C. 进口商品与损害之间存在因果关系

D. 进口数量过大

26. 提高企业经济效益的正确方法和途径是

A. 扩大生产规模　　　　　　　　　　　　B. 延长劳动时间

C. 依靠科技进步和采用现代管理方法　　　D. 提高劳动强度

27. "诚招天下客,誉从信中来。经商信为本,买卖礼在先。"这句谚语包含的经济学道理是

① 企业经营者应注意企业的信誉和形象,以诚信求发展

② 只要企业注重产品质量,就能在竞争中立于不败之地

③ 企业经营者应努力提高自身素质,面向市场公平竞争

④ 企业要注意搞好售后服务,以优质服务吸引顾客,扩大销售

A. ①②　　　　　　B. ①④　　　　　　C. ③④　　　　　　D. ②③

28. "农业兴,百业兴;农民富,国家富;农村稳,天下稳。农业的兴衰成败关系到国民经济的全局。"上述论断充分说明

A. 农业是国民经济的第一产业　　　　　　B. 农业是国民经济的主导

C. 农业是国民经济的基础　　　　　　　　D. 农业是人类的衣食之源、生存之本

29. 消费税最终是由消费者负担的,为了提高征收效率,降低征收费用,防止税款流失,我国消费税的纳税环节确定在_____环节。

A. 生产　　　　　　B. 流通　　　　　　C. 分配　　　　　　D. 消费

30. 对于遭到不可抗拒的天灾人祸、鳏寡孤独、老弱病残、身心障碍、丧失劳动自救能力的,以及低于国家规定最低生活水准的社会成员,政府或社会机构应向其提供满足最低生活需要的物质资助,称为:

A. 社会保险　　　　B. 社会救济　　　　C. 社会福利　　　　D. 社会优抚

31. "劈柴不照纹,累死劈柴人",这一谚语包含的哲理是:

A. 不按照木头的纹理劈柴就会事倍功半

B. 发挥主观能动性,要以尊重客观规律为基础

C. 人在规律面前无能为力

D. 客观规律会妨碍主观能动性的发挥

32. "坐地日行八万里,巡天遥看一千河"反映的哲学观点是:

A. 人的认识能力是不受时空限制的　　　　B. 空间的无限性

C. 时间的无限性　　　　　　　　D. 绝对运动和相对静止的统一

33. "机不可失,时不再来"指的是:

A. 时间的顺序性　　B. 时间的不可逆性　C. 时间的相对性　　D. 时间的间断性

34. "若言琴上有琴声,放在匣中何不鸣?若言声在指头上,何不与君指上听?"这一首古诗体现了:

A. 要坚持从实际出发,实事求是的原则

B. 原因和结果在一定条件下相互转化

C. 整体是由若干相互制约、相互影响的要素构成的

D. 意识能正确反映客观实际

35. "士别三日,即当刮目相待。"这句话告诉我们:

A. 发展就是前进的、上升的运动和变化

B. 一切事物都不是凝固不变的,要用发展的观点看问题。

C. 事物的发展是量变和质变的统一。

D. 发展的实质是新事物的产生和旧事物的灭亡

36. "山重水复疑无路,柳暗花明又一村"体现了:

A. 矛盾的普遍性与特殊性相统一

B. 事物发展的前进性与曲折性相统一

C. 尊重客观规律与发挥主观能动性相统一

D. 联系的普遍性与客观性

37. 下列选项中,不能体现对矛盾特殊性重视的是:

A. 对症下药,量体裁衣　　　　　　B. 因地制宜,因时制宜

C. 九层之台,起于垒土　　　　　　D. 因材施教,因人而异

38. 下列名言中,与"千里长堤,溃于蚁穴"包含同一哲理的是

A. 一夫当关,万夫莫开　　　　　　B. 一叶落,而天下知秋矣

C. 一朝被蛇咬,十年怕井绳　　　　D. 一客失了信,百客不登门

39. "垃圾是放错了地方的资源,没有绝对的垃圾,只有废弃的资源。"这种对垃圾与资源关系的新认识是在强调矛盾双方的:

A. 相互排斥　　　　　　　　　　　B. 相互依存

C. 相互渗透　　　　　　　　　　　D. 一定条件下的相互转化

40. "海上生明月,天涯共此时。"每逢中秋佳节,海峡两岸都会庆祝这一传统节日。这体现了中华民族有:

A. 共同地域　　B. 共同语言　　C. 共同文化心理　　D. 共同经济生活

【参考答案】

1. A。本题考查宪法常识。根据我国宪法规定,凡是具有中华人民共和国国籍的人都是中华人民共和国公民,无论是否年满十八岁或者是否享有选举权和被选举权,因此本题选 A。

2. B。本题考查宪法常识。根据我国宪法规定,中华人民共和国年满十八周岁的公民,不分民族、种族、性别、职业、家庭出身、宗教信仰、教育程度、财产状况、居住期限,都有选举权和被选举权;但是依照法律被剥夺政治权利的人除外。选项 A 不符合年满十八周岁的要求,C 不是我国

123

公民,D 根据刑法的有关规定,被判处死刑、无期徒刑的犯罪分子,应当剥夺政治权利终身,因此也不享有选举权和被选举权,故只能选 B。

3. B。本题考查宪法常识中全国人大的职能。A 中共是执政党,领导人大。C 是统一战线组织。D 是全国人大的执行机关。

4. D。根据未成年人保护法的规定,未成年人是指未满 18 周岁的公民,因此老张的做法并不违反未成年人保护法,而是属于违反婚姻法的干涉婚姻自由行为。

5. A。我国国家机关责任制包括两种形式:集体负责制和个人负责制。集体负责制是指全体组成人员和领导成员的地位平等,在重大问题的决定上由全体组成人员集体讨论,并且按照少数服从多数的原则作出决定,集体承担责任。在我国,各级人民代表大会及其常务委员会、人民法院和人民检察院等实行集体负责制。个人负责制是指由首长个人决定问题并承担相应责任的领导体制。在我国,国务院及其各部委,中央军委及地方各级人民政府等实行个人负责制。因此A 正确。

6. B。根据香港特别行政区基本法和澳门特别行政区基本法的有关规定,特别行政区是中华人民共和国不可分离的一部分。但特别行政区不同于一般的行政区域,具有特殊的法律地位,享有高度的自治权,包括行政管理权、立法权、独立的司法权和终审权以及自行处理有关外交事务的权力,但防务权归属于中央。因此,此题选 B。

7. B。根据国际法和刑法的有关规定,享有外交特权和豁免权的外国人的刑事责任,通过外交途径解决。甲作为外交人员,享有外交特权和豁免权,接受国的司法机关不得对其进行刑事审判和处罚,其刑事责任应该通过外交途径解决。

8. A。根据我国刑法的规定,醉酒的人犯罪应当负刑事责任,间歇性的精神病人在精神正常的时候犯罪,也应当负刑事责任。李某虽为间歇性精神病人,但其犯罪时精神正常,故应当负刑事责任。

9. A。为了使国家、公共利益、本人或者他人的人身、财产和其他权利免受正在进行的不法侵害,而采取的制止不法侵害的行为,对不法侵害人造成损害的,属于正当防卫,不负刑事责任。正当防卫明显超过必要限度造成重大损害的,是防卫过当,应当负刑事责任,但应当减轻或者免除处罚。对正在进行行凶、杀人、抢劫、强奸、绑架以及其他严重危及人身安全的暴力犯罪,采取防卫行为,造成不法侵害人伤亡的,不属于防卫过当,不负刑事责任。乙对杀人犯罪可以实行无过当防卫,即使造成甲死亡都不负刑事责任。

10. B。我国刑法规定了民事优先原则,即"承担民事赔偿责任的犯罪分子,同时被判处罚金,其财产不足以全部支付的,或者被判处没收财产的,应当先承担对被害人的民事赔偿责任"。所以,B 选项正确。

11. B。我国《民法通则》第 11 条规定,十八周岁以上的公民是成年人,具有完全民事行为能力,可以独立进行民事活动,是完全民事行为能力人。十六周岁以上不满十八周岁的公民,以自己的劳动收入为主要生活来源的,视为完全民事行为能力人。

12. D。善意取得是指无权处分他人动产的合法占有人,擅自将自己占有的他人动产让与第三人后,如果受让人在取得该动产时出于善意并支付对价,即取得该动产的所有权,原所有人不得要求受让人返还,只能要求转让人赔偿损失。在本题中,甲只能要求乙赔偿损失。因此选 D。

13. C。宣告死亡,是指依照法律规定的条件和程序,由利害关系人向法院申请,判决宣告下落不明满一定期限的公民死亡的民事法律行为。公民被宣告死亡的,应发生与公民自然死亡同样的法律后果。但是宣告死亡毕竟不同于自然死亡,《民法通则》规定,有完全民事行为能力的人在被宣告死亡期间实施的民事法律行为依然有效。因此,此题选 C。

14. C。合同法规定,承运人应当对运输过程中旅客的伤亡承担损害赔偿责任,但伤亡是旅客自身健康原因造成的或者承运人证明伤亡是旅客故意、重大过失造成的除外。前款规定适用于按照规定免票、持优待票或者经承运人许可搭乘的无票旅客。因此,选项 C 不正确。

15. B。根据合同法的有关规定,买卖合同中标的物毁损、灭失的风险自交付起转移,即在标的物交付之前由出卖人承担,交付之后由买受人承担,但法律另有规定或者当事人另有约定的除外。本题中甲虽然已经付钱,但自行车尚未交付,风险仍应由乙来承担。

16. A。继承,是指法律规定的将死者遗留的个人合法财产转移给他人的一种制度。继承法规定,继承开始后,继承人放弃继承的,应当在遗产处理前,作出放弃继承的意思表示。没有表示的,视为接受继承。因此,此题选 A。

17. B。根据我国《著作权法》及《著作权法实施条例》的规定,中国公民、法人和其他社会组织的作品,不论是否发表,依照本法享有著作权。著作权自作品创作完成之日起产生。这是著作权区别于专利权、商标权的重要特征之一。因此,此题选 B。

18. B。根据票据法的规定,支票必须记载下列事项:(1)表明"支票"的字样;(2)无条件支付的委托;(3)确定的金额;(4)付款人名称;(5)出票日期;(6)出票人签章。支票上未记载上述事项之一的,支票无效。支票是见票即付的票据,因此不需要记载付款日期。

19. B。不正当竞争是指经营者违反法律规定,损害其他经营者的合法权益,扰乱社会经济秩序的行为。根据《反不正当竞争法》规定,ACD 选项均属不正当竞争行为,而 B 选项则属于正常的商业经营手段。

20. C。根据消费者权益保护法的规定,消费者或者其他受害人因商品缺陷造成人身、财产损害的,可以向销售者要求赔偿,也可以向生产者要求赔偿。属于生产者责任的,销售者赔偿后,有权向生产者追偿。属于销售者责任的,生产者赔偿后,有权向销售者追偿。甲因燃气灶的缺陷造成人身损害,既可以向乙商店索赔,也可以向丙厂索赔。

21. C。根据劳动法的有关规定,劳动者有下列情形之一的,用人单位可以解除合同:(一)在试用期内被证明不符合录用条件的;(二)严重违反劳动纪律或者用人单位规章制度的;(三)严重失职,营私舞弊,对用人单位利益造成重大损害的;(四)被依法追究刑事责任的。患职业病或者因公负伤并被确认丧失或者部分丧失劳动能力,又没有上述情形的,用人单位不得解除劳动合同。

22. C。这句话讲的是银行存款与股票的区别,ABD 与题干无关。

23. D。货币有五种职能,即价值尺度、流通手段、贮藏手段、支付手段、世界货币。货币的流通手段职能是指货币充当商品交换媒介的职能,其公式为:商品—货币—商品,所以 D 项为该题选项。A 项属于价值尺度的职能,B 项属于贮藏手段职能,C 项属于支付手段职能。

24. B。股票持有人与公司之间不是债权债务关系,而是所有权关系。

25. D。倾销是指一国(地区)的生产商或出口商以低于其国内市场价格或低于成本的价格将其商品挤进另一国(地区)市场的行为。世贸组织的《反倾销协议》规定,一成员要实施反倾销措施,必须遵守三个条件:首先,确定存在倾销的事实;第二,确定对国内产业造成了实质损害或实质损害的威胁,或对建立国内相关产业造成实质阻碍;第三,确定倾销和损害之间存在因果关系。因此,进口数量过大不是界定倾销的必要条件。

26．C。A、B、D 三项不一定能使经济效益提高。要提高经济效益就要最大限度降低投入,提高产出。

27．B。题干讲的是信誉、诚信,而信誉、诚信主要体现在产品和服务上,③与题干不对应、不符合,②本身就不合逻辑。

28．C。考查农业在国民经济中的地位。A 表述错误,兴、富、稳与是否"第一产业"没有必然联系。B 表述错误,应该工业是主导。D 只是回答了农业一个方面的作用。

29．A。消费税是对特定的消费品和消费行为在特定的环节征收的一种间接税。我国消费税的纳税环节确定在生产环节。

30．B。我国的社会保障体系主要包括社会保险、社会救济、社会福利、社会优抚等方面。其中,社会保险是社会保障体系的核心部分,社会福利是社会保障的最高层次,社会救济是社会保障的最后防线,社会优抚是社会保险、社会救济、社会福利的补充。

31．B。这一谚语说明,做任何事情,如果不尊重客观规律,盲目地发挥主观能动性,必然劳而无功。因此发挥主观能动性,要以尊重客观规律为基础。A 项流于表面含义,CD 项本身错误,故选 B。

32．D。"坐地"是相对的静止,"日行八万里"和"巡天遥看一千河"则是绝对的运动。A 片面夸大了人的主观能动性,人的认识能力是受时间和空间限制的;BC 都是正确的观点,时间和空间都能无限延展,但题干并无此含义。

33．B。"机不可失,时不再来"意思是,机会失去了就不会再有,时光流逝后就不再来,因此强调的是时间的不可逆转性,即物质运动只能沿着过去、现在、将来的方向进行,而不能反过来按逆向过程进行。

34．C。美妙的乐曲是一个有机整体,而整体是由若干相互影响、相互制约的部分、要素构成的。在乐曲、琴声中指头、琴、演奏者的思想感情、演奏技巧等部分、要素是相互依存、缺一不可的,它们之间是相互影响、相互制约的关系。因此答案为 C。A、B、D 项与题意无关。

35．B。这句话的意思是,人们几天不见,就需要用新的眼光去看待,说明事物是变化、发展的。不能用一成不变的眼光看待周围的人和事。因此 B 项最符合题意。

36．B。"山重水复疑无路"体现了事物发展的曲折性,"柳暗花明又一村"体现了事物发展的前进性,这说明事物发展总的趋势是前进的,发展的道路是迂回曲折的,是前进中的曲折,在曲折中前进。

37．C。矛盾的特殊性的实质是具体问题具体分析,C 项体现的是质变与量变辩证关系。

38．D。考查对量变是质变的前提和必要准备的运用与理解。AB 题肢反映整体与部分的关系,C 体现了因果联系。

39．D。考查对矛盾统一性关系的理解。ABC 不符合题干。垃圾可以转化为资源,符合在一定条件下的相互转化。

40．C。考查民族的特征。中秋节是中华民族的传统节日,讲的是文化与心理,因此 C 项正确。ABD 不符合题干。

四、生物知识

【考点解说】

GCT 考试对生物知识的考查,主要包含生物学基础知识:植物学、生理卫生学、细胞学和生态学等方面的内容,还是以中学所学的知识为主,需要初步了解生命的物质基础和结构基础、生物体的新陈代谢、生命活动的调节、生命的延续、生物与环境等方面的知识。

【试题例析】

例1. 散光是一种常见的视力缺陷,发生散光后,无法聚焦,其形成原因是:

A. 角膜或晶状体弯曲度不均匀　　　　　B. 眼球前后径过短

C. 角膜弯曲度变小　　　　　　　　　　D. 视网膜与晶状体之间的距离过长

【解析】 本题是 2004 年 GCT 考试第 15 题,考的是生理卫生方面的知识,正确答案是 A 项。B、C 两项是造成远视的原因,而 D 项是造成近视的原因。

例2. 排泄系统在体内收集由细胞产生的废弃物,并将它们排出体外。通过排泄人体中的有害物质,可以保持人体内环境的稳定。大多数废弃物通过肾排出体外,其余少部分则通过其他器官排出体外。以下选项中不是排泄器官的是

A. 肺　　　　　　　B. 皮肤　　　　　　C. 脾　　　　　　D. 肝脏

【解析】 这是 2005 年第 15 题。这也是生理卫生方面的知识,正确答案是 C 项。人体中的代谢废物如废水和尿酸、尿素主要是通过肾脏排出的,皮肤中的汗腺通过排汗,也可以排出一些废水、尿酸、尿素和无机盐。肺的排泄作用体现在呼出二氧化碳上。肝脏是人体的主要解毒器官,它可保护机体免受损害,使毒物成为低毒的或溶解度大的物质,随胆汁或尿液排出体外,因此肝脏也是一种排泄器官。

例3. _____是一种由于脂类物质如胆固醇堆积而引起的血管壁增厚的疾病,限制了血液在动脉流动的空间。

A. 心脏瓣膜衰坏　　B. 高血压　　　　　C. 心肌梗塞　　　　D. 动脉粥样硬化

【解析】 本题是 2005 第 30 题,还是生理卫生方面的知识或医学常识方面的题,正确答案是 D 项。题干的表述就是动脉粥样硬化的定义。A、C 两个答案不是血管疾病,而 B 项高血压是血液流经血管时对血管壁的侧压力超过正常值造成的。

例4. 植物根尖的分生区和根本身比起来只是很小的一部分,但很重要。分生细胞是幼嫩的、尚未分化的细胞,它们终生保持着_____能力,不断提供新细胞,补充根冠细胞,并产生新细胞,使根得以生长。

A. 输导　　　　　　B. 分裂　　　　　　C. 延伸　　　　　　D. 伸长

【解析】 本题是 2004 年第 30 题,考查的是植物学知识,正确答案是 B 项。植物的根尖从下往上分四个部分:根冠、分生区、伸长区、成熟区。其中分生区的细胞有分裂能力。分生区的细胞不断分裂,补充根冠细胞和使根细胞增殖,使根生长。

例5. 以下人类活动对生物多样性造成威胁的是

A. 管制狩猎和物种贸易　　　　　　　　B. 引进外来新种

C. 动物圈养　　　　　　　　　　　　　D. 保护栖息地

【解析】 本题是 2005 年第 14 题,考查的是生态学部分,正确答案是 B 项。生态系统内的

各物种经过长时间的生存斗争已经达到了稳态,也就是达到了生态平衡,而引进外来新物种可能会因为缺乏天敌,大量繁殖,导致泛滥成灾,破坏当地的生态平衡。例如:国外的一种杂草侵入了我国,这种杂草在我国没有天敌,家畜和野生草食动物也不吃它,因此,这种杂草繁殖特别快,生存竞争能力很强,这就使得别的物种的生长繁殖受到了抑制,对生物多样性造成了威胁。

例 6. 植物修复是利用某些可以忍耐和超富集有毒元素的植物及其共存的微生物体系清除污染的一种环境污染治理新技术。植物修复系统可以看成是以太阳能为动力的"水泵"和进行生物处理的"植物反应器",植物可吸收转移元素和化合物,可以积累、代谢和固定污染物,是一条从根本上解决土壤污染的重要途径。下列说法中不属于植物修复的优点的是

A. 植物修复价格便宜,可作为物理化学修复系统的替代方法。

B. 植物修复过程比物理化学过程快,比常规治理有更高的效率。

C. 对环境扰动少,因为植物修复是原位修复,不需要挖掘、运输和巨大的处理场所。

D. 植物修复不会破坏景观生态,能绿化环境,容易为大众所接受。

【解析】 这是 2006 年 15 题,是生态学方面的题,正确答案是 B 项。有些植物有忍耐和超富集有毒元素的能力。比如有的植物可以吸收空气中的有害气体二氧化硫、甲醛和其他有毒元素。我们可以利用它们的这些特性来清理污染,但是它们的修复过程,也就是积累、代谢和固定污染物的过程不一定是一个快速的过程。

例 7. 与土壤酶特性及微生物特性一样,土壤动物特性也是土壤生物学性质之一。土壤动物作为生态系统物质循环中的重要_____,在生态系统中起着重要的作用,一方面积极同化各种有用物质以建造其自身,另一方面又将其排泄产物归还到环境中不断改造环境。

A. 生产者   B. 消费者   C. 分解者   D. 捕食者

【解析】 这是 2006 年 30 题,是生态学方面的题,正确答案是 C 项。在生态系统中,绿色植物是生产者,动物是消费者,而土壤中的微生物及动物则是分解者,它们分解动植物的尸体,把有机物分解成无机物,还回大自然,从中获取了食物及能量并推动了自然界的物质循环。

【复习指导】

几年来 GCT 考试生物方面的题目,植物学、生理学、生态学等方面都有涉及。但考查的内容都是最基本的知识。涉及面宽,复习量大,在复习紧张的情况下,还是应该认真做好巩固练习,以其中的试题为信息点,扩展开来,进行较为全面的复习。在解题过程中,应该注意理论联系实际,把生物学知识和一般生活常识结合起来,围绕身体保健、环境保护以及报章上当今生物学方面的热门话题进行思考和判断。

【巩固练习】

1. 火灾常给森林带来较大危害,但是在某些国家有时对寒带地区森林中的残枝落叶等进行有限度的人工火烧,以对森林进行资源管理,这种措施的主要目的是:

A. 消灭森林病虫害   B. 刺激树木种子萌发

C. 加速生态系统的分解过程   D. 提高森林的蓄水能力

2. 原始生命出现之后,符合生物进化实际情况的是:

A. 光合作用→厌氧呼吸→有氧呼吸   B. 厌氧呼吸→有氧呼吸→光合作用

C. 有氧呼吸→光合作用→厌氧呼吸   D. 厌氧呼吸→光合作用→有氧呼吸

3. "绿色食品"是指:

A. 绿颜色的营养食品　　　　　　　　　B. 有叶绿素的食品

C. 营养价值高的食品　　　　　　　　　D. 安全、无公害的食品

4. 在一装有蛋清(含有纯的卵清蛋白)的试管中,注入2ml狗的胃液和肠液的混合液,置于适宜的温度中,过一段时间后,试管中的物质将是:

A. 蛋白质　　　　B. 多肽　　　　C. 氨基酸　　　　D. 氨基酸和多肽

5. 某中学初一班有位同学,今年13岁,但身高只有60厘米,智力发育正常,其病因是:

A. 缺乏维生素　　B. 缺乏生长激素　　C. 缺乏胰岛素　　D. 缺乏甲状腺素

6. 在光照较强的夏季中午,下列植物光合作用效率较高的是:

A. 大豆　　　　B. 小麦　　　　C. 大麦　　　　D. 甘蔗

7. 制作泡菜时,乳酸菌产生的乳酸抑制其他微生物的生长,当乳酸积累到一定浓度时,还会抑制同种其他个体的增殖,这种现象包括:

A. 竞争、种内斗争　　　　　　　　　　B. 共生、寄生

C. 寄生、竞争　　　　　　　　　　　　D. 捕食、种内斗争

8. 在下列实验中,必须始终用活细胞作实验材料的实验是:

A. 在光学显微镜下观察植物细胞分裂的过程

B. 观察植物细胞的质壁分离和复原

C. 叶绿体色素的提取和分离

D. 观察人体口腔上皮细胞的实验(用碘液染色)

9. 下列关于血糖调节的叙述中,正确的是:

A. 血糖升高依赖神经调节,血糖降低依赖体液调节。

B. 血糖升高依赖体液调节,血糖降低依赖神经调节。

C. 血糖升高和降低依赖神经—体液的共同调节。

D. 血糖升高和降低都依赖神经调节。

10. 与无氧呼吸相比,有氧呼吸的特点是:

A. 需要酶参加　　B. 分解有机物　　C. 释放能量　　D. 有机物彻底分解

11. 利用酵母菌发酵生产酒精时,投放的适宜原料和在产生酒精阶段要控制的必要条件分别是:

A. 玉米粉和有氧　　B. 大豆粉和有氧　　C. 玉米粉和无氧　　D. 大豆粉和无氧

12. 蛔虫是严格厌氧生活的生物,其细胞结构特点与蓝藻细胞相同的是:

A. 都有核糖体和细胞壁　　　　　　　　B. 都有细胞核和染色体

C. 都没有线粒体　　　　　　　　　　　D. 都没有细胞核

13. 人在剧烈运动后,血浆的pH值会明显下降,其原因是:

A. 血浆中乳酸增多　　　　　　　　　　B. 血浆中磷酸肌酸增多

C. 血浆中碳酸增多　　　　　　　　　　D. 血浆中丙酮酸增多

14. 下列生理现象中,其中全都属于生殖的是:

A. 水螅芽体长成水螅并从母体脱落形成新个体、变形虫进行分裂

B. 种子长成幼苗、变形虫进行分裂

C. 蝌蚪发育成蛙、水螅芽体长成水螅从母体脱落形成新个体

D. 蝌蚪发育成蛙、种子长成幼苗

15. 夏季夜晚一些昆虫会聚集在路灯下,刚孵化出的灰腿鹅会紧跟它所看到的第一个大的行动目标行走,幼年黑猩猩学习成年黑猩猩的动作从树洞中取食白蚁。以上动物的行为依次属于:

    A. 趋性、模仿、条件反射　　　　　　B. 趋性、本能、本能

    C. 趋性、本能、印随　　　　　　　　D. 趋性、印随、模仿

16. 近期我国北方多次遭受沙尘暴天气袭击,其主要原因是:

    A. 过度开发破坏了生态平衡,土地沙化　　B. 长年旱灾,赤地千里

    C. 北方寒流长期侵袭　　　　　　　　D. 地壳变动频繁

17. 某地区青蛙被大量捕捉,致使稻田里害虫大量繁殖,造成水稻减产,生态平衡失调。其原因是破坏了生态系统的:

    A. 生产者　　　　　B. 初级消费者　　　　C. 分解者　　　　　D. 食物链

18. 随着环境污染的不断加剧,可能引起海洋表层的浮游植物大量死亡,其后果将是:

    A. 导致大气中二氧化碳增加,从而进一步加剧温室效应

    B. 导致海洋表层二氧化碳增加,与温室效应无关

    C. 导致大气中臭氧增加,紫外线大量进入大气圈

    D. 留出大量生活空间,致使浮游动物大量增加

19. 下列几种生态系统中,自动调节能力最强的是:

    A. 冻原　　　　　B. 温带落叶林　　　　C. 沙漠　　　　　D. 热带雨林

20. 在两个生态系统的交界处(草原和森林),有一过渡区,与两个相临的生态系统比较,在过渡区中生物的特点是:

    A. 生物种类多　　　B. 动物种类少　　　C. 植物种类少　　　D. 寄生动物多

【参考答案】

1. C。请注意题目上指出的是在寒带。这个地区的气候寒冷,微生物等分解者活动不够活跃,不能及时把森林中的落叶及时分解成无机物。这样就减少了土壤的肥力,影响了新生植物的生长。

2. D。原始生命出现之前后,是没有氧气的。因为原始生命是从有机高分子物质演变来的。如果当时有氧气,在氧气的参与下就会把有机物分解了。因此无氧。直到产生了有叶绿素的生物,才有了夏光合作用。而光合作用是产生氧气的。

3. D。绿色食品是指没使用过农药的,没有被环境污染的食品,安全、无毒无公害的食品。

4. A。把狗的胃液和肠液的混合后,将改变原胃液和肠液的 pH,酶会失活,因此卵清蛋白没被消化,依然存在。

5. B。缺乏维生素不直接影响骨骼的生长,缺乏胰岛素会得糖尿病,缺乏甲状腺素会得呆小症,即:身高矮小并智力低下。

6. D。因为甘蔗是 C4 植物,C4 途径中能够固定二氧化碳的那种酶,对二氧化碳具有很强的亲和力,可以把大气中含量很低的二氧化碳以 C4 的形式固定下来。在高温、光照强烈和干旱的条件下,绿色植物的气孔关闭。这时,C4 植物能够利用叶片内细胞间隙中含量很低的二氧化碳进行光合作用,而 C3 则不能,这就是 C4 植物具有较强光合作用的原因之一。

7．A。竞争发生在不同种群之间,而种内斗争发生在同种个体之间。

8．B。在光学显微镜下观察植物细胞分裂的过程,细胞如果死了,还可以看到各个时期的分裂相。C、D两项也可以用死细胞。实验 B 中如果用死的植物细胞,它的原生质层就不具有选择透过性了,就不能发生质壁分离和复原的现象了。

9．C。胰岛素除了直接感受血糖含量的变化而发挥调节作用以外,还接受神经系统的控制,间接发挥调节作用。当血糖含量降低时,下丘脑的某一区域通过有关神经的作用,使肾上腺和胰岛 A 细胞分别分泌肾上腺素和胰高血糖素,从而使血糖含量升高。当血糖含量升高时,下丘脑的另一区域通过有关神经的作用,使胰岛 B 细胞分泌胰岛素,从而使血糖含量降低。所以答案是 C。

10．D。所谓有机物彻底分解就是把有机物分解成无机物:水+二氧化碳。

11．C。玉米的主要成分是淀粉,而大豆的主要成分是蛋白质,酵母菌发酵是在无氧条件下,分解糖类产生酒精,所以,答案是 C。

12．C。有氧呼吸的主要场所是线粒体,因为人和动物消化道中缺乏氧气蛔虫不进行有氧呼吸,也就没有线粒体。蓝藻细胞结构简单,没有许多细胞器包括线粒体,这一点与蛔虫相同。

13．A。人在剧烈运动后,肌肉进行无氧呼吸产生乳酸,乳酸呈酸性,因此 pH 会下降。

14．A。水螅芽体长成水螅从母体脱落形成新个体、变形虫进行分裂都是生物产生后代,产生新个体,属于生殖。而种子长成幼苗和蝌蚪发育成蛙则属于个体发育。

15．D。趋性是趋性动物对环境因素刺激最简单的定向反应。印随是动物跟着大的行动目标行走。

16．A。近期我国北方多次遭受沙尘暴天气袭击,其主要原因是过度开垦土地,过度砍伐,过度放牧,不合理使用土地等。

17．D。这个生态系统中的水稻是生产者,害虫是初级消费者,稻田里的微生物是分解者,青蛙是次级消费者。水稻→害虫→青蛙构成了食物链。

18．A。浮游植物大量死亡并且会腐烂。腐烂的过程是浮游植物细胞分解有机物,放出二氧化碳的过程,大气中二氧化碳增加,就会加剧温室效应。大气中的臭氧层是可以阻挡紫外线大量进入大气圈的。大气中二氧化碳增加,氧气减少会导致浮游动物大量死亡,数量减少。

19．D。结构越复杂的生态系统,自动调节能力越强,它的抵抗力稳定性就越强。

20．A。因为过渡区具有两个生态系统的特点,因此具有适于在两个生态系统生存的生物。

第三节　阅读理解

【考点解说】

阅读,是语文学习的一个重要环节,也是考查的重点和难点。阅读题是对考生语文能力综合性的考查,不仅要求考生有较强的语言感知能力和灵活运用文字、词汇、语法及修辞知识的能力,还要求考生掌握必要的文学、文体知识,有时还要求能够运用一般的文化科学常识和某些专业知识。可以说,现代文阅读考试是对考生知识和视野的全面综合考查。

考查的文体类型,一般有三种,即文学作品类、自然科学类、社会科学类。

（一）文学类作品阅读

这类文章的阅读，以两种形式出现，即散文和微型小说。考查这两类文章的阅读，侧重于考查考生鉴赏评价能力。这类阅读理解题的考查内容，一般为重点词语在文中含义的理解，作者（或叙述主体）的情感特点，关键语句含义的理解，文章主旨的把握等。题型全部为选择题，相对难度不大。

（二）自然科学类作品阅读

自然科学文是反映并研究自然界的物质形态、结构、性质和运动规律，包括天文、地理、物理、化学、生物学等科学技术的文章。它是阅读理解考查的重要内容之一。它除了具有一般说明文的特点之外，还不可避免地会使用一些术语。这就需要考生对一些学科的相关知识有必要的了解。这类文章的考查内容，一般有文章内容的把握，关键信息的提取或理解，关键句子的理解等。题型仍为选择题。

（三）社会科学类作品阅读

所谓社科类文章，是指研究各种社会现象的科学文章，包括经济学、教育学、文化学、语言学、文艺学、美学等学科的文章。这类文章的考查是阅读理解的重中之重，从近三年的考试看，每年考查量都不止一篇，所以尤其值得重视。其考查内容一般为重点词语的语境意，关键句子在文中的含义，某些信息的作用，文章主旨的理解等。题型也都是选择题。

【试题例析】

例1. 阅读下面短文，回答下列五道题。

谁也没想到，刑警吴一枪与他们追捕的最后一名歹徒在一片空地里狭路相逢。这之前，吴一枪已追赶逃犯一个夜晚。那里树密山高，与战友已失去联系的他只能孤军作战。

黎明时分，在林子间相距不足百米歇息的两人几乎同时发现了对方，逃犯起身就跑，吴一枪则抢先对天空鸣枪，警告对方"站住"。吴一枪心里明白，刚才自己打的那一枪，是枪里的最后一颗子弹。这个犯罪团伙的小头目浑身一个战栗，随着吴一枪的喝令立即钉在林子间那片空地的中央，却并没有按吴一枪的命令把枪扔掉，而是发出一阵哈哈哈的大笑。吴一枪心里一惊，看着歹徒慢慢地转过身来与他相对而视，并用手中的枪对准他。歹徒脸上挂着绝处逢生的笑容，声音沙哑地说："枪神，可惜你没子弹了……"

吴一枪不动声色，只是用枪精确地指向对方。别说只有20米左右这么近的距离，凭手中这支用了几年的64式手枪，只要在最大射程50米以内任何点上，他都可以毫无疑义地撂倒对方。要不怎么是吴一枪呢！就连罪犯们都称他"枪神"。谁要是与他遭遇，一般是不敢对射的。

吴一枪望着对方有些慌乱的眼神，轻声说："你很清楚，我们两人此时枪里都只剩最后一颗子弹……那么，让我们较量一下枪的准头吧！"

"嘿嘿嘿……不可能！我计算了你的子弹。你昨晚两次对空鸣枪，两次开枪打伤我的兄弟。刚才是你的第五次鸣枪，也是你枪里的最后一颗子弹。嘿嘿嘿……没想到吧，枪神今天要死在我的手里啦……"歹徒虽然满脸狰狞，却流露出一丝令人难以察觉的心虚。这并没有逃过吴一枪

132

敏锐的眼睛。

"是吗？那么，我们来数一二三开枪。"吴一枪轻松而镇定地说。他的右臂有力而笔直地举着，黑洞洞的7.62毫米枪眼坚定地指向对方。

歹徒身子向后一倾，说："不可能！别骗人啦……你的枪里根本没有子弹……"

"放下武器！这是我最后一次警告你。否则，你，将是我职业生涯中第一个被现场击毙的罪犯！"吴一枪的脸上写满了自信。这句话刚出口，吴一枪感到对方全身明显地打了一个激灵。

歹徒紧盯着吴一枪，慢慢地抬起有些发抖的左手，他似乎看到吴一枪眼里另一个人举枪的影子。

"一！"吴一枪纹丝不动，只是双眼匕首般刺向对方。此时，他把全身的力量都灌注在自己那双并不算大的眼睛上。作为一名经验丰富的刑警，平时训练要"准"，实战则要"快"，这是一条铁律，必须出枪快、发射快。对射时，聚精会神、枪人合一。而这些对于吴一枪来说，是有过血的教训的。那次缉毒战，因为心想身后有记者，就想把枪打得漂亮，甚至动作也潇洒一些，在甩手射中屋顶一名歹徒的小腿的同时，稍一迟疑，对方枪响之后，一位老刑警为掩护他而中弹扑倒在他的肩头……

"……二！"声音洪亮、坚定而自信地穿透了林间，这是警察与一名逃犯共同在演绎着一次空前的你死我活的较量。

在吴一枪的刑警生涯中，像今天这样还是头一次。如此近的距离，就形成了一种空前的赌局，是赌就有赢有输，他赢得起，当然也输得起。没了后路的吴一枪出奇地想把射击动作做得完美一些。上一次因为追求完美和动作漂亮让同事献出了生命，可是现在，他还是希望自己在歹徒面前能够完成一次真正意义上的完美绝唱……

其实，吴一枪只是嘴角稍微一动，就让这不易察觉的微笑永远留存在自己的脸上了。同时，他注意到，对方枪口明显地虚晃了一下，一粒汗珠清晰地从鬓角滑过脏乱的脸颊。

"三！"吴一枪在身后的一束阳光突然射向林子间的空地的一刹那，＿＿＿＿＿＿地大喝一声，声震长空。

"叭……"枪声清脆地回响在林间山谷。歹徒匍匐向前一头栽倒……

子弹一声呼啸从吴一枪的头顶飞过——在他发出"三"的同时，歹徒竟然再次打了一个激灵，扣动扳机时，子弹打飞了。

吴一枪迅速跃向对方，以迅雷不及掩耳之势反铐住对方的双手。令他吃惊的是，对方竟没有任何反应。翻过歹徒那沾着露水的脸，吴一枪才发现，歹徒已没了呼吸。

事后法医检查发现，歹徒死于过度紧张造成的大脑及心脏不能供血，病变的心脏收缩得像石块一样坚硬，苦胆也破了……

（奚同发《最后一瞬间》，载于《梅州日报》2006年7月26日）

1．对题目"最后一瞬间"理解错误的是

A．正义战胜邪恶的最后较量　　　　B．吴一枪开枪的最后一瞬间

C．吴一枪刑警生涯的最后一瞬间　　D．吴一枪战胜歹徒的最后一瞬间

【解析】　正确选项是C；文中并没有显示吴一枪离开了"刑警"生涯。

2．在文中横线处填入下列词语，最贴切的是

A．铿锵洪亮　　　B．威武雄壮　　　C．斩钉截铁　　　D．英姿飒爽

【解析】 正确的选项是 B。A 项中"铿锵"一是有响亮的意思,而这一点又与"洪亮"重复;二是有"有节奏"的意思,一个"三"字,无法形成节奏。"斩钉截铁"是说话办事坚决果断,毫不犹豫,且与"大喝一声"不搭配。"英姿飒爽"是英俊威武、豪迈而矫健的风姿,不能形容声音。而"威武"有力量强大的意思,"雄壮"则有强大的意思,多形容气魄、声势。

3. 下列文中描述,不能表明歹徒在吴一枪的空枪面前胆战心惊的描述是

A. 歹徒打了一个激灵　　　　　　　　B. 歹徒紧盯着吴一枪

C. 歹徒已没了呼吸　　　　　　　　　D. 歹徒的苦胆也破了

【解析】 正确的选项是 C。都"没有了呼吸",当然也更不会"胆战心惊"了。

4. 对"没了后路的吴一枪出奇地想把射击动作做得完美一些"一句理解错误的是

A. 是对那次"血的教训"的弥补

B. 进一步显示了吴一枪的无所畏惧和镇定自若

C. 留下一个潇洒漂亮的英名

D. 在歹徒面前永葆中国刑警完美的光辉形象,完成一次真正意义上的完美绝唱。

【解析】 正确的选项是 A。那次"血的教训"就是因为"追求完美和动作漂亮"才发生的,因此不可能是为了弥补那次的"血的教训"。

5. 歹徒的死亡不是因为

A. 大脑过度紧张　　B. 心脏不能供血　　C. 苦胆破了　　　　D. 子弹打飞了

【解析】 正确的选项是 D。"子弹打飞了"是紧张的关系,不是死亡的原因。真正原因从最后一段中有明确的说明。

以上题目是 2006 年 GCT 语文考试阅读理解的第二大题。是文学作品类阅读中的小说类阅读。

例 2. 阅读下面短文,回答下列四道题。

每月有六至九天专门受理民事诉讼,当然农忙季节——即自四月一日到七月三十日——除外(在此期间,凡涉及户婚、田土及各类轻微之事的争讼概不受理)。州县官在每月特定的这几天里必须亲自坐堂接受人们的控告。他的第一个步骤是通过当堂质问决定控告是当受理还是当驳回。在诉状的末尾写上一个"批"词,或宣布受理,或说明不受理的理由。

写批词的方式,人各有异。一些精明能干的州县官一收到诉状就在原告面前挥毫立就写出批词或与幕友讨论后亲自写批,因而闻名遐迩。有些州县官虽然并不亲自写批词,但喜欢与幕友们讨论案子并发表自己的见解。然而,大多数州县官并不熟悉法律,也无能力写批词,因而只得求幕友代为作批。方大琮忠告,只有经验丰富的州县官才可试试当庭作批词;因为缺乏经验的官员所作的批词或许无法使人信服,甚至是荒谬的。

法律规定,属州县司法管辖的民事案件必须在二十日内审结。然而,因为拖延审判并没有刑责,许多州县官无视这一期限。对州县官的这类抱怨经常可见。

(摘自瞿同祖《清代地方政府》,范忠信、晏锋译,法律出版社,2003)

1. 根据上文内容,州县官写批词的意义在于:

A. 决定案件是否进入诉讼程序

B. 决定案件属于民事案件还是刑事案件

C. 决定案件的最终结果

D. 决定案件的执行

【解析】 本题是在考查对第一段内容的把握。正确的选项是 A。

在文章第一段中有"在诉状的末尾写上一个'批'词,或宣布受理,或说明不受理的理由"的内容,这足以表明州县官写批词的意义是"决定案件是否进入诉讼程序"。

2. 根据上文内容,州县官行使的权利在性质上属于:

A. 行政权   B. 立法权   C. 司法权   D. 监察权

【解析】 本题考查的是对文中重要词语含义的理解。正确选项是 C。

表面上看,本题是在考查对文意的把握,实际上是对这几个词语意义的理解。从上下文看,州县官在每月特定的几天里要接受"控告",还要"当堂质问",然后在诉状的末尾写上一个"批"词等,可见,这都是"司法"方面的问题。

3. 在实践中,批词主要由谁撰写?

A. 州官   B. 县官   C. 幕友   D. 衙役

【解析】 本题是考查对文章关键信息的筛选能力。正确选项是 C。

注意原文有"大多数州县官并不熟悉法律,也无能力写批词,因而只得求幕友代为作批"一句,可见批词的撰写者是幕友。

4. 根据当时法律规定,属州县司法管辖的民事案件必须在二十日内:

A. 决定是否受理   B. 做出判决   C. 写出批词   D. 讨论案情

【解析】 本题主要是考查对文中关键词语意义的确定。正确选项是 B。

这道题的问题点在最后一段,答案也是在这段寻找。段的开头就有"法律规定,属州县司法管辖的民事案件必须在二十日内审结",可见"二十日"的限定是"审结"的日期,既然是"审结",当然必须是"做出判决"了。

以上题目是 2003 年 GCT 语文考试阅读理解的第五大题。属于社会科学类作品的阅读理解。

例 3. 阅读下面短文,回答下列四道题。

随着科技水平的提高和人们对物质世界更深层次的认识,医用生物材料作为材料大家族中与人们关系最直接、最密切的一个分支,也得到了迅猛的发展。人们现在可以制造出各种生物医学材料来修复和替代人体器官,提高人们的生活质量,延长人们的生存时间。

介入医学是一门融医学影像学和临床治疗学为一体的新兴边缘学科,涉及人体消化、呼吸、心血管、神经、泌尿、骨骼等多个系统疾病的诊断和治疗。生物医学材料的研究和发展对介入医学的普及和发展起着举足轻重的作用。尤其是为一些不治之症或难治之病,如癌症、心血管疾病等,开拓了新的治疗途径,而且简便、安全、有效、并发症少。在介入疗法中,插入身体的导丝、导管壳、导管、血管支架、球囊导管,以及人体内各腔道支架,都是由医用生物材料制成的。

利用医用生物材料制成的支架,不仅可以扩张血管,还可以为患食道肿瘤的病人服务。把这些支架放入患处,可使患者恢复进食和排泄,减轻患者的痛苦,提高生存质量。又如治疗血管肿瘤,随着肿瘤的增大,会压迫血管,造成供血不足,甚至威胁生命。利用导管把为肿瘤提供营养的血管堵住,肿瘤就会由于得不到营养而死亡、脱落。

系统性红斑狼疮,是一种自身免疫性疾病。目前的研究表明,患者自身免疫系统发生紊乱,产生过多的抗 DNA 抗体及抗体附属物,从而损伤组织器官。生物医学材料的发展和基因工程在医学上的应用,为治疗这种疾病提供了新思路。人们制造了一种高分子材料,经碳化后形成微小的碳颗粒,通过生物提取技术,从小牛胸腺中提出 DNA 进行分离纯化,制成具有生物活性的 DNA 免疫吸附剂,然后组装成 DNA 免疫吸附剂的血液净化装置。

在实际医疗过程中,使患者的血液做体外循环,在通过 DNA 免疫吸附装置时,血液中的抗DNA 抗体就会被吸附剂所吸附,从而达到治疗的效果。从理论上讲,如果我们能够找到合适的DNA,就可以通过血液换流的方法治疗任何免疫系统疾病。

(选自王渝生主编《改变人类的科学活动》,上海科学技术文献出版社,2004)

1. 本文最主要的内容是:

A. 介入医学的起源　　　　　　　　B. 一种自身免疫性疾病的治疗

C. 生物材料在医学领域的使用　　　D. 医用生物材料的分类

【解析】　本题考查的是对阅读对象主要内容的把握。正确选项是 C。

从全文看,文章各段都在说明医用生物材料在医学各个领域的应用情况。其他选项只是文章的局部问题,都不是"最主要"的内容。

2. 下列各项中,不符合本文关于介入医学描述的是:

A. 介入医学为不治之症开辟了新的治疗途径

B. 介入医学与医用生物材料本身的研究和发展无关

C. 介入医学提供血管和各腔道的支架,植入患者体内

D. 介入医学操作简便且并发症少

【解析】　本题考查的是对文章重要信息的提取概括能力。"不符合本文关于介入医学描述"的选项是 B。

本题考查的是信息的捕捉和筛选能力,答题区间在第二段。在第二段中间,"生物医学材料的研究和发展对介入医学的普及和发展起着举足轻重的作用"一句,足以表明"介入医学与医用生物材料本身的研究和发展无关"的说法是错误的。其他三项,A 项在第二段第 3 句"尤其是为一些不治之症或难治之病,如癌症、心血管疾病等,开拓了新的治疗途径"就有明确的表述。而接下来的"而且简便、安全、有效、并发症少",又是 D 项说法的直接来源。"在介入疗法中,插入身体的导丝、导管壳、导管、血管支架、球囊导管,以及人体内各腔道支架,都是由医用生物材料制成的"是 C 项表述的来源。

3. 根据本文,不属于利用医用生物材料制成的支架和导管的功能的是:

A. 分离纯化 DNA　　　　　　　　B. 阻断肿瘤的营养来源

C. 恢复正常生理机能　　　　　　　D. 扩张血管

【解析】　本题仍是考查对关键信息的把握。正确选项是 A。

从原文可见,"分离纯化 DNA"属于生物医学材料的发展和基因工程在医学上的应用,不属于"支架和导管的功能",而"支架和导管的功能"都表现在文章第三段中,"扩张血管"是第一句直接表述的,"恢复正常生理机能"在原文表现为"可使患者恢复进食和排泄","阻断肿瘤的营养来源"体现在本段最后一句中。

4. 理论上,通过血液换流的方法治疗免疫系统疾病的最为关键的因素是:

A. 血液净化装置　　　　　　　　　B. 合适的脱氧核糖核酸

C. 足够的生物活性　　　　　　　　D. 精密的分离纯化技术

【解析】 本题考查的是对文章关键语句含义的把握。正确的选项是 B。

文章最后一段说"从理论上讲,如果我们能够找到合适的 DNA,就可以通过血液换流的方法治疗任何免疫系统疾病",可见"合适的 DNA"是关键,而从原文可知"DNA"就是脱氧核糖核酸。

以上题目是 2004 年 GCT 语文考试阅读理解的第五大题,属于自然科学类作品的阅读理解。

【复习指导】

从以上例题的分析可见,现代文的阅读理解所考查的内容,离不开对文章主要内容、主旨的把握,对关键词语在文中含义的理解,对关键语句含义的体会,以及对文章重要信息的提取与概括,还有就是对作者思想感情、观点主张的把握等。因此,复习就应该着重从这几方面入手去体会掌握,并学会一些阅读理解的技巧。通过这些努力,解决这类题就不会无从下手了。

1. 关键词语的把握

这类文章的关键词语的认定,一般分为具有指代意义的词语的指代内容的确定、具有多义性词语文中含义的确定,以及某些具有特殊意义的词语文中含义的把握等。其中最后一类是考查的重点。

(1) 具有指代意义的词语的指代内容的确定

本项内容可以通过以下几个步骤实现:首先确定指代域,然后选取相关内容,再代入原句加以验证,从而可以确定选项的正确性。

(2) 具有多义性词语在文中含义的确定

可以从其搭配对象考虑,从多义词义项选择代入来验证,从上下文语言环境确定。

(3) 有特殊意义的词语在文中含义的把握

这类词语的考查,通常都是抛开词语字典中的静态含义,而是就其词义在具体语境中的灵活意义来看的。因为考查时也不是具体词义的解释,而是联系文章的具体内容做出的判断,因此不能僵死地理解。文学类作品中一般常出现的都是具有象征、比喻、借代、反语等意义的词语,这就要求我们具体联系文章的主旨、作者的思想感情,以及上下文语境来具体把握了。

2. 对关键句子的把握

所谓关键句子,一般是指结构复杂的句子、地位特殊的句子和语义含蓄的句子等。

对结构比较复杂的句子的把握,通常是对句子陈述的主要内容的掌握,可以通过压缩句子的主干来确定选项的准确与否。

而对于地位特殊句子的考查,一般是从其作用的角度考虑的,它或者是文章的中心句,或者是上下文之间的过渡句,或为首括句,或为总结句,总之这类句子往往出现在文章的特殊位置,因而考虑其作用时,就应该着重从文章结构上考虑。

至于语义含蓄的句子,经常出现在文学类作品的阅读中,这与此类作品含蓄的表达方式有关。理解这类句子通常都要具体联系作者的思想感情去把握。

3. 关键信息的提取与概括

这项内容尤其在自然科学类文章中容易出现。选择关键信息把握的试题,一定要了解判断对象的内涵和外延的限定,对于几个对象同时出现要区别对象间的差别与联系,还要弄清判断对象的限制,特别还要明确对象概念是否出现了偷换或转移的情况。

4. 文章主要内容或主旨的把握

无论哪种类型阅读内容,文章的主要内容或主旨都会或多或少地显示在文章中。但不同文体中心或主旨出现的方式又是不同的,要注意区别。一般而言,文章的中心或主旨往往隐含在标题、概括句、限制语、过渡句、照应语、背景提示,以及文学色彩较浓的语句中,因此对于这类语句在理解文章的内容主旨时要格外留心。

5. 作者思想感情观点主张的把握

"言为心声",文章是作者思想感情的表露。作者对所论说事物的观点和态度,赞颂还是批评,是完全支持还是有一定保留,需要读者分辨。作者的观点态度,有的是直接表述出来的,有的则分散在多处,需要经由辨别和筛选得出正确判断。文学类文章作者的观点一般表现在议论抒情性语句中,或者是描述对象时带有人格化倾向的修饰词语中;自然科学类文章作者的观点一般都直接表述出来,因为这类文章重在说明,不在含蓄;社科类文章作者的观点往往有相对性,通常是针对某些他人的观点提出自己的主张或见解,这就需要我们在阅读时注意区分作者与非作者的观点。

根据以上情况,我们在阅读理解时,可以本着"两个思路、三个意识"原则:

所谓"两个思路",是指"三读"、"五联"。

"三读"就是速读明主旨、细读扣题干、精读定答案。首先,快速阅读一遍全文,抓住具有概括性、提示性、总结性等特点的语句,来把握文章的主旨,有了大主旨的指引,判断具体问题时,就有了总方向,尤其是文学类作品的阅读;然后细读与问题有关的文章的部分,以明确问题所在,及问题的解答指向;最后精心阅读问题所在的区域,以便确定出正确的选项。

"五联"就是在确定正确答案时,学会一要联系上下文,二要联系文章的主旨,三要联系作者的思想情感,四要联系文章的有关背景,五要联系抒情事物的一般意象。

所谓"三个意识",一是指阅读时尽可能体会作者的写作意图而不是读者个人对事物的理解的意识,尤其是文学类作品中散文的阅读;二是处处关照"在文中"这一意识,尽量不要节外生枝;三是对题目理解的直观意识,GCT 语文考试的阅读理解,问题的提出一般都很直观,不需要做过多的琢磨,通常问什么就是什么,没有太多隐含信息,所以最直接的理解,往往能直捣核心。

总之,方法可以有很多,但真正能力的培养却不是一朝一夕的,需要有大量的阅读做基础,平时多读多练是必不可少的。

【巩固练习】

(一) 阅读下面的文字,完成文后五题。

青　春

青春不只是人生长河中的一段辉煌的时光,不只是单纯的红腮粉唇、妖娆风姿;青春是一种心境,是无法遏止的心愿,非凡的想象和跃跃欲试的激情,是生命的深层原动力的活化。

青春意味着在气馁意颓之上重建生活情趣的气质优势,任何人都不会仅仅因年华(　　)而致老,丧失对生活的追求和索契^①才真正催老。岁月能使我们皮肤(　　)皱纹,但不会使我们心灵生皱而热情消退,只有怯懦、自暴自弃、自我怀疑才会折消意志,把精神化为尘土。

无论是皓首老人还是豆蔻少年,在人类的心灵中都保持着对未来一切的非凡的倾慕,无穷无尽的童稚般的憧憬和人生博弈^②的情趣。在每个人的心灵中都存在着一个无线电接收站,一旦你接收到来自人类或任何其他事物的美的质昭^③、希望、欢乐、勇气和力量的信息,你就获得了青春。

一旦你心灵的天线被愤世嫉俗、悲观主义的冰雪所（　　）折断,你就会未老先衰,神情（　　）;但是,只要你心灵的天线依然在捕捉乐观主义的电波,80岁的老人照样能焕发青春的心情和活力。

注:① 索契:索取文字、知识。　② 博奕:博大、盛大。　③ 质昭:品质清白。

1. 文中括号处所填的词语,恰当的一项是

A. 流逝　频添　覆盖　颓唐　　　　B. 流失　出现　覆盖　颓废

C. 流逝　出现　包裹　颓唐　　　　D. 流失　频添　包裹　颓废

2. 文中画线的"红腮粉唇、妖娆风姿"指的是

A. 青春年华俊美的容颜和潇洒的风度姿态。

B. 涂脂抹粉,刻意打扮。

C. 年轻人的特征。

D. 追求外在美。

3. 从全文看,"青春是一种心境",对"心境"所指判断正确的一项是

A. 具有非凡的想象

B. 具有不断追求美的精神

C. 具有捕捉乐观主义心情

D. 永葆对未来的倾慕、憧憬和博奕②的情趣

4. "心灵的天线"指的是:

A. 与外界交往的方法。　　　　　　B. 与人沟通的方式。

C. 对生活不断追求的愿望和热情。　D. 获得青春的方法。

5. 对这段文字中心概括准确的一项是

A. 青春不只是一段时光,而是一种心境,一种愿望。

B. 青春不只是凭借时间来衡量,更要用人的精神状态来决定。

C. 青春不只属于红腮粉唇、妖娆风姿,也属于不断捕捉乐观主义电波的80岁的老人。

D. 青春不只是一段时光,更是一种精神状态,只要保持接受真善美的心灵,就会青春永驻。

(二) 阅读下面的文字,完成文后五题。

月照南窗

月儿,玉碟似的,探出蝉翼般的云帘。悄悄然,闪进了古朴的南窗,跌落在倚窗的小木桌上。主人的小楷狼毫笔,喷着幽幽的墨香,在雕花的空烟斗上架着。

五只深赭色的荸荠。准确地说,四只半,有一只荸荠,主人咬了一半,那半只,连着蒂儿,竖在小木桌上。素裹着皎洁的月色,俨然似一座纤巧的金字塔儿。

一小块人工凿成的方形洁白玉石,圣洁无瑕,犹若一方凝固的月光。石下压着一叠方格稿纸,蝇头小字,一丝不苟,标题是:关于《山乡春秀》(三卷)修改参考意见。

稿纸下压着一封家书,信纸的折叠纹路,已经断裂了一处,呈"V"形的裂纹里,注满了月儿的光波,溶成一柄晶亮的短剑。家书只露出一截儿,字迹清秀,秀里含刚,写的是:

"明月皎皎,星汉西流,从心底里,我怅叹:月圆人不圆!"

"'一夜夫妻百日恩'。在一起,我们生活了十二年哪! 生活的漩流把我和你冲散了,良心,女性的良心,至今折磨着我的灵魂。灵魂在哭泣,在滴血。复婚吧! 我只求求你,不要再去当编辑,你半生'为他人作嫁衣裳',得到了什么呢? 十年风寒,一头白霜。听我的话吧!"

信的末尾,还有一行字:"恳求你,少吸烟。"信角上,有两粒红色的小药丸,仿佛是血滴溅落的血浆,渗透了信笺。旁边,主人写了一句"读后感":"此情绵绵无绝期!"这行诗,是模仿《长恨歌》中的,主人改动了一字:"恨"成了"情"。

风儿窸窸,似一只小夜曲低吟,潺缓的,水似的,流进注满月光的南窗;从一张墨汁未干的稿纸上淌过,卷落了一茎灰白的发丝,稿纸的页码是——第一零九页。

1. 文章第一段中加点词语理解不恰当的一项是

A. 探——形象写出了云动月出的状态。

B. 闪——突显月光移出云帘一瞬间迅速射出的状态。

C. 跌——形象表现月光出现的突兀。

D. 喷——说明笔被使用的时间久积了许多墨汁。

2. 对本文写作的主要对象判断准确的一项是

A. 月光　　　　　B. 南窗　　　　　C. 老编辑　　　　　D. 老编辑的妻子

3. 文章前三段景物描写的作用判断不正确的一项是

A. 交代人物的身份　　B. 烘托人物的性格　　C. 渲染环境气氛　　　D. 表现月光的可爱

4. "此情绵绵无绝期!"的"情"指的是什么"情"? 分析恰当的一项是

A. 对妻子离去的怨恨之情。

B. 对事业的热爱之情和对妻子的爱恋之情。

C. 对作品的赞美之情。

D. 对工作的忘我之情。

5. 对《长恨歌》的作者判断正确的一项是

A. 白居易　　　　　B. 杜甫　　　　　C. 杜牧　　　　　D. 李商隐

（三）阅读下面一篇小小说,完成文后的问题。

让　座

我站在无轨电车里,身旁有个老大娘,两只手扶着椅背也是站着。旁边的座位上却　（甲）　地坐着一个15岁上下的小伙子。使劲盯着窗外,仿佛生平头一回见到这辆无轨电车沿途经过的街道似的。

我开口对老大娘说话了,其实是说给那个　（乙）　的小伙子听的。

"唉,现在的年轻人可真缺乏教养!"

"说得是啊,说得是啊,"老大娘点了点头,"就是没有教养嘛!"

"学校里是怎样教他们的!"

"说得就是嘛,学校里是怎么教他们的?"老大娘同意我的说法。

"大概他们的父母也是这种没教养的人。"我瞪着那小伙子说,可他却（丙）。

"有什么样的爸爸,就有什么样的儿子。"老大娘叹着气说。

"真不像话！年轻力壮的小伙子坐着，却让老太太站在那里！"我的声音已经很高了。<u>老大娘一会儿看着我，一会儿又看着那个小伙子。</u>

"喂，你这小青年，"我终于忍不住碰他的肩膀，"说的就是你哪，还不给老人让座！"

"你拽这孩子干什么！"老大娘突然冲我嚷起来，"你回家去教育自己的孩子好了，我的孙子你可别管！"

1. 对文中甲、乙、丙三处该填的词语，判断正确的一项是

① 麻木不仁　　　　② 大模大样　　　　③ 无动于衷

A. 甲① 乙③ 丙②　　　　　　　　　B. 甲② 乙① 丙③

C. 甲③ 乙② 丙①　　　　　　　　　D. 甲① 乙② 丙③

2. 对"老大娘一会儿看着我，一会儿看着那个小伙子"这一神情描写，理解分析恰当的一项是

A. 表现老大娘理解"我"的义愤来源。

B. 表现老大娘对"我"的话的不理解。

C. 表现老大娘开始懂得"我"的言语所指。

D. 表现老大娘担心"我"的话会伤害小伙子。

3. 对本文主旨的分析，恰当的一项是

A. 批评青年人没有教养。

B. 呼唤传统美德的回归。

C. 讽刺某些人责人严，责己宽的行为。

D. 鞭挞某些人做事的虚伪态度。

4. 小说批评的主要对象是

A. 小伙子　　　　B. 老大娘　　　　C. 不让座的人　　　　D. 学校

5. 对小说运用的写作手法分析恰当的一项是

A. 顺势层层铺垫，结尾出人意料。

B. 开头设置悬念，结尾峰回路转。

C. 发端埋藏伏笔，结局真相大白。

D. 故事平铺直叙，行文处处照应。

（四）阅读下面一篇小小说，完成文后的问题。

重　心

孙老师五十上下，瘦矮，微驼，走路好背手。拿捏惯了粉笔的右手是很不安分，背在身后，手指头也交叉着，在腰间比比画画，好似在给后面的行人打拍子。比画到得意处，前伸的脑袋也跟着有力地一晃，便可想见一个很好的字形。这时候，旁边的路人总要站定，瞅他个仔细。

他教初中语文，极重视字形的好坏。在黑板上写字，一笔一画的，颇见功底。写着，嘴里还念叨着——"这一横不要太僵，稍有变化……看见没有？写这个'口'一定要收……"

字写得不好，他必定擦掉重写。他很少用板擦。夏天他左手捏着块湿布，随时擦抹。冬天穿棉袄，就方便多了，哪地方写得不满意，袖子便噌地捂上去，瞬间就完成了使命——他不想让学生看见那不好的部分。

写好后,他先看一遍,间或用手指头抹去一点什么。转过身来,两手轻轻一拍,袖子上挤成蛋儿的粉笔末就往下落……

他写字的时候,学生们便"自由"了,小动作很多的。待他转过身来,便都"定格"。他瞄见了,也不训。他从不训学生,顶多只说一句:"你们呀,你们呀……"

学生们就笑。有的玩个鬼脸,都不怕他,连家长也说他是好脾气,说跟着孙老师,孩子不亏。都挤着上他那个班。

孙老师教语文,将书法也带起来了。早晚的,他就讲一堂书法。讲字的间架结构、书写要领。他讲,学生们就在纸上写。

"你们以后比我写得好——只要你们用心去写……"

那一次他说着,就在黑板上写了一个"心"字,写得极妙,连他自己也惊奇,就细细地看。不过瘾,后退一步又看,再退一步,竟忘了讲台就那么小,一脚踏空,身子一挫,重重地斜摔在地上。

前面的学生面面相觑,竟没有人去扶。孙老师两手撑地,很艰难地坐立起来,脸上的肌肉被痛苦拱得一颤一颤的。

课堂上很静,几十双表情不同的眼睛就看着他一歪一歪地上了讲台。

"都怨我,"他说,"都怨我……"

这一堂课没上完,孙老师就跛着脚出去了。他一出门,学生们就愣了,愣了好一会儿。

第二天,孙老师又来了。他一跨进教室,并没谁喊"起立",学生们都站了起来,站得笔直——从来没有这样过。

孙老师说:"你们昨晚都去看我了。你们呀,你们呀……"

他就往黑板上看。那上面没擦净,还留着一个字,就是那个"心"。不过,已被描过多遍……

他一跛一跳地上讲台,用袖子去擦那个字。一下、两下……怎么也擦不净。待他转过脸,学生们还站着……

从此他不再写那个字。

1. 对文中加点内容理解不恰当的一项是

A. 很不安分——表现孙老师对书法的痴迷。

B. 噌地揞上去——表现孙老师对自己书法示范作用的严格要求。

C. 他从不训学生——说明孙老师是个好脾气的人。

D. 都怨我——自责自己因不小心带来的课堂变数。

2. 能突出表现孙老师的"右手是很不安分的"的一项是

A. 背在身后,手指头也交叉着,在腰间比比画画。

B. 字写得不好,他必定擦掉重写。

C. 间或用手指头抹去一点什么。转过身来,两手轻轻一拍。

D. 用袖子去擦那个字。一下、两下……

3. 小说中的"心"指的是

A. 爱心   B. 用心   C. 专心   D. 恒心

4. "重心"的意思是

A. 孙老师"重心"不稳摔倒了。

B. 学生们"重心"不稳太"自由"了。

C. 孙老师重视对学生进行"心"的教育。

D. 孙老师重视书法中"心"的写法。

5. 对"从此,他不再写那个字"的原因分析恰当的一项是

A. 因写那个字而摔倒。

B. 因已写过极妙的一个了。

C. 因摔到没学生扶而伤心。

D. 因学生们已知道"用心"。

（五）阅读下面一篇小小说,完成文后的问题。

女孩

有男人攀到山岩上去采花。采回来一大丛一大丛连枝条带花蕾的野杏花。满怀蓬勃灿烂的花枝,把男人的脸都挡住了。

男人_____地把那些不易采得的野花,一枝枝分赠给同行的旅伴。那一枝枝绚丽烂漫的野花中,或含苞欲放、或恰到好处,有的枝上缀满成串一粒粒小豆豆似的粉色花蕾,有的枝条上一朵朵开怀_____、正值盛期……

男人把一枝裹得紧紧的花蕾,递给了那个女孩。

它就像你呐,还_____着哩。拿回家去,插在水里,过些日子就开了。

女孩摇了摇头。

——不,我不要这枝。她轻轻说。

女孩指了指另一丛开得轰轰烈烈、热热闹闹的花枝——我要这个。

母亲打断她:傻孩子,这花都已开过了,拿回家去,一两天就谢了呀。

不。她坚持说,我就要这一枝。它开得多漂亮啊。

它确实很漂亮。假如不去想它明天的模样。

一个成年的女人走过来,接过那丛被女孩弃置的花蕾,说:可我,倒正想要这一枝。

男人若有所思地说:恰好是女人理想的一次对位。

女孩抱着她鲜艳的花束,抬起脸望着她的父亲。女孩笑了。

回家的路上,那女孩始终紧紧抱着那束盛开的杏花,她似乎悄悄吻了它一下,有一片洁白的花瓣飘落下来,缀在她的发辫上,女孩好快活。

1. 为文中横线处选择一组恰当的词语

A. 随意　　怒放　　含苞　　　　　B. 慷慨　　绽放　　害羞

C. 随意　　绽放　　含苞　　　　　D. 慷慨　　怒放　　害羞

2. 在小说中,"花"具有象征意义,指的是

A. 年龄　　　　B. 女性的状态　　　C. 美　　　　　　　D. 理想

3. 女孩有着怎样的心态?请选出分析恰当的一项

A. 渴望成熟的美　　　　　　　　　B. 追求热热闹闹、轰轰烈烈

C. 希望像花一样美　　　　　　　　D. 不在意花的凋谢

4. 女孩与成年女人的做法说明什么?分析比较恰当的一项是

A. 都是一种理想错位　　　　　　　B. 都是一种反常现象

C. 都渴望女性的最佳状态　　　　D. 都是一种不切实际的心理

5. 对画线的"它确实很漂亮。假如不去想它明天的模样"理解最肤浅的一项是

A. 这花现在很漂亮,但明天就会凋落。

B. 过了盛开季节的花不再漂亮,女人老了也不再美丽。

C. 花的凋谢如同女人的老去

D. 盛开的花很美,正当年少的女孩也最美。

（六）阅读下面的文字,完成文后五题。

人类正面临着全球变暖的挑战。联合国的一份报告向我们描述了气候变化产生的灾难性后果:森林消失和沙漠扩大,将使非洲成为受影响最广的地区;热带流行的疟疾和寄生虫病将向北蔓延,使欧洲出现流行病;地中海地区由于严重缺水会半沙漠化,滑雪运动在欧洲将荡然无存;在英国,肆虐的冬季风暴将变得司空见惯,东部的某些地方可能变得过于干旱而无法种植各类作物。另外,一些河流水量将大大减少甚至干涸,饮用水源遭到破坏;昔日绕道而行的台风将频频袭击日本,致使短时间内大量降水,洪水泛滥,城市淹没,山体滑坡,交通中断。而最为严重的影响,将是地球上数以百万计的人由于海岸线受侵蚀、海岸被淹没和农业生产遭破坏而被迫离开家园。

最新的一项研究表明,到本世纪末,地球平均气温将比现在升高3℃。这一预测是以近年来地球气温升高的现象和温室效应为依据的。温室效应,在物理学上是指透射阳光的密闭空间由于与外界缺乏对流等热交换而产生的保温效应。大气层中的二氧化碳是主要的温室气体,它可以减少地表热量向空间散失,使大气层保持一定的热能。二氧化碳在大气层中的含量直接影响着地表气温,当大气层中的二氧化碳增加时,地表气温就相应升高。科学家认为,大气中的二氧化碳在地球环境的演化中起了极其重要的作用,如果没有大气层的保温作用,全球气温将为—40℃,而现在全球平均气温为16℃。科学家们预言,人类如不采取果断和必要的措施,到2030年,大气中二氧化碳的含量将比1850年工业革命时增加一倍。

导致大气层中二氧化碳含量上升的原因是显而易见的。工业革命开始以后,化石燃料(煤炭、石油、天然气)的燃烧量越来越大,使大气中二氧化碳的浓度不断增加。同时,雷击、虫害、砍伐造成的森林火灾、草地衰退和森林破坏也使能够吸收二氧化碳的绿色植物遭到破坏。所以,要控制全球变暖,必须改变能源结构,大力植树造林。有科学家指出,只有以核燃料代替化石燃料,才能从根本上防止温室效应的加剧。

气候是人类赖以生存的条件,全球气候变暖是人类自身活动所造成的灾难。我们必须树立全球共同性的大气环境观念,为自身的生存和发展,爱护头顶上的这片蓝天。

1. 本文的主旨是

A. 气候变化给人类带来的灾难　　　B. 解说气候变暖的原因

C. 阐述二氧化碳的作用　　　　　　D. 说明人类目前所受的挑战

2. 按照本文,对"温室效应"理解不准确的一项是

A. 是物理学上的一个概念

B. 是地球的一种保温效应

C. 透射阳光的密闭空间与外界产生热交换

D. 它与地球气温升高有密切关系

3. 按照本文,对二氧化碳的作用表述不正确的一项是

A. 减少地表热量向空间散失　　　　B. 含量影响地表气温

C. 影响地球环境的演化　　　　　　D. 使地表温度平均升高3℃

4. 按照本文,对大气中二氧化碳含量上升的原因,表述不准确的一项是

A. 化石燃料的燃烧量变大　　　　　B. 森林火灾和破坏

C. 草地衰退　　　　　　　　　　　D. 核燃料的不断开发

5. 下列对"全球气候变暖是人类自身活动所造成的灾难"这句话的理解,不正确的一项是

A. 世界各国迟迟不采取果断和必要的措施,不改变能源结构和大力植树造林,以致大气层的温室效应越来越严重。

B. 1850年工业革命以来,大量开采和燃烧煤炭、石油、天然气化石燃料的结果,大大增加了大气层中温室气体的含量。

C. 由于人类无限制的破坏,地球上大片森林和草地急剧消失,沙漠进一步扩大,使得地表气温也随之不断升高。

D. 因雷击和虫害而造成的森林火灾、草地衰退,导致能够吸收二氧化碳的植被日益减少,而人类对此却束手无策。

(七)阅读下面的文字,完成文后五题。

人类对技术的乐观或悲观倾向由来已久,但普林斯顿大学历史学家爱德华·泰纳的说法可能会使你大吃一惊:技术不仅没有给人类缔造福祉,反而极大地报复了人类。

泰纳写道:就在我们欢庆又把自然世界的混乱削减了几分之时,我们制造的新机器开始脱离我们的控制,获得自身生命,通过"报复效应"让我们尝到屈辱的教训。

报复效应与副作用不同:副作用是坏的影响,例如,服用抗抑郁药会导致腹泻。而报复效应的影响也很坏,但坏得让人啼笑皆非:抗抑郁药让人变得更加抑郁。核能发电是一种有效的能源,但它会产生污染,这是一种副作用;然而切尔诺贝利核反应堆爆炸的发生,却是由于该电站在试验一种新的安全防护系统,这就是典型的"报复效应"。

<u>泰纳拿出了许多事实证明他的论断。</u>

火蚁是生活在美国东南部的一种毒蚁,因人被这种蚁咬伤后,会产生烧灼般的痛感,故名。伴随着DDT及其他强力杀虫剂的发明,美国政府曾于第二次世界大战后在东南部地区大量喷洒杀虫剂,试图一举灭绝火蚁。但30年后,政府不得不承认自己的失败。由于杀虫剂杀死了火蚁的各种天敌,事实上反而帮助了火蚁的繁衍。在这场人类技术对火蚁的大战中,技术被证明是它自身最大的敌人。

美式足球的头盔,最初设计时是用来在激烈的对抗中保护运动员头部的,但在引进赛场之后,却造成了大量脊柱受伤的事故,原因是运动员们自动地把他们的新装备当作进攻的工具。旨在使足球运动更安全的技术实际应用起来,反而增加了该运动的危险性。

最熟悉的例子也许莫过于抗菌素的使用了。本世纪早期,在抗菌素研制方面所取得的突破使一些人乐观地预测说,长期以来困扰人类的一些古老疾病将被彻底消灭。而现在,抗菌素的大

量使用使细菌的抗药性空前提高,我们面对一波又一波致命的"超级虫",却拿不出新的抗菌素来去败它们!

根据同样的逻辑,围绕着一个城市所修建的道路越多,交通就越拥挤。据澳大利亚的一份报告,在过去 10 年,电脑技术非但没有像人们期待的那样创造出无纸办公室,反而使纸张的耗费量增加了 4 倍。这份报告说,每名办公室人员平均一年要用掉 30 公斤纸。为了满足商界对纸张的需求,1995 年澳洲有 165 万棵树被砍伐。报告说,70%的普通办公用纸被扔掉后,没有得到循环利用,而是被当作填埋凹地的垃圾。

技术反噬人类的事例,还可以举出许多。但我们与其把泰纳的说法当成一种绝望的声音,不如把它视为一种警告。日益复杂的技术文明常常会带来无法预料的结果,这些结果与人们当初的良好愿望大相径庭。

然而无论如何,科学要向前发展,人类也日益进步。

1. 对第一、二两段中加点词语理解不准确的一项是

A. 福祉——技术的应用给人们带来的幸福。

B. 削减——技术减少了自然灾害。

C. 自身生命——新机器可以自行运作,不需要人类操作了。

D. 屈辱——我们自己发明的技术反过来害了自己。

2. 按照本文,不属于"报复效应"的一项是

A. 新机器脱离控制

B. 抗抑郁药让人变得更加抑郁

C. 服用抗抑郁药会导致腹泻

D. 切尔诺贝利核反应堆爆炸

3. 根据文意,下列对"报复效应"的理解,准确的一项是

A. 技术不仅没有给人类缔造福祉,反而极大地报复了人类。

B. 我们制造的新机器开始脱离我们的控制,让我们尝到屈辱的教训。

C. 旨在解决现实问题的技术,反而使这些问题更加难以解决,并带来无法预料的后果。

D. 切尔诺贝利核反应堆由于试验一种新的安全防护设施,反而引起核反应堆爆炸。

4. 不属于泰纳证明他的论断的事实的一项是

A. 美国政府试图用杀虫剂灭绝火蚁,反而帮助了火蚁的繁衍。

B. 旨在使足球运动更安全的技术实际运用起来,反而增加了该运动的危险性。

C. 围绕着一个城市所修建的道路越多,交通就越拥挤。

D. 澳洲 70%的普通办公用纸被扔掉后,没有得到循环利用,而是被当作填埋凹地的垃圾。

5. 下列对"我们与其把泰纳的说法当成一种绝望的声音,不如把它视为一种警告"这句话的理解,正确的一项是

A. 我们不能因为泰纳的说法而对技术绝望,但应对技术可能带来的无法预料的后果保持警惕。

B. 泰纳的说法表现出对技术绝望的悲观倾向,我们对科学技术的看法应该是乐观的,但也应该吸取泰纳说法中的有益因素。

C. 我们一旦把泰纳的说法当成一种绝望的声音,也就起到了它的警告作用。

D. 泰纳的说法不是对技术绝望,而是对人类滥用技术的严厉警告。

(八)阅读下面的文字,完成后面五题。

中国历史传统富于传说性质的特点,使各种名列"正史"的著作也不能免俗。以居于"二十四史"之首的《史记》为例,它就广采博纳了许多传说,并对其中的某些内容作了<u>增删</u>,叙述上更富于文学气。比如,秦始皇巡幸江东时,项羽夹在人群中观看,傲然评论道:"彼可取而代也!"英豪之气溢于言表。陈胜贫困时,对同伴说:"苟富贵,毋相忘。"气概相差一筹,只念念于个人能否翻身转运。而刘邦在咸阳看见秦宫殿的壮丽时竟失声大叫:"大丈夫生世,当如是也!"一脸的贪婪与鄙俗,气质更低下了。关于项羽、陈胜、刘邦这三位著名反秦领袖在失意时各言其志的这些传闻,前人往往视为司马迁的文学笔法,把它解作一种人物性格的对比描写。其实差矣,司马迁在这里肯定<u>依据</u>了民间传说的某些材料,否则哪能描写得这样栩栩如生。

《史记》中那些呼之欲出的人物形象,并不是史学家司马迁一手"创作"的。离开民间传说的哺育,个人的想象是达不到如此多样化的地步的。司马迁曾以"网罗天下放失旧闻"作为自己治史活动的座右铭。他公开宣布,自己非常重视参考、吸收民间传说。再如《鸿门宴》这样的场景,当事人早已死尽,又无官方的详细记载予以<u>披露</u>,司马迁的想象力再丰富,也不可能活现出如此生动的个性冲突的戏剧性场面。其中"项庄舞剑"一段,与后代民间说书的风格十分接近,与其说是后来的民间说书人受了《史记》这部巨著的影响,还不如说二者同受汉代及以后的民间传说形式的影响。司马迁的这种态度,对以后史学界有直接影响。"二十四史"不同程度地吸收了民间传说,以至于有志者完全可以从中勾勒出一部"中国正史中的民间历史传说大系"。当然,这还不包括那些为数更多的稗史、遗闻、野语、历史演义和历史剧里的历史传说。如果把二者加在一起,总量将在被目为"宝库"的希腊神话传说和印度故事之上。

中国三千年以上文字记载的历史,产生了<u>庞大</u>的文献记录。从春秋时代,中国历史著作就一直没有断绝过,形成了传统。从汉朝始,每代统治者都要动用大量的人力进行官方的修史活动。民间的历史著述也很繁多。即使在社会动荡、文明解体的南北朝时代,这一传统也未从根本动摇。其结果是形成了一个无论从数量上看,还是从时间跨度上看,都十分惊人的历史记录体系。

1. 对文中加双线的词语,理解不准确的一项是

A. 增删——对传说中的内容有的加以丰富,有的加以删除。

B. 依据——司马迁对人物性格的描写借鉴了民间传说的某些内容。

C. 披露——官方没有公布《鸿门宴》的场景的详细情况。

D. 庞大——记载中国三千年以上的历史的文献资料非常多。

2. 对第一段有关"正史"内容的理解,最肤浅的一项是

A. "正史"受历史传说的影响很大

B. "二十四史"指的都是正史

C. 《史记》是"正史"的第一部

D. "正史"是相对于民间传说而言的历史

3. 本文列举司马迁描写项羽、陈胜、刘邦的文学笔法,所证明的观点,正确的一项是

A. "正史"也富于传说性质

B. 《史记》在叙述上更富于文学气

C. 是一种人物性格的对比描写

D. 司马迁对人物的描写栩栩如生

4. 对司马迁人物描写呼之欲出的原因,理解最准确的一项是

A. 深受民间传说的影响

B. 靠他"网罗天下放失旧闻"的行为

C. 靠他丰富的想象力

D. 民间传说的影响和丰富的想象力

5. 第二段引述了"项庄舞剑"的史实,下列有关认识不正确的一项是

A. "项庄舞剑"中富有戏剧性的、生动的描写反映出民间说书艺人对《史记》的影响

B. "项庄舞剑"这个片断描写生动,极具戏剧冲突,这也是后代民间说书艺人说书的特点。

C. 司马迁对"项庄舞剑"的描写明显受到了民间传说的影响。

D. 后代民间说书的风格与《史记》中的一些描写相似,并不能说明后代的民间说书人受到了《史记》的影响,而是二者都受到民间传说的影响而导致相似的。

(九)阅读下面的文段,完成文后五题

明智的法规和适当的克制,对于高尚的民族而言,虽说在某种程度上不免有些累赘,但它们毕竟不是束人手脚的锁链,而是护身的铠甲,是力量的体现。请记住,正是这种克制的必要性,如同劳动的必要性一样,值得人类崇高的尊敬。

每天,你都可以听到无数蠢人高谈自由,好像它是个无上光荣的东西,其实远非如此。从总体上来讲,自由并不是什么值得炫耀的东西,它只不过是低级动物的一种属性而已。

任何人,伟人也罢,强者也罢,都不能像游鱼那般自由自在。人可以有所为,又必须有所不为,而鱼则可以为所欲为。集天下之王国于一体,其总面积也抵不上半个海大。纵使将世上所有的交通线和运输工具都用上(现有的,再添上将来要发明出来的),也难比水中鱼凭鳍游来得方便。

你只要平心静气地想一想,就会发现,正是这种克制使得人类引以为荣;进而言之,即使低级动物也当如此,蝴蝶也比蜜蜂自由得多,可人们都更赞赏蜜蜂,不就是因为它善于遵从自己社会的某种规律?

确实,关于这类事物以及其他类似之物,你绝不可能单单从抽象中得出最后的结论。因为,对于自由与克制,倘若你高尚地加以选择,则两者都是好的;反之,两者都是坏的。然而,我要重申一下,在这两者之中,凡可以显示高级动物的特征而又能改造低级动物的,还是有赖于克制。太阳是不自由的,枯叶却自由得很;人体的各部分器官没有自由,整体却和谐相长。如果各自有了自由,则势必导致整体的溃散。

1. 第一段中的"累赘"一词在文中指的是

A. 法规和克制　　　　　　　　　B. 明智的法规和适当的克制

C. 不明智的法规和不适当的克制　　D. 束人手脚的锁链

2. 按照本文的观点,对"自由"的本质理解最准确的一项是

A. 是无数蠢人高谈的对象　　　　B. 是不值得炫耀的东西

C. 不是无上光荣的东西　　　　　D. 只是低级动物的一种属性

3. 文中画线语句的含义是

A. 伟人、强者也比不上鱼儿自由

B. 人类的行动并不自由，即使伟人、强者也不例外

C. 人类的行动必须受到一定的制约，而鱼儿则可以自由自在地行动

D. 所有的王国的面积相加还抵不上半个海大，人类的行动也因此受到了制约

4. 根据文意，人们更赞赏蜜蜂的原因是

A. 与蜜蜂相比，蝴蝶太自由

B. 与人类相比，蜜蜂是自由的

C. 蜜蜂为人类酿造蜜

D. 蜜蜂是遵守自身的一定秩序而生活、工作的群体

5. 全文的基本观点是

A. 强调明智的法规和适当的克制在人类生活、工作中的重要性

B. 阐明克制和自由在自然界的辩证关系

C. 强调克制的必要性

D. 强调自由而忽视法规与克制，势必导致整体的溃散。

（十）阅读下面的文字，完成文后五题。

像《红楼梦》这样的经典名著，在世界文学史中是可以陈列满满一个艺廊的。我国的古典诗文，从诗三百、楚辞，到李、杜，到龚自珍，小说从"四大奇书"，到《聊斋志异》、《儒林外史》；外国的名著，从荷马史诗到莎士比亚的戏剧，从塞万提斯的《堂吉诃德》，到托尔斯泰的《复活》，再到卡夫卡的《变形记》……几乎都是一座座永难挖掘尽的精神矿藏，其历史的深度和文化反思的力度，特别是它们永恒的艺术魅力与文化底蕴，值得我们和我们的后人反复品味。

名著需要重读。这不仅仅是因为它们经过时间的淘洗和历史的严格筛选，其本身的存在证明了它们的不朽，因而需要反复阅读；也不仅仅因为随着我们人生阅历的积累和文学修养的不断提高，而需要获得新的情感体验与生命感悟。我这里所说的重读名著，乃是从文化历史发展阶段着眼的。仅就我们这些年龄稍长的人的亲身经历来说，在"文革"前的一段时间和"文革"期间，阅读心态是何等的不正常，阅读空间和环境是何等的狭小和残破。那种以阶级斗争和阶级分析为经纬的阅读定式，使我们只懂得给书中人物划成分，或者千方百计地追寻作者的阶级归属和政治派别。那种刻板的经济决定论，使我们阅读名著时，到处搜罗数据，以理解时代背景。那种"通过什么反映什么"来概括作品的主题的阅读公式，死死地套住我们的阅读思维。那种所谓"受阶级局限，如何如何"的万能标签，夺去了多少传世之作鲜活的生命，使人们对名著产生了多少误解！

新时期以来，名著重印，给读书界带来了从未有过的生气。但如何重读名著呢？我想，所谓"重读"，并非"再看一遍"，也非多看几遍。如果仅仅停留于"看几遍"，那也许只是"无用的重复"。"重读"应是指把名著完全置于新的阅读空间之中，即对名著进行主动的、参与的、创造性的阅读。

1. 按照本文第一段，对经典名著成为精神矿藏的原因，理解最肤浅的一项是

A. 在世界文学史中是可以陈列满满一个艺廊。

B. 具有历史的深度和文化反思的力度

C. 拥有永恒的艺术魅力

D. 具有深厚的文化底蕴

2. 从全文看,第一段引述了许多作家作品,其主要表述的意思是

A. 像《红楼梦》这样的经典名著在世界文学史上是非常多的。

B. 每一本经典名著都是取之不尽的精神矿藏。

C. 经典名著具有永恒的艺术魅力和丰富的文化底蕴。

D. 中外文学史上的经典名著值得反复品味。

3. "文革"前和"文革时期"影响人们阅读的误区,解说不正确的一项是

A. "以阶级斗争为纲"来理解作品内容的阅读定式。

B. 理解作品的时代背景靠的是刻板的经济决定论。

C. 概括作品的主题是"通过什么反映什么"的阅读公式。

D. 作品因为被贴上"受阶级局限,如何如何"的万能标签。

4. 对名著需要重读的原因,分析不恰当的一项是

A. 名著经过历史的严格筛选,其本身具有不朽的价值。

B. 读者的水平不断提高,需要获得新的情感体验和生命感悟。

C. 过去"左"的一套夺去了许多经典名著的生命。

D. 过去"左"的清规戒律使读者对名著产生了许多误解。

5. 下列名著、作者、时代(国别)及体裁对应正确的是

A.《儒林外史》——龚自珍——清代——小说

B.《长恨歌》——白居易——唐代——诗歌

C.《九歌》——屈原——春秋——诗歌

D.《复活》——列夫·托尔斯泰——苏联——小说

【参考答案】

(一)青春

1. A。"流失"的一般是具体事物,而"流逝"一般是抽象事物;"频添"有动态性与"岁月"的流逝吻合,而"出现"是静态的;"包裹"与"冰雪"的状态不合;"颓废"形容的是意志精神,与"神情"不搭配。

2. A。B 情感色彩不合,且表面化;C 过于概括,不明确;D 是动作行为,且与语境不合。

3. D。ABC 只是这种心境的某一表现,不全面。

4. C。AB 两项与文意不合,D 项是"天线"的作用,不是"天线"本身的意义。

5. D。不能只从局部理解,要从整体文意去把握。

(二)月照南窗

1. D。说明笔刚刚被使用过。

2. C。ABD 三个对象都是衬托老编辑的,AB 是环境衬托,D 是人物衬托。

3. D。注意景物环境描写与主题和写作对象的关系,D 项不是文章表现的主题。

4．B。从信纸折叠纹路的断裂和妻子充满感情的信，以及环境状态、稿纸内容等方面可推知。

5．A。

（三）让座

1．B。"大模大样"是对小伙子开始时的状态的描写，"麻木不仁"是说小伙子对身边情况漠不关心，"无动于衷"则说明"我"的话没有打动他。三个词语有层次地反映出小伙子的状态。

2．C。这句描写是故事情节上逆转的开始，ABD 三项的分析都与情节不一致。

3．C。AB 都是表面现象，主要人物是老大娘，批评的对象也是她的行为。D 不能说老大娘做事虚伪，毕竟她也不会赞同青年人缺乏公德。

4．B。从内容比例和小说的结尾可知。

5．A。B 开头并未设置悬念；C 伏笔在"老大娘一会儿看着我，一会儿又看着那个小伙子"这一神态描写；D 文中并未处处照应。

（四）重心

1．C。解说表面化，"不训学生"是在表现孙老师是在用"心"教育学生。

2．A。突出表现右手在平时的动作，更能说明其"不安分"的特点。

3．B。从孙老师的话中可知，希望学生用心写字，用心去学习知识，用心做人。

4．C。A 项只是表面现象，B 项不是小说的主旨，D 项与小说整体内容不合。

5．D。AB 只是表面现象，不是小说的主旨，C 与全篇情感基调不一致。

（五）女孩

1．D。"慷慨"与后文"一枝枝分赠给同行的旅伴"的语境吻合；"怒放"更能表现花的"盛期"状态；"害羞"以拟人手法更能够准确地表现出花的含苞待放的状态。

2．B。从小说的主旨和女孩与成年女人的态度可知。

3．A。BD 没有从小说的主旨考虑，就事论事，C 项太空泛，花的情况有多种状态。

4．C。她们的行为只是理想的对位，并非错位、反常和不切实际。

5．A。就花说花，忽略了本文"花"的象征意义。

（六）温室效应

1．B。A 项只是文章中心内容的表现，CD 项说法太笼统，不具体。

2．C。原文是"缺少"热交换。

3．D。这是研究预测，不是现实。

4．D。核燃料是防止二氧化碳升高的。

5．D。注意审题，题干问的是"人类自身活动所造成的灾难"，"因雷击和虫害而造成的森林火灾、草地衰退，导致能够吸收二氧化碳的植被日益减少"等是自然灾害。

（七）泰纳的警告

1．C。指人类无法控制新机器，而非自行运作不需要人类操作了

2．C。属于"副作用"不是"报复效应"

3．C。此题考查理解文中重要词语的含义的能力。"报复效应"指科学不断发展，带来问题也越来越多，A 项是泰纳的论断，并没有指出"报复效应"的内涵。B 项和 D 项都只是就事论事，列举人类遭受到的报复事例，不属于对报复效应的理解。只有 C 项揭示了"报复效应"

的实质。

4．D。此题考查筛选并提取文中信息的能力。"技术不仅没有给人类缔造福祉,反而极大地报复了人类"是泰纳的论断。A、B、C三项所列举的事例,都能作为泰纳观点的论据。D项所列举的事实,是说人类不注意物质循环利用,看不出"报复人类"的意思,与泰纳的观点不相同。

5．A。此题考查理解文中重要语句的能力。题干"我们与其把……,不如把它视为一种警告"是一个选择复句,作者强调的是要把泰纳的说法当做警告,要保持警惕。A项符合句意。B项不符合文意,"悲观倾向"和"乐观"都在文章中无法体现。C项是一个条件关系的复句,表明要重视泰纳说法,与句意不合。D项"而是对人类滥用技术的严厉警告"不合文意,也不是对这句话的理解。

（八）二十四史与民间传说

1．C。是没有官方的详细记载公布,不是"官方没有"

2．D。"正史"是相对于"野史"等而言的由朝廷钦命编定的历史。

3．A。第一段的第一句话是本段的中心句,从"以居于'二十四史'之首的《史记》为例"可见,下文叙事《史记》的情况,都是为了证明第一句的观点的。

4．D。其他三项的理解都比较片面,仅强调单一方面。抓住"离开民间传说的哺育,个人的想象是达不到如此多样化的地步的"这一句去理解。

5．A。注意第二段中"与其说是后来的民间说书人受了《史记》这部巨著的影响,还不如说二者同受汉代及以后的民间传说形式的影响"一句。

（九）自由与克制

1．B。从"累赘"后文可知,这种"累赘"是值得肯定和尊敬的,CD是负面的东西,显然不值得肯定和尊敬。至于A因为缺少限定,显得不明确。

2．D。ABC都不是"本质"。

3．C。A项理解过于肤浅;B项理解太笼统,且没有说明何种程度的不自由;D项只是人类不自由的一方面表现,不能说明整体的含义。

4．D。注意后面的反问句。并从本文强调的中心"明智的法规和适当的克制"去考虑

5．A。文章第一句就表明了本文的观点,以下内容都是具体阐释。

（十）名著需要重读

1．A。"在世界文学史中是可以陈列满满一个艺廊"是说经典名著多,不是成为精神矿藏的原因。

2．D。注意段末句的作用。

3．A。"阅读定式"不仅是作品内容,更主要的是作品中的人物,也包括作者本身的情况。

4．C。原文"夺去了多少传世之作鲜活的生命,使人们对名著产生了多少误解!"一句是一个形象的说法,表意重点在于后面的"产生……误解"。

5．B。本题是对文学常识的考查。A《儒林外史》作者是吴敬梓;C屈原是战国时期人;D列夫·托尔斯泰是俄国人。

第五章 练习题及答案解说

硕士专业学位研究生入学资格考试练习题（一）

第一部分 语言表达能力测试

（50题，每题2分，满分100分，考试时间45分钟）

一、选择题

1. 下列加点字的注音全都正确的一组是：

A. 鞭辟入里（pì） 扪心自问（mēn） 煞费苦心（shà）

B. 稗官野史（pí） 不容置喙（huì） 方兴未艾（ài）

C. 纵横捭阖（bǎi） 余勇可贾（gǔ） 冠冕堂皇（guān）

D. 鳞次栉比（zhì） 管窥蠡测（lí） 臧否人物（zàng）

2. 下列没有错别字的一句是：

A. 新款一上市便产生轰动效应，尤其是受到了年轻女性的亲睐，创造了夏季销售高峰。

B. 神话是把神人化，传说是把人神化；这两者之间的界限很难确切划分。

C. 看到这精彩的一幕，全场欢声雷动，他也乐得直冲我竖大姆指。

D. 待学生从农村基地回来时，校舍已修葺一新，三幢大楼披上了节日的盛装。

3. 下列加点字的释义全都正确的一组是：

A. 苦（辛苦）心 莫名（明白）其妙 义（道义）不容辞

B. 风化（变化） 无可厚（过分）非 浮光掠（轻轻闪过）影

C. 帮衬（帮助） 应运（天命）而生 乐（快乐）不可支

D. 工贼（坏人） 屡试不爽（差错） 多事之秋（秋天）

4. 下列各句中，加点成语使用正确的一句是：

A. 目前，语文教学的最大弊端是条分缕析，过分的讲解，不仅使学生失去了学习语文的兴趣，而且影响了学生独立思考能力的形成。

B. 泸州老窖以"1573年始酿"为噱头，结合其一贯的传媒优势势大力沉地撞击市场，在去年的媒体上一鸣惊人，掀起了一股飓风。

C. "表现"在美国大概是万能的，作秀在咱们中国似乎也是万能的，作秀现象铺天盖地，作秀之说甚嚣尘上。

D. 迅速反映现实生活,高奏时代主旋律,为人民群众提供最好的精神食粮,这是文艺工作者责无旁贷的职责。

5. 下列各句中,没有语病的一句是:

A. 最近几年,一些国际恐怖势力假借"圣战"之名,在全球各地制造了一波又一波的恐怖袭击。

B. 中国国防科工委官员介绍说,中巴地球资源卫星的成功发射、应用及运行,使得世界上许多国家对中国的地球卫星表示了浓厚兴趣。

C. 有"欧元之父"之称的诺贝尔经济学奖得主蒙代尔再次告诫中国人,人民币若升值,其对中国经济的负面影响将超过 SARS。

D. 要使今年安全工作有个良好的开端,就必须做好元旦、春运安全工作,各级领导和全站职工应引起足够的重视。

6. 下列各句中没有歧义的一句是

A. 你猜刚才谁来找我了? 竟是前几天去京东大峡谷才认识的江晓阳的大哥。真是做梦也想不到。

B. 单位领导为了息事宁人,决定将驾驶员张斌调离原单位,并赔偿经济损失 500 元,大家一致赞成。

C. 重达 180 吨的两座氧化塔已吊装完毕,至此,该工程的主体部分已进入安装测试阶段。

D. 局长嘱咐学校的几个领导,新学期要团结一心,真抓实干,工作一定要有起色。

7. 下面是对散曲《天净沙·秋思》的分析,不正确的一项是

枯藤老树昏鸦,小桥流水人家,古道西风瘦马。夕阳西下,断肠人在天涯。

A. 此曲的前三句选取了富有特征的九种事物组成了一幅深秋晚景图。

B. 第二句用处于动态中的"流水"与处于静态中的"小桥""人家"相映衬,更显出环境的幽静。

C. 从整个构图来看,前四句写景,末一句写人。景物是背景,人是主体。写景是为了烘托人。

D. 从此曲的题目来看,作者所要表达的是对秋的伤感,而并无思乡之情。

8. 下列有关文史常识的表述,不正确的一项是:

A. 巴金是我国现代著名作家,他以爱情三部曲《家》、《春》、《秋》享誉文坛。

B. 李斯是秦代散文作家中的代表人物,他的代表作是《谏逐客书》。

C.《伊利亚特》和《奥德赛》是古希腊的两大史诗,相传为盲诗人荷马所著。

D. 所谓"元曲"实际包含杂剧和散曲两部分。散曲又可分为小令和套数。

9.《窦娥冤·滚绣球》一段开头两句"有日月朝暮悬,有鬼神掌着生死权"表明窦娥信奉鬼神的力量;而后面为什么又说"不分好歹何为地"、"错勘贤愚枉做天"? 以下理解准确的是:

A. 说明窦娥因冤生怨、情绪波动,故认识前后不一致。

B. 是残酷的现实使她改变观念,对天地鬼神产生怀疑。

C. 一个穷苦妇女敢于直斥天地鬼神,表现出觉醒的意识。

D. 通过诅咒日月鬼神的不公道,诅咒社会现实的不合理。

10. 据史书记载:"牵牛以蹊(xī 践踏)人之田,而夺之牛。牵牛以蹊者,信有罪矣,而夺之牛,罚已重矣。"这种现象最早出现在:

A. 西周　　　　　B. 春秋战国　　　　C. 西汉　　　　D. 东汉

11. 下列不属于"春秋三传"的是:

A.《公羊传》　　B.《谷梁传》　　C.《左氏传》　　D.《柳毅传》

12. 根据我国《宪法》规定,下列不属于公民获得物质帮助权条件的是:

A. 公民在年老时　　　　　　　　B. 公民在疾病时

C. 公民在遭受自然灾害时　　　　D. 公民在丧失劳动能力时

13. 根据我国刑事诉讼法的规定,第一审人民法院作出的无罪判决应在哪一种情况下执行?

A. 判决生效后执行

B. 判决宣告后立即释放在押的被告人

C. 上诉、抗诉期限届满以后

D. 二审审理结束,判决作出以后

14. 北京奥运会会徽是北京奥组委市场开发过程中最有价值的无形资产。北京奥组委已经在国内外进行了该标志的商标注册等一系列法律作业。未经奥组委许可,任何机构或个人均不得为商业目的使用会徽。奥运会会徽的保护有利于:

A. 保护知识产权,维护市场经济秩序　　B. 体现社会主义按劳分配原则

C. 改善投资环境,吸收国际资本投资　　D. 实施社会主义宏观经济调控

15. 西北地区土地荒漠化加剧的主要原因是:

A. 地势较高,降水稀少　　　　　B. 过度樵采、放牧和农垦

C. 环境污染加剧　　　　　　　　D. 农业集约化经营

二、填空题

16. 在下列各句横线处,依次填入最恰当的词语。

① 这部书差不多都是讲禽兽的,从禽兽变到人,你看这中间需要多少进化_____!

② 为了提高学生的口语水平,英语老师一次次地示范朗读,一个个地_____发音。

③ 美国宇航局 2 月 7 日宣布,"大病初愈"的"勇气"号火星车又_____了往日的活力。

A. 历程　　矫正　　恢复　　　　B. 里程　　校正　　恢复

C. 历程　　校正　　回复　　　　D. 里程　　矫正　　回复

17. 在下面两段文字中横线处,依次填入最恰当的关联词语。

① 进入 21 世纪,人类_____为自己创造了一个非常辉煌的迅猛发展的现代文明,_____这个文明业已在 20 世纪末暴露出很多弊端,遇到了目前新的问题。

② 当您发现有人偷税或逃税时,您有权利也有义务对这种行为进行举报。因为他偷税、逃税_____是在损害国家利益,_____是在损害您的利益,个别人的偷税逃税,实际上增加了他人的负担。

A. 已经　　而且　　既　　又　　B. 即将　　而且　　不但　　也

C. 即将　　但是　　既　　又　　D. 已经　　但是　　不但　　也

18. 在下面一段文字横线处填上与上下文衔接最好的一句话。

我们的时代,是百花齐放的时代,我们不但要盈亩满畦的牡丹和菊花,我们也要树下的紫罗兰,草地边的蒲公英。_____。我们的责任是不但让读者能兼收并蓄,而且还可以各取所需。

    A. 世界上没有不爱花卉的人,但是每人的爱好又是多种多样的

    B. 世界上没有不爱花卉的人,但是每人的爱好不尽相同

    C. 因为每种花都有生存的权利,人们既爱牡丹、菊花,又爱紫罗兰、蒲公英

    D. 因为每种花都有生存的权利,那么每位读者也有选择的权利

19. "_____"是柳宗元所作的诗句。

    A. 千山鸟飞绝,万径人踪灭   B. 山光悦鸟性,潭影空人心

    C. 空山新雨后,天气晚来秋   D. 少无适俗韵,性本爱丘山

20. 下列诗句描写的季候,若依春、夏、秋、冬时序排列,正确的排序是_____。

    ① 兴尽晚回舟,误入藕花深处。

    ② 不似春光,胜似春光。寥廓江天万里霜。

    ③ 梅英疏淡,冰澌溶溶,东风暗换年华。

    ④ 孤村芳草远,斜日杏花飞。

    A. ④①③②   B. ④①②③   C. ③②①④   D. ②③④①

21. "东风不与周郎便,铜雀春深锁二乔"是唐代著名诗人_____所写的咏史诗中的名句。

    A. 杜甫   B. 杜牧   C. 刘禹锡   D. 白居易

22. 下面一首词的词牌应该是:

楼阴缺,阑干影卧东厢月。东厢月,一天风露,杏花如雪。

隔烟催漏金虬咽,罗帏黯淡灯花结。灯花结,片时春梦,江南天阔。

    A. 菩萨蛮   B. 忆秦娥   C. 清平乐   D. 西江月

23. 清华校训"自强不息,厚德载物"出自_____。

    A.《左传》   B.《论语》   C.《易经》   D.《尚书》

24. 有位总统在就职时说,"我们美国正在打一场伟大或成功的战争,这不仅是一种反对匮乏、贫穷与经济不景气的战争,而且是一种争取民主政治生存的战争"这场战争指的是:

    A. 美国独立战争   B. 美国南北战争

    C. 美国罗斯福新政   D. 美国参加世界反法西斯战争

25. 青年时期的钱伟长在美国大使馆填写签证表的宗教信仰一栏目时,钱先生说:"我没有宗教信仰。"美国官员说:"没有是不行的,你就填信仰孔教吧。"这件事情说明:

    A. 外国人一直把儒教当成中国的国教

    B. 当时不少外国人把儒家视为一种宗教

    C. 儒家应当积极参与世界宗教对话

    D. 儒教或曰孔教就是中国人的宗教

26. 根据《继承法》的规定,继承人_____的,丧失继承权。

    A. 过失杀害被继承人   B. 故意杀害其他继承人

    C. 无行为能力的   D. 虐待被继承人

27. 下列依法享有对直辖市中级人民法院院长任免权的机关是_____。

A. 直辖市人民代表大会   B. 直辖市人大常委会

C. 直辖市人民政府   D. 直辖市高级人民法院

28. "煤变油项目上马的关键,在于油价能否长期维持在45美元一桶"主要说明,价值规律:

A. 调节市场的供求关系   B. 促使企业自主创新

C. 调节生产要素的分配   D. 促使企业优胜劣汰

29. 古诗云:"才从塞北踏冰雪,又向江南看杏花。"从地理学角度看,它描述的是:

A. 从低纬到高纬的地域分异   B. 从山麓到山顶的地域分异

C. 从沿海到内陆的地域分异   D. 从平原到高原的地域分异

30. 丹麦是中、西欧和斯堪地半岛间往来的陆桥,也是控制＿＿和＿＿海域间通航的门户,素有"北欧十字路口国"之称。

A. 黑海、波罗的海   B. 地中海、大西洋

C. 波罗的海、北海   D. 北海、北极海

三、阅读理解题

（一）阅读下面短文,回答文后五题。

樟 树 赞
茹志鹃

上海宋庆龄故居庭前有两棵树。①

有一次,周恩来同志觉得那房子大了一点,就劝宋庆龄同志搬个家。她不肯,说:我舍不得这两棵树。②

这是两棵樟树。③

广东有种英雄树。它长得很高。如果在它周围有别的树木,它一定要长得比别的树高出一段,方才罢休。据说它的花大,它的花红。仔细想想,即使花红如血,花大如轮,长在那么高的树上,伸着脖子,仰着脑袋,欣赏起来,难保一定有趣。④

樟树不高,特别是它的躯干。茂茂盛盛的倒是它的枝丫,生发开来的枝丫,长到一定程度,犹如小树干那么粗壮。粗粗壮壮的枝丫,从同一个母体躯干里生发开来,四面八方,伸得远远的,繁繁密密,荫凉特大。⑤

这是两棵树荫很大的樟树。⑥

别的树木,容易招虫。从同一棵石榴树上,就可以捉到三、四种不同的虫。花花绿绿的;屈体前进的;以叶作伪装的;密密麻麻,不易发现的;它们自己寄生在树上,还在那里养儿育女,繁衍后代,并且教唆后代如何寄生。树蛀空了,它们也还不死,而且散开去,另去物色寄生体。⑦

樟树不招虫。这个特点,在它作为树的时候,就表现得十分充分。别的树要喷洒药水,而它却不必。其奥秘也可能是到后来才发现,原来是在树的本身,树的内里,就有一种拒虫的气味。因为这是一种有益的气味,人们称它为香气。更难得的是,樟树将这种拒虫的香气,永久保持,至死不变。这一点,恐怕世界上任何科学制作的化妆品,都难以做到的。即使当它枝枯叶谢的时候,当它已经作为木料的时候,它的香气也永远不变,永不消失。只要这木质存在一天,虫类就怕

它一天。樟树的高就高在这里,贵也贵在这里。⑧

　　上海宋庆龄故居的庭前,有两棵树。有两棵荫凉大、不招虫的樟树。⑨

　　31. 第四自然段写到"英雄树",下面理解正确的一项是:

　　A. "英雄树"有一定要比别的树木长得高才罢休的特点,突出其努力向上,不甘人后的精神。

　　B. "英雄树"有一定要比别的树木长得高才罢休的特点,作者用来比喻宋庆龄对自己的要求比别人高。

　　C. 英雄树的花既大又红,作者用来象征宋庆龄的人格品质。

　　D. 作者用英雄树来比喻一些喜欢与人争位置高下的人,与宋庆龄的人格品质形成鲜明对照。

　　32. 第五自然段中写樟树枝叶繁茂,"从同一个母体躯干里生发开来,四面八方,伸得远远的",对其含义理解正确的一项是:

　　A. 比喻社会主义祖国呈现出欣欣向荣景象。

　　B. 表达党对人民无尽的恩情。

　　C. 象征宋庆龄为祖国和人民竭力奉献的博大胸怀和崇高品质。

　　D. 形容宋庆龄同志与党和人民心心相连。

　　33. 对第七自然段所写内容理解正确的一项是:

　　A. 说明虫子生命力顽强,不易杀绝。

　　B. 用虫子善于伪装比喻坏人不易识别,警醒人们提高警惕。

　　C. 用虫子破坏力极大、会蛀空大树比喻坏思想也会蛀空人的灵魂。

　　D. 用石榴树易招虫做对比,意在表现樟树有拒虫蛀的特点,为表达主题做铺垫。

　　34. 文章结尾段落作用的理解,不正确的一项是:

　　A. 结构上呼应开头段落,形成前后照应的关系。

　　B. 修辞上运用了反复的手法,突出樟树的象征意义。

　　C. 内容上比开头多了两个特点的表述,形成对前文主要内容的概括。

　　D. 表达上重复中有变化,显示出作者情感的变化和高深的文字功底。

　　35. 下面对文章内容的理解正确的一项是:

　　A. 这是一篇说明樟树特点的小品文,通过对宋庆龄故居庭前的两棵樟树的描述,说明了樟树枝叶茂密,不易招虫的特点。

　　B. 这是一篇即景抒情的散文,通过对宋庆龄故居庭前的两棵樟树枝叶茂密,不易招虫等特点的描述,表达了作者对樟树喜爱。

　　C. 这是一篇托物言志的散文,通过对宋庆龄故居庭前的两棵樟树枝叶茂密,不易招虫等特点的描述,歌颂了宋庆龄始终保持为人民服务本色,至死不变的崇高品质。

　　D. 这是一篇说明樟树特点的小品文,通过对宋庆龄故居庭前的两棵樟树的描述,既说明了樟树有枝叶茂密、不易招虫等特点,又表达了作者对樟树主人的敬佩。

　　(二)阅读下面短文,回答下列五道题。

　　前年的今日,我避在客栈里,他们却是走向刑场了;去年的今日,我在炮声中逃在英租界,他们则早已埋在不知那里的地下了;今年的今日,我才坐在旧寓里,人们都睡觉了,连我的女人和孩子。我又沉重的感到我失掉了很好的朋友,中国失掉了很好的青年,我在悲愤中沉静下去了,不料积习又从沉静中抬起头来;写下了以上那些字。

要写下去,在中国的现在,还是没有写处的。年青时读向子期《思旧赋》,很怪他为什么只有寥寥的几行,刚开头却又煞了尾。然而,现在我懂得了。

不是年青的为年老的写纪念,而在这三十年中,却使我目睹许多青年的血,层层淤积起来,将我埋得不能呼吸,我只能用这样的笔墨,写几句文章,算是从泥土中挖一个小孔,自己延口残喘,这是怎样的世界呢。夜正长,路也正长,我不如忘却,不说的好罢。但我知道,即使不是我,将来总会有记起他们,再说他们的时候的。……

二月七—八日。

36. 下面对选文第一段画线句子的分析,不正确的一项是:

A. 这三句话运用排比句式,对照的写法,巧妙地由往事的回忆过渡到写作当时。使文章中片断的回忆,文章中的记叙、议论和抒情浑然一体。

B. 从这三句话可以看出,尽管在白色恐怖的环境里,作者的悲愤之情并没有随着光阴的流逝而减弱。

C. 这三句话既写了自己的处境,也写了烈士们的遭遇,揭示了在抗日战争时期中国动荡不安的政局。

D. 这三句话在叙述中满含着感情,表达了作者对烈士深沉的缅怀之情。

37. 下面对第二段内容和写法上的分析,不正确的一项是:

A. 向秀的《思旧赋》是写来纪念两位被司马氏政权杀害的好友的,当时处在司马氏政权的高压之下,只能写得短而隐晦。

B. 鲁迅先生当初读《思旧赋》,由于年轻,不了解《思旧赋》的写作背景,所以对文章只有寥寥的几行不理解。

C. 作者运用这个典故,意在揭露国民党反动派统治下的中国,疯狂杀害革命青年,使人民群众缄口不言,与当时司马氏统治一样的黑暗腐朽。

D. "然而,现在我懂得了",再次强调"在中国的现在,还是没有写处的",抒发了自己"吟罢低眉无写处"的悲愤感情。

38. 下面对第三段第一句的理解分析不正确的一项是:

A. "在这三十年中,却使我目睹许多青年的血"概括了辛亥革命前后一直到写作当时革命青年惨遭新老反动派杀害的事实。

B. "不是年青的为年老的写纪念",而是年老的为年轻的写纪念,白发人哭黑发人,这种有违常理的现象尤其使人悲哀,语句之中已经暗含着对反动派罪行的控诉。

C. "许多青年的血,层层淤积起来,将我埋得不能呼吸"和《记念刘和珍君》中"四十多个青年的血,洋溢在我的周围,使我艰于呼吸视听"一样,都表现出作者极度悲愤的感情。

D. "这是怎样的世界呢"一句,满含感叹的一句话,却用了一个平平淡淡的句号,表明作者在写出了纪念文章之后,心情已经平静下来了。

39. 对第三段画线句子分析理解不正确的一项是:

A. 句中的"夜"表明写文章时夜已很深,更是喻指反动派黑暗统治的漫漫长夜。

B. "路"在这里比喻革命者与反动派斗争的道路。

C. 两个"正长"说明反动统治还在延续,革命者斗争的道路还很漫长,表明作者对现实清醒的认识。

D. "我不如忘却"回应开头,与"夜正长,路也正长"形成因果关系。

40. 下列说法不够准确的一项是:

A. 从内容上看,这一部分表达作者的悲愤心情并指出烈士的鲜血不会白流,是全文内容的自然收束。

B. "但我知道,即使不是我,将来总会有记起他们,再说他们的时候的。……"最后一句结束后,用了句号,然后又用省略号,表示意犹未尽,蕴含着作者丰富的感情。

C. 文章表现的感情层层深入,逐渐形成高潮,"我不如忘却,不说的好罢"并不是消极回避,而是要化悲愤为力量,用更坚决的斗争作为对烈士最好的纪念。

D. 文章最后一句是对革命前途的预言,表明了作者必胜的信心、坚定的信念和斗争到底的"韧"的精神。"二月七—八日"表明这篇文章足足写了一夜。

(三)阅读下列短文,完成文后五题。

语言学习,在某种语言单位中确定一词多义的一种切近意义,在一义多词的语言现象中选择恰当的词句,这显然是思维的功能。如果头脑加工的不是语言信息,那就要进行某种转换。如看图作文,思维对语言的选择性功能就更大,而且要更多的发挥创造性思维。

人们每天都要接触大量的语言,但输入大脑加工的只是一部分,其余的则视而不见,听而不闻。可见言语的接收,绝非仅由感官被动承担的任务,而有一个由大脑思维活动指挥的主动筛选过程。可见,言语的使用,直接体现着思维的选择性与创造性。

同时,思维内容还决定着语义。语义即语言的意义,一般指词、词组与句子所表达的意思。它是思维和语言关系中的核心问题。

首先,单词的普遍意义和特殊意义是统一的。单词离开具体的语句,仍保留着普遍的稳定的意义。单句进入具体的语句,就会获得特殊的意义。孤立的词的意义是"死"的,在语言学上称词汇意义,可以在词典里供任何人查阅。人们将孤立的单词用入句、段、文章,"死"的词汇意义就变成了"活"的结构意义。因此,古老的单词进入语句篇章,就从普遍意义向特殊意义发生转化。促成这种转化的正是思维内容和思维操作(主要是编码和解码)过程。比如要求学生翻译《海瑞传》,学生从工具书中查找生词,一个词的意义项有多种,为了再现作者原意,就要考查这个词在上下文中的特殊意义,最后确定一种恰当的意义。这就是思维操作。而考察上下文关系就是在一定语境中了解作者的思维内容。否则无法真正理解语义。同时,单词的普遍意义也是从特殊意义中概括出的;单词的一般思维内容则是在特殊思维内容的具体运用中体现出来的,是表达一般思维内容向表达特殊思维内容转化的结果。由此可见,对语义的理解和运用离不开思维,思维能力愈强,愈能通过一定语境,正确理解词句的特殊意义,可见语文教学与思维密不可分。

41. 本文讨论的中心问题是

A. 语言学习的重要性。

B. 语言与思维的关系。

C. 思维在语言学习中的重要作用。

D. 理解词的"活"的意义离不开思维。

42. 对第一段中"进行某种转换"在文中具体指的是

A. 把非语言信息转换成语言信息。

B. 恰当地选择符合语言现象的词句。

C. 对词语的切近意义进行确定。

D. 利用思维选择和创造看图作文。

43. 对第二段内容理解不正确的一项是

A. 大脑对不需要的信息可以视而不见,听而不闻。

B. 言语的接收是感官主动承担的任务。

C. 大脑思维活动可以主动筛选言语。

D. 言语的接收过程是思维的再创造过程。

44. 第四段中不属于"思维操作"的一项是

A. 保留离开具体语句中的单词的普遍的稳定的意义。

B. 将孤立单词的词汇意义变成结构意义。

C. 把单词的普遍意义转化成特殊意义。

D. 确定词语在上下文中符合作者原意的特殊意义。

45. 下面对本文的理解,不符合文意的一项是

A. 思维的功能表现在语言使用过程中对语言有选择性和创造性。

B. 在思维和语言的关系中思维内容是它的核心问题。

C. 从特殊意义中概括出单词的普遍意义也是思维操作过程之一。

D. 通过一定语境正确理解词句的特殊意义是思维能力强的表现。

(四) 阅读下文,完成文后五题。

你见过超声波清洗设备吗? 其实,这种设备现在已经很流行了,在很多眼镜店里,清洗镜框和镜片的都是超声波清洗机。这种设备上半部分是一个盛满水的水槽,下半部分是一个超声波发生器。只要一打开开关,只见一片片雾状的"气泡"不停地升腾到水面,激起阵阵水花。

其实,水里的这些气泡并没有"气",都是真空的,是由超声波产生的气穴,正确的名称应该是"微小真空核群",它是无数微小真空核的集合体。气穴酷似分布在宇宙中的无数的银河,可以被称为"微小银河"。这种真空核在液体中一边以每秒 2 万次以上的频率重复着生成、消减的过程,一边还在高速移动。超声波清洗的秘密就在这里,强力超声波在液体中引发剧烈的振荡,利用真空核的生成和消失时的正负冲击力进行清洗。

超声波清洗技术已有 30 多年的历史,但是,对这项技术一直存在一个误解,使人们怀疑超声波清洗的效果。传统的超声波清洗理论认为,气泡起到了清洗的作用。后来经过反复试验发现,事实上,气泡只是由超声波的强力粗密波引起的单纯的气体爆发而已,它反而会抑制甚至消除超声波清洗的清洗力,真正发挥清洗作用的是真空的气穴。这一发现实现了超声波清洗领域的革命性突破。这就是超声波清洗的新理论。以此为基础的超声波清洗技术定义为新超声波清洗

技术。

　　人们根据这一理论研制的超声波清洗设备,清洗效果大大优于同类产品,能够成功地控制气穴现象的发生位置、发生密度、发生效率和冲击力。最早的超声波清洗技术,大量使用三氯乙烯、氟里昂等有毒有害的化学溶剂作为清洗介质,对环境的污染相当严重,甚至有人因为饮用了受污染的水而过早死亡。后来人们开发了更高效的清洗技术,可以用水代替氟里昂等有毒有害介质,而且更加环保,因此在1993年,这项技术获得美国环境保护局所颁发的环境保护奖。

　　超声波除了可以对金属、塑料、橡胶、液晶等各种部品进行去毛刺和精密清洗外,也可应用于食品,如淘米、洗菜、清洁餐具、洗涤衣服以及医疗用品等的洗涤,此外还可以进行超声波高速腐蚀、超声波颗粒研磨、超声波有机合成等,发展的前景十分广阔。利用这种技术还可以开发超声波洗衣机,除了水之外,无需洗衣粉或洗衣液,这种洗衣机一旦研制成功,将是洗衣业的一场革命,不仅工作效率大大提高,而且可以解决洗衣粉的污染问题。

　　　　　　　　　　　　　　(选自王辰东《超声波为什么能清洗》,《科海故事博览》2007、10)

46. 真正发挥清洗作用的是:

A. 气泡　　　　　　B. 气体爆发　　　　　C. 气穴　　　　　　D. 真空的气穴

47. 超声波清洗的新理论是:

A. 气泡抑制超声波清洗力。

B. 真空的气穴真正发挥清洗作用。

C. 超声波清洗领域的革命性突破。

D. 新超声波清洗技术。

48. 下列对"超声波清洗"的解说正确的一项是:

A. 超声波清洗机主要由超声波清洗槽和超声波发生器两部分构成。

B. 超声波清洗是打开开关后,一片片雾状的"气泡"不停地升腾到水面,激起阵阵水花的过程。

C. 超声波清洗是真空核在液体中一边以每秒2万次以上的频率重复着生成、消减的过程,一边还在高速移动。

D. 超声波清洗是强力超声波在液体中引发剧烈的振荡,利用真空核的生成核消失时的正负冲击力进行清洗。

49. 下列表述,不符合原文意思的一项是:

A. 气穴是由水里的气泡形成的,它是无数微小真空核的集合体。

B. 真正发挥清洗作用的真空的气穴,它实现了超声波清洗领域的革命性突破。

C. 超声波清洗都是以一定的液体作为媒质的条件下进行的。

D. 根据超声波新理论研制的超声波清洗设备,其清洗效果大大优于同类产品。

50. 根据原文提供的信息,以下理解不正确的一项是:

A. 人们根据新理论研制的超声波设备能够成功地控制气穴现象的发生位置、发生密度、发生效率和冲击力。

B. 目前所有的清洗方式中,超声波清洗是效率最高,效果最好的一种,这与它独特的工作原理和清洗方式密切相关的。

C. 随着科学的发展,各行各业的新产品新工艺不断涌现,超声清洗这一先进而又独特的工艺技术,正在越来越多的行业内应用。

D. 无须洗衣粉或洗衣液的洗衣机的研制成功,是洗衣业的一场革命,不仅工作效率大大提高了,而且解决了洗衣粉的污染问题。

【参考答案及解说】

一、选择题

1. C。本题考查字音知识,正确答案是 C 项。其他三项中,扪心自问读 mén;稗官野史读 bài;臧否读 zāng。

2. B。本题考查字形知识,正确答案是 B 项。其他三项中,亲睐—青睐,音近义混致误。"青睐"没有"亲自"或"亲切"的意思。所谓"青睐"即青眼,和"白眼"相对,这里的"青"指黑色。《世说新语》说三国魏名士阮籍"能为青白眼",见凡俗之士,眼睛上翻,以白眼对之;见到喜欢的人,则眼睛平视,以黑眼对之。后因以"青白眼"表示欢迎和厌恶两种截然不同的态度。"青睐"便由此而来。姆指—拇指,音同形似致误。姆,《说文》的解释是:"女师也。"本义指对未出嫁的女子负有教导责任的女教师,故从女母声,母兼表义。现泛指照管儿童料理家务的女子。拇,说文的解释是:"将指也。"即手、脚的大拇指。大拇指在手、脚中的地位,犹如母亲在家庭中的"一家之主"的地位,故其字从手母声。大拇指专指第一个指头,写作大姆指只能让人联想到保姆。修茸—修葺,形似误读致误。葺,音 qì,从草,本义是指用茅草覆盖房屋,引申义泛指修理建筑物。"修葺"是同义语素构成的合成词。"茸",读 róng,《说文》的解释是:"草茸茸貌。"本义为草初生时的柔软纤细的样子,引申义可泛指具有类似特征的东西,如细密的兽毛、松软的织物等。"茸"又是"鹿茸"的简称。但以上"茸"字均不能作动词用,更不能和"修"字搭配组词。

3. C。本题考查的是字义知识,或者说叫做词语的语素义知识。A 项"莫名其妙"的"名"是说出。B 项"风化"的"化"是风俗,D 项"多事之秋"的"秋"是时候。

4. C。本题考查成语知识,正确答案是 C 项。其他三项,A 项:"条分缕析",形象分析得细密而有条理;应该是褒义的,不能用来说"弊端"。B 项:一鸣惊人,比喻平时没有特殊的表现,一做起来就有惊人的成就。这里与"一贯的传媒优势"相矛盾。D 项:"责无旁贷"与"职责"语义重复。

5. C。本题考查病句的辨析,正确答案是 C 项。其他三项,A. 搭配不当,"制造"与"袭击"不搭配,"制造"可改为"发动"。B. 语序不当,"应用及运行"应改为"运行及应用"。D. 结构混乱,应改为"各级领导和全站职工应足够重视"或"安全工作应引起各级领导和全站职工足够的重视"。

6. D。本题考查简明,正确答案是 D 项。其他三项,A 项对"才认识的"是"江晓阳"还是"大哥",可以有不同的理解。B 项中赔偿损失的到底是单位还是张斌本人,可有不同理解。C 项中到底是两座氧化塔共 180 吨还是各 180 吨,可有不同理解。

7. D。本题考查诗歌鉴赏,不正确的是 D 项。这是浪迹天涯的游子思乡之作,从末句"断肠人在天涯"即可知,不仅仅是对秋的伤感,更有对家乡的思念之情。

8．A。本题考查的是文学常识。表述不正确的是 A 项。《家》、《春》、《秋》是"激流"三部曲。巴金的"爱情"三部曲是《雾》、《雨》、《电》。

9．D。本题考查对古诗文名句的理解，正确答案是 D 项。这两句最能体现窦娥的反抗精神。其他选项中，"认识前后不一致"、"改变观念"、"表现出觉醒的意识"等说法都有些牵强，缺乏根据。

10．B。本题考查历史知识，正确答案是 B 项。铁犁牛耕是我国耕作方式与技术的重大变化，它始于春秋时期。这段话语出《左传·宣公十一年》。

11．D。本题考查的是文学常识。正确答案是 D 项。《柳毅传》是唐传奇。

12．C。本题考查宪法中有关物质帮助权的知识，正确答案是 C 项。物质帮助权是指公民因丧失劳动能力或者暂时丧失劳动能力而无法获得必要的物质生活资料时，有从国家和社会获得生活保障，享受集体福利的一种权利。根据我国宪法第四十五条第一款规定，公民在特定情况下获得物质帮助权的具体表现有三：一是老年人的物质帮助权；二是患疾病公民的物质帮助权；三是丧失劳动能力公民的物质帮助权。由此遭受自然灾害并不是公民获得物质帮助权的条件。

13．B。本题考查刑事诉讼无罪判决执行的知识，正确答案是 B 项。根据刑事诉讼法第二百零九条规定，无罪判决和免除刑罚判决由人民法院执行。第一审人民法院判决被告人无罪、免除刑事处罚的，如果被告人在押，在宣判后应当立即释放。

14．A。本题考查对知识产权保护方面的知识，正确答案是 A 项。解答这一题目，可以有两条路径，一是知识迁移，由市场经济法制性特征中迁移而来；二是可以用排除法，如根据"按劳分配"是在公有制经济内实行的分配而排除 B；根据"投资环境"通常与投资的方便与收益方面相关的如政策和交通等而排除 C；根据"宏观调控"的常识而排除 D。"条条道路通罗马"，最终都指向 A。

15．B。本题考查的是地理知识，正确答案是 B 项。荒漠化主要原因是西部地区生态环境比较脆弱，降水少，植被少。而荒漠化加剧的主要原因是人们过度的樵采、放牧和农垦，超过了环境的承载能力。

二、填空题

16．A。历程：经历的过程；里程：路程。后者比前者具体。句子要表述的是"从禽兽变到人"所经历的进化过程，所以用"历程"。矫正：改正，纠正；校正：校对订正。对于"发音"，应该是纠正，所以用"矫正"。恢复，受损害(坏)的东西又变成了原来的样子，多用于政治、经济、秩序、健康等方面；回复，回到原状。

17．D。① 既然是"创造了"，当然是"已经"这一过去式，而不是"即将"这一未来式；前边的"辉煌"是肯定，后边的"弊端"是否定，所以要用转折关系的"但是"，而不用递进关系的"而且"。② 句应用表递进关系的关联词，以强调偷税对个人的危害，不能用表并列关系的关联词。

18．B。本题考查的是语句的衔接。对整体语段内容的分析与把握是解题的一个重要环节。语段开始有"我们不但要""我们也要"，表明是从人们的需要出发；横线以后两句是对整体内容的概括与提升，其中有"不但让读者能兼收并蓄，而且还可以各取所需"，看来，"各取所需"是此段内容的核心。选项中 C、D 两项的着重点在"花"(因为每种花都有生存的权利)，而非"人"，因此可首先排除。A 项中"每人的爱好又是多种多样的"强调的是个人的爱好不只一个；而 B 项则强调了人与人之间爱好的不同,与语段"各取所需"之意一致。

19.A。本题还是文学常识的考查,《江雪》诗是柳宗元的代表作,"千山鸟飞绝,万径人踪灭"两句又是《江雪》诗中的名句。B项"山光悦鸟性,潭影空人心"是唐代诗人常建的名句。C项"空山新雨后,天气晚来秋"是唐代诗人王维的名句。D项"少无适俗韵,性本爱丘山"是晋代诗人陶渊明的名句。

20.B。本题考查的还是基本的文学常识。"孤村芳草远,斜日杏花飞"句出自寇准的《江南春》,"杏花"是春天盛开的花朵,可以根据这句判断为春天。"兴尽晚回舟,误入藕花深处"是李清照的《如梦令》,中学教材中就有,如果知道荷花盛开的季节,自然也就可以确定这是夏季了。"寥廓江天万里霜"是毛泽东《采桑子·重阳》中的名句,"不似春光,胜似春光"表明绝不会是春天,"万里霜"是秋天才有的。至于"梅英疏淡,冰澌溶泄,东风暗换年华"句,是秦观的《望海潮》中的名句。虽然"东风"是春天的形象,但"梅花"却是冬天开放的,再加上"冰澌溶"可知是冬天将尽时的景象。

21.B。本题还是文学常识题。这是杜牧《赤壁》诗中的两句,全诗是:折戟沉沙铁未销,自将磨洗认前朝。东风不与周郎便,铜雀春深锁二乔。

22.B。本题考查的是文体知识。这首词是宋代诗人范成大的《忆秦娥》,这首词着重描绘春日晚景,以抒愁情。由于每一词牌的字数句数都有定制,这类题,只要会背一首同类词就可以判明,如毛泽东的《忆秦娥·娄山关》。

23.C。"自强不息"见于《周易·乾卦》"天行健,君子以自强不息";"厚德载物"见于《周易·坤卦》"地势坤,君子以厚德载物"。意谓:天(即自然)的运动刚强劲健,相应于此,君子应刚毅坚卓,发愤图强;大地的气势厚实和顺,君子应增厚美德,容载万物。译为:君子应该像天宇一样运行不息,即使颠沛流离,也不屈不挠;如果你是君子,接物度量要像大地一样,没有任何东西不能承载。

24.C。选择时不要断章取义,仅从材料的第一句"我们美国正在打一场伟大或成功的战争",望文生义地以为就是指真正的战争。其实从材料中的"反对匮乏、贫穷与经济不景气""争取民主政治生存"这两个要素看,只有美国罗斯福新政符合题意。

25.B。D肯定不正确,儒家思想尽管对中国人影响很大,但严格意义上来说,它还不是宗教;C不符合题意,题目问的是个人的宗教信仰,选项与设问无关;A项太绝对,"外国人"中并不是所有外国人,而且更不可能都一直把儒教当成国教。

26.B。根据《继承法》第一章第七条,继承人有下列行为之一的,丧失继承权:(一)故意杀害被继承人的;(二)为争夺遗产而杀害其他继承人的;(三)遗弃被继承人的,或者虐待被继承人情节严重的;(四)伪造、篡改或者销毁遗嘱,情节严重的。

27.A。《中华人民共和国人民法院组织法》第35条规定:"地方各级人民法院院长由地方各级人民代表大会选举,副院长、庭长、副庭长和审判员由地方各级人民代表大会常务委员会任免","在省内按地区设立的和在直辖市内设立的中级人民法院院长,由省、直辖市人民代表大会选举,副院长、庭长、副庭长和审判员由省、直辖市人民代表大会常务委员会任免"。第36条规定:"……各级人民代表大会有权罢免由它选出的人民法院院长。……"据此,享有直辖市中级人民法院院长任免权的机关为直辖市的人民大会,A项为应选项。C项是当然排除项,因为人民政府属于行政机关,无权任免法院系统的人员,只有权力机关才有该任免权。D项也应排除,因为上级法院和下级法院之间是监督关系而不是领导关系,高院无权任免中院的人员。

28. C。本题考查的是经济学常识。"煤变油项目上马的关键,在于油价能否长期维持在 45 美元一桶"这句话实际在强调价值规律的作用,BD"自主创新"、"优胜劣汰"的说法明显错误,和市场"供求关系"也没有直接的联系。

29. A。本题考查地理知识,正确答案是 A 项。"冰雪"、"杏花"表示在同一季节,两处温度不同;气温直接来自于地表的红外线辐射,而地表的温度取决于太阳辐射强度之大小,太阳辐射强度之大小取决于平均太阳高度角的大小,一般说来,纬度愈高,则平均太阳高度角愈小,反之则愈小;塞北纬度高,高度角小,所以冷;而江南纬度较低,所以较热。

30. C。这是地理知识。应该了解丹麦的地理位置。

三、阅读理解题

(一) 樟树赞

31. D。在托物言志的散文中,描写对象一旦确定,再写其他的事物,不是对比,就是衬托。

32. C。注意托物言志类散文的特点。在本文中,樟树已经有了象征意义,象征宋庆龄先生高贵的品质。

33. D。托物言志类散文,表现所托之物特点,目的是为后面"言志"铺垫。

34. D。仅仅是语言的重复中的变化,且变化不大,无法得出"高深的文字功底"这一结论。

35. C。本题考查的有两点内容。本题考查的有两点内容。首先是对文体的认识,这是一篇托物言志的散文,而不是什么说明文。其次是对内容的理解,本文歌颂的对象是宋庆龄,而不是樟树;是通过对樟树特点的描述,来象征宋庆龄先生的崇高品格。

(二) 为了忘却的纪念

36. C。这时还不是抗日战争时期

37. B。"由于年轻,不了解《思旧赋》的写作背景"的说法不正确

38. D。作者心情已经平静下来了的说法欠妥

39. A。从全句看,这里的夜应该是比喻而不是实写

40. D。"这篇文章足足写了一夜"的说法没有根据

(三) 思维在语言学习中的重要作用

41. C。A 项没有涉及"思维",而思维是本文的一个重要内容;B 项表述笼统不具体;D 项只是文中涉及的一个方面。

42. D。注意这里强调的是思维的作用。

43. D。文中没有出现"再创造过程"这样的信息。

44. A。"保留离开具体语句中的单词的普遍的稳定的意义"是字典的功能,而这一意义是"死"的意义,只有"活"的意义才是"思维操作"的对象。

45. B。原文第三段说"思维内容还决定着语义"、"它是思维和语言关系中的核心问题",可见成为"核心问题"的不是"思维内容"本身,而是"思维内容决定着语义"这一过程。

(四) 超声波为什么能清洗

46. D。考查对重要信息的把握,正确答案是 D 项。A 项气泡是传统的超声波清洗原理的观点,B 是气泡由超声波的强力粗密波引起的现象,C 项概括不全面。

47. B。考查句子的理解能力,正确答案是 B 项。解题时要理清"这一发现实现了超声波清

洗领域的革命性突破。这就是超声波清洗的新理论"这两个句子中"这"指代的内容。该题其实就是指代词"这"的考查。

48. D。考查对文中重要词语的把握,正确答案是 D 项。A 项是超声波洗衣机的构成。B 这里说的只是表面现象,并不是其本质内容。C 这里是说真空核的活动。

49. A。对整体内容的理解与把握,正确答案是 A 项。A 项不是水里的气泡形成的,而是由超声波产生的,集中在第二段。

50. D。考查对整体内容的理解,正确答案是 D 项。该项把未然说成了已然。

硕士专业学位研究生入学资格考试练习题(二)

第一部分　语言表达能力测试

(50 题,每题 2 分,满分 100 分,考试时间 45 分钟)

一、选择题

1. 下列加点字的注音全都正确的一组是:

A. 恬静(tián)　哺育(pǔ)　对峙(zhì)　荷枪实弹(hè)

B. 拮据(jū)　休憩(qì)　宝藏(zàng)　歃血为盟(shà)

C. 携手(xié)　谛听(tì)　模(mú)样　吞吞吐吐(tǔ)

D. 倜傥(tǎng)　惭怍(zhà)　答(dā)应　大腹便便(pián)

2. 下列没有错别字的一句是:

A. 据可靠资料证明,杭州的棉纺织业虽发展在拱墅区,其发轫地则在下城区江山弄。

B. 美国篮球巨星乔丹,于 5 月 21 日访问香港,面对记者的提问谈笑风声。

C. 他静静地躺在床上,脸上的神色是那样的安详,好像经过长途跋涉之后的小憩。

D. 日本侵略者长驱直入,一路烧杀抢掠,丧失人性,犯下的罪行罄竹难书。

3. 下列加点字的释义全都正确的一组是:

A. 作壁(墙壁)上观　千钧一发(头发)　洞(透彻)若观火

B. 并驾齐驱(快跑)　恶贯(贯穿)满盈　面目一(完全)新

C. 奇货可居(储存)　以邻为壑(深沟)　欲盖弥(弥补)彰

D. 走投(投奔)无路　严惩不贷(宽恕)　评头品(品评)足

4. 下列句子中,没有语病的一句是:

A. 欧盟委员会去年底发表的报告显示,即将加入的 10 个新成员国的人均国民生产总值仅为现有成员国平均水平的 47%,新老成员国贫富十分悬殊。

B. 地图是城市发展的一面镜子。当上海的城市地图不断修订甚至达到每周均出新版时,它所显示的意义也就不言自明:这座大都市的变化太快太大。

C. 近几年,非法职业中介活动越来越多,每逢节后民工大量进城,就是黑中介机构编造虚假信息,骗取民工钱财猖獗之时。

D. 具有二千五百多年历史的古城苏州荟萃了江南园林的精华,沧浪亭、狮子林、拙政园、留园、网师园等无不以流光溢彩的风姿为中外游人所倾倒。

5. 下列各句中,句意明确、没有歧义的一句是:

A. 张义和王强上课说话,被老师叫到办公室去了。

B. 牧童牵着牛在吃田里刚刚灌浆的玉米。

C. 这里新修了20米宽的柏油马路,两边还有2米宽的非机动车道。

D. 经过检查,大家发现并解决了经营中出现的一些实际问题。

6. 对下列句子的修辞方法及其作用的表述,不正确的一项是:

A. 那又浓又翠的景色,简直是幅青绿山水画。

——运用比喻的手法,描绘出了荔枝树林夜色的浓郁和美好。

B. 狂风紧紧抱起一层层巨浪,恶狠狠地把它们甩到悬崖上。

——运用拟人的手法,突出了大海涨潮时的有力气势。

C. 世间还能有比这更居心险恶的事情吗?我是一辈子没有到过蒙大拿的。

——通过设问,揭露了资本主义自由竞选的虚伪性。

D. 花下也缺不了成群结队的"清国留学生"的速成班,头顶上盘着大辫子,顶得学生制帽的顶上高高耸起,形成一座富士山。

——通过夸张和比喻,写出了清朝留学生可笑的打扮和丑态。

7. 一年可分四季,而文章诗词中不乏佳句,请选出解说与情景不相符的一项:

A. "花态柳情,山容水意,别是一种趣味。"——写春景

B. "停车坐爱枫林晚,霜叶红于二月花。"——写秋景

C. "接天莲叶无穷碧,映日荷花别样红。"——写夏景

D. "轻鲦出水,白鸥矫翼,露湿青皋,麦陇朝雉。"——写冬景

8. 下面有关苏轼的说法正确的一项是:

A. 苏轼是宋代著名的文学家,与父洵、兄辙,并称"三苏"。

B. 他具有多方面的艺术才能,诗、文、词、曲皆所擅长。

C. 一生屡遭贬谪,却能泰然处之,贬官杭州时作了《赤壁赋》。

D. 《赤壁赋》融叙事、写景、抒情、议论于一炉,将抽象的哲理形象化,引人入胜。

9. 下列有关史书的说法,不正确的一项是:

A. 我国正史有通史、断代史之别,前者如《汉书》,后者如《史记》。

B. "班马并称,史汉连举"表明了人们对《史记》、《汉书》及其作者的评价。

C. "二十四史"是由乾隆皇帝钦定的,起于《史记》,止于《明史》。

D. 《史记》、《汉书》、《后汉书》、《三国志》,合称"四史",均属纪传体。

10. 下列说法与我国法律规定的"司法机关依法独立行使职权"原则不一致的一项是:

A. 司法权不得由一般的行政机关来行使

B. 司法机关既要独立行使职权,又不得无限度地使用自由裁量权

C. 任何机关、团体和个人不得以任何形式干预司法活动

D. 司法机关及其工作人员在独立行使职权时不得违反程序规定

11. 甲单位接受乙单位委托的研究任务完成一项发明创造。在双方事前无协议约定的情况下,该成果的专利申请权应该属于:

A. 专利申请权应属于甲单位

B. 专利申请权应属于乙单位

C. 专利申请权应属于甲乙两单位共同拥有

D. 专利申请权归两单位中先提出专利申请者

12. 下列选项中,不属于无效婚姻的一项是:

A. 仅差两天即达法定婚龄而登记形成的婚姻

B. 表兄妹之间的婚姻

C. 为取得巨额遗产而与他人结婚形成的婚姻

D. 一审判决准予离婚,在上诉期内与他人结婚形成的婚姻

13. 依照我国现行法律,下列个人所得,不需要交纳个人所得税的一项是:

A. 甲因购买国库券而获 5 000 元利息

B. 乙因买卖股票而获利 1 000 元

C. 丙因购买中国福利彩票而获得价值 8 000 元的财产

D. 丁因完成国家级研究课题并因此出版学术专著一本而获 3 000 元稿酬

14. 在我国现阶段,不同国有企业的职工,付出同样的劳动,获得的劳动报酬也会有所差别。这是因为:

A. 贯彻按劳分配能使企业中的一部分人先富起来

B. 按劳分配的实现程度与企业的效益是联系在一起的

C. 按劳分配的实现程度与企业的利益是联系在一起的

D. 按劳分配与按资金分配是结合在一起的

15. 下列有关人体冠状循环及心血管疾病的叙述,不正确的一项是:

A. 若无冠状循环,心肌就无法得到所需的氧气

B. 冠状动脉发自主动脉(大动脉)基部,并分成左右二支

C. 心肌梗塞是心肌被血块所阻而失去滑动的功能

D. 心绞痛是因心肌得不到充分的氧气

二、填空题

16. 在下列各句横线处,依次填入最恰当的词语。

① 解决下岗工人再就业的问题,除了要拓展就业岗位,还要合理_____劳动力。

② 地质科学家经常用生物的化石来_____地质年代。

③ 瑞典的"网络防务"体系是以因特网为_____,而不是建立一个新的军事网络。

A. 安置　断定　依托　　　B. 安置　确定　依附

C. 安排　确定　依托　　　D. 安排　断定　依附

17. 在下面一段文字横线处,依次填入最恰当的关联词语。

　　语言的形式, ___①___ 能是美的, ___②___ 它有整齐的美,抑扬的美,回环的美。这些美都是音乐所具备的, ___③___ 语言的形式美也可以说是语言的音乐美。在音乐理论中,有所谓"音乐的语言";在语言形式美的理论中, ___④___ 应该有所谓"语言的音乐"。___⑤___ 音乐和语言不是一回事, ___⑥___ 二者之间有一个共同点:音乐和语言都是靠声音来表现的。

	①	②	③	④	⑤	⑥
A.	之所以	因为	但是	还	不但	而且
B.	不仅	而且	但是	还	尽管	但是
C.	不仅	而且	所以	也	不但	而且
D.	之所以	因为	所以	也	尽管	但是

18. 在下面一段文字横线处,依次填入正确的标点符号。

　　挂钟孤独地在数着永恒的数字_____滴答_____滴答_____滴答_____这响声已替他累积长长的五十七年了_____他走向月台,北边,是逗人心慌意乱的长鸣_____南边,一个挂着拐杖的倾斜身影。在铁路顶端_____两条铁轨交并成单线而隐入村落树木的那里,他看到淡淡的一缕黑烟。

　　A. , , , …… 。 ; :
　　B. ! 、 、 , 。 ? ,
　　C. , 、 、 …… 。 ; ——
　　D. ! 、 、 …… ! 。 ——

19. 从修辞及表达的角度分析下面文字中标线的部分,分析不恰当的一项是

　　青年又何须寻那挂着金字招牌的导师呢?不如寻朋友,联合起来,同向着似乎可以生存的方向走。你们所多的是生力,遇见深林,可以辟成平地的,遇见旷野,可以栽种树木的,遇见沙漠,可以开掘井泉的。问什么荆棘塞途的老路,寻什么乌烟瘴气的鸟导师!(鲁迅《导师》)

　　A. 这是三个比喻句,不是排比句。
　　B. 使道理浅显易懂,使论述生动活泼,具体形象,引人联想。
　　C. 从不同角度共同强调了同一道理,即要克服困难,改造环境,以求生存。
　　D. 分别揭示同一命题的多方面的含义,即告诫青年要根据不同的条件,向不同的方向发展。

20. 在下面文字横线处,填上与上下文衔接最恰当的一句话。

　　海是动的,山是静的。海是活泼的,山是呆板的。昼长人静的时候,天气又热,凝望着青山,一片黑郁郁的连绵不断,如同病牛一般。而海呢,你看她没有一刻静止!_____。

　　A. 潮声有点含混,像孩子牙牙学语,待到清晰时,又可辨高与低,颤与滑,无一不清亮而和谐。
　　B. 它咆哮着,猛烈地向岸边袭击过来,冲进了岩石的罅隙里,又扒拉着岩石的壁垒。
　　C. 月光下,海面织出了朵朵银色的浪花,美丽地躁动着。
　　D. 从天边微微郏郏直卷到岸边,触着礁石,更欣然地溅跃起来,开了灿然万朵的银花。

21. 在下列各句横线处,依次填入最恰当的成语。

　　① 事前有周密的规则,遇事有果敢的决心,就不至于_____左右为难了。
　　② 要创佳绩,就必须大胆革新,勇于实践,克服_____的保守思想。

③ 青年人在困难面前不应该_____，而应该勇猛前进。

④ 在个人利益和集体利益发生矛盾时,应该坚决地舍弃个人利益,决不应该_____。

A. 犹豫不决　　畏首畏尾　　畏缩不前　　举棋不定

B. 畏首畏尾　　举棋不定　　犹豫不决　　畏缩不前

C. 举棋不定　　畏首畏尾　　畏缩不前　　犹豫不决

D. 畏缩不前　　举棋不定　　犹豫不决　　畏首畏尾

22. 下面诗歌,不是李白作品的一项是:

A. 众鸟高飞尽,孤云独去闲;相看两不厌,只有敬亭山。

B. 白发三千丈,缘愁似个长;不知明镜里,何处得秋霜。

C. 兰陵美酒郁金香,玉碗盛来琥珀光;但使主人能醉客,不知何处是他乡。

D. 仗剑行千里,微躯敢一言,曾为大梁客,不负信陵恩。

23. 依文意推敲,下面诗句横线上填写最恰当的一项是:

我客居在_____的诗里/金箔映照着西风中的翠鸟与玉楼/失火的绛唇冷去,磷磷的/兵车乍醒如戏/在一片澄黄的语字的景色里/长安,是不能逼迫太甚的玻璃器皿/客来,借酒/春到,看花/群鸥日日的_____也好像是广厦千万了。

A. 王先生(王维)/辋川　　　　B. 杜先生(杜甫)/草堂

C. 李先生(李白)/青莲乡　　　D. 孟先生(孟浩然)/终南山

24. 《雨巷》是中国现代诗人_____的名诗。

A. 郭沫若　　　　　　　　　B. 顾城

C. 戴望舒　　　　　　　　　D. 舒婷

25. 对"忽如一夜春风来,千树万树梨花开"两句诗的说法不正确的一项是:

A. 这是唐代山水派诗人岑参《白雪歌送武判官归京》中的名句。

B. 诗句以梨花比喻雪,新颖奇特。

C. "千树万树梨花开"让人在冰天雪地里如同置身于大好春光之中。

D. 一个"忽"字,既写出了塞外气候的变幻奇特,又表现了诗人见到奇丽雪景后的惊喜之情。

26. 文天祥抗元被俘,但他在异族强权面前,正气浩然,风骨铮铮,写下了"人生自古谁无死,留取丹心照汗青"的千古绝唱。他的这种气节反映了当时社会的思想主流是:

A. 黄老之学　　　　　　　　B. 佛学

C. 程朱理学　　　　　　　　D. 陆王心学

27. 明太祖曾经想把孟子的牌位搬出孔庙。根据你的判断,下面《孟子》的话最可能招致明太祖不满的一句是:

A. 君之视臣如土芥,则臣视君如寇雠。

B. 长君之恶,其罪小;逢君之恶,其罪大。

C. 非其君不事,非其民不使;治则进,乱则退。

D. 王何必曰利? 亦有仁义而已矣。

28. 商家在促销时常采用这样的办法:为使消费者更多地购买自已的某种商品,往往降低该商品的单价。这表明:

A. 降低商品的价格就能扩大其销售量

B. 降低商品的价值就能扩大其销售量

C. 薄利多销是商家进行市场竞争的重要手段

D. 降低成本是商家进行市场竞争的重要手段

29. 2004 年 12 月 26 日发生的印度洋海啸,使印度尼西亚、马来西亚、斯里兰卡、印度、泰国、孟加拉国、缅甸、马尔代夫等国家的沿海地区惨遭浩劫。与这次海啸具有关联性的自然灾害是:

A. 台风　　　　　B. 火山喷发　　　　　C. 暴雨洪涝　　　　　D. 海底地震

30. 下列有关植物吸收及运输水分的说法,不正确的一项是:

A. 植物根部细胞液的渗透压大于周围土壤溶液的渗透压时,水分会从周围土壤往根部的方向移动

B. 根毛为多细胞的构造,可以增加根部吸收水分的表面积

C. 被子植物体内,水分主要透过导管运输

D. 植物体内的水分主要经气孔散失于空气中

三、阅读理解题

(一)阅读下面短文,回答下列五道题。

黄　土
邹志安

　　我的父亲是一个极普通的农民,劳动一生,默默死去,像一把黄土。黄土长了庄稼,却并不为太多的人注意。全中国老一辈的大多数农民都是这样。

　　他死于肺心病。这是严重威胁劳动人民健康的疾病之一。中国农民在平时,是不大主动去医院检查身体的,即使有病躺倒,还要拖磨。我父亲民国十八年遭年馑时去南山背粮,走冰溜子,回来时冻掉了十个脚指甲,并且扎下了病根。以后一直半声咳嗽,而从不看病吃药。直到死前几个月,在我强迫下才去医院作了平生第一次心电图。医生打比方说:"机器运转一生,主机已经磨损,太缺少修复和保养了!"为了挽救,吃"心脉宁"一类比较贵的药。他问:"一瓶多少钱?"听说有三元多,半天沉默不语,后来就说:"不要买药了,我不要紧。"当我不在时,就偷偷停止服药。他一定计算过:一瓶药的价值要买近二十斤盐,要让儿媳们劳动好多天。

　　他平生也就只知道劳动。繁重的劳动使他累弯了腰。不知创造了多少财富,自己却舍不得乱花一分钱。有一次我给了他两元零用钱让他买点好吃的,半年后他还在身上装着。在重病期间他出现了谵语,净念叨"把猪喂了没有"、"把锄头安好"、"麦黄了就快收"之类。临死时他默默流泪,留恋这个世界——他为之洒尽汗水然而仍不富裕的世界。

　　父亲从来无是无非,关心而弄不明白各种国家大事,可以说在精神上是贫困的。富有者被给与,贫困者被剥夺,那么他是被剥夺了:从前因为贫困而没有机会接受文化教育,后来倒是不断地接受各种政治教育,而终于都没有弄明白。但他显然没有遗憾过,因为他有劳动,因此而填补了一切缺憾。巧者劳矣智者忧,无能者无所求……但他还有所求——祈求世事不乱,有安稳的日子。

　　他现在去了! 黄土上劳动一生,最后回到黄土里去。黄土是博大宽容的,无论善与恶,最终

172

收容了所有的人。

那时我跪在泥水里为他送行。我曾经想到过:他活了七十七岁,已很不易;而我们周围能活七八十岁的老人又实在太少。不是老人们不想活,也绝非儿女们不孝顺,实在是因为生活水平太差。那么,尽快发展生产,改善人民生活,则是儿女们挽留老人多驻一时的最符孝道的方法了。哭也徒然,哀也无助。死者长已矣,生者当勉力。

将军和领导人死了,会有无数悼文,因为他们功勋昭著。一个普通劳动者死了,我们撒下这一把黄土,并期望世人能够容纳。

31. 这是一篇写父亲的散文,却以"黄土"为题,下面对其理解不正确的一项是:

A. 黄土象征了"我"的父亲。

B. 黄土象征了辛勤一生、默默无闻的中国老一辈的农民。

C. 黄土象征了人的最后归宿。

D. 黄土象征了博大宽容的精神。

32. 选出对父亲形象分析不正确的一项。

A. 父亲病情已经很重了,仍然舍不得花钱吃药,体现了父亲那一代中国普通农民的节俭。

B. 父亲重病期间的谵语,仍然是关于农活方面的,这一细节生动表现了父亲作为辛勤一生的劳动者的特征。

C. 父亲从来无是无非,唯一的祈求是过上安稳的日子,表现了父亲的善良和与世无争。

D. 父亲关心而弄不明白各种国家大事,既反映了他的爱国情结,也表现了他的愚昧无知。

33. 下面是对文中所反映的当时中国农村状况的分析,选出不恰当的一项。

A. 广大农村还很落后。

B. 人们生活水平很差。

C. 农村缺乏起码的医药卫生条件。

D. 农民精神贫困。

34. 对文章内容结构的理解,不恰当的一项是

A. 全文是总分总的结构,开头一段和结尾三段是总写,中间三段是分写。

B. 主体部分的中间三段,分别从父亲的死、父亲的生、父亲的精神三方面展开的。

C. 开头结尾的总写部分都紧扣"黄土",既突出父亲一样的中国农民的特征,又点明题旨。

D. 文章整体内容表达了作者渴望改变农村贫困落后的局面的心愿,希望中国普通农民不再重复父亲一样悲剧。

35. 选出下列对文章的赏析不正确的一项。

A. 文中通过医生所打的比方,形象地描写出父亲积劳成疾、病入膏肓的身体状况。

B. 文章结尾写"将军和领导人死了,会有无数悼文",而"一个普通劳动者死了"只能"撒下这一把黄土"说明世人不能像容纳领导人那样容纳父亲,呼唤人们要有宽容之心。

C. 文章开头说"我的父亲……像一把黄土",结尾说"我就撒下这一把黄土",首尾呼应深化了"黄土"的象征意义。

D. 作者文笔朴实,但善于运用细节描写,生动地刻画出父亲的形象,表达了对父亲真挚的感情。

（二）阅读下面短文，回答下列五道题。

如果认识到我们对于生活在我们四周的许多生物的相互关系还有很多不了解的，那么，关于物种或变种的起源问题，我们即使有很多地方不能解释，也就不足为奇了。为什么某种生物的分布广泛而繁多，而它的邻种却分布得狭小而稀少呢？谁能解释这个问题呢？然而这些关系，实在是非常重要，因为我相信，这是决定地球上每一生物的现在和将来的命运，以及变异的趋向的。对于生活在过去的地质时代的无数生物的相互关系，我们所知道的就更少了。虽然许多事实现在还是不清楚，而且在未来长期内也还弄不清楚，但是我们经过了精细的研究和冷静的判断，可以毫不怀疑地断言创造论的错误。创造论这一观点，虽为近代许多博物学家所信奉，我自己以前也曾信奉过，但是事实上决不能成立。我深信生物的种不是不变的；所谓同属的种，都是其他大概已经灭亡的种所传下来的直系后代，而现在认为同种的各项变种，都是这同种的后代。我又确信自然选择作用，它虽然不是物种变异的唯一条件，也该是最重要的条件。

（选摘自《物种起源导言》）

36. 对本段加点的两个词语解释完全正确的一项是：
A. 变种：相对原物种有所变化的物种。
   创造论：一种认为每一物种都由上帝创造的谬论。
B. 变种：指变异比较显著的个体或个体群。
   创造论：一种勇于标新立异的学说或理论。
C. 变种：指变异比较显著的个体或个体群。
   创造论：一种认为每一物种都由上帝创造的谬论。
D. 变种：相对原物种有所变化的物种。
   创造论：一种勇于标新立异的学说或理论。

37. 对选文第一句话理解完全正确的一项是：
A. 我们对于生活在我们四周的许多生物的相互关系还有很多不了解的。
B. 关于物种或变种的起源我们还有很多地方不能解释。
C. 关于物种或变种的起源我们还有很多地方不能解释是很自然的事情。
D. 我们对于生活在我们四周的许多生物的相互关系尚且有很多不了解的，那么，关于物种或变种的起源我们还有很多地方不能解释就是很自然的事情了。

38. 选文第二处画线的"这些关系"指代的内容是
A. 生活在我们四周的许多生物的相互关系
B. 某种生物的分布广泛而繁多
C. 某种生物的分布广泛而繁多，而它的邻种却分布得狭小而稀少
D. 应该包括以上三项所有的内容

39. 对选文第三处画线句中加点词语的表达作用分析完全正确的一项是：
A. "不是不"用双重否定的形式以表示肯定来加强语气；"大概"表示一种推断语气，表现了作者想象力的丰富以及勇于探索的精神。
B. "不是不"用双重否定的形式以表示肯定来加强语气；"大概"表示有很大可能性但又不能肯定，表现了作者用语的准确。

C. "不是不"用双重否定的形式来表达一种委婉的语气;"大概"表示一种推断语气,表现了作者想象力的丰富以及勇于探索的精神。

D. "不是不"用双重否定的形式来表达一种委婉的语气;"大概"表示有很大可能性但又不能肯定,表现了作者用语的准确。

40. 对这一段文字表达的观点归纳完全正确的一项是:

A. 创造论是错误的;物种是可以产生变化的;自然选择,是物种变异的最重要条件。

B. 我们对物种或变种的起源问题还有很多地方不能解释;但我们仍然可以断定创造论是错误的。

C. 我们对于生活在我们四周的许多生物的相互关系还有很多不了解的,对于生活在过去的地质时代的无数生物的相互关系知道的更少。

D. 生活在我们四周的许多生物的相互关系非常重要,它将决定着地球上每一生物的现在和将来的命运,以及变异的趋向。

（三）阅读下面短文,回答下列五道题。

古今中外许多脍炙人口的文学名著不仅仅是艺术珍品,甚至主要目的不在于艺术,而是以艺术为手段表达某种哲学思想、政治思想、教育思想或其他思想,还可能万象皆备。如伏尔泰、狄德罗、萨特等人的一些著作,既是小说,又是哲学,而卢梭的小说《爱弥儿》,就明确地说过是阐述其教育思想的。至于空想社会主义者莫尔、康帕内拉、卡贝和反乌托邦主义者赫胥黎、奥威尔等人的小说,主要是表达其政治思想的。我国古代四大文学名著,所包含的思想极为丰富,又各具中心。其中有些是很有现代意义和实用价值的。

比如,近年来,人们已从《三国演义》、《水浒传》、《红楼梦》中挖掘了许多人才学的内容:认为《红楼梦》中的王熙凤、贾探春是具有管理能力的人才,她们推行的是从那个封建家庭内部实际出发的某种责任制;认为《西游记》提出了人才使用的问题,孙悟空在大闹天宫之前是怀才不遇,因为他官封"弼马",屈居下位,职到"齐天",却又并无实权。有的人甚至认为《水浒传》在某种意义上就是一部人才学,说是宋王朝不能用人,驱使天下的人才投奔梁山,而宋江善于用人,才使许多人才会聚到梁山。至于《三国演义》,涉及的就更多一些。"马谡失街亭"等著名篇章,已经是越嚼越出味儿了,只不过还没有人称它为人才学罢了。

对于这种研究,学术界有<u>一点微词</u>,认为这只能代表一种信息,即国家重视人才的信息,而作品中的内容并不一定如此。也就是说,这四部著作中,并不一定有很多人才学的内容,只是研究者为了某种需要,作了时代的外加而已。问题应该怎样看呢?研究古代著作,"外加"是可能出现的,不过也不能一概而论,要做具体分析。

41. 对《三国演义》、《水浒传》、《西游记》的作者,判断准确的一项是:

A. 施耐庵、罗贯中、吴承恩　　　　B. 罗贯中、施耐庵、吴承恩

C. 吴承恩、施耐庵、罗贯中　　　　D. 罗贯中、吴承恩、施耐庵

42. 第3段"对于这种研究"一句中,"这种"指代的是:

A. 对古今中外文学名著表达的思想内容的研究

B. 对我国古典文学名著现代意义和实用价值的研究

C. 人们从我国古代四大文学名著中挖掘人才内容的做法

D. 从人才学角度研究古典文学

43. "对于这种研究,学术界有一点微词"一句中所说的"一点微词"的内容是什么?下面说法不正确的一项是:

A. 认为这只能代表国家重视人才的信息

B. 认为这四部著作中不一定有很多人才学的内容

C. 认为四部著作中的人才学内容是研究者为了某种需要而作了时代的外加

D. 认为这四部书中,可以称得上人才学的是《三国演义》

44. 下面对第2段主要内容的表述不完全正确的一项是:

A. 近年来,人们已经从《三国演义》、《水浒传》、《西游记》、《红楼梦》中挖掘了许多人才学内容。

B. 有人认为《红楼梦》中王熙凤、贾探春在那个封建家庭中创造出了落实某种责任制的办法。

C. 有的人甚至认为《水浒传》在某种意义上就是一部人才学,是否能使用人才,直接影响到了事业的发展。

D. 《三国演义》涉及人才学的地方更多些,只是目前还没有人称它为人才学罢了。

45. 从全文看,第一段中列举许多外国作家的小说的作用是:

A. 证明文学名著的写作的主要目的在于表达思想

B. 为了说明它们具有现代意义和实用价值

C. 为了和我国古典四大名著形成对比

D. 为了说明它们不像我国四大名著那样具有现代意义和实用价值

（四）阅读下面短文,回答下列五道题。

在地球长期进化过程中积累起来的化石能源的有限性向人们提出一个严峻的问题:人类未来的新能源是什么?

自从1954年世界上首座试验性质的核电站在前苏联投入使用以来,目前全球正在运行的核电站已达400多个。它主要是用中子轰击铀235或钚239,使原子核产生裂变,释放出大量能量。但是,用于核电站发电的裂变材料也是有限的,有专家估计,依照现行的核电站需要,地球上裂变材料用不到100年,因而许多专家认为,人类社会的未来能源将主要是聚变核能。

从太阳发出的似乎是无穷无尽的光和热以及氢弹的巨大威力上,我们可以看到氢元素的核聚变反应会释放大量的能量。据测算,一升水中所含有的氢的同位素——氘,发生核聚变反应所放出的能量相当于300升汽油燃烧的能量。这就是说,地球现存的氘等聚变材料可供人类使用亿万年。所谓核聚变反应,就是在两个氢原子核充分接近时,它们之间的引力将使它们聚合在一起,同时放出大量能量。但是要使两个氢元素的原子核充分接近,就必须把它们加热到上亿度的高温才能克服相互间的静电斥力。而要使足够多的原子核有发生核聚变的机会,还必须把一定量的上亿度的反应材料约束足够长的时间。这正是受控核聚变研究的难题所在。从科学家们认识到核聚变将成为人类社会有希望的能源以来,已有半个世纪了。在发达国家中,受控核聚变研究已面临着科学上的突破,预计下世纪中示范性的商用核聚变反应堆将会问世。

46. 许多专家认为,"人类社会的未来能源将主要是聚变核能",下面不足以成为这一说法依据的一项是:

A. 地球在长期进化过程中积累起来的化石能源毕竟有限,远不能满足人类不断发展的需要。

B. 即使不考虑未来的发展,依照现行的核电站需要,地球上能够用于核电站发电的裂变材料也是有限的。

C. 通过观察和实验,人们发现,氢元素的核聚变反应会释放大量的能量,产生巨大的威力。

D. 据测算,地球现存的氘等聚变材料可供人类使用亿万年,因此聚变核能将成为人类社会最有希望的能源。

47. 比较"核裂变"与"核聚变",说明错误的一项是:

A. 核反应的条件相同　　　　　　B. 核反应的原理不同

C. 都通过原子核反应获取能量　　D. 核变材料蕴藏量前者少,后者多

48. 认真研读第三段画线的一句,选择对太阳与核聚变关系理解错误的一项是:

A. 太阳中蕴涵着极其丰富的核聚变原料——氢元素

B. 太阳的极高温作用于太阳内部的氢元素产生了核聚变

C. 太阳光线的照射是宇宙中氢元素产生巨大核聚变的条件

D. 太阳无穷无尽的光和热是太阳核聚变释放出的巨大能量

49. 下列不是"受控核聚变"反应条件的一项是:

A. 一定量的核聚变反应材料

B. 将反应材料加热至上亿度高温

C. 氢原子充分接近放出的大量能量

D. 对极高温反应材料的足够长时间的约束

50. 下列说法符合原文意思的一项是:

A. 人类所以不断寻求未来能源是因为化石能源和核裂变能源的蕴藏量极为有限

B. 核聚变要真正成为人类社会未来的新能源,最关键的问题是要实现规模性的聚变

C. 核聚变原理告诉我们:氢原子核之间"引力"与"斥力"并存,只是"斥力"大于"引力"

D. 氢弹已研制成功的事实与示范性商用核聚变反应堆下世纪中将会问世的预测,两者并不矛盾

【参考答案及解说】

一、选择题

1. B。本题考查的是字音的识记,正确答案是 B 项。哺育 bǔ;谛听 dì;惭怍 zuò

2. C。本题考查字形知识,正确答案是 C 项。其他三项,发韧—发轫,音同形似致误。两字皆为形声字。"韧"从"韦","韦"指皮革,以坚韧为特征,成语有"韦编三绝"。"韧"便是柔软而坚固的意思。"轫"从车,指支住车轮不让它转动的木头。车子要启动,第一件事便是要搬掉这块木头,这便是"发轫"。后用来比喻新事物或某种局面开始出现。谈笑风声—谈笑风生,音同致误。成语"谈笑风生",形容说话轻松自如,又说又笑,言辞诙谐,似乎搅动了周围的空气,营造

了一种欢快活跃的气氛。"风生"其实就是"生风","生"是动词。"风声",从字面看,是指风的声音,也可指消息,如"听到风声""走漏风声"等。在"谈笑风生"这一结构中,"谈笑"是因,"风生"是果,浑然一体,词意显豁;误为"谈笑风声","风声"成了"谈笑"的对象,自是说不通的。罄竹难书—罄竹难书,音同形似以致误。罄、磬二字读音均为 qìng 。"磬"从石,《说文》的解释是:"乐石也。"古代的一种打击乐器。甲骨文形体左上方悬挂一物,右下方以手执物作敲击状。"罄"从缶,缶者,瓦罐也,《说文》的解释是:"器中空也。"引申指尽、完。成语"罄竹难书",见《旧唐书·李密传》:"罄南山之竹,书罪无穷;决东海之波,流恶难尽。"古人曾用竹片作书写材料,"罄竹"便是用完所有的竹子,理应用"罄"而不用"磬"。

3. D。本题考查对汉语词语词义的准确把握,正确答案是 D 项。A 项"作壁上观"出自《史记·项羽本纪》,比喻坐观成败,不肯出力帮助争斗者中的一方。"壁"指营垒。B 项"恶贯满盈"的"贯"指穿钱的绳子。C 项"欲盖弥彰"的"弥"是"更加"的意思。

4. B。本题考查病句知识,正确答案是 B 项。A"十分"和"悬殊"语义部分重复,可删"十分"。C"每逢……就是……之时"主宾搭配不当。D"无不以流光溢彩的风姿为中外游人所倾倒"主客关系颠倒,可改为:"无不以流光溢彩的风姿使中外游人倾倒"。

5. D。本题是对消极修辞简明的考查。A 项属于有歧义,不明确被老师叫去的是一人还是二人。B 属于有歧义,究竟是牛在"吃玉米"还是牧童在"吃玉米"? C 项表意不明,是各两米宽还是共两米宽?

6. C。本题考查修辞知识。C 项运用的是反问,不是设问。

7. D。语出唐王维的《山中与裴秀才迪书》,写的是春天的景色。A 项语出明袁宏道的《西湖游记》,B 项出自唐杜牧的《山行》,C 项出自宋杨万里的《晓出净慈寺送林子方》。

8. D。本题考查文学常识中的作家作品知识,正确答案是 D 项。A 项苏轼为兄,苏辙为弟;B 项"曲"是由词蜕化而成的一种文学样式,当时还没有出现;C 项《赤壁赋》写在贬官黄州之时。

9. A。本题考查文学常识,正确答案是 A 项。把话说反了。应该说《史记》为通史,《汉书》为断代史。

10. C。"司法机关依法独立行使职权"原则有三个含义,即:(1) 司法权的专属性。国家的司法权只能由国家各级审判机关和检察机关依法统一行使,其他任何机关、团体或个人都无权行使此权力;(2) 行使职权的独立性。人民法院和人民检察院依法独立行使审判权和检察权,不受行政机关、社会团体和个人的非法干涉;(3) 行使职权的合法性。司法机关审理案件必须严格依照法律规定,正确地适用法律,不得滥用职权,枉法裁判。可见,A 项体现了司法权的专属性,符合第一个含义;B 项结合了行使司法权的独立性和合法性,符合第二、第三个含义;D 项强调了司法机关行使职权的合法性,符合第三个含义;至于 C 项则过于绝对地理解了行使职权的独立性这一含义。司法机关独立行使职权不受行政机关、社会团体和个人的非法干涉,但并不排斥党的领导,也要接受人民群众通过合法途径的监督。因此说任何机关、团体和个人不得以任何形式干预司法活动是片面的。故 C 项为应选项。

11. A。本题考接受其他单位委托完成发明创造的专利申请权属。《专利法》第 8 条规定:"两个以上单位或者个人合作完成的发明创造、一个单位或者个人接受其他单位或者个人委托所完成的发明创造,除另有协议的以外,申请专利的权利属于完成或者共同完成的单位或者个人;申请被批准后,申请的单位或者个人为专利权人。"

12. C。本题考结婚的有效要件。《婚姻法》第 6 条规定:"结婚年龄,男不得早于 22 周岁,女不得早于 20 周岁。"该法定年龄不得改变。第 7 条规定:"有下列情形之一的,禁止结婚:(一) 直系血亲和三代以内的旁系血亲;(二) 患有医学上认为不应当结婚的疾病。"表兄妹属三代以内旁系血亲,禁止结婚。第 10 条规定:"有下列情形之一的,婚姻无效:(一) 重婚的;(二) 有禁止结婚的亲属关系的;(三) 婚前患有医学上认为不应当结婚的疾病,婚后尚未治愈的;(四) 未到法定婚龄的。"故 AB 皆为无效婚姻。《民诉法》第 134 条第 4 款规定:"宣告离婚判决,必须告知当事人在判决发生法律效力前不得另行结婚。"故 D 项属无效婚姻。法律无关于结婚动机的禁止性规定,故 C 项不构成无效婚姻。

13. A。本题考查免纳个人所得税的个人所得范围。根据《个人所得税法》第 2 条,下列各项个人所得,应纳个人所得税:一、工资、薪金所得;二、个体工商户的生产、经营所得;三、对企事业单位的承包经营、承租经营所得;四、劳务报酬所得;五、稿酬所得;六、特许权使用费所得;七、利息、股息、红利所得;八、财产租赁所得;九、财产转让所得;十、偶然所得;十一、经国务院财政部门确定征税的其他所得。根据本条来判断,C 属于第 10 项的范围,D 属于第 5 项的范围。而 B 根据《个人所得税法实施条例》的规定,也应当缴纳个人所得税。A 项属于《个人所得税法》第 4 条规定的免税所得中的第 2 项的范围,所以无需纳税。

14. B。本题考查经济学常识。解答此题,还应注意题干要求,运用排除法。A 项"使企业中一部分人"与题干中"不同国有企业"的说法矛盾,可以排除;D 项"按资金分配"在题干中没有表述,属于无中生有;C 项"企业的利益"与"不同"企业职工同工不同酬没有必然联系。

15. C。本题考查医学常识,正确答案是 C 项。心肌梗塞不是心肌被血块所阻,而是冠状动脉被血块所阻,形成栓塞造成的。

二、填空题

16. A。本题考查近义词的辨析,正确答案是 A 项。安置,使人或事物有着落;安排,有条理、分先后的处理(事物)。断定,下结论;确定,形容明确而肯定,也可表示确定。"依托"是依靠的意思,"依附"是依赖、附着,没有独立性了。

17. D。本题考查虚词的用法,正确答案是 D 项。关联词语的用法,应该注意前后语句之间的关系,根据关系选择恰当的关联词语。①②处是因果关系,③处与上句构成因果关系。这一句在讲"音乐的语言",下一句讲"语言的音乐",并列关系,所以,④处应该用"也"。⑤⑥之间为转折关系。语段一共四句话,解题时,首先应该了解各个分句之间的关系。第一句是因果倒装;第二句,因果;第三句,并列;第四句,转折。了解了这些,也就容易得出正确的答案了。

18. C。本题考查的是标点符号的使用,解答此题可以用排除法。感叹号用来表示强烈的感情色彩的句子末尾,用在第一空显然不合适,可排除 BD。三个"滴答"之间明显的并列关系,应该用顿号,就可排除 A 项了。第三个"滴答"后面用省略号,表示列举的省略;到"五十七年了"一句话说完了,应该用句号;第五个空,前后"北边""南边"明显是并列的分句,应该用分号;最后一空的破折号,表示后面是对前面"在铁路顶端"的解说。

19. C。本题考查的是修辞知识。在这段话里,鲁迅先生运用了比喻修辞,目的是使道理浅显易懂,使论述生动活泼,具体形象,引人联想,而不是为了增强语势。这三个比喻分别揭示同一命题的多方面的含义,即告诫青年要根据不同的条件,向不同的方向发展。实际比较一下四个选项,就可以看出,CD 两项是互相矛盾的,必有一假,答案就只能在这两项中产生了。

20. D。本题考查消极修辞的连贯。正确选项为 D。要做到语句连贯,一定要合乎逻辑,使表达通顺紧凑。A 中叙述中心是"潮声",与上文文意不符。B 中用"咆哮"、"袭击"、"扒拉"与原文"活泼"不协。C 中"月光下"与原文昼长人静不符。只有 D 中"欣然"、"溅跃"、"灿然"与"活泼"、"没有一刻静止"协调。

21. C。本题考查的是成语的理解和应用。正确选项为 C。举棋不定:比喻临事拿不定主意。畏首畏尾:形容瞻前顾后,疑虑重重。畏缩不前:指畏惧退缩,不敢前进。犹豫不决:迟迟疑疑下不了决心。这类题也应该根据语境,采用排除法,排除自己最有把握的项。比如,从"勇猛前进"就可以知道,前面应选它的反义词"畏缩不前",据此就可排除 BD 两项;再根据"犹豫不决"与"左右为难"的重复,就可排除 A 项。

22. D。本题考查的是文学常识。正确答案是 D 项。这一首诗是王昌龄的《答武陵太守》

23. B。本题考查的还是文学常识。正确答案是 B 项。根据"辚辚的兵车"、"广厦千万"可知,应该指的是杜甫。

24. C。本题考查的是现代文学常识。正确答案是 C 项。《雨巷》发表于 1928 年,是戴望舒的成名作也是代表作,被誉为"替新诗的音节开了一个新的纪元"的作品,作者也获得了"雨巷诗人"的美称。

25. A。本题考查的是古诗文常识。岑参是唐代边塞派诗人的代表。

26. C。本题考查的是历史知识,正确答案是 C 项。四个选项中,"黄老之学"是汉初的道家学派,他们尊传说中的黄帝与老子为创始人。"佛学"即释迦牟尼创立的佛教。"陆王心学"是宋明时期以陆九渊、王守仁为代表的哲学流派。在文天祥生活的时代还没有"陆王心学"这一流派。汉武帝开始,儒家思想成为封建社会的正统思想,对中国士大夫影响很深,尤其是将"忠孝节义"看得比生命还重,故本题应选 C,况且文天祥作为南宋大臣是因抗元而被俘,而南宋时期的比较流行的是程朱理学,题干问的是"反映了当时社会的思想主流",更应该选 C。

27. A。本题考查的是历史知识,正确答案是 A 项。《孟子》中的文字比较难懂。而从孟子"民贵君轻"的名言就可以推断正确答案,因为孟子把"君"的地位看得比民低,而朱元璋是信奉君权至上的,故此可以选出答案。

28. C。本题考查的是经济学常识,正确答案是 C 项。促销降低单价,实际是一种让利行为,不是降低成本,也不是降低价值,据此可排除 BD。促销是一种手段,不一定就能够取得扩大销售量的结果,所以 A 项也是错误的。

29. D。本题考查的是地理知识,正确答案是 D 项。海啸主要的成因就是海底地震引发,其次是巨大山体的崩塌。

30. B。本题考查的是植物学知识,正确答案是 B 项。根毛为单细胞的构造

三、阅读理解题

(一)黄土

31. C。此题考查对词语象征意义的理解能力,理解不正确是 C 项。文章开头就说父亲普通,"像一把黄土",辛劳一生,默默死去,据此可以判断,A、B 两项的正确;在第五段中说"黄土是博大宽容的",最后一段中又说"撒下这一把黄土,并期望世人能够容纳",可以判断 D 项的正确。

只有 C 项在文中体现不出来。

32．D。此题考查对材料的分析概括能力,对人物形象的把握能力。"父亲关心而弄不明白各种国家大事"不能说明"父亲爱国而又愚昧无知"。当时的国家大事本来就无法让人弄明白,不要说父亲,即使是有文化之人也同样弄不明白,只能说当时中国的政治变化无常。另外作者对父亲绝没有贬低的意思。

33．C。此题考查筛选信息的能力。父亲病死和"当时的医药卫生条件"无关,作者也没有写到这方面的内容。答案属无中生有

34．D。虽然父亲的死给"我"带来无限的悲痛,但还不能说父亲的一生是悲剧的一生,父亲的命运是那个时代中国农民共同的命运。

35．B。作者在最后提到将军和领导人,是要通过对比表明普通人的死也是那样的普通,这就更和"黄土"相似了。

（二）物种起源导言

36．C。本题考查的是词语的理解,正确答案是 C 项。注意结合文意理解,切忌望文生义。本文选摘自《物种起源导言》,《物种起源》是阐述进化论的,是与"创造论"针锋相对的,据此可排除 BD 两项。A 项对"变种"的理解是望文生义。

37．D。本题考查句意的理解,正确答案是 D 项。对全句要完整把握,不能断章取义。

38．A。本题考查词语的指代义的辨别。正确答案是 A 项。注意下文"对于生活在过去的地质时代的无数生物的相互关系,我们所知道的就更少了"一句,这句中的"生活在过去的地质时代的无数生物的相互关系"与 A 项是相互对应的。

39．B。本题考查词语的理解,正确答案是 B 项。词语理解不能脱离具体的语境。

40．A。本题考查文意的理解和归纳能力,正确答案是 A 项。要站在全文的高度来分析理解,注意作者的写作主旨

（三）《三国演义》与人才学

41．B。

42．D。紧承此段的上一段内容是在谈近年来人们从我国四大名著中挖掘出的有关"人才学"的内容,而紧承此句"学术界有一点微词,认为这只能代表一种信息,即国家重视人才的信息,而作品中的内容并不一定如此。",可见"这种研究"指的应是"从人才学角度研究古典文学"

43．D。在这段内容里有明确的语言信息,即"这四部著作中,并不一定有很多人才学的内容,只是研究者为了某种需要,作了时代的外加而已",可见"学术界"的观点是:从人才学角度研究这四部著作,是从"某种需要"出发的一种"外加",这四部作品没有例外。因此 D 项不是"一点微词"所指。

44．B。表述不符合原文的内容,原文是"认为《红楼梦》中的王熙凤、贾探春是具有管理能力的人才,她们推行的是从那个封建家庭内部实际出发的某种责任制",把原文的"推行"变成了"创造出",不准确。

45．A。文章开始阐述作者的观点,即"古今中外许多脍炙人口的文学名著不仅仅是艺术珍品,甚至主要目的不在于艺术,而是以艺术为手段表达某种哲学思想、政治思想、教育思想或其他思想,还可能万象皆备",然后用的是"如",可见是在举例证明这一观点。

（四）未来的新能源

46. C。从文中看,人类社会探求新能源的根本原因在于现行能源有限,不能满足需要,新能源当然要能够供人类长期使用。C项只能说明聚变核能威力大,不能说明其储量丰富,所以不足以成为这一说法的依据。

47. A。核反应的条件不相同,因为原文说"它主要是用中子轰击铀235或钚239,使原子核产生裂变,释放出大量能量"说明核裂变的条件是"轰击";"所谓核聚变反应,就是在两个氢原子核充分接近时,就必须把它们加热到上亿度的高温才能克服相互间的静电斥力",可见,核聚变的条件是"加热"

48. C。"太阳光线的照射是宇宙中氢元素产生巨大核聚变的条件"在文中没有根据

49. C。C说的"氢原子充分接近放出的大量能量"是受核聚变反应的结果,不是条件

50. D。A中"核裂变能源的蕴藏量极为有限"是夸大其词;B中的"关键的问题是要实现规模性的聚变"错,问题是"把一定量的上亿度的反应材料约束足够长的时间";C中"斥力大于引力"没有根据

硕士专业学位研究生入学资格考试练习题(三)

第一部分　语言表达能力测试

(50题,每题2分,满分100分,考试时间45分钟)

一、选择题

1. 下面各组词语中,没有错别字的一组是:
A. 百战不殆　　莫齿不忘　　呕心沥血　　既往不咎
B. 责无旁代　　一张一弛　　世外桃源　　人才辈出
C. 恰如其分　　喋喋不休　　大坝合龙　　大材小用
D. 味同嚼腊　　束之高阁　　无人问津　　金碧辉煌

2. 下列加点字的释义全都正确的是
A. 启(开)齿　　不赞(称赞)一辞　　断(截断)章取义
B. 布(宣布)告　　祸起萧墙(照墙)　　冥顽不灵(聪明)
C. 胜(优美)地　　稍逊(不及)一筹　　文不加点(标点)
D. 殷(恳切)鉴　　百无聊赖(寄托)　　当(面对)仁不让

3. 下面没有语病的一句是
A. 在使用煤气的过程中,如果一旦出现漏气的现象,就应当立即截断气源,并迅速地打开门窗,通风透气。
B. 许多城市都编制了新一轮的城市规划,其中包括:降低市中心建筑的密度,减少市中心交通压力和人口压力,保护好城市的历史文化。
C. 在社会交际中,无论个人还是组织,在公众中的信誉是至关重要的,它是决定交际成败的

关键。

　　D. 在美国密歇根州希尔斯代尔市市长改选中,刚满 18 岁的美国少年塞申斯击败了现任市长英格斯产生了美国历史上最年轻的市长。

　　4. 下面各句中,语意明确、没有歧义的一句是

　　A. 你说,不过他也得说。大家应该畅所欲言嘛。

　　B. 他告诉我们说,开学以来,老师对自己的思想学习都很关心。

　　C. 远远开来一辆公共汽车,车上的人多半是五中的学生。

　　D. 他沉默了一会儿,对局长说:"还是找别人吧,这个问题我讲不好。"

　　5. 对下面这段话使用的修辞手法分析不当的一项是

　　听着、听着、听着那悲伤的歌声,蓦然,一股的心酸,像波浪,在我心海里汹涌澎湃,我感觉着,天上的星星似乎要落泪了,远方的涛声似乎在哭泣了。

　　A. 这段话是一个因果关系的复句,使用了比喻中套用反复的修辞方法。

　　B. 比喻的本体是"心酸",喻体是"波浪"。"听着、听着、听着"是反复。

　　C. 这段话第二个分句也是复句,也使用了比喻、反复两种修辞方法。

　　D. 这段话综合运用了四种修辞格,使情感得到充分抒发,颇具感染力。

　　6. 下列诗文中,作者面对"青山"时,没有表现出浓厚岁月之感的一项是:

　　A. 满眼青山未得过,镜中无那鬓丝何

　　B. 青山不减年年恨,白发无端日日生

　　C. 杳杳天低鹘没处,青山一发是中原

　　D. 眼看青山休未得,鬓垂华发摘空频

　　7. 下面表述不正确的一项是

　　A. 唐宋八大家中,唐仅二人,宋则多达六人,据此足证:唐代古文成就远不如宋代。

　　B. 韩愈、柳宗元、白居易、欧阳修、苏轼等,都是兼擅诗、文的作家。

　　C.《左传》《公羊传》《谷梁传》,合称"春秋三传";其中以《左传》的文学价值最高。

　　D.《史记》一书开纪传体之先例,《汉书》承之。二书虽为史书,都被后世文章家奉为学习的典范。

　　8. 网站上有人拍卖一块以满、汉两种文字书写着"崇祯三年奉敕立石"的石碑。对于这块石碑,以下说明最为恰当的一项是:

　　A. 明末郑成功部队开设军屯时竖立的界碑

　　B. 清朝初年在台湾建立军事据点时的遗迹

　　C. 北京广渠门内东花市斜街袁崇焕墓的墓碑

　　D. 这是古董商为赚取暴利所制成的假古物

　　9. 一些地方的人们掠夺性地滥挖草原上的甘草,虽获得一定的经济利益,却破坏了草原植被,造成土地荒漠化,一遇大风,沙尘暴铺天盖地,给人们带来巨大灾难。这种做法的错误在于:

　　A. 只看到事物的客观性,没有看到人们的主观能动性

　　B. 只看到事物的绝对运动,没有看到事物的相对静止

　　C. 只看到眼前的直接联系,没有看到长远的间接联系

　　D. 只看到物与物之间的联系,没有看到人与人之间联系

10. 《断章》:"你站在桥上看风景,/看风景人在楼上看你,/明月装饰了你的窗子,/你装饰了别人的梦。"被认为是朦胧诗之首。这首诗的作者是著名现代诗人:

A. 顾城　　　　　B. 臧克家　　　　　C. 北岛　　　　　D. 卞之琳

11. 现在越来的多的企业开始召回已经售出的有缺陷的产品,加强售后服务,提高企业信誉。这是因为他们已经认识到企业信誉是企业的一种:

A. 价值符号　　　B. 有形资产　　　C. 无形资产　　　D. 投资回报

12. 下列哪些事项在我国现行宪法中有明确规定:

① 国旗　　　　　② 国徽　　　　　③ 国歌　　　　　④ 首都

A. ①②　　　　　B. ①②③　　　　C. ①②④　　　　D. ①②③④

13. 流通中需要的货币量取决于多种因素,其中不包括:

A. 待售商品的数量　　　　　　　　B. 商品的价格水平

C. 居民货币持有量　　　　　　　　D. 货币的流通速度

14. 从适应和演化的角度来看,养鸡场平时不宜在鸡饲料中添加抗生素的最主要原因是:

A. 会增加鸡的饲养成本

B. 会加速鸡对抗生素产生抗药性

C. 会加速有抗药性病原体的发生

D. 会让病原体灭绝,减少地球的生物多样性

15. 人体面对压力或紧急状况时,体内会释放与压力反应有关的激素,对机体起保护作用,这叫应激反应。下面不属于应激反应的一项是:

A. 胃肠运动增加　　　　　　　　　B. 呼吸速率增加

C. 心跳速率增加　　　　　　　　　D. 肌肉中肝糖的分解作用增加

二、填空题

16. 在下列各句横线处,依次填入最恰当的词语。

① 英国是一个议会制的君主立宪国家,它的君主是世袭的,但议会并没给他过多的_____,国家的一切决定都要经过漫长的协商。

② 在媒体和车迷轰炸式的追问下,刚刚获得 F1 赛车比赛总冠军的舒马赫终于_____了自己的想法。

③ 为了确保新版文艺频道有个强势开头,也为了维护中央电视台自身的形象,央视领导决定推迟_____改版计划。

A. 权力　　　流露　　　出笼　　　　　B. 权力　　　透露　　　出台

C. 权利　　　流露　　　出台　　　　　D. 权利　　　透露　　　出笼

17. 从修辞角度看,在下列各句横线处,依次填入最恰当的词语。

汽车大转弯上雪山了,像_____在苍空盘旋,越飞越高。眼看被我们超越过的一辆辆载重汽车,深远地落在后边,就像_____。公路穿行在雪山的半山崖壁上,崖边竖立着成串的黑白相间的防护桩,像_____似的屹立着,不许汽车往崖边越过一分一寸。

A. 雄鹰　　　蜗牛似的爬行在崖壁上面　　　标杆

184

B. 飞机　　　甲虫似的爬行在崖谷底下　　　标杆

C. 飞机　　　蜗牛似的爬行在崖壁上面　　　标兵

D. 雄鹰　　　甲虫似的爬行在崖谷底下　　　标兵

18. 在下列各句横线处,依次填入词语最恰当的一项是:

① 逆境_____可以催人奋进,顺境_____不一定导致人意志消沉。

② 如果生命中只有鲜花和奖杯,而没有挫折和痛苦,那么这种人生_____显得太单薄了。

③ 为了人民的事业,流血_____不惜,更别说流这点儿汗了!

A. 固然/却　　未免　　况且　　　　　　B. 诚然/也　　未免　　尚且

C. 固然/却　　不免　　尚且　　　　　　D. 诚然/也　　不免　　况且

19. 在下面文字横线处,填入上下文衔接最好的一句话。

雄伟的山,苍郁的树,苔染的石壁,滴水的竹林,都在江中投入绿油油的倒影,_____,就连我自己也在这闪闪的绿色之中了。

　A. 天空中的艳阳洒下金辉一片

　B. 大地像一块鲜艳的地毯

　C. 碧绿的江水轻轻拍打着船舷

　D. 天空和地面整个绿成一片

20. 在下面文字横线处,依次填入最恰当的标点符号。

我国著名学者朱自清说:"标点符号表明词句的性质,帮助达意的明确和表情的恰切,作用和文字一样,绝不是附加在文字上可有可无的玩意儿　①　(　②　写作杂谈　②　标点符号　②　)郭沫若先生也曾表述过这样的意思　③　标点和语言文字有着同等重要的作用,甚至有时候标点的作用还超过语言文字;如果语言文字没有标点,就等于现在人没有眉毛眼睛。两位学者的话,可谓　④　深切莫名　④　

　　　　　　　①　　　　②　　　　　③　　　　④

　A. 　"。　　《·》　　　,　　"。"

　B. 　。"　　《·》　　　:　　""

　C. 　"。　　《一》　　　:　　"。"

　D. 　。"　　《一》　　　,　　""。

21. "黎民不饥不寒,然而不王(称王)者,未之有也",这段话应该出自_____。

　A. 孟子　　　　　B. 韩非子　　　　　C. 庄子　　　　　D. 墨子

22. "四十年前会上逢,南湖泛舟语从容。济南名士知多少,君与恩铭不老松。"这是董必武同志于20世纪60年代写的一首诗。诗中"四十年前会上逢"的"会"是指_____。

　A. 中共一大　　　B. 中共三大　　　C. 八七会议　　　D. 遵义会议

23. "风雨送春归,飞雪迎春到。已是悬崖百丈冰,犹有花枝俏。　俏也不争春,只把春来报。待到山花烂漫时,她在丛中笑。"这首《卜算子·咏梅》是_____的作品。

　A. 鲁迅　　　　　B. 陈毅　　　　　C. 陆游　　　　　D. 毛泽东

24. "后乐,先忧,范希文庶几知道;昔闻,今上,杜少陵始可言诗。"这副对联是为_____题写的。

　A. 滕王阁　　　B. 黄鹤楼　　　　C. 鹳雀楼　　　D. 岳阳楼

25. 中国历史上第一部解释字义的字书是：
A. 说文解字　　　　B. 仓颉篇　　　　　C. 尔雅　　　　　D. 词通

26. 宪法附则是指宪法对于特定事项需要特殊规定而作出的附加条款。下列关于宪法附则的表述错误的一项是：

A. 附则是宪法的一部分，因而其法律效力当然应与一般条款相同

B. 附则是宪法的特定条款，因而仅对特定事项具有法律效力

C. 附则是宪法的临时条款，因而仅在特定的时限内具有法律效力

D. 附则是宪法的特别条款，根据特别法优于普通法的原则，因而其法律效力高于宪法一般条款

27. 近年来，随着航空、公路运输的发展，"铁老大"的地位受到动摇。为扭转这种被动局面，铁路部门相继推出灵活定价、客车提速等一系列措施。这些措施表明了什么？下列说法不正确的是：

A. 运输部门之间的经济利益是一致的

B. 市场经济的发展会打破某些企业或行业的垄断地位

C. 竞争给铁路部门带来了发展的压力和动力

D. 运输部门的发展应以市场的变化为导向

28. 明清之际的叶昼说："天下文章当以趣为第一，既然趣了，何必实有其事并实有其人？若一一推究如何，岂不令人笑杀？"意思是说，艺术创作不必拘泥于事实上的真实。这是因为：

A. 艺术创作并不遵循认识的一般规律

B. 并非所有意识都是由客观存在决定的

C. 艺术创作完全凭主观虚构

D. 艺术创作有其特有的规律性

29. 海洋渔业资源主要集中在：

A. 大洋底部　　　　　　　　　　B. 热带洋面

C. 沿海大陆架海域　　　　　　　D. 高纬度大洋中部

30. 人体具有保卫自身的三道防线，下面各项中，_____属于人体的第三道防线。

A. 皮肤、黏膜　　　　　　　　　B. 血液和消化液

C. 淋巴器官和淋巴细胞　　　　　D. 溶菌酶和肝脏

三、阅读理解题

（一）阅读下面的文字，完成文后五题。

月　台

艾　雯

是起点也是终点，是开始也是结束；是欢聚也是离散，是出发也是归宿。

从来没有一个地方，能汇集所有人的流动量，从来没有一个地方，能拥有所有的悲欢离合。从清晨到白昼，从黄昏到夜晚，从黑夜到黎明，数不清的脚印带着来自各地的泥土，重重叠叠、密密麻麻踩上去；有红色的土来自山间，有褐色的土来自田野，有黑色的土来自城市，有白色的土来

自海滨。聚拢又散去,堆积又泻落,没有一粒种子能在这里生根,如同没有一双脚步会在这里驻留;缘由——

　　这只是流动的浮土,

　　这仅是过往的月台。

　　月台展延在任何一个城与城交接的地点,守在任何一个城镇的边缘,它只是默默地伫立,纷扰不停的是人们,为生活,为名利,为野心,为梦想……来来去去,忙忙碌碌,这是个制造离散的时代,列车频频靠站又开走,卸下一批乘客到月台,又从月台上载走了另一批。来的脚步掩盖了去的脚印,去的脚步也覆盖了来的脚印。＿＿＿的脚步播撒着欢聚的喜悦,＿＿＿的脚步载负着如许离愁,＿＿＿的脚步踱向预定的目标,＿＿＿的脚步显示心情的迫切,＿＿＿的脚步缠绕于疲倦,悠闲的脚步只为一次探访,也有犹豫的脚步,属于那迷失了自己的旅客。

　　多少次,我也曾被卸在月台上,多少次,我也曾从月台离去,我不知道自己的脚步又显示出什么。近年来,别离总多于团聚,失望总多于获得。寂寞、惆怅和一份深沉的苍凉,常是我密切的旅伴。离去不是离去,心仍萦系于亲情;归来总不是归来,浮土又焉能扎根?

　　人生中有无数的月台,生命旅程中有无数驿站。所有的台和站,只是供中途小憩,只是供转车再出发。别长期滞留,滞留不是宁静,将使灵魂腐蚀;别长期停顿,停顿不是安宁,将使生命萎缩。

　　是起点,但愿不是终点,

　　是开始,但愿不是结束。

　　是出发,归宿尚待寻求,

　　是离散,欢聚当可期待。

　　携着轻便的行李——装满信心和小小的愿望,我随时准备踏上人生的月台,只等待时间的列车来到,出发再出发!

(选自艾雯《月台》,2006《读者》)

31. 下面五个词语是从原文中抽出来的,在画线处依次填入顺序正确的一项是:

　　① 从容　　　② 沉重　　　③ 迟缓　　　④ 匆促　　　⑤ 轻快

　　A. ①②⑤④③　　　B. ⑤②①④③　　　C. ④②⑤①③　　　D. ⑤④③①②

32. 作者选取月台上的事物来显现人世间的众生相,抒发自己的情思。下面对"月台上的事物"表述正确的一项是:

　　A. 月台和脚印　　　B. 脚印和脚步　　　C. 脚步和月台　　　D. 月台和泥土

33. 文章开始说月台"是起点也是终点,是开始也是结束",篇末却说"是起点,但愿不是终点,是开始,但愿不是结束",作者这样行文的原因是:

　　A. 月台是流动的浮土,是过往的月台。

　　B. 月台蕴含了作者对人生的感悟。

　　C. 开篇说的是现实生活中月台,而篇末说的是人生旅途中的月台。

　　D. 月台是作者信心与希望的等待。

34. 联系本文主旨,对篇末"人生的月台"的含义理解正确的一项是:

　　A. 月台是人生聚散的地方

　　B. 月台蕴含着人生的挫折

C. 人生中小憩的中转站

D. 事业的中转站,新的追求的起点

35. 下面是对文章内容的理解和分析,选出不正确的一项是:

A. "是欢聚也是离散,是出发也是归宿",表面看是矛盾的,实际上反映了同一事物在不同关系上的对立,引人思索。

B. 作者描写"脚印"时,运用拟人修辞手法,形象地表现了月台客流量之大。

C. 根据作者描写对象的不同,文章可分为两部分。第一部分描写大众月台昼夜不息地忙碌,第二部分叙写自己月台的苍凉和希望。

D. 作者通过对月台的深入观察体验,由现实中的月台联系到人生中的月台,挖掘出了新的主题,意义深刻。

(二)阅读下面短文,回答下列五道题。

我在游览赵长城时,作了一首诗,称颂赵武灵王,并且送了他一个英雄的称号。赵武灵王是无愧于英雄的称号的。大家都知道,秦始皇以全国的人力物力_____连接原有的秦燕赵的长城并加以增补,_____引起了民怨沸腾。不知从什么时候起,在秦始皇面前就站着一个孟姜女,控诉这条举世闻名的万里长城。_____在解放以后,_____有人把万里长城作为"炮弹"攻击秦始皇。而赵武灵王以小小的赵国,在当时的物质和技术条件下,竟能完成这样一个巨大的工程而没有挨骂,不能不令人惊叹。

当然,我说赵武灵王是一个英雄,不仅仅是因为他筑了一条长城,更重要的是因为他敢于发布"胡服骑射"的命令。要知道,他在当时发布这个命令,实质上就是与最顽固的传统习惯和保守思想宣战。

(节选自翦伯赞《内蒙访古》)

36. 在第一段横线上依次填入词语最恰当的一项是:

A. 仅仅　　就　　甚至　　还

B. 不仅　　还　　但是　　又

C. 因为　　就　　虽然　　也

D. 由于　　却　　即使　　仍

37. 在第一个文段中,作者说"赵武灵王是无愧于英雄称号的",这样说的依据是:

A. 传说　　　　B. 推论　　　　C. 古迹　　　　D. 史料

38. 文中使用的孟姜女哭长城的故事的作用是:

A. 肯定孟姜女,肯定秦始皇　　　　B. 否定孟姜女,否定秦始皇

C. 借提孟姜女,否定秦始皇　　　　D. 借提孟姜女,肯定秦始皇

39. 对秦始皇在文中的作用的分析正确的一项是:

A. 正衬赵武灵王　　　　　　　　B. 反衬赵武灵王

C. 陪衬赵武灵王　　　　　　　　D. 表现赵的英明伟大

40. 作者说"我说赵武灵王是一个英雄,不仅仅是因为他筑了一条长城,更重要的是因为他敢于发布'胡服骑射'的命令"的理由是:

A. 因发布"胡服骑射"命令,克服了狭隘的民族偏见,能看到少数民族的长处,并虚心学习。

B. 因发布"胡服骑射"命令,有利于国家的强大和军事的发展,有利于民族的强盛。

C. 因发布"胡服骑射"命令,顺应了历史潮流,调和了民族间的矛盾。

D. 因发布"胡服骑射"命令,可以减少民族间的冲突,加强了民族的团结。

（三）阅读下面的文字,完成文后五题。

① 数学界引为自豪的是:在现代科学中,只有一种统一的数学符号系统,不同民族的数学家可以很方便地交流成果。从最简单最基本的阿拉伯数字到最复杂最深奥的公式,尽管各国的读法不同,然而意义却是互通的。语言学界则完全相反。古今中外各种语言的多样性恰恰是他们研究的主要对象。

② 的确,数学跟语言学之间的距离是这样遥远,他们好像构成了人类知识宝库的相对的<u>两极</u>。直到本世纪的上半叶,人们还是普遍认为:只有天文学、物理学和工程技术等方面才使用数学;而文学艺术、人文科学以及跟社会有关的各行各业,只能使用日常语言来表情达意。大学的"文科"和"理工科"泾渭分明:学理工的不在语言文字上下太大工夫,学文科的则把数理化视若畏途。<u>在文明史中,能一身兼为数学家和语言学家的极少</u>,更少有人想到过要把这两者融会贯通为一个新的有机体。

③ 近百年来,数学方法不仅在天文、物理学领域获得惊人的发展,而且渗透到生命科学、人文科学领域中来,首先在生物学,然后在经济学和社会学等方面,数学方法取得一次又一次巨大的成功。于是,数学家的目光愈来愈频繁地注视着语言现象。如俄国大数学家马尔柯夫就曾用概率方法统计过普希金的史诗《欧根·奥涅金》中的俄文字母的序列,来说明自己随机过程数学理论;速记学家和字母打印机的发明者们,曾大规模统计英文字母的频率,用来设计速记符号和打字键盘。这些人都是尝试运用数学工具来研究语言的先驱者。

④ 把数学和语言学这两门差别悬殊的学科紧密联系起来的纽带,是语言通信技术和电子计算机。前者实现了语言符号的远距离传输和转换,后者用数字化的快速运算来处理非数值符号——语言。科学的发展使数学领域空前扩展了,语言学的领域也空前的扩展了。它们都扩展到以符号系统为主要研究对象,因而就发现了共同的边界,并且彼此渗透。于是,一门新兴的学科——"数学语言学"就应运而生了。

41. 从第 1 段内容看,语言学界引为自豪的是什么?下列表述最准确的一项是:

A. 在现代科学中,只有一种统一的数学符号系统,而各国都有自己与众不同的语言。

B. 不同民族的数学家可以很方便地交流成果,而各国的语言学家不可能这样交流。

C. 各国数学家使用的数字及公式,意义是互通的,语言学家使用的语言文字各不相同。

D. 数学家研究的主要对象明确单一,语言学家研究的主要对象则丰富多彩。

42. 第二段中加曲线的"两极"的内涵是:

A. 数学和语言的距离非常遥远。

B. 数学和语言研究的内容完全不同。

C. 不同民族可以用统一的数学符号交流,而各民族的语言则是多样性的。

D. 数学和语言的学科性质完全不同。

43. 下面最能体现"在文明史中,能一身兼为数学家和语言学家的极少"的原因的一项是:

A. 数学跟语言学之间的距离是这样遥远,它们好像构成了人类知识宝库的相对的两极。

B. 人们错误地认为,数学和语言学无关,只有搞社会科学的才需要用语言来表情达意。

C. 大学的"文科"和"理工科"泾渭分明,学生不愿在不相关的学科上耗费精力。

D. 人们的思想还不够解放,还没有人想到过要把这两者融会贯通为一个新的有机体。

44. 对第3段开头一句使用"渗透"一词分析评价最恰当的一项是:

A. 从前面"获得惊人的发展"来看,这里用"发展"一词承接关系更为明显,语脉更为连贯。

B. 天文、物理学领域属于理科范畴,生命科学、人文科学属于文科范畴,用"涉及"更能反映发展过程中的主从关系。

C. 用"渗透"一词,准确而形象地反映了数学方法与生命科学、人文科学产生联系的渐进过程。

D. 从后面所举事例来看,只有马尔柯夫是数学家,其余的人与数学关系不大,用"渗透"一词准确地反映了不同的人在这个发展过程中的作用。

45. 纵观全文,不属于数学语言学"应运而生"必备条件的一项是:

A. 20世纪以来科学发展日新月异的要求。

B. 人们越来越认识到"文""理"不该分家。

C. 语言通信技术和电子计算机的产生。

D. 数学与语言学之间有了共用的边界,并且被彼此渗透。

（四）阅读下面文字,完成文后五题。

有科学家认为,由父母选择基因"组合"下一代的时代已快来临了。在"组合"未来的"非常婴儿"方面,父母们面对的是一道多项选择题,他们可以选择让婴儿能抵抗常见疾病和感染的基因,这样婴儿不会再害怕癌症、心脏病等;父母让孩子的个子长高一点、头发浓密一点也并非难事。

在美国的普林斯顿,科学家们成功地利用基因改善了老鼠的大脑功能,经过"加工"的老鼠比其他普通老鼠明显聪明得多。这种神奇的效果来自于从外界植入老鼠体内的一种基因,这种基因产生名为 NR2B 的化学物质。人脑当然比老鼠的大脑复杂得多,但它们的工作原理实际上是一样的。

至于说到为孩子选择人格与个性,其实也不是匪夷所思的,专家相信,个人个性的特点中至少有一半是由基因的特性决定的。

科学家打算将来自不同个体的基因:比如聪明一些的迟钝一些的,好看的和普通的,混合在一起进行研究,以便了解为什么人们会在力量、耐力、敏捷性等方面有差异。当这些主管天赋与性格的基因的奥秘解开之后,未来的父母就离"设计"自己的孩子又近了一步。但技术上的难题是,人为注入的基因大部分都是人体内自有的,因此如何确保这些外来基因能发挥作用,取代原有的基因是个关键。

有专家对基因工程能否如人们所认为的那样大步向前跃进持怀疑态度,因为在基因和染色体的世界里,随机性因素很多,基因一旦站错了队,不仅不能发挥出人们预先估计的作用,反而会给别的重要基因带来影响,甚至破坏它们。

要想给人的自然基因"升级",只有通过"人造染色体",可是人的染色体数目的标准是23对,加进人造染色体后,就必然引起染色体数量上的变化,如果未来人类还遵循有性繁殖规律的话,这些多出来的染色体还会传给下一代,这会带来什么后果? 多出来的染色体怎么办? 就是世界一流的科学家现在也无法对这些问题作出明确回答。

46. 下面各句标点符号使用有误的一项是:

A. 有科学家认为,由父母选择基因"组合"下一代的时代已快来临了。

B. 科学家打算将来自不同个体的基因:比如聪明一些的迟钝一些的,好看的和普通的,混合在一起进行研究,以便了解为什么人们会在力量、耐力、敏捷性等方面有差异。

C. 但技术上的难题是,人为注入的基因大部分都是人体内自有的,因此如何确保这些外来基因能发挥作用,取代原有的基因是个关键。

D. 如果未来人类还遵循有性繁殖规律的话,这些多出来的染色体还会传给下一代,这会带来什么后果? 多出来的染色体怎么办? 就是世界一流的科学家现在也无法对这些问题作出明确回答。

47. 在"组合"未来的"非常婴儿"方面,父母们面对着多种选择,下列各项不属于其选择内容的一项是:

A. 健康　　　　　B. 外形　　　　　C. 记忆　　　　　D. 个性

48. 对文中画线句子所表达的意思理解正确的一项是:

A. 将来人工组合一个婴儿,孩子人格、个性的选择是可以办到的。

B. 将来人工组合一个婴儿,孩子人格、个性的选择是完全办不到的。

C. 将来人工组合一个婴儿,孩子人格、个性是可任意选择,随心所欲的。

D. 将来人工组合一个婴儿,孩子人格、个性的选择,至少有一半的可能。

49. 有些专家对选择基因"组合"下一代能够大步跃进持怀疑态度,对其原因理解正确的一项是:

A. 因为如何确保外来基因能发挥作用,取代原有的基因这一关键问题尚未解决。

B. 因为在基因和染色体的世界里,随机性因素很多,基因一旦站错队,反而会起破坏作用。

C. 因为技术上的难题是,人为注入的基因都是人体内自有的,很难听人的安排。

D. 因为要想给人的自然基因"升级",就必须通过"人造染色体",而"人造染色体"的合成技术是个难题。

50. 下面对文章内容理解不正确的一项是:

A. 通过选择基因来"组合"下一代的研究还只是一个设想。

B. 通过选择基因"组合"一个"非常婴儿"这个问题还需要进一步研究探索。

C. 科学家们的实验研究表明,由基因产生的名为 NR2B 的化学物质可以使人脑变得更聪明。

D. 目前,世界一流的科学家尚无法解决多余染色体会给下一代带来什么后果和处理多余染色体的问题。

【参考答案及解说】

一、选择题

1. C。本题考查字形的辨析,正确答案是 C 项。A 莫—没,B 代—贷,D 腊—蜡。

2. B。本题考查的是对词义的理解。正确答案是 B 项。A 不赞一辞,指文章写得很好,别人不能再添一句话。现也指一言不发。"赞",帮助。C 文不加点,指写文章一气呵成。形容文思敏捷,技巧纯熟。"点"是"涂改"的意思。D"殷鉴",语出《诗经·大雅·荡》:"殷鉴不远,在夏后之世。"意思是殷人灭夏,殷人的子孙应该以夏的灭亡为鉴戒。后用来泛指可以作为后人鉴戒的前人失败的事。"殷"在这里指商朝。

3. C。本题考查病句的辨析,正确答案是 C 项。A 项"如果"与"一旦"语义重复;B 项动词"减少"和宾语"压力"搭配不当;D 项将"塞申斯击败了现任市长英格斯"与"产生了美国历史上最年轻的市长"这两句句子混杂在一起,犯了句式杂糅的毛病。

4. A。本题考查的是消极修辞,简明。正确答案是 A 项。其他三项,B 项"自己",指代不明,是"他自己"还是"老师自己"? C 项"多半"有"人多"的意思,也有"可能"的意思。D 项"讲不好"语意不明,是能力有限"讲不好",还是有顾虑,觉得自己讲不合适呢?

5. C。本题考查修辞知识,正确答案是 C 项。第二个分句是单句,"感觉"是谓语,"天上……哭泣了"都是"感觉"的宾语;运用的是对偶套拟人的修辞方法。

6. C。ABD 中的"鬓丝"、"白发"、"华发"都是白头发,面对青山,徒生白发,浓厚的岁月之感溢于言表。"杳杳天低鹘没处,青山一发是中原"出自苏轼的《澄迈驿通潮阁》之二,当时苏轼是被贬谪到海南的,漂泊在荒蛮之地,羁旅愁绪十分强烈,特别是在登高时,极目北眺,引发了浓烈的思乡之情:广漠的天空与苍莽的原野相接,高飞的鹘鸟逐渐消逝在远边天际,而地平线上连绵起伏的青山犹如一丛黑发,表达了诗人悠长的遐思,以及怀念故土的情愫。这里的"一发"是比喻,极言其远。A 项出自杜牧《书怀》:满眼青山未得过,镜中无那鬓丝何。只言旋老转无事,欲到中年事更多。B 项出自陆游《塔子矶》:塔子矶前艇子横,一窗秋月为谁明? 青山不减年年恨,白发无端日日生。七泽苍茫非故国,九歌哀怨有遗声。古来拨乱非无策,夜半潮平意未平。D 项出自王禹偁《岁暮感怀》:岁暮山城放逐臣,老从霄汉委泥尘。公卿别后全无信,兄弟书来只说贫。眼看青山休未得,鬓垂华发摘空频。文章气概成何事,沾惹虚名误此身。

7. A。本题考查文学常识,不正确的是 A 项。一个时代文章的成就不能仅从作家人数的多少来判断。

8. D。本题考查历史知识,正确答案是 D 项。注意题干"崇祯三年奉敕立石",在当时石碑上不可能用满文。

9. C。本题考查哲学常识,正确答案是 C 项。从题干表述可知,"获得经济效益"是暂时的,而"带来巨大灾难"却是由此引发的,永久性的,因此,只有 C 项的表述符合要求。

10. D。本题考查的是文学常识。正确答案是 D 项。这是卞之琳长诗《雕虫记历》中有名的四句,又称为《断章》。

11. C。本题考查经济学常识,正确答案是 C 项。良好的企业信誉和形象,对企业的生存竞争有着至关重要的作用。本题考查的是对企业信誉和形象的理解,考生在掌握企业信誉和形象的知识点,认识到企业的信誉和形象集中表现在产品和服务的质量上,保证优质的产品和服务才能使企业立于不败之地,就会进一步推出企业的信誉和形象是企业的一种无形资产,是企业经营成败的重要因素。故本题的正确答案是 C。

12. D。本题考查宪法知识,正确答案是 D 项。我国 1982 年宪法中规定了国旗、国徽和首都,未规定国歌,2004 年宪法修改时加入了国歌的规定,即中华人民共和国国歌是《义勇军进行曲》，因此我国现行宪法对国旗、国徽、国歌和首都都有明确规定。

13. C。本题考查经济常识，正确答案是C项。流通中需要货币量取决于三个因素：（一）待售商品的数量。流通中需要货币量与待售商品数量成正比。（二）商品的价格水平。商品流通中所需的货币量与待售商品价格总额成正比。（三）货币流通速度。流通中需要货币量与货币流通速度成反比例关系。流通中需要的货币量与居民货币持有量无关。故答案是C。

14. C。本题考查生物学知识，正确答案是C项。若养鸡场平时在鸡饲料中添加抗生素，抗生素将大部分没有抗药性的病原体杀死的同时，也会使一些有抗药性的病原体产生基因突变。

15. A。本题考查生物学常识，不属于应激反应的是A项。人体面对压力或紧急状况时，体内会释放甲状腺激素和肾上腺素。甲状腺激素释放会引起B、C项，肾上腺素释放会引起D项。

二、填空题

16. B。本题考查的是实词知识，近义词辨析。正确答案是B项。"权力"是政治上的或职责范围内一定的强制力量或支配力量，对象可以是个人，也可是国家机关；"权利"与"义务"相对，指依法行使的权力和享受的利益，对象是公民、法人，也可是国家机关。根据句意，选择"权力"。"流露"指意思、感情不自觉地表现出来，"透露"指泄露或显露消息、思想等，根据语境宜用"透露"。"出笼"带贬义，"出台"没有贬义。这类题应该在理解词义的基础上，根据具体的语言环境区别判断。

17. D。本题是从修辞角度考查词语的运用，正确答案是D项。解答此题同样需要读懂文段的意思，运用排除法解题。例中的比喻不仅逼真生动，而且信息丰富。"雄鹰"喻，表现了汽车在高山迂回曲折的公路上飞驰的景象；如果用"飞机"，就和汽车在盘上公路上跑的形态不一致了。据此可以排除BC。"甲虫"喻，突出其小，表现了从高处俯视载重汽车行进的情状；如果用"蜗牛"，往往给人一种慢慢腾腾的感觉，感情色彩有些欠妥；另外，"爬行在崖壁上面"也会产生歧义。据此，就可排除A项了。"标兵"喻，把一个不起眼的物体写活了，那么威严地忠于职守，从而反衬出了峻岭之险；使用"标杆"，还是个死东西，就没有了这样的效果。

18. B。本题考查的是近义虚词辨析。正确答案是B项。诚然作副词时，表示实在，作连词时与固然相同，表示让步，引起下文的转折，从句意看，前后没有转折的意思，只能用诚然。"未免"表示委婉的否定，含有不赞成、不以为然之意。"不免"表示客观上免不了，难以避免。尚且，连词，提出程度更甚的事例作为衬托，下文常用"更"、"何况"等呼应，表示进一层的意思；况且，连词，表示更进一层，多用来补充说明理由。

19. D。本题考查消极修辞中的连贯，正确答案是D项。语段所描写的自然环境突出了一个特点——绿，故排除A、B两项；另一方面语段是属于静态描写，而C是动态描写，且与下文"就连我自己也"衔接得不够紧密，故选D。

20. B。本题考查标点知识。正确答案是B项。本段文字共三大句，第一句"朱自清说"，后面用了冒号引号，表明是完全引用了朱先生的话，所以后面的句号应该用在下引号内，据此可排除AC。第二句是转述郭沫若的话，"这样的意思"有提示下文的作用，应该用冒号，据此可排除D项。第三句是总结，"深切莫名"不是完全引用，句号应该用在下引号外。括号里的内容，表明朱先生这句话的出处，"写作杂谈"和"标点符号"是书名和书内篇章的关系，应该间用间隔号隔开，而不是用破折号。

21．A。本题考查历史知识，正确答案是 A 项。材料说明如果能使百姓得到温饱，就能够称王，由此可以看出其"民本""善待百姓"的思想，这应该是孟子的思想，在《孟子》一书中多次提到。

22．A。本题考查历史知识，正确答案是 A 项。由董必武 20 世纪 60 年代写的一首诗中"四十年前南湖泛舟会上逢"的信息，通过计算可以推断出正确答案。这是董必武同志在 1961 年 8 月 21 日视察南方经过济南时，回忆起王尽美一大期间的音容笑貌，按捺不住激动的心情，挥笔写下的诗篇《忆王尽美同志》。诗中的"恩铭"，是一大代表邓恩铭。

23．D。本题考查的是文学常识。正确答案是 D 项。这是毛泽东同志在 1961 年 12 月写的一首词。词前有小序"读陆游咏梅词，反其意而用之"。附：陆游原词：驿外断桥边，寂寞开无主。已是黄昏独自愁，更著风和雨。无意苦争春，一任群芳妒。零落成泥碾作尘，只有香如故。

24．D。本题考查的是文化常识。正确答案是 D 项。"先忧后乐"出自范仲淹的《岳阳楼记》"先天下之忧而忧，后天下之乐而乐"，"希文"是范仲淹的字；"昔闻今上"出自杜甫的《登岳阳楼》诗开头两句"昔闻洞庭水，今上岳阳楼"。

25．A。本题考查文学常识，正确答案是 A 项。《说文解字》是中国历史上第一部系统分析字形、解释字义的字书，代表了当时字书编纂的最高水平。《尔雅》是中国最早的训诂书，被称为中国最早的词典。《仓颉篇》原是教育学童识字的字书，秦始皇帝统一文字时又成为小篆书体的样本。《词通》是清代学者朱起凤编纂的一部古汉语双音词通假词典，是双音通假词研究的集大成者。

26．D。宪法附则是指宪法对于特定事项需要特殊规定而作出的附加条款，其名称有暂行条款、过渡条款、特别条款、临时条款等等。由于附则是宪法的一部分，因而其法律效力当然也应该与宪法的一般条文相同，因此 A 项正确。同时，其法律效力还有两大特点：一是特定性，即附则只对特定的条文或者事件适用，因此 B 项正确；二是临时性，即附则只对特定的时间或者情况适用，有时间限制，一旦时间届满或情况发生变化，其法律效力自然应当终止，因此 C 项正确。D 项表述正好与 A 项相反，故为应选项。

27．A。本题考查经济常识，说法不正确的是 A 项。各运输部门有各自的经济利益，因此才会产生竞争，"一致"说显然不合常理。

28．D。本题实际是对文艺理论的考查。为防止对叶昼的话理解出现偏差，题干特意作了总结性提示："艺术创作不必拘泥于事实上的真实"，这并不是说艺术创作不遵循规律，也不能说明意识不是由存在决定的，更不能理解为艺术完全凭主观虚构。正确答案只有 D 项。

29．C。本题考查地理知识，正确答案是 C 项。沿海大陆架地区，阳光集中，生物光合作用强，入海河流带来丰富的营养盐类，因而浮游生物繁盛，这些浮游生物是鱼类的饵料，故此渔业资源丰富。

30．C。本题考查医学常识，正确答案是 C 项。人体具有保卫自身的三道防线：皮肤和黏膜属于第一道防线；体液中的杀菌物质和吞噬细胞是第二道防线；第三道防线主要是由免疫器官和免疫细胞组成的，免疫器官主要有胸腺、脾、淋巴结等。人体的免疫细胞主要是淋巴细胞。选项 C 正确。

三、阅读理解题

（一）月台

31．B。考查对词语的理解,正确答案是 B 项。回答这一类题应把握好横线后面的语句及所给词语的意义,注意前后的语境。如:第一空后"播撒着欢聚的喜悦"所体现出来的情感,应是喜爱之情,所以应该选"轻快";同样道理,"负载着"离愁的脚步应该是"沉重"的了;"踱向目标"的脚步自然是"从容"的;"心情迫切"时的脚步当然是"匆促"的;被什么东西"缠绕"的脚步应该是"迟缓"的。

32．B。考查概括能力,正确答案是 B 项。文段中集中写"月台"的段落是第三段,其中作者说"来的脚步掩盖了去的脚印,去的脚步也覆盖了来的脚印",接着对各种脚步的意义作了精确的描述,即突出了作者写作的重点;再者"月台"是作者所描写的主要对象,而题干中要求的是"月台上的事物",所以排除 A、C、D 三项。

33．C。考查分析概括能力,正确答案是 C 项。应注意托物言志类散文的特点,往往前面要抒写所托之物的特征,后一半就要引申到人生的哲理,本文也是如此。前一半写的是现实中的月台,后一半则引申到人生道路上的月台了。所以只有 C 项符合要求。A 项说的是现实中的月台,B 项只说对人生的感悟,并没有具体指出,D 项是作者对人生旅途中月台的认识。

34．D。考查对思想内容的理解,正确答案是 D 项。注意理解前文的"生命旅途的月台、驿站"的内容,接下来有"所有的台和站,只是供中途小憩,只是供转车再出发"一句,A 项是现实中的月台。B"蕴含着人生的挫折"的说法与月台的特征不够一致。C 项只说到"中转",没有说到"再发"。

35．C。考查对文章整体内容及写作技巧的把握,对本文理解不正确是 C 项。托物言志的散文,应该从抒写物的特征部分和"言志"部分分开,而不是什么"大众月台"与"自己月台"。

（二）内蒙访古

36．A。注意这一段是用秦始皇和赵武灵王比较,来突出赵武灵王的功绩,所以前两空要用"仅仅……就"极言秦始皇费力之小,与后面赵武灵王工程的巨大形成鲜明对比。后两空连接的分句之间是递进关系,对这一比较有加强的作用。

37．B。接下来就通过与秦始皇比较来证实这一看法。

38．D。不知从什么时候起,表明孟姜女的故事不是真正的史实,而是有人虚构出来的,"举世闻名"的,表明作者对修长城的肯定。从文段意义来看,肯定秦始皇与赞美赵武灵王是一致的。

39．B。一篇文章,主体事物确定之后,再写其他事物的作用,不是对比就是衬托。但"正衬"、"陪衬"欠准确。

40．A。"调和矛盾"、"减少冲突"的说法没有根据。注意接下来的一句话,"他在当时发布这个命令,实质上就是与最顽固的传统习惯和保守思想宣战"。修长城目的是为了"防胡",这一点在国内的阻力不会很大,"胡服骑射"是"学胡",当然会受到方方面面的阻挠。

（三）数学语言学

41．D。注意"语言学界则完全相反"一句。

42．C。文章并未涉及二者的研究内容和性质,A 项与"两极"表意相同,说了等于没说,没有说出实际的内容。

43．A。二者距离遥远是根本原因。

44．C。毫无疑问，"渗透"一词的使用是准确恰当的，AB 两项的评价欠妥；这一词语反映的是数学与生命科学、人文科学产生联系的过程，D 项却说成是反映了不同的人在这一发展过程的作用，也欠妥当。

45．B。无中生有。

（四）基因组合

46．B。冒号后面"比如聪明一些的迟钝一些的，好看的和普通的"明显是对"不同个体的基因"的解说，冒号只能管到此处，因此应该用破折号。

47．C。无中生有，其他几项都在文中有表述。

48．A。关键理解"匪夷所思"，其意为"不是一般人所能想象到的"。

49．B。第五段信息的筛选。

50．C。实验研究的对象是老鼠大脑而非人脑。

硕士专业学位研究生入学资格考试练习题（四）

第一部分 语言表达能力测试

（50 题，每题 2 分，满分 100 分，考试时间 45 分钟）

一、选择题

1．下列各句中，加点词没有错别字的是

A．据小区保安反映，有两个鬼鬼祟祟的家伙，曾到过 302 室，形迹十分可疑。

B．任何一种产品，社会有需求，消费者能接受其价格，生产者必定趋之若鹜。

C．一到球场上，李云顿时生龙活虎，早已把烦恼抛到了九宵云外。

D．维护法律的尊严，要从司法部门抓起，对于营私舞弊、徇情枉法者，要坚决从执法队伍中清除出去，决不姑息。

2．下列加点字的释义全都正确的一组是：

A．栉风沐（洗头）雨　　潜移默化（变化）　　同仇敌忾（敌人）

B．党（偏袒）同伐异　　汗流浃（湿透）背　　首（首先）屈一指

C．拔山扛（扛起）鼎　　生杀予（给予）夺　　引（拉弓）而不发

D．厚古薄（轻视）今　　无所适（适合）从　　别出心裁（判断）

3．下列各句中，没有语病的一句是：

A．中国古老的智慧、经典的知识尽管难以具有实际的功效，但它有着益人心智、怡人性情、改变气质、滋养人生的价值同样不可小视。

B．实践证明，建立国家自然保护区对保护珍贵的物种资源、维持良好的生态系统和减缓经济发展给环境带来的影响起着至关重要的作用。

C. 国家自然科学一等奖连续四年空缺的局面终于结束了。蒋锡夔院士和谈国桢教授领导的课题小组为此获得了此项殊荣。

D. 在第18届世界宇航员会议上,来自世界各国的宇航员的目光聚焦于中国,以极度关切的神情注视着"神舟五号"飞船的首次太空飞行。

4. 下列各句中,没有歧义的一句是:

A. 李向东父子两人都是教书的,他说:"是父亲乐教敬业的精神激励我走上讲台的。"

B. 文章分析了无产阶级和资产阶级在各个历史时期进行斗争时所采取的战略特点。

C. 为提高教师业务水平,学校选派部分教师进修,王老师这个学期要去语言学院听课。

D. 他发现自己买的是件"水货"衬衣,很是生气,于是就叫出租车回去了。

5. 对下面句子的修辞手法及其作用的表述,准确的一项是:

船如离弦之箭,稍差分厘,便撞得粉碎。

A. 这段话运用了比喻的修辞方法,意在说明船行之快。

B. 这段话运用了夸张的修辞方法,意在说明船行环境的险要。

C. 这段话运用了比喻和夸张的修辞方法,意在说明船行之快。

D. 这段话运用了比喻和夸张的修辞方法,说明船行环境的险要。

6. 一个剧团在排练有关辛亥革命的剧目时,有如下几个场景,其中与史实不符的是:

A. 街头上出现"民主共和"的标语

B. 孙中山在灯下阅读《民报》

C. 几艘外国军舰在长江上航行向革命党施压

D. 报刊登出孙中山就任中华民国正式大总统的消息

7. 根据以下诗句内容,按描述春、夏、秋、冬的顺序排列,正确的一项是:

① 腊后花期知渐近,寒梅已作东风信。

② 风急天高猿啸哀,渚清沙白鸟飞回。无边落木萧萧下,不尽长江滚滚来。

③ 明月别枝惊鹊,清风半夜鸣蝉。稻花香里说丰年,听取蛙声一片。

④ 千里莺啼绿映红,水村山郭酒旗风。南朝四百八十寺,多少楼台烟雨中。

A. ①②③④　　　B. ④③②①　　　C. ①③②④　　　D. ②③①④

8. 下列有关知名词人的叙述,不正确的一项是:

A. 辛弃疾虽为宋词豪放派大家,实则其词作风格多样,除以世衰乱离、国仇家恨为书写题材外,亦不乏清丽淡雅之作,甚或"以文为词",故作诙谐,语带幽默。

B. 李清照由于夫妻恩爱、人生美满,她的词作无论写景抒情,每每洋溢幸福之感,极尽细腻婉约之美。

C. 柳永身为落魄文士,不时流连歌楼酒馆,却因此创作出真切自然的深情歌调,广为流传——"凡有井水处,皆能歌柳词"。

D. 李后主"生于深宫之中,长于妇人之手",其作品可分为前后两期,后期词风因遭逢亡国之痛,"眼界始大,感慨遂深"。

9. 1937年7月,中国共产党在《国共合作宣言》中郑重承诺:"取消一切推翻国民党政权的暴动政策及赤化运动,停止以暴力没收地主土地的政策。取消现在的苏维埃政府……"这突出说明了当时中国共产党:

A. 放弃了自身的奋斗目标　　　　　　　　B. 改变了对国民党的认识

C. 以中华民族的利益为重　　　　　　　　D. 实现了与国民党的合作

10. 随着移动电话的普及,一些不法之徒利用移动电话进行欺诈,给消费者造成了财产损失,这明显地违背了市场经济的:

A. 效率原则　　　　B. 诚信原则　　　　C. 平等原则　　　　D. 自愿原则

11. 在非对抗性态度的条件下,用含蓄、间接的方式对他人的心理和行为产生影响,使之产生一致性,称为:

A. 从众　　　　　　B. 服从　　　　　　C. 暗示　　　　　　D. 模仿

12. 注册商标许可使用合同的被许可人实施的下列哪一行为构成商标侵权行为?

A. 未经许可人同意,没有在使用该注册商标的商品上标明许可人的名称

B. 未经许可人同意,将该商标扩大使用到不同类的商品上

C. 未经许可人同意,修改了该商标的图形

D. 在商标许可合同期限届满后,未经许可人同意,继续使用该商标

13. 下列教育思想观点不是出自《论语》的一项是:

A. 教学相长

B. 不愤不启,不悱不发

C. 学而不思则罔,思而不学则殆

D. 其身正,不令而行;其身不正,虽令不从

14. 下列关于陆地自然资源的叙述,不正确的是:

A. 山地中森林被大量砍伐,山中的泉水会减少

B. 在河流中上游过量截流用水,下游可能会断流

C. 地表资源都属于可再生资源,地下资源都属于非可再生资源

D. 植树种草对保护生物多样性意义重大

15. 放射性废弃物和 x 射线可导致人患:

A. 白血病和色盲　　　　　　　　　　　　B. 色盲和血友病

C. 皮肤癌和白血病　　　　　　　　　　　D. 血友病和白血病

二、填空题

16. 在下列各句中的横线处依次填入词语,最恰当的一组是:

① 随着传播技术的进步,人们_____感情的方式越来越方便,但传播内容的雷同也会给传播双方带来厌倦感。

② 姐姐是理财的好手,她负责家中日常生活的开支,我们不仅过得很_____,而且每月还能存点钱。

③ 陈水扁不顾海内外强烈反对而执意推动的_____"3·20公投",最终因台湾多数民众的抵制而告无效。

A. 传递　富裕　所谓　　　　　　　　　　B. 传达　富裕　号称

C. 传递　富余　号称　　　　　　　　　　D. 传达　富余　所谓

17. 在下面一段文字中的横线处依次填入标点符号,最恰当的一组是:

首先,从"今"　①　现实现象入手,提出大陆漂移的思想。有一天,魏格纳在阅读地图的时候,被大西洋两岸的相似性所吸引　②　巴西与非洲海岸的凹凸之处几乎一一对应　③　自此,

人们试图把分离的大陆拼合起来。起初,在二度空间上,以海岸线作大陆边缘来拼合,误差较大 ____④____ 因为大陆边缘经过分裂、侵蚀、沉陷 ____⑤____ 不再是现今的海岸线了。

	①	②	③	④	⑤
A.	,	。	;	。	、
B.	——	:	。	。	,
C.	。	,	。	,	,
D.	,	:	;	;	……

18. 在下面一段文字中的横线处依次填入关联词语,最恰当的一组是:

专家认为,发展基因武器可能产生"不可制服"的致病微生物,_____给人类带来灾难性的后果。对付基因武器比较困难,_____破译基因的密码结构_____找到防治它的方法。_____,随着人类基因图谱测绘工程的完成和基因疗法的进展,爱好和平的人们终会掌握抵御和摧毁这种生物武器的有效手段。

A. 从而　　只有/才能　　然而　　　　B. 从而　　　只要/就能　　因此

C. 进而　　只要/就能　　然而　　　　D. 进而　　　只有/才能　　因此

19. 在下面一段文字中的横线处填上一句话,与上下文衔接最好的一句是:

古人的书,往往也有缺点、讹误。《康熙字典》由三十余名学者,经五年多时间编撰而成。当时的人称它是一部"体例精密,考证赅洽"的书,可是清代学者王引之经过认真考证,竟指出它有2 588条错误。后来又有人指出了它更多的错误。可见,_____

A. 读书时提出些疑点,是很正常的。　　B. 即使是优秀的作品,错误也不会少。

C. 《康熙字典》不是一部"考证赅洽"的书。　D. 读书要认真细致,敢于大胆提出疑问。

20. 高行健荣获诺贝尔文学奖时,曾感谢父母给了他一个好名字,"行健"语出《_____》中"天行健,君子以自强不息"。

A. 礼记　　　　　B. 尚书　　　　　C. 诗经　　　　　D. 易经

21. 下列诗句依次排序正确的一项是:

①借问征人归不归　　　　　　　②杨柳依依着地垂
③柳枝折尽花飞尽　　　　　　　④杨花漫漫搅天飞

A. ②④③①　　　B. ④③②①　　　C. ①②③④　　　D. ③①②④

22. 依次填入下列横线处的词语,顺序排列正确的一项是:

这片丛林,自是不再寂寞了。除了_____,还有_____;除了_____,还有_____。

①绿色的叶子　　　　　　　　②花色的衣裳
③女人的谈话声与孩子的欢笑声　④春天的鸟语声与秋天的蝉鸣声

A. ②①③④　　　B. ③②④①　　　C. ④③①②　　　D. ①④②③

23. 下列有关文学常识的表述,不正确的一项是:

A. 《左传》是我国的一部国别史,也是一部散文著作。它尤其善于描写战争和外交辞令,如《殽之战》。

B. 柳宗元是唐代散文家,与韩愈一起倡导了古文运动。他的寓言小品《三戒》和山水游记《永州八记》为后人所称诵。

C. 高适、岑参、王昌龄是边塞诗派的重要诗人。王昌龄的《出塞》被推为唐人七绝的压卷之作。

D. 《欧也妮·葛朗台》、《高老头》是巴尔扎克的代表作,《包法利夫人》是福楼拜的代表作。它们都是 19 世纪法国批判现实主义作品。

24. 根据语言环境和表达的需要,填入横线上最恰当的一句是:

又一阵风。风过去了,街上的幌子,小摊,行人,_____,全不见了,只剩下柳枝随着风狂舞。

A. 风仿佛把它们都卷走了　　　　　　B. 风仿佛都卷走了它们

C. 仿佛都被风卷走了　　　　　　　　D. 一下子消失得无影无踪

25. 人际关系的发展过程一般分为:

A. 互不相识、双方的表面接触、注意到对方存在、双方建立友谊、形成亲密朋友关系

B. 互不相识、注意到对方存在、双方的表面接触、双方建立友谊、形成亲密朋友关系

C. 互不相识、注意到对方存在、双方建立友谊、双方的表面接触、形成亲密朋友关系

D. 互不相识、注意到对方存在、双方的表面接触、形成亲密朋友关系、双方建立友谊

26. 根据我国《宪法》规定,每届全国人民代表大会第一次会议,需由_____召集。

A. 本届全国人民代表大会主席团　　　B. 本届全国人民代表大会常委会

C. 上届全国人民代表大会主席团　　　D. 上届全国人民代表大会常委会

27. 下列选项中,不属于《宪法》所规定的公民的文化权利的一项是:

A. 科学研究自由　　B. 出版自由　　C. 文艺创作自由　　D. 欣赏自由

28. 依据《专利法》的有关规定,下列可以授予专利权的是:

A. 甲发明了仿真伪钞机　　　　　　　B. 乙发明了对糖尿病特有的治疗方法

C. 丙发现了某植物新品种　　　　　　D. 丁发明了某植物新品种的生产方法

29. 关于外力作用的叙述,不正确的是

A. 我国西南地区,流水化学侵蚀作用比较明显

B. 干旱地区的戈壁、裸岩荒漠主要是风力堆积作用的结果

C. 黄河三角洲是流水沉积作用的结果

D. 黄土高原主要是风力堆积而成

30. 职业拳击手在上场比赛时会不断唠叨着"我是最棒的"或"看我来揍扁你"这是自我暗示,控制不良情绪的产生。学生在考试中表现出的怯场:

A. 不是受消极情绪影响的结果　　　　B. 是身体不健康的表现

C. 人们无法进行调控　　　　　　　　D. 可运用自我暗示法进行调控

三、阅读理解题

(一)阅读下面短文,回答下列五道题。

小葱青青

白的雪,青的葱,红红的是她的小手。

她总是这么静静地站着。低着头,眼睛朝下看;扎两条小辫,穿一身红底儿蓝花的棉袄棉裤;一双黑花棉鞋羞涩地卧在白雪中。脸蛋儿红红的,那双小手也是红的。看不到那双眼。那眼睛

一定很美、很清澈……①

白白的雪轻轻地盖在小街和屋顶上，只有那小葱是青青的。

说不清从什么时候起，这个小集市上有了她。她的小葱总是那么嫩、那么青，像她自己一样。她从不吆喝，从不抬价。换了别人，这样好的葱，一定会放声叫好，定会编出许多诸如"小葱拌豆腐，一青二白"等等诱人的词句。

她极少说话。说，也是奶声奶气的几个字："要多少""几斤几两""几毛几分"。她只有说话的时候，才偶尔看对方一眼。啊，这眼睛真美！它不光清澈，还蕴含着一丝忧伤，但忧伤中分明显露出善良和期望。

小镇上的人都吃她的小葱。没有人跟她讨价还价，连老太太都如此。姑娘太小，那双手太小。她是集市上的小妹妹，大家都爱护她，菜主们常对镇上的人说，我的葱不如小妹妹的，买她的吧。镇子上哪来恁好的葱？没有人一下子买好多。大家都知道，她的小葱天天有，一年四季都不断，价格也好。

啊，天真冷。她把两只小手放在嘴边，用热气哈一哈。然后，给一位大姐姐称葱，帮大姐姐放在篮子里。她依然不说话，朝下看。地上的雪真白，只是没有太阳，要不，它会耀眼的。

"小妹妹，给钱。"大姐姐把钱递给她。

她轻轻地摇头。

"为啥？"大姐姐一怔。

"大姐姐，俺……"她抬起头来，目光在大姐姐的脸上扫了一下，迅速落在左胸那枚"吉阳镇中学"的校徽上，声音有些激动，也带着几多憧憬。"俺娘说，等过两年，弟弟初中毕业了，就让俺继续上学。"

"……"

"大姐姐，俺不要钱。俺知道你是老师，常来买葱，俺想求您帮俺看看这个。这是俺看弟弟的书，做的作业。"说着，她迅速从菜篓底下取出两个用塑料袋包着的小本子，递给女老师。

女老师接过本子，一下子惊呆了。本子上工工整整写着初中作业。她不知说什么才好。

"小妹妹，多大啦？你是哪村的？"

"俺今年十五啦。住杏树湾。俺还有一个弟弟，一个妹妹，弟弟正上初中呢。"

"爹娘呢？"

"爹病了。两年前，爹从城里卖菜回来，天黑，路滑，跌到沟里腿断了。不能动了。娘在家侍候爹，还管园子。爹好的时候，俺也上学哩！"

女老师嘴唇动了几下，想说什么，但没有说出来，只是眼圈发红、发潮。她一下子将小妹妹搂在怀里，紧紧地握住那两只小手。冻凉的小手。她想把它暖热，永远地热下去。

"好妹妹，你来我班里上学吧！"

"不。……俺不上。俺还要卖菜呢。俺上了，弟弟就上不成了。俺娘说……"

女老师把小妹妹搂得更紧了。

太阳出来了。那雪更白。那葱更青。

……②

两年后，小妹妹考上了县师范。临走前，她给女老师送去了一篮子小葱。那葱洗得真干净，扎得整整齐齐。多嫩的小葱呀！

201

她俩没有说话,都哭了……

啊,小葱青青……

31. 省略号的作用之一就是表示意犹未尽,下面对文中标有①②的两个省略号各自表示的意思解说正确的一项是:

A. ①处是对"她"肖像描写的省略,②处是对女教师帮助"她"学习过程的省略。

B. ①处表明"她"的眼睛还有许多可赞美之处,②处省略的是女教师帮助"她"学习的过程。

C. ①处省略的是盛葱的菜篓,卖葱的秤等物品,②处紧承前面的抒情,省略了对二人感情发展的进一步赞美。

D. ①处省略的是盛葱的菜篓,卖葱的秤等物品,②处省略了对周围景物的进一步描写。

32. 第5自然段中说:"这眼睛真美!它不光清澈,还蕴含着一丝忧伤,但忧伤中分明显露出善良和期望。"这一肖像描写展示了"她"的思想性格特征。下列说法中最符合文意的一项是:

A. 表示勤劳善良的她内心存在着无法解决的矛盾。

B. 表示眼前的困境改变不了单纯、质朴的她对上学的渴望。

C. 表示她不会做买卖,对小葱能否卖完很担忧。

D. 表示她对自己未来命运的不可预知的忧虑。

33. 对第6段内容的理解,恰当的一项是:

A. 写没人跟她讨价还价,是表现人们对小姑娘失学命运的同情。

B. 菜主们的话,表现出小姑娘家的小葱的确不同一般,比自己的葱好。

C. 大家不多买她的葱,是因为她家的葱天天有,且价格低廉稳定。

D. 在这里,无论是买主还是卖主,都很关照小姑娘,表现小镇人的淳朴善良。

34. 对倒数第五段"太阳出来了,那雪更白,那葱更青"这一景物描写的理解,下列说法中正确的一项是:

A. 用比喻预示小妹妹将得到女教师的帮助。

B. 用烘托手法表现小妹妹有更加美好的前景。

C. 用比喻表明女教师将全力帮助小妹妹。

D. 用象征手法表明小妹妹、女教师都是高尚纯洁的人。

35. 下面说法不正确的一项是:

A. "地上的雪真白,只是没有太阳,要不,它会耀眼的"是一段景物描写,目的主要是为了突出主人公的形象,暗示品格洁白如雪的"她",如果再学些文化,将能更好地为他人作贡献。

B. 女教师"一下子将小妹妹搂在怀里……永远地热下去"这一段是动作和心理描写,暗示女教师已决心帮助小妹妹学文化,使她进一步发展,为后面的结局埋下伏笔。

C. 文中较多的是语言描写,与女教师的对话,目的是为了交代小姑娘的家庭情况,使人们了解她为什么小小年纪不上学,却天天来这里卖葱。

D. 文章结尾处写"她俩没有说话,都哭了",此时的"哭",包含的内容是很复杂的。既有喜悦、激动,又有难舍难分,小妹妹应该有对女教师的感激,同样,女教师则会有欣慰之情。

(二)阅读下面短文,回答下列五道题。

白居易用比喻的笔法来描写荔枝的形态,的确也有不足之处。缯是丝织物,丝织物滑润,荔枝壳却是粗糙的。用果树学的术语来说,荔枝壳表面有细小的块状裂片,好像龟甲,特称龟裂片。裂片中央有突起部分,有的尖锐如刺,这叫做片峰。裂片大小疏密,片峰尖平,都因品种的不同而各异。

① 成熟的荔枝,大多数是深红色或紫色。② 生在树头,从远处当然看不清它壳面的构造,只有红色映入眼帘,因而把它比做"绛囊"、"红星"、"珊瑚珠",都很逼真。③ 至于整株树以至成片的树林,那就成为"飞焰欲横天","红云几万重"的绚丽景色了。④ 荔枝的成熟期,广东是四月下旬到七月,福建是六月下旬到八月,都以七月为盛期,"南州六月荔枝丹"指的是阴历六月,正当阳历七月。⑤ 荔枝也有淡红色的,如广东产的"三月红"和"挂绿"等。⑥ 又有黄荔,淡黄色而略带淡红。

荔枝呈心脏形、卵圆形或圆形,通常蒂部大,顶端稍小。蒂部周围微微突起,称为果肩;有的一边高,一边低。顶端叫果顶,浑圆或尖圆。两侧从果顶到蒂部有一条沟,叫做缝合线,显隐随品种而不同。旧记载中还有一些稀奇的品种,如细长如指形的"龙牙"、圆小如珠的"珍珠",因为缺少经济价值,现在已经绝种了。

(贾祖璋《南州六月荔枝丹》)

36. 作者说,"白居易用比喻的笔法来描写荔枝的形态,的确也有不足之处",对这句话理解有误的一项是:

A. 白居易把荔枝比作"红缯",颜色是红的,这一点说的还是正确的,不能完全否定。

B. 一切比喻都是跛脚的,这句话表明,"壳如红缯"从质地上看就不正确了。

C. 作者否定白居易的话,表明前人对荔枝的说明是欠准确、欠科学的。

D. 指出用比喻的方法来说明荔枝形态存在的不足,以便引出下文具体的说明。

37. 第二段画线部分加点的"它"指代的是:

A. 深红色　　　　B. 紫色　　　　C. 成熟的荔枝　　　　D. 荔枝

38. 第二段②③④⑤句所运用的说明方法依次是:

A. 打比方　引资料　列数字　举例子　　　B. 下定义　打比方　列数字　引资料

C. 打比方　引资料　列数字　分类别　　　D. 下定义　打比方　引资料　作比较

39. 第三段说明荔枝的果形"呈心脏形、卵圆形",最后说明旧记载中的一些稀奇的品种。说明这些稀奇品种的作用是什么?下列分析不正确的一项是:

A. 读者对古今荔枝果形有个全面了解。　　B. 突出这一荔枝果形说明的科学性。

C. 强调荔枝果形与经济价值有关。　　　　D. 说明我国荔枝品种繁多。

40. 对本文引用诗句"南州六月荔枝丹"为题,下面说法不正确的一项是:

A. 准确地表明了荔枝的习性、产地,暗示了荔枝栽培不易的特点。

B. 概括点明了说明对象、果实颜色以及成熟期,言简意赅。

C. 引用古人的诗句,使这样一篇说明文带有鲜明的文学色彩。

D. 诗句科学的反映了荔枝生长的地区、成熟期和颜色等实际情况。

(三)阅读下列短文,回答文后五题。

艺术需要近距离。近距离地看画展、听音乐会、看话剧……现场,带给我们另一个视角,另一种全新的感受与体验。苏东坡诗云:"不识庐山真面目,只缘身在此山中。"但有的时候,要想真切地感受此山,还是需要"白云回望合,青霭入看无"的登山经历。对于艺术体验,尤其如此。现场,是心与心之间一次深刻的交流与融会,一次彻彻底底的惊喜与感动。

真迹带给人视觉冲击最大的无疑是梵·高的画。几年前举行的日本富士会馆藏品展中有几幅梵·高的画,那浓重的色彩、喷薄的激情,一种燃烧的感觉,令人不敢逼视又无法移开目光。梵·高是非常重视事物的客观形似的,但他的画却给人一种强烈的主观感,也许从他非凡的心灵与双眼中看到的世界就是如此。而我辈凡夫俗子,平日里早已蒙尘的心灵与双眼,只有从他的画中才得到少许的拂拭,看到另一个不一样的世界,感到亘古的时空中有我们不可理解的梦幻。<u>绘画艺术的奇妙就在于此吧</u>。

话剧也是一种面对面的艺术,好的话剧常常予人酣畅淋漓之感。几个月前,我在海淀剧院看了根据雨果同名小说改编的话剧《九三年》。我本来没有抱太大的希望——雨果原著中那大段大段的议论与抒情是很难以舞台形式表现的,而且中国人演老外也难免有点"隔"的感觉。没想到这台话剧从灯光、布景到演出精彩绝伦,人性的高贵与卑劣、原则与亲情、革命的残酷与人道主义的关怀都交织在尖锐的戏剧冲突之中,一段长达8分钟的独白也是一气呵成,荡气回肠,观众的掌声亦经久不息。

……

生命是一个漫长的旅程,每个人所走的路、所见到的风景其实很有限,而艺术,是扩展我们心灵、丰富我们经验、让我们更好地认识到人类生存处境的最好的手段。

(选自鲁竹《艺术需要近距离》,节选)

41. 文中"白云回望合,青霭入看无"诗句的作者一向被誉为"诗中有画,画中有诗"的,他是:

A. 王维　　　　　　B. 苏轼　　　　　　C. 白居易　　　　　　D. 李商隐

42. 对"另一个视角,另一种全新的感受与体验"的含义,理解正确的一项是:

A. 现场,近距离地看画展

B. 心与心的交流与融会

C. 一次彻彻底底的惊喜与感动

D. 现场,是心与心之间一次深刻的交流与融会,一次彻彻底底的惊喜与感动

43. "绘画艺术的奇妙就在于此吧","此"指代的是:

A. 梵·高的真迹　　　　　　　　　B. 亘古的时空

C. 另一个不一样的世界　　　　　　D. 一种面对面的艺术

44. 请概括文中第三段的意思:

A. 《九三年》从灯光、布景到演出都精彩绝伦。

B. 中国人演老外的效果出乎作者的意料。

C. 观众的掌声经久不息。

D. 说明好的话剧艺术常常予人酣畅淋漓之感。

45. 根据上面的内容,请概括本文的中心:

A. 艺术需要冷静、客观地去审视。　　　B. 艺术需要近距离。

C. 艺术能陶冶我们的情操。　　　　　　D. 艺术是人类认识生存处境的最好的手段。

（四）阅读下面短文,回答下列五道题。

基于潮流和波浪而产生的周期性流动以外的、比较固定的水流叫洋流。海水会经历几十年甚至数百年的时间在全世界的海域中循环,洋流指的是这种地球规模的海水循环的一部分。在洋流中,有像陆地上的河流一样幅度较窄而流速快的,也有幅度无限宽广而流速缓慢的,其大小、强度不能一概而论。以代表性的洋流之一——黑潮为例,在强流带时可达到 2.5 米/秒的速度,水流的路径、速度随季节和年代不同都会发生很大变化。一般意义上的洋流,是在大海的表层流动(表层流),而深层的水流则较弱,速度在每秒几厘米以下,水流的结构也很复杂。

表层洋流的发生,首先是因为风。水面上一起风,由于风力作用,水层就被拖动。表层的水一动,因海水彼此之间存在摩擦力,下面的水层便接连不断地被拖动。实际上,洋流并非沿着风的方向前进。像洋流这种地球上的大规模运动通常要受到地球自转的影响,即要受到科里奥利力的作用。在北半球,运动物体所受科里奥利力在其运动方向垂直的右方起作用。这样,海水就偏离了风力作用方向的方位前进,在北半球,表层洋流沿偏离风向约四五度的右方流动。

海面并不是完全水平的,温度、盐分、海水密度等多种因素使得海面凹凸不平。笼统来说,水温高的部分密度小,水面就高,水流理应从高处向低处流,但是由于科里奥利力的作用,高处的水流沿偏右的方向流动,这称为地衡流。海水的盐分等因素也可造成海水密度不同。海水中溶入了各种各样的物质,其中钠和卤素占绝大多数。另外,也有镁、钾、钙等盐类。盐分浓度会随年蒸发量、降水量而发生变化。此外,有河流等大陆水流注入的沿岸海域盐分较少,这些都影响洋流的流向。

46. 下列对"洋流"下的定义,最准确的一项是:

A. 基于潮流波浪而产生周期性流动以外的、比较固定的水流叫洋流。

B. 由于潮流和波浪而产生周期性流动的,幅度宽窄、流速、大小强度均不同的固定水流叫洋流。

C. 洋流指的是几十年甚至数百年的时间在全世界的海域中循环运动的水流。

D. 不属于由潮流和波浪而产生周期性流动的、地球规模的海水循环中比较固定的水流叫洋流。

47. 不属于"表层洋流的发生"条件的一项是:

A. 有风力作用   B. 基于地球自转

C. 海水自身的摩擦力   D. 必须与风形成四五度的角度

48. 与第一、二段所提供信息内容不相符合的一项是:

A. 洋流可分为表层流和深层流两种。

B. 表层流流速较快,而深层流则由于结构复杂而流速缓慢。

C. 表层流的发生及其流动方向离不开各种力的作用。

D. 科里奥利力是由地球自转而产生的,它影响洋流运动的方向。

49. 对第三段的主要意思解说得最准确的一项是:

A. 说明温度、盐分、海水密度等多种因素是使海面凹凸不平的原因。

B. 说明由于海面凹凸不平,水往低处流,从而形成洋流流向。

C. 水流一般应从高处向低处流,但由于科里奥利力的作用而产生了相反的地衡流现象。

D. 说明水温、盐分对海水密度的影响,海水密度对水面的影响,进一步解释洋流的流向。

50. 下列不属于影响洋流运动方向的直接原因的一项是:

A. 海面凹凸不平　　　B. 地衡流　　　　　C. 海水的温度　　　D. 海水的蒸发

【参考答案及解说】

一、选择题

1. D。本题考查汉字字形知识,正确答案是 D 项。祟—崇,形似误读致误。祟,音 suì,不读 chóng。"祟"是会意字,从示从出,"示"代表鬼神,所以《说文》的解释是:"祟,神祸也。"古人把天祸称为灾,人祸称为害,神祸称为祟。"祟"是鬼神出来作怪,贻祸人间。"崇"是形声字,其形符为山,本义指高大,由高大又引申出崇敬、崇拜义。鬼、祟有内在的逻辑联系,所以可以重叠连用,表达一种不光明正大的行为。骛—鹜,音同形似致误。"骛"从马,《广韵·遇韵》:"骛,驰也,奔也,驱也。"本义指马的纵横奔驰,引申指追求、致力、从事,如成语"好高骛远"。"鹜"从鸟,通常认为指野鸭子,王勃有"落霞与孤鹜齐飞"的名句;也有人认为指家鸭。"鹜"的特点,是喜欢成群结队,所谓"趋之若鹜",就是像鸭子一样一个接一个跑过去,比喻争相追求。从马的"骛"不具备这一特点。宵—霄,音同形似致误。宵,从宀,肖声。《说文》的解释是:"夜也。"如成语"通宵达旦"。"宀"表深屋,有晦暗义,突出夜色浓重。"肖"亦表意,象征白日消尽,夜幕降临。霄,从雨,肖声。《说文》的解释是:"雨霰为霄。""霄"即霰(xiàn),一种落地即化的小冰粒。这是"霄"的本义。又引申指云,指天,如云霄、重霄。"九霄"即九天,极言天高处,所谓九霄云外。写作"九宵",成了九个晚上。

2. B。这是一道字义题。考查成语的语素义的把握,正确答案是 B。俗话说成语是古汉语的化石,对于成语的语素义,不能以今律古,望文生义。A"同仇敌忾"的"忾",意思为"愤恨";这个成语意思是指大家一致痛恨敌人。C"拔山扛鼎"的"扛",意思是"举起";D"无所适从"的"适",意思是"往,归向",没有地方可以归向,意思是不知道跟随或听从哪一边好,不知道怎么办才好。

3. B。本题考查病句知识,正确答案是 B 项。A 句句式杂糅;C 句赘余,删去"为此";D 句主谓搭配不当,"宇航员的目光"中的"的"可改为"把"或"将"。

4. C。本题考查消极修辞中的简明,正确答案是 C 项。A"他"指代不明。B 对"和"的词性可以有不同的理解。D"叫出租车回去了"有歧义。

5. D。本题考查的是修辞手法的辨别和作用的理解。正确答案是 D。应该记住几个常见的修辞手法的形式、特点及作用。这段话使用了比喻中的明喻套夸张的修辞方式。本体"船",喻词"如",喻体为"箭"。句中的夸张就是使用"缩小夸张"辞格。要说明的是"船"所处的环境极为险要,而不是要说明船行之快。

6. D。本题考查历史知识,正确答案是 D 项。中华民国成立时,孙中山就任的是南京临时政府临时大总统,不是正式大总统。

7. B。本题考查的是文学常识。正确答案是 B。应该结合诗句内容判断季节,排定顺序。

① 出自宋代词人晏殊的《蝶恋花》,写的是冬事,因为"腊"是"腊月",也就是农历十二月,再加上"寒梅",可知是冬天;② 出自杜甫的《登高》,从"无边落木"可知是秋天;③ 出自宋代词人辛弃疾的《西江月》,从"稻花香"、"鸣蝉"、"蛙声"均可知应该是夏天;④ 出自唐杜牧的《江南春绝句》,从第一句"千里莺啼绿映红"即可知是春天。

8. B。本题考查文学常识,正确答案是 B 项。李清照的词以南渡为界,分为前后两部分,风格大不相同。选项所述,属于她前期词的特点,南渡之后,丈夫死去,一人漂流在江南,词作中多有愁苦之音。

9. C。本题考查历史知识,正确答案是 C 项。由于国民党右派叛变革命,对共产党人和革命群众进行大屠杀,后来又对革命根据地进行围剿,导致国共两党势不两立。但在民族危机严重的形势下,中国共产党没有计较自己的恩怨得失,而是以中华民族的利益为重,宁可牺牲自己的利益来换得抗日民族统一战线的建立。

10. B。本题考查经济常识,正确答案是 B 项。注意题干的表述,"欺诈"、"造成损失"当然是不讲信用,违背的自然是"诚信原则"。

11. C。本题考查的是心理学常识。正确答案是 C。应该注意题干的表述,"非对抗性态度"、"含蓄、间接的方式"去影响他人,应该属于"暗示"。其他三项,"从众"指的是个人的观念与行为在真实或臆想的群体压力、群体规范与群体目标的影响下,向与群体中大多数成员相一致的方向变化的现象;"服从"指的是在外界压力下,个体改变自己的观点或行为,以符合外界要求的现象;"模仿"指的是在无外在控制条件下,个体由于受到他人行为的影响,而使自己的行为与他人行为相同的行为方式。AB 都有外界压力的作用,D 项是个体主动的行为,都与题干表述不合。

12. D。本题考查的是法律常识,考查商标侵权行为的样态。《商标法》第 52 条规定:"有下列行为之一的,均属侵犯注册商标专用权:(一)未经商标注册人的许可,在同一种商品或者类似商品上使用与其注册商标相同或者近似的商际的;(二)销售侵犯注册商标专用权的商品的;(三)伪造、擅自制造他人注册商标标识或者销售伪造、擅自制造的注册商标标识的;(四)未经商标注册人同意,更换其注册商标并将该更换商标的商品又投入市场的;(五)给他人的注册商标专用权造成其他损害的。"据此,D 项"合同期满",再继续使用,则符合第一种样态,构成侵权行为。

13. A。本题考查教育学常识,正确答案是 A 项。"教学相长"出自《礼记·学记》,"学,然后知不足,教,然后知困。知不足,然后能自反也;知困,然后能自强也。故曰:教学相长也。""不愤不启,不悱不发"语出《论语·述而》。子曰:"不愤不启,不悱不发。举一隅不以三隅反,则不复也。"朱熹逐字逐句解此章:"愤者,心求通而未得之意。悱者,口欲言而未能之貌。启,谓开其意。发,谓达其辞。物之有四隅者,举一可知其三。反者,还以相证之义。复,再告也。"数百年来,学者们一般都采纳朱氏之说。"学而不思则罔,思而不学则殆"语出《论语·为政》:"子曰:'学而不思则罔,思而不学则殆。'""罔",迷惘。郑玄注:罔,犹罔罔无知貌。"殆"有两义:一为危殆,疑不能定。一为疲殆,精神疲怠无所得。当从前解。"其身正,不令而行;其身不正,虽令不从。"语出《论语·子路》。意为"在上位者本身言行正当,即使不发号令,百姓也会跟着行动。"用现在的话说,一个领导者,自己必须做到以身作则。从教育角度来说,也就是作为教师,应该以身作则。

14. C。本题考查的是地理知识,正确答案是 C。可再生和非可再生资源之区分,主要看在人类可以忍受的时间周期内是否可以再生,并不是以地上或者地下为区分标准;比如地下水虽然在地表之下,但是作为水资源仍然可以再生。

15. C。本题考查生物知识,正确答案是 C 项。色盲和血友病是人类遗传病,受遗传基因控制,把含有这类病症的选项排除即可。

二、填空题

16. A。本题考查的是近义词的辨析,正确答案是 A。"传递""传达"都有交给另一方的意思,但前者指把一方的意思告诉另一方,是别人的;后者指把消息、信件等交给另一方,具体是谁的并没有限定。在句中"感情"应该是"人们"自己的,用前者,排除 BD。"富裕""富余"都有多的意思,前者是形容词,指财物充裕,用来形容生活;后者是动词,强调足够而有剩余。在这句话中说家庭生活过得不错,应该用前者。"所谓"指某些人所说的,含有不承认的意味;"号称"意为对外宣称。"3·20 公投"是陈水扁推动的,为海内外华人难以接受的,因此,这里应该用前者。排除 C 项。

17. B。本题考查的是标点知识,正确答案是 B。整个文段是一段说明性文字,意在介绍"大陆漂移说"产生的经过。第一空,后面的"现实现象"是对前面"今"的解说,应该用破折号,排除 A D。同样道理,第二空"被……吸引"明显的有提示下文的作用,应该用冒号,排除 C 项。第三空、第四空,都属于一个意思已经说完,应该用句号。第五空"沉陷"和前面的"分裂""侵蚀"构成并列,这三个词语之间用顿号是对的,但在"沉陷"后面,"不再是……"不能和前面三个词语并列了,因此不能用顿号;同时,它也不属于列举的省略,不能用省略号。

18. A。本题考查的是虚词知识,正确答案是 A。第一空前后是因果关系而不是递进关系,应该选用"从而",而不能用"进而",排除 CD。从第二、三两空前面的"对付基因武器比较困难"可知,后面应该选用表示唯一条件的关联词语"只有……才"才能恰当的呼应,可以排除 B 项。最后一句与前面是转折关系,而不是因果关系,应该选"然而"。

19. A。本题考查的是语句的衔接,正确答案是 A 项。这是一段议论性文字,麻雀虽小,五脏俱全。第一句是本段的观点,"古人的书也有缺点";中间部分是举例来证明这一观点,《康熙字典》也有那么多错;要求补出的是这段文字的结论。这段文字不是要证明《康熙字典》名不副实,因此 C 项很容易就可排除。从我们读书的目的来说,恐怕也不是为了给书籍挑错,因此可排除 D 项。B 项"错误也不会少"有些武断,也欠准确。只有 A 项,和前面的观点形成因果关系,作为结论最为恰切。

20. D。本题实际是在考查文学常识,正确答案是 D 项。"天行健,君子以自强不息"出自《周易·乾卦》。

21. A。本题考查的是文体常识,正确答案是 A。这是一首送别的七言绝句,解答此题的关键在于了解诗词的格律。七言绝句,第三句是不押韵的,据此就可以知道句③应该处于第三句位置。这样就可把 BD 两项排除。然后比较 AC 两项,由第三句"柳枝折尽花飞尽"推断,就可知道,应该先说"杨柳",再说"杨花",A 项符合要求。而 C 项,由"征人"到"杨柳",再到"柳枝",最后到"杨花",思路混乱,不合逻辑,显然不合适。

22. C。本题考查的是词语的排序,正确答案是 C。注意前后语境,根据句式对称关系,先分成①②、③④两组;然后再按照先自然景物,后人的活动的顺序,分别给两组排序:①②,④③;根据这个分组情况,再和选项对照,找出正确答案。

23. A。本题考查的是文学常识中的作家作品知识,正确答案是 A。《左传》是编年史。

24. C。本题实际是结合修辞考查连贯。横线前面的"幌子,小摊,行人"应该是要选择内容的主语,据此可排除 AB 两项。D 项和后面的"全不见了"有重负之嫌。只有 C 项,与前面的主语形成了一个比喻,表述形象、连贯。因此应该选 C。

25. B。本题考查心理学常识,正确答案是 B 项。注意每一步骤之间的逻辑关系。应该是由不认识到注意存在,由表面接触到建立友谊,进而才有可能形成亲密朋友关系。

26. D。《宪法》第 66 条规定:"全国人民代表大会常务委员会每届任期同全国人民代表大会每届任期相同,它行使职权到下届全国人民代表大会选出新的常务委员会为止。"《全国人民代表大会组织法》第 1 条规定:"全国人民代表大会会议,依照中华人民共和国宪法的有关规定召集。每届全国人民代表大会第一次会议,在本届全国人民代表大会代表选举完成后的 2 个月内由上届全国人民代表大会常委会召集。"第 5 条规定:"全国人民代表大会每次会议举行预备会议,选举本次会议的主席团和秘书长,通过本次会议的议程和其他准备事项的决定。预备会议由全国人民代表大会常委会主持。每届全国人民代表大会第一次会议的预备会议,由上届全国人民代表大会常务委员会主持。"故本题应选为 D 项。

27. B。《宪法》第 47 条规定:"中华人民共和国公民有进行科学研究、文学艺术创作和其他文化活动的自由。……"可见,A 项"科学研究自由"和 C 项"文艺创作自由"均为宪法所明文规定的公民的文化权利,D 项"欣赏自由"属于"其他文化活动"之列,也是宪法所规定的公民的文化权利。至于 B 项"出版自由"则属于宪法第 35 条所规定的政治自由,不属公民的"文化权利"。

28. D。《专利法》第 5 条规定:"对违反国家法律、社会公德或者妨害公共利益的发明创造,不授予专利权。"仿真伪钞机的发明违反国家法律,故 A 项不能授予专利权。另外,《专利法》第 25 条规定,"对下列各项,不授予专利权:(一)科学发现;(二)智力活动的规则和方法;(三)疾病的诊断和治疗方法;(四)动物和植物品种;(五)用原子核变换方法获得的物质。""对前款第 4 项所列产品的生产方法,可以依照本法规定授予专利权。"因此,只有 D 项是可以授予专利权的。

29. B。本题考查的是地理知识。正确答案是 B。干旱地区的戈壁、裸岩荒漠主要是风力"侵蚀"和风化的结果,而不是风力堆积的结果。典型的风力堆积是沙丘或黄土高原。

30. D。本题考查的是心理学常识,正确答案是 D 项。怯场,是一种心理状态,是受消极情绪影响的结果,而不是身体不健康,是可以用自我暗示的方法调控的。选项 CD 是互相矛盾的两项,必有一假,因此,在解答本题时,只需在这两项中选择即可。

三、阅读理解题

(一)小葱青青

31. B。本题考查标点符号知识,正确答案是 B 项。①处是对小姑娘眼睛的描写,说她的眼睛很美、很清澈……属于列举的省略,省略的显然应该是她眼睛的其他优点。②处前面说女教师把小妹妹搂得更紧了,后面说两年后,小妹妹考上了县师范。中间省略的自然应该是这个变化过程。这属于情节的省略。

32. B。本题考查对句意的理解,正确答案是 B 项。注意"但忧伤中分明显露出善良和期望"一句,表意的中心在于"善良和期望",合乎文意的显然只有 B 项。其余三项表现的都是"忧伤"。

33. D。本题考查对文意的把握,正确答案是 D 项。A 项在此之前文章并未交代小姑娘的命运,所以说"对小姑娘失学命运的同情"不恰当。B 项理解的表层化,葱可能的确很好,但这里这样写的目的是表现人们的善良。C 项看不出低廉稳定的意思。

34. B。本题考查对句意的理解,正确答案是 B 项。注意景物描写的作用。

35. C。本题考查对文学作品内容的鉴赏,正确答案是 C 项。语言描写的目的不仅仅是交代小姑娘的情况,也是为了展示人物性格,推动情节发展。

(二)南州六月荔枝丹

36. C。作者并没有完全否定白居易的说法,也没有批评前人的意思。

37. C。本题考查代词的指代义。前一句的陈述对象是"成熟的荔枝",这里是承前指代。

38. C。本题考查对说明方法的辨识,正确答案是 C 项。

39. D。本题考查文意的理解,正确答案是 D 项。对于作用,应该结合全段段意来理解,本段意在说明荔枝的果形,没有涉及荔枝品种多寡的问题。

40. A。仅从这一标题反映不出荔枝栽培不易的特点。

(三)艺术需要近距离

41. A。本题考查的是文学常识,正确答案是 C 项。王维《终南山》。

42. D。考查的是理解句子的含义,正确答案是 D 项。文中两个诗句是该句分析依据,要真正感受体验,还要亲临现场,进一步突出"现场"的作用,即文段的最后一句话,所以 ABC 概括不全面。

43. C。对指代词的考查,正确答案是 C 项。应注意该句前面的句子。从梵·高的画中体会到他客观形似与主观情感所达到的一个境界,去感受不同反响的艺术效果,通过深入体会,来领悟绘画艺术的奇妙效果。

44. D。考查的是文意的把握,正确答案是 D 项。A 项是具体实例的演出结果,B 项是作者的惊异处,C 项只是就演出的结果而言的,这三项说的都是一部分内容,不全面。

45. B。考查对文中内容的概括,正确答案是 B 项。解答时需要把握中心句,中心句是文章第一段第一句,后面选取的看画展、看话剧都是围绕它展开论证的。A 项是从人们欣赏艺术时的态度说的,CD 项说的是艺术的作用。

(四)洋流

46. D。A 项概括不全面,B 项"潮流和波浪而产生周期性流动的"水流不属于洋流,这在第一句中就有明确表述;C 项洋流只是"全世界的海域中循环运动的水流"的一部分,本项概括也不全面。

47. D。这是洋流发生后流动的角度,不是发生的条件。

48. B。文章说"深层的水流则较弱,速度在每秒几厘米以下,水流的结构也很复杂",再联系第二段的内容可知,表层流流速快是由于风力作用,深层流受风力作用小而流速慢,不是由于"结构复杂","结构复杂"是深层流的另一特点。

49. D。ABC 三项概括都不完整。A 项只是本段说明的部分内容;B 项"水往低处流"只是"笼统来说",而实际上,洋流由于受"科里奥利力的作用","高处的水流沿偏右的方向流动",并不都是向低处流的;C 项水流受"科里奥利力的作用",只是向"偏右的方向流动",而不是"相反"。

50. D。海水的蒸发是影响盐分浓度的原因,不是洋流运动方向改变的直接原因。

硕士专业学位研究生入学资格考试练习题(五)

第一部分 语言表达能力测试

(50 题,每题 2 分,满分 100 分,考试时间 45 分钟)

一、选择题

1. 下列加点字的释义全都正确的一组是:

A. 错落有致(情趣)　　不期(约会)而遇　　暴戾恣睢(放纵)

B. 爱(喜爱)莫能助　　照本宣(宣传)科　　性命攸(所)关

C. 一目了然(清楚)　　口诛(杀戮)笔伐　　相敬如宾(客人)

D. 言简意赅(完备)　　朋比(并列)为奸　　日薄(稀薄)西山

2. 下列各句中,没有错别字的一句是:

A. 眼看大雁南飞,秋风渐起,寒衣还是没有影儿,团部几位领导急得一愁莫展。

B. 年轻意味着责任,意味着希望,意味着未来,怎么能遇到一点挫折就自抱自弃呢?

C. 下午,随着警报响起,空气顿时紧张起来,卫兵穿流不息地在院子里进进出出。

D. 经过调解,他们兄弟之间的误会涣然冰释,笼罩大家心头的阴霾也烟消云散了。

3. 选出对修辞方法判断正确的一项。

① 打印社广告:"不打不相识。"

② 裘皮大衣厂广告:"该大衣唯一的缺点是,将使您不得不忍痛扔掉以前购买的毛线衣。"

③ 皮鞋油广告:"××牌皮鞋油,为足下添光。"

④ 儿童牙膏广告:"我叫小白兔,小朋友喜欢我,请到百货商店来找我。"

A. 反复　反衬　拟人　夸张　　　　B. 双关　反语　双关　拟人

C. 双关　拟人　比喻　比喻　　　　D. 反复　反衬　拟人　比喻

4. 下列各句中,加点的成语使用恰当的一句是:

A. 自负的他怎么也没想到,那年高考,期期艾艾盼来的竟然是专科学校的录取通知书,这对他的打击实在太大了。

B. 中国互联网协会声称,大规模封杀垃圾邮件只不过是目前在没有法律监控的情况下的一种权宜之计。

C. 旅居国外已三十年的黄老先生思念故土,思念亲人,最近,他写信给家乡的政府部门,表达他安土重迁的愿望。

    D. 上级两袖清风,下级就会廉洁自律;领导带头苦干,群众自会不甘人后。如此上行下效,社会风气就会逐步好转。

    5. 下列各句中,没有语病的一句是:

    A. 这些考古学家的死,让人们想起了神秘的法老的咒语,但科学家们并不相信。

    B. 这个精致的灯笼将作为礼品赠送给他这位今天得分最高的嘉宾。

    C. 春风吹过,树枝摇曳,月光、树影一齐晃动起来,发出沙沙的声响。

    D. 早在中学时代,他写的文章就时常见诸于各类报刊了。

    6. 下列各句中,语意明确,没有歧义的一句是:

    A. 作为学生会主管体育的委员,他竟未按学生会的决定,把比赛日期告诉对方,以致产生了误会。

    B. "喜乐",真名叫赵熙乐,他是个天生的乐天派,全班、甚至全校闻名的大活宝,他的笑话说不完。

    C. 他希望世界知识产权组织在促进知识产权制度更加合理并成为国际政治经济新秩序的有机组成部分方面发挥作用

    D. 经济开发区管委会请李文静和张可农的表兄赵林尽早来大陆商谈,以便消除有关合资建厂的疑问。

    7. 下列关于文学常识的叙述,有错误的一项是:

    A. "传奇"本指情节曲折离奇的唐代文言短篇小说,《柳毅传》即其代表作。

    B. "歌"、"行"、"引"都是乐府诗的体式,如《饮马长城窟行》、《茅屋为秋风所破歌》等。

    C. "书"可用于下对上,如李斯《谏逐客书》;也可用于平辈之间,如白居易《与元九书》。

    D. "赋"盛行于两汉,历魏晋、隋唐,至宋而不衰;其中宋赋受古文影响,倾向散文化,苏洵的《阿房宫赋》即其代表作。

    8. 白居易《琵琶行》"妆成每被秋娘妒",是通过写旁人的反应,来表现琵琶女的美丽;这比正面描写的手法,有时更为高妙。下列对人物也采用侧面描写的一项是:

    A. 杜牧《赠别》:娉娉袅袅十三余,豆蔻梢头二月初

    B. 杜甫《丽人行》:态浓意远淑且真,肌理细腻骨肉匀

    C. 李白《于阗采花》:明妃一朝西入胡,胡中美女多羞死

    D. 无名氏《孔雀东南飞》:指如削葱根,口如含朱丹

    9. 下列语句表达不得体的一项是:

    A. 一些外地教师将来学校参观,学校在校门口挂了一幅标语:欢迎各位老师光临我校!

    B. 毕业前夕,李欣送了一张照片给张琳,并在照片后面写了以下文字:张琳同学惠存。

    C. 一位初次投稿的作者,在稿件中附了一封短函:谨将拙稿寄上,敬请拜读,欢迎斧正。

    D. 一个购物中心在大门口立牌子,上面的文字为:价廉物美,童叟无欺,欢迎惠顾!

    10. 下列关于我国宪法中庇护权的表述,错误的是:

    A. 受庇护权只能给予提出申请要求的外国人。

    B. 外国人向我国政府提出避难要求,必须是由于政治原因。

    C. 我国政府对于外国人提出的避难要求应当同意。

D. 取得庇护权的外国人,不被引渡或驱逐。

11. 甲外出时在自己的住宅内安放了防卫装置。某日晚,乙撬门侵入甲的住宅后,被防卫装置击为轻伤。甲的行为应该属于:

    A. 故意伤害罪   B. 正当防卫

    C. 防卫不适时   D. 民事侵权行为,不构成犯罪

12. 目前环境污染在世界范围内很大部分的原因是对能源的利用引起的,这主要是指:

    A. 化石资源利用   B. 煤炭资源利用   C. 电磁能利用   D. 核裂变能利用

13. 近年来赤潮在我国时有发生,当赤潮发生时,海水中某些微小浮游生物大量繁殖,使水体呈红紫等颜色,并对海洋生物造成灾害,下列说法不正确的是:

    A. 赤潮是水体富营养化的结果。

    B. 含磷洗涤剂广泛使用与排放是发生赤潮的主要原因之一

    C. 在封闭的海湾更易发生赤潮

    D. 赤潮的发生与人类活动无关

14. 下列免疫活动中,属于特异性免疫的是:

    A. 消化液将食物中的细菌杀死   B. 抗体抵抗天花病毒

    C. 溶菌酶杀死细菌   D. 白细胞吞食病菌

15. 商品结构的复杂化是当今世界市场的重要特征,其表现是,在国际贸易中,形成了制成品贸易扩大,初级产品贸易减少的商品结构。出现这种变化的原因是:

    A. 国际贸易中不等价交换进一步发展

    B. 科技水平的提高,使生产对原材料的消耗相对降低,而对原材料的加工和综合利用程度提高

    C. 国际分工进一步向深度和广度发展,市场竞争激烈化

    D. 初级产品的市场竞争力比较低,而制成品的市场竞争力比较高

二、填空题

16. 在下列各句横线处,依次填入最恰当的词语。

    ① 美英联军对伊拉克发动空袭几小时后,巴格达上空顿时炮声大作,火光四射,地面不断_____烟柱。

    ② 针对巴以双方冲突不断升级的紧张局势,中国外交部发言人发表谈话,_____双方保持克制态度,尽早回到谈判桌上来,以推进中东地区的和平进程。

    ③"一词多义"的现象在文言文中是常见的,推断词义时,须看上下文,切不可_____断定。

    A. 升起   督促   贸然   B. 升起   敦促   遽然

    C. 腾起   敦促   贸然   D. 腾起   督促   遽然

17. 在下面文字的横线处依次填入恰当的标点符号。

杜预作《集解》时,还见到十多家注解《左传》的书,也曾采用西汉刘歆、后汉贾徽贾逵父子、许淑、颖容之说,为什么没有采用当时尚存的服虔《春秋左传解①见《后汉书②儒林传下③呢?孔颖达《正义》认为"服虔之徒,殊劣于此辈④指上文刘、贾、许、颖五家⑤故弃而不论也⑥

	①	②	③	④	⑤	⑥
A.	》（	《	）	（	），	".
B.	》（	·	）》	——	——	。"
C.	》（	·	》	）	），	。"
D.	》（	》《	》）	——	，	。"

18. 在文字的横线处，依次填入最恰当的关联词语。

数学_____是一种方法、一门艺术或一种语言，_____是一个有着丰富内容的知识体系。其内容对科学家、哲学家、逻辑学家和艺术家十分有用，_____影响着政治家和神学家的学说，满足了人类探索宇宙的好奇心和对美妙音乐的冥想，_____可能有时以难以觉察的方式影响着现代历史的进程。

A. 既　　又　　而且　　甚至　　　　B. 不仅　　更　　而且　　也

C. 既　　又　　同时　　也　　　　　D. 不仅　　更　　同时　　甚至

19. 在下面文字中的横线处填上一句话，使之与上下文衔接。

"逝者如斯夫，不舍昼夜！"孔老夫子在赞叹光阴易逝的同时，不是在赞美你那不倦的精神么？你为了心中的理想，磐石当道——你要流，高山封锁——你要流；你时时刻刻流，日日夜夜流，年年岁岁流，世世代代流。_____

A. 有谁能像你这样不畏艰险，舍己为人呢？

B. 有谁能像你这样从不故步自封，永远前进呢？

C. 有谁能像你这样在赞美声中不骄不躁永远向前呢？

D. 有谁能像你这样善于克服困难，取得一个又一个胜利呢？

20. 下面是唐代诗人张籍的《秋思》，末句在看似平常的描写中表现了浓浓的乡思，最能表达这种复杂微妙心理的诗句是：

洛阳城里见秋风，欲作家书意万重。复恐匆匆说不尽，_____。

A. 临行絮絮再叮咛　　B. 明月千里两心同　　C. 最是思乡万里情　　D. 行人临发又开封

21. 下列各句方括号中的词语，必须删去的一组是：

① 出人意料的，今年3月，物价[的]下跌，后来慢慢地稳定了。

② 文艺工作者要深入生活，学习社会，无论业余作者[或]专业作家都不可忽视。

③ [从]上述事实说明，科学技术能极大地提高生产力。

④ 那时鲁迅的杂文，其矛头多指向封建思想，[对]封建意识进行了无情的揭露和批判。

A. ①②　　　　　　　B. ③④　　　　　　　C. ①③　　　　　　　D. ②④

22. 下面是唐代诗人的张祜《题金陵渡》：

金陵津渡小山楼，　一宿行人自可愁。

潮落夜江__月里，两三__是瓜洲。

根据诗的意境，填入横线上正确的一组词语是：

A. 斜　　星火　　B. 明　　星火　　C. 斜　　渔火　　D. 明　　渔火

23. "推敲"的典故来自于_____的《题李凝幽居》中"鸟宿池边树，僧敲月下门"。

A. 韩愈　　　　　　　B. 柳宗元　　　　　　C. 孟郊　　　　　　　D. 贾岛

24. 姜夔在《〈扬州慢〉序》中说"……予怀怆然，感慨今昔，因自度此曲。千岩老人以为有黍

214

离之悲也。"其中"黍离之悲"源自_____。

  A. 《尚书》   B. 《离骚》   C. 《左传》   D. 《诗经》

25. 人民法院审理行政案件,_____调解。

  A. 不适用   B. 适用   C. 有条件地适用   D. 有时可以适用

26. 一个人做事满怀信心,始终不渝、排除万难,实现目标,表现了一个人的意志的:

  A. 自觉性   B. 果断性   C. 坚韧性   D. 自制力

27. 在温带地区许多湖泊的湖面结冰时,水底生物仍能在水底安然渡过冬天,下面说法最合理的一项是:

  A. 生物体本身具有调节温度的功能

  B. 湖面结冰,底层的水仍可以维持10℃以上

  C. 4℃时,水的密度最大,使湖底的水不至于结冰

  D. 4℃时,水的密度最大,有利于湖水的对流,使湖面与湖底的温度一致

28. 食物网具有这样的特征_____。

  A. 每一种生物都被许多生物捕食; B. 有很多互有联系的食物链

  C. 每一种动物可以吃多种植物   D. 每一种生物都只位于一条食物链上

29. 根瘤细菌与豆科植物互相依存,其相互关系为_____。

  A. 种内互助   B. 互利共生   C. 捕食   D. 竞争

30. 通过化学反应不能实现的是_____。

  A. 生成一种新离子   B. 生成一种新分子

  C. 生成一种新的同位素   D. 生成一种新同素异形体

三、阅读题

（一）阅读下面短文,回答下列五道题。

草　莓

  时值九月,但夏意正浓。天气反常地暖和,树上也见不到一片黄叶。葱茏茂密的枝叶之间,也许_____地方略见稀疏,也许这儿或那儿有_____叶子颜色稍淡;但它并不起眼,不去_____寻找便难以发现。天空像蓝宝石一样晶莹璀璨。农村到处是欢歌笑语。秋收已顺利结束,挖土豆的季节正碰上艳阳天。地里新翻的玫瑰红土块,有如一堆堆深色的珠子,又如野果一般的娇艳。我们许多人一起去散步,兴味盎然。自从我们五月来到乡下以来,一切基本上都没有变,依然是那样碧绿的树,湛蓝的天,欢快的心田。

  我们漫步田野。在林间草地上我意外地发现了一颗晚熟的硕大的草莓。我把它含在嘴里,它是那样的香,那样的甜,真是一种稀世的佳品！它那沁人心脾的气味,在我的嘴角唇边久久地不曾消逝。这香甜把我的思绪引向了六月,那是草莓最盛的时光。

  此刻我才察觉到早已不是六月。每一月,每一周,甚至每一天都有它自己独特的色调。我以为一切都没有变,其实只不过是一种幻觉！草莓的香味形象地使我想起,几个月前跟眼下是多么不一般。那时,树木是另一种模样,我们的欢笑是另一番滋味,太阳和天空也不同于今天。就连空气也不一样,因为那时送来的是六月的芬芳。而今已是九月,这一点无论如何也不能隐瞒。树

木是绿的,但只须吹第一阵寒风,顷刻之间就会枯黄;天空是蔚蓝的,但不久就会变得灰惨惨;鸟儿尚没有飞走,只不过是由于天气异常的温暖。空气中已弥漫着一股秋的气息,这是翻耕了的土地、马铃薯和向日葵散发出的芳香。还有一会儿,还有一天,也许两天……

我们常以为自己还是妙龄十八的青年,还像那时一样戴着桃色眼镜观察世界,还有着同那时一样的爱好,一样的思想,一样的情感。一切都没有发生任何的突变。简而言之,一切都如花似锦,韶华灿烂。大凡已成为我们的禀赋的东西都经得起各种变化和时间的考验。

但是,只须去重读一下青年时代的书信,我们就会相信,这种想法是何其荒诞。从信的字里行间飘散出的青春时代呼吸的空气,与今天我们呼吸的已大不一般。直到那时我们才察觉我们度过的每一天时光,都赋予了我们不同的色彩和形态。每日朝霞变幻越来越深刻地改变着我们的心性和容颜,似水流年彻底再造了我们的思想和情感。有所剥夺,也有所增添。当然,今天我们还很年轻——但只不过是"还很年轻"!还有许多的事情在前面等着我们去办。激动不安,若明若暗的青春岁月之后,到来的是成年期成熟的思虑,是从容不迫的有节奏的生活,是日益丰富的经验,是一座内心的信仰和理性的大厦的落成。

然而,六月的气息已经一去不返了。它虽然曾经使我们惴惴不安,却浸透了一种不可取代的香味,真正的六月草莓的那种妙龄十八的馨香。

31. 下列词语依次填入第一段横线处最恰当的一组是:
葱茏茂密的枝叶之间,也许_____地方略见稀疏,也许这儿或那儿有_____叶子颜色稍淡;但它并不起眼,不去_____寻找便难以发现。

A. 个别　　一片　　　仔细　　　　　　B. 一些　　一片　　　慢慢

C. 个别　　几片　　　慢慢　　　　　　D. 一些　　几片　　　仔细

32. 下面有关第1段内容的说法,不正确的一项是:

A. "时值九月,但夏意正浓"是本段的首括句,交代了时间和当时的时令特征。

B. 最能反映"夏意正浓"的句子是"依然是那样碧绿的树,湛蓝的天,欢快的心田"。

C. 本段集中从色彩和心情两个方面进行描述,准确地表现出当时盛夏的景象。

D. 从全文角度说,本段交代了时间地点,为引出草莓、并进一步抒情作好了铺垫。

33. 纵观全文,作者在第3段中说"每一月,每一周,甚至每一天都有它自己独特的色调"是想强调什么? 下面说法最准确的一项是:

A. 意在强调生命过程中必然呈现"不同的色彩和形态"。

B. 表明随着时间和季节的变化,我们周围的景物也在发生着变化。

C. 为了突出"我以为一切都没有变,其实只不过是一种幻觉"。

D. 告诉人们,此时草莓的味道与几个月前大不相同,就连空气也不一样,一切都在变。

34. 对本文内容的分析解说,不正确的一项是:

A. 本文采用了象征手法,用草莓象征人的青春妙龄时光。

B. 第3段第二处画线句运用排比句式,说明岁月的流逝,是不以人的意志为转移的。

C. 第4段意在告诉读者,虽然时间在变,年龄在变,但爱好、思想、情感这些成为我们禀赋的东西永远不会改变。

D. "但只不过是'还很年轻'!"实际要告诉读者的是,我们已经不再年轻了。

35. 下面说法不符合本文意思的一项是：

A. 作者说"我以为一切都没有变，其实只不过是一种幻觉"是为了表明自己忘乎所以，陶醉于大自然，竟产生了错觉。

B. 作者认为妙龄十八也有惴惴不安、若明若暗的另一面，唯有到了成年，才可以逐步获得信仰和理性的成熟。

C. 作者以自己的人生体验告诉人们：青春的脚步不可能永驻，但也不必为此而感伤不已。

D. 作者对逝去的青春年华怀着无限眷恋的感情，内心永远保留六月草莓的馨香。

（二）阅读下面短文，回答下列五道题。

至夜深，干辞曰："不胜酒力矣。"瑜命撤席，诸将辞出。瑜曰："久不与子翼同榻，今宵抵足而眠。"于是佯作大醉之状 K1 ，携干入帐共寝。瑜和衣而卧，呕吐狼藉。蒋干如何睡得着 K2 ？伏枕听时，军中鼓打二更。起视，残灯尚明。看周瑜时，鼻息如雷 K3 。干见帐内桌上，堆着一卷文书，乃起床偷视之，却都是往来书信。内有一封，上写着"蔡瑁张允谨封"。干大惊，暗读之。书略曰：

某等降曹，非图仕禄，迫于势耳。今已赚北军困于寨中，但得其便，即将操贼之首，献于麾下。早晚人到，便有关报。幸勿见疑！先此敬复。

干思曰："原来蔡瑁、张允结连东吴！……"遂将书藏于衣内。再欲检看他书时，床上周瑜翻身，干急灭灯就寝。瑜口内含糊曰："子翼，我数日之内，教你看操贼之首！"干勉强应之。瑜又曰："子翼，且住！……教你看操贼之首！……"及干问之，瑜又睡着。干伏于床上，将近四更，只听得有人入帐，唤曰："都督醒否？"周瑜梦中做忽觉之状 K4 ，故问那人曰："床上睡着何人？"答曰："都督请子翼同寝，何故忘却？"瑜懊悔曰："吾平日未尝饮醉，昨日醉后失事，不知可曾说甚言语？"那人曰："江北有人到此。"瑜喝："低声！"便唤"子翼"，蒋干只装睡着。瑜潜出帐。干窃听之，只闻有人在外曰："张、蔡二都督道：'急切不得下手。'"后面言语颇低，听不真实。少顷，瑜入帐，又唤"子翼"，蒋干只是不应，蒙头假睡。瑜亦解衣就寝。

36. 对下列各句加点字词解释有误的一项是：

A. 蔡瑁张允谨封　　　　谨：谨慎，小心。

B. 某等降曹，非图仕禄　　仕：做官

C. 今已赚北军困于寨中　　赚：诱骗

D. 早晚人到，便有关报　　关报：报告

37. 周瑜用计的核心是这封假信，设计得十分巧妙，使蒋干、曹操不得不信，下面对这封假信分析不够准确的一项是：

A. "某等降曹，非图仕禄，迫于势耳"，对蔡、张是否真心，曹操本来就有些怀疑，信中的第一句话就打中了他的隐痛。

B. "今已赚北军困于寨中"，又与曹营水寨的情况相吻合，使曹操不能不信。接下来又说要杀他的头，以激怒他，使他更容易中计。

C. 第三句话与后文的"江北有人到此"相照应，用蒋干的见闻来印证信的内容。有了这样可靠的证人,曹操自然容易上当。

D. 第四句说自己幸好还没有被曹操怀疑,先写此信通报情况,暗示曹操的无能,为了自己的脸面,曹操也一定会杀掉蔡、张二将。

38. 对下列句子意思理解不够恰当的一项是:

A. "不胜酒力矣":禁不起酒的力量了,意思是酒喝多了。

B. "瑜和衣而卧,呕吐狼藉":周瑜不脱衣服就躺下了,吐得到处都是。

C. "再欲检看他书时":再想要翻看其他书信的时候。

D. "周瑜梦中做忽觉之状":周瑜在梦中装作忽然醒过来的样子。

39. 下面四句是前人对这一段的点评,依次填入文中方框处正确的一项是:

① 装得真像。

② 妙在搅得他不能安睡。

③ 不是大醉如何能携外人入军机重地?

④ 分明在鼓动蒋干盗书。

A. ③②④①   B. ①③②④   C. ③④①②   D. ①②④③

40. 下面对这段文字情节的分析,不恰当的一项是:

A. 本段是故事的高潮。多年不见的老朋友到来,使周瑜格外高兴,破例在军中宴请蒋干。喝得大醉,留蒋干在中军帐内就寝,也就显得合情合理,免去了蒋干的怀疑,并为他盗书创造了条件。

B. 群英会上,蒋干苦于没有机会开口,说客的任务没有完成,无法回去向曹操交账,看到蔡、张的书信自然十分高兴,后来的所见所闻又印证了这封信的内容,拿此信回去请功也就成为必然的了。

C. 周瑜半夜被人唤醒,竟然想不起自己曾请蒋干同寝,甚至想不起昨晚说了些什么,的确像醉酒人的样子,但听来人说"江北有人到此"的话,马上就出言阻止,并招呼蒋干,显得过于精细,又全然不像喝醉的样子了,实在是本文的败笔。

D. 周瑜刚刚和蒋干入帐休息时,是"和衣卧倒",出去见人回来,见蒋干蒙头假睡,"亦解衣就寝",在蒋干看来,是酒已经醒了,实际上,是因为计策已经完成,该给蒋干机会,让他回去表功了。

(三) 阅读下面的选文,回答文后问题。

① "人之患在好为人师"变为成语就是四个字"好为人师",用以批评那些不谦虚、喜欢以教育别人姿态出现的人。

② 其实,在不少情况下,"好为人师"并不错。"闻道有先后,术业有专攻",如果你的知识比某人多,经验比人家丰富,在别人需要的情况下,给别人作些知识传授或经验介绍,不是应当称颂的吗?

③ 一个人长了嘴巴,不说话就是"失职",遇到别人在认识上有缺陷或错误时,能抱着同志式的热忱,给以教育和帮助,是应当提倡的。比如,你看见人家写错了字,告诉他一声,这个字应当怎样写,这样"好为人师",人家是欢迎的。

④ 另一种立意,可以把"师"理解成"教师",教师本是"太阳底下最光辉的事业",但是,有些

人在经济大潮冲击下,加之旧的传统观念影响,多不愿当老师,而那些有志于教育事业的青年人,"好为人师",则是应当受到鼓励的。全国特级教师魏书生本是一名工人,为了实现自己的愿望,一共向各级政府部门打了二十几份申请报告。近年来,有的地方在高考时,师范院校提前招生,有的地方在高校录取时,师范院校降档录取,无疑都是在鼓励考生"好为人师"。

⑤ 还可以将"好"的意思理解为努力、认真的意思。即,要好好地当个人民教师。教师担负着教育下一代的重任,必须全身心地投入,但是,由于种种原因造成了教师待遇低,社会地位不高,使得一部分教师跳槽改行,"下海"经商,另一部分教师人在课堂,心在市场,以本职工作为副,以第二职业为主,使得教育工作受到了不良的影响,这是应当否定的。一方面,有关部门要关心教师,使之"好为人师";另一方面,当教师的要立足本职,当好教师,不能误人子弟。

41. 第⑤段中"使之'好为人师'"的"好"读音、意义全对的一项是:

A. hào,喜欢　　　　B. hǎo,易于、便于　C. hào,爱　　　　　D. hǎo,完成

42. 第⑤段中画线句"这是应当否定的"中的"这"指代的具体内容是:

A. 一部分教师以本职工作为副,以第二职业为主,使得教育工作受到了不良的影响。

B. 一部分教师因待遇低而跳槽改行,使得教育工作受到了不良的影响。

C. 一部分教师跳槽改行,"下海"经商;另一部分教师人在课堂,心在市场。

D. 教师不能全身心地投入教育事业。

43. 本文中作者对"好为人师"的"师"的解释是:

A. 既指给人以教育和帮助的人,也指教师。

B. 喜欢做别人的老师、不谦虚的人。

C. 既指喜欢做别人的老师、不谦虚的人,也指教师。

D. 既指喜欢做别人的老师、不谦虚的人,也指给人以教育和帮助的人。

44. 在本文中作者倡导的"好为人师"应具备的条件,概括最恰当的一项是:

A. 丰富的专业技术知识经验、助人为乐的热忱、终于职守的道德风范、努力投入的奉献精神

B. 谦虚的美德、丰富的知识、助人的热忱、忠于职守

C. 丰富的知识、擅长讲话、乐于助人、热爱本职工作

D. 丰富的知识、助人的热忱、反传统精神、努力奉献

45. 为本文选择一个恰当的标题。

A. 好为人师　　　　B. "好为人师"新解　C. "好为人师"当赞　D. 都来作"人师"

(四)阅读下面的文字,完成文后五题。

① 正是为了向大自然学习,一门新的学科应运而生。它叫仿生学,是生物学和电子学的结合物。这门学科的目的是探索动物器官是如何工作的,以便人类加以模仿,为己所用。

② 在一些传统学科里,仿生学这个名字总会引起人们的蔑视与嘲笑。也许,现代科学家研究蝎子、蟾蜍、盲鱼或蜘蛛(也还包括蝙蝠、甲鱼、电鱼和电鳗、老鼠、蚂蚁、蝗虫、蜥蜴,以及其他许多动物),看起来确实有些_____。在有些人看来,这可能更像是中世纪的魔术师而不是现代科学。但是,当你看看这一大群奇异的动物有何等的本事时,你就会对仿生学的重要性_____了。

③ 你能设想单凭气味辨认出几英里外的朋友吗? 雄性的蚕蛾就能做到这一点。它们的触

须对雌蛾细微的化学气味非常敏感,只要闻到其中一丁点儿这种化学成分就能查明雌蛾的位置。人类的化学家即使利用最灵敏的仪器,也难以达到这样完善的程度。

④ 蝙蝠发出尖叫声用以导向,这已是人们颇为熟知的事实了。蝙蝠在一间布满交叉电线的房子里四处疾飞,竟然能够一下也不碰电线,人们根据这一点仿造了利用声波的盲人导向器。还有一种蝙蝠捕食的蛾,它的极小的耳朵甚至比蝙蝠的耳朵更为灵敏。这种蛾的耳朵能收听到蝙蝠的超音速的尖叫声,因此,当它听到附近有蝙蝠时,就能逃之夭夭。科学家们曾把电极接在这种蛾的耳神经上,制造了一种灵敏度_____的半天然半人造的传声器。

⑤ 研究甲虫的眼睛已获成效。德国的一些科学家发现甲虫能用眼睛准确地测定背景移动的速度。在发现了甲虫这样做的奥妙之后,科学家们研制了应用同样原理的仪器,这种仪器能以高度的准确性确定飞机飞行时地面移动速度。

⑥ 列举动物身上的奇妙装置可以无穷无尽,例如体内装有罗盘的蜗牛,借助偏光飞行的蜜蜂,使用后翅控制飞行的苍蝇……现在人类正试图仿造所有这一切。每个小孩子都知道候鸟在定期迁徙时能够飞越整个大陆和海洋,它们又为什么能这样做呢?是按照体内的某种罗盘的指示飞行吗?是借助于偏光吗?还是凭太阳和星星辨明方向呢?我们不知道。但我们确信,科学一定能够找出答案。

46. 文中横线上依次应该填入的成语是:

A. 荒诞不经　　　恍然大悟　　　无与伦比

B. 莫名其妙　　　恍然大悟　　　出类拔萃

C. 荒诞不经　　　了如指掌　　　出类拔萃

D. 莫名其妙　　　了如指掌　　　无与伦比

47. 根据第1段内容,给仿生学下一个定义,最准确的一项是:

A. 为了向大自然学习,应运而生的一门新兴学科叫仿生学。

B. 生物学和电子学结合的产物叫仿生学。

C. 探索动物器官是如何工作,以便人类加以模仿、使用的新兴学科叫仿生学。

D. 仿生学是人类为了向大自然学习,把生物学和电子学结合而产生的一种新兴学科。它的目的是探索动物器官是如何工作的,以便人类加以模仿,为己所用。

48. 从第2段内容看,"在一些传统学科里,仿生学这个名字总会引起人们的蔑视与嘲笑"的主要原因是:

A. 仿生学是一个新兴学科,还没有被传统科学所承认。

B. 现代科学家居然研究起蝎子、蟾蜍、盲鱼或蜘蛛之类的东西。

C. 仿生学像是中世纪的魔术师而不是现代科学。

D. 仿生学研究的对象还包括蝙蝠、老鼠、蝗虫、蜥蜴等令人讨厌的动物。

49. 研读第5段,下列说法有误的一项是:

A. "研究甲虫的眼睛已获成效",这一点在课文《眼睛与仿生学》中提到过。这篇课文的作者是王谷岩。

B. 这段文字的前两句话都是单句,最后一句话是个复句,是个并列关系的复句。

C. "德国的一些科学家发现甲虫能用眼睛准确地测定背景移动的速度"这句话的宾语是"速度"。

D. 本段中提到的这种根据甲虫眼睛特点研制的仪器在《眼睛与仿生学》中也提到过,它叫"地速计"。

50. 下面有关这段文字的说法不正确的一项是:

A. 这是一段介绍仿生学的科普性说明文。它用通俗的语言,向人们说明了什么是仿生学,以及发展这一学科的意义。

B. 这段文字主要运用了下定义、举例子的说明方法,从嗅觉、听觉、视觉等方面有点有面地介绍了动物的奇特本领。

C. 文章用大量的事实,有力地展示了仿生学研究的重要作用和广阔前景,和《眼睛与仿生学》有异曲同工之妙。

D. 文章的语言朴实无华,如同与朋友谈心,既介绍了知识,同时又表现出对仿生学未来发展的坚定信心,具有激发读者兴趣的作用。

【参考答案及解说】

一、选择题

1. A。本题考查字义知识,正确答案是 A 项。B 项"爱莫能助","爱",同情;"照本宣科",照着本子念条文。比喻不能灵活运用。这里的"宣"是"宣读"。C 项"口诛笔伐"的"诛"是"谴责"。D 项"朋比为奸"中,"比",勾结;"日薄西山","薄"是"迫近"的意思。

2. D。本题考查字形知识,正确答案是 D 项。愁—筹,误解词义致误。"一筹莫展"确实令人犯愁,但"筹"没有"愁"的意思。筹,南朝梁时的字典《玉篇》解释说:"算也。"其义为筹码。通常以竹片或木片制成,故其字从竹。"筹"的功用主要是计数,由此可引申为名词计策、智谋,又可引申为动词谋划、筹措。所谓"一筹莫展",其中的"筹"便是计策,即一条计策也想不出来。"一筹莫展"自会让人愁肠百结,但此"愁"是结果,彼"筹"才是原因,不能筹、愁不分。抱—暴,音同致误。这则成语出自《孟子·离娄上》:"言非礼义,谓之自暴也;吾身不能居仁由义,谓之自弃也。""自暴"即自己糟蹋自己,"自弃"即自己抛弃自己。孟子说这句话的意思是,一个人的言行若背离仁义道德标准,就无异于自甘堕落。这里的暴、弃都具有明显的消极倾向。"自暴自弃"的"暴",就是"暴殄天物"的"暴"。而"抱"虽然和"暴"同音,但这是一个以手相围的动作,和"暴"表达的意思是不同的。穿—川,误解词义致误。成语"川流不息",从《论语·子罕》演化而来。原文是:"子在川上,曰:'逝者如斯夫,不舍昼夜。'","川"即河流。孔子站在河边,说:"消失的如这河水一样,昼夜不停。"孔子以"川流不息"感叹时光的飞速流逝,后多用来比喻连续不断。然而,无论是古义还是今义,都以"川"为喻体。把"川"误解为穿来穿去的"穿",整个词义便失去了依托,变得含糊不清。

3. B。本题考查修辞知识,正确答案是 B 项。注意双关在广告中的广泛应用。

4. B。本题考查成语的使用,正确答案是 B 项。"权宜之计"表示暂时适宜的办法。A."期期艾艾"形容口吃的人说话不流利,不是"希望"的意思。C."安土重迁"指在一个地方住惯了,不愿轻易迁移到外地;这里应是"落叶归根"的意思。D."上行下效"多用于贬义。

5. B。本题考查的是病句的辨析,正确答案是 B 项。A 项语序不当,"神秘的"应该修饰"咒语",而不是"法老";C 项搭配不当,"月光"不能"发出沙沙的声响";D 项成分赘余,"诸"就包含

221

"之于"的意思了。

6. C。本题考查的是消极修辞中的简明,正确答案是C项。A项究竟把比赛日期告没告诉对方？B项是对"他的笑话说不完"可以有不同的理解,既可以理解为关于他的笑话,也可理解为他说的笑话;D项中赵林到底是谁的表兄,可有不同理解。

7. D。本题考查文学常识,正确答案是D项。《阿房宫赋》是唐代杜牧的名篇。

8. C。本题实际在考查写作知识。BD属于正面描写,不难排除;A项用了比喻,用"豆蔻梢头二月初"来比喻少女之美,还是正面描写。只有C项,用"胡中美女多羞死"来表现王昭君之美,属于侧面描写。

9. C。本题考查的是消极修辞中的"得体"。应该注意谦敬词语的用法。"拜读"是敬辞,用于对别人的文章。让别人"拜读"自己的文章,对象用错了。

10. C。本题考查的是法律常识。正确答案是C项。根据我国宪法第一章第三十二条,中华人民共和国保护在中国境内的外国人的合法权利和利益,在中国境内的外国人必须遵守中华人民共和国的法律。中华人民共和国对于因为政治原因要求避难的外国人,可以给予受庇护的权利。根据这一条可以看出,我国政府对于外国人提出的避难要求,是"可以"给予受庇护的权利,而不是"应当"。

11. B。本题考查法律常识。根据《刑法》规定,正当防卫必须是针对"正在进行的不法侵害"进行,但这并不排除人们事先采取反击性防范措施,只要这种措施不会危及公共安全(例如某人为防止被盗,在自家较矮围墙上架设电网就会危害公共安全),就是允许的。"甲外出时在自己的住宅内安放了防卫装置",一般情况下只会将侵入其住宅、正在实行犯罪活动的犯罪分子击伤;在这一前提下,甲的防卫装置是对正在其家中进行不法侵害的乙造成了伤害,因此属于正当防卫。故本题选B项。

12. A。本题考查的是环保知识。正确答案是A项。解答此题,CD项比较容易排除,容易混淆的是AB两项。但应该知道,"煤炭资源"是"化石资源"的一种,造成环境污染不仅仅是由于利用煤炭资源,所以选A项。

13. D。本题考查的是生物学知识,正确答案是D项。富营养化是因水体中N、P等植物必需的元素含量过多而使水质恶化。富营养化发生在海洋中,浮游生物暴发性繁殖,使水变成红色,称为"赤潮"。因此,A、B、C三项的表述都是正确的。而"含磷洗涤剂广泛使用与排放是发生赤潮的主要原因之一"就已经表明与人类活动有关了,所以,D项的表述不正确。

14. B。本题考查生物知识,正确答案是B项。非特异性免疫的特点是人人生来就有,不针对某一种特定的病原体,而是对多种病原体都有一定的防御作用。非特异性免疫包括人体的皮肤、黏膜等组成的第一道防线,以及体液中的杀菌物质和吞噬细胞组成的第二道防线。特异性免疫又称后天性免疫,是机体在生活过程中接触病原微生物及抗原异物后产生的免疫力。抗体是由于病原体侵入人体后,即抗原在人体内出现后刺激淋巴器官而产生的,用以对抗特殊的抗原物质,因此抗体参加的免疫活动都属于特异性免疫。而溶菌酶、白细胞和消化液等虽然也能杀死侵入人体的病菌,但不是针对某一种特殊的病原体,几乎对各种病原体都有抵抗作用,因此属于非特异性免疫。所以,选项B属于特异性免疫。

15. B。本题考查经济学知识,正确答案是B项。科技水平提高,原材料消耗降低,对原材料的加工和综合利用程度提高,是出现当前国际贸易中制成品贸易扩大,初级产品贸易减少状况的原因。

二、填空题

16. C。本题考查近义词的辨析,正确答案是 C 项。"升起"、"腾起"都可表示火焰、气体、烟雾等由低往高移动,但从词义程度轻重看,用"腾起"更与"巴格达遭空袭"这一语境吻合;"敦促"表示诚恳地催促,适用于外交场合,"督促"表示上级或长辈对下级或晚辈的监督催促;"遽然"意为突然;"贸然"是指轻率、不加考虑地,从语境看是强调"推断词义"要"深思熟虑",应用"贸然"。

17. C。解答此题宜用排除法。"见《后汉书②儒林传下》"是对前句的补充说明,③处后书名号应该在前,后括号应该在后。据此即可排除 AB。"后汉书"和"儒林传下"是同一部书的书名和篇名,中间应该用间隔号隔开,而不应该用书名号区别,因为如果都用书名号,就造成了属种关系概念并列的错误了。据此可排除 D 项。其他三处,"指上文刘、贾、许、颖五家"是对前面"此辈"的解说,不是文段的正式内容,属于句内括号,而不应该用破折号。而"服虔之徒……不论也"一段话是不完全引用,所以句末点号应该放在下引号外。

18. D。本题考查虚词的使用,正确答案是 D 项。注意两个复句,两重递进关系。把表示并列关系的关联词排除即可。

19. B。本题考查消极修辞中的连贯,正确答案是 B 项。从全句的内容来看,强调的是前进,而不是舍己为人、不骄不躁、克服困难。

20. D。本题考查古诗文的鉴赏,正确答案是 D 项。"行人临发又开封",既照应了"意万重",又紧承"复恐",刻画出心有千言万语唯恐言之不尽的复杂微妙的心理,让人在看似平常的描写中深味到作者浓浓的乡思。

21. C。本题考查虚词的用法,正确答案是 C 项。①句中的"的"前后构成偏正结构,使"下跌"成为主语,句子转为短语,意思就变了,必须删除。③"从……事实"是介宾短语作句子状语,而使句子缺少了主语,应去掉"从",让"事实"作主语。

22. A。本题考查古诗文的鉴赏,正确答案是 A 项。"斜"字与上一句"一宿"呼应,描绘出行人那羁旅愁思夜不能寐的情形,突出了诗眼"愁"字。两三"星火"是远景,"渔火"是近景,远景更能引入想象,也更符合本诗的意境。

23. D。本题考查文学常识,正确答案是 D 项。这两句出自于贾岛的《题李凝幽居》,全诗是:闲居少邻并,草径入荒园。鸟宿池边树,僧敲月下门。过桥分野色,移石动云根。暂去还来此,幽期不负言。

24. D。本题考查文学常识,正确答案是 D 项。《黍离》是《诗经·王风》中的篇名,首句是"彼黍离离"。就说周平王东迁以后,周大夫经过西周故都,悲叹宫室宗庙毁坏,长满禾黍,因作此诗。后用"黍离之悲"来表示对国家昔盛今衰的痛惜伤感之情。

25. A。本题考查法律常识,正确答案是 A 项。根据行政诉讼法的规定,人民法院审理行政案件不适用调解。

26. C。本题考查心理学常识,正确答案是 C 项。注意题干中的"始终不渝、排除万难"。

27. C。本题表面是一道生物题,实际是一道常识题,正确答案是 C 项。一般情况下,物体都有热胀冷缩的特性,只有水,在结冰时体积会膨胀。水在3℃时就开始结冰,没有结冰的水又会遵循热胀冷缩的规律,所以只有4℃密度最大,不至于结冰。AB两项比较容易排除,D项的错误在于"使湖面与湖底温度一致"的说法不合常理。故只有C项是正确的。

28. B。本题考查生物学知识,正确答案是B项。A项的问题在于,处于食物链上最高营养级的动物不被捕食。C项的问题在于,肉食动物不吃植物,并且有的植食动物不吃多种植物,例如:大熊猫。D项的问题时,每一种生物可以位于几条食物链上。

29. B。本题考查植物学常识,正确答案是B项。根瘤细菌能把氮气固定成为含氮养料,而豆科植物为根瘤细菌提供了有机养料,因此它们的关系是互利共生。

30. C。本题考查的是化学常识,正确答案是C项。原子是化学变化的最小粒子,在化学反应中不能再分。A、B、D之所以能够实现,就是由于没有分裂原子核,原子不改变而生成新离子、新分子、新同素异形体。生成一种新的同位素就是生成一种新原子。例如铀—235和铀—238是两种不同的铀原子,它们的质子数相同,中子数不同,人们将原子里具有相同的质子数和不同的中子数的同一元素的原子互称为同位素。生成新的同位素需要改变原子核,再分原子,这已不在化学反应的范围之内了。

三、阅读理解题

（一）草莓

31. A。注意从本段段意上把握。本段要表明的主要意思在于"夏意正浓",第一空如果用"一些",表达的意思就比"个别"重了。第二空,"一片"极言其少,"几片"就会使"夏意"显得有些淡了。第三空,"慢慢"一词更趋向口语,表达意思也不如"仔细"来的准确。而且"慢慢"寻找也未必能发现,只有"仔细"寻找才能发现。

32. C。"时值九月,但夏意正浓"表明当时已是秋季,而不是"盛夏"。

33. A。这道题就要注意托物言志的散文的基本特点了。前面分析过了,文章前一半描写物的特征,是为后面言志服务的,第5段和第3段是互相照应的。这句话实际就照应了第5段的"直到那时我们才察觉我们度过的每一天时光,都赋予我们不同的色彩和形态"。这就是作者要强调的内容。

34. C。"成为我们禀赋的东西永远不会改变"的说法实际是"我们常以为",是错误认识。

35. A。从托物言志散文的特点我们可以知道,作者写物的特征是为了言志服务的,文中的这句话实际是为了引起对六月草莓最盛时光的回忆与感叹,与第5段相呼应。

（二）群英会蒋干中计

36. A。本题考查词语的理解,正确答案是A项。谨,在此是敬词,表示恭敬。

37. D。本题考查对内容的理解,正确答案是D项。对这句话理解错误的原因在于对"见"字意义的理解,"见"放在动词前面时,常常表示对方对自己有所动作。"幸勿见疑"是"希望不要怀疑我"。

38. D。本题考查句意的理解,正确答案是D项。应该是"周瑜装作从梦中忽然醒过来的样子",不能说"在梦中装作"。

39. A。本题考查句意的理解,正确答案是A项。注意前后语境。

40. C。本题考查对文学作品的鉴赏,正确答案是C项。这正是本文的精妙所在。周瑜就是要让蒋干相信自己昨天晚上是真的醉了,才会这样疏忽,同时,也要以此逼蒋干早一点离开。

（三）"好为人师"当赞

41. B。根据前后语境判断。

42. C。AB各说了一半，都不够全面；D欠具体。

43. A。

44. A。B项的"谦虚的美德"、C项的"擅长讲话"、D项的"反传统精神"都概括失当。

45. C。扣住文章主旨考虑。

（四）仿生学

46. A。荒诞不经，荒唐离奇，不合情理。莫名其妙，是表示很奇怪，不明白是怎么回事。从句子看，是说这类事情不合情理，而不是人主观上感受如何，所以应该选"荒诞不经"，排除BD。恍然大悟，意思是忽然间明白过来了；了如指掌，比喻对事物了解得非常清楚。"对仿生学的重要性"，从认为不合情理倒明白是怎么一回事，应该是恍然大悟；仅仅看到一些动物的本事，就对仿生学"了如指掌"，显然不合情理。排除C项。出类拔萃，指人的品德才能出众，无与伦比指事物非常完美，没有能和它相比的。句子说传声器灵敏度高，显然不能用"出类拔萃"，只能是"无与伦比"。

47. C。下定义的方法：种差加属概念。"仿生学"的属概念是"新兴学科"，"探索动物器官是如何工作，以便人类加以模仿、使用"是它与其他学科不同的地方。A项表达的是仿生学产生的目的及背景，B项是仿生学的构成，D项是把前三项内容合在一起，冗余信息过多。

48. B。注意"主要"二字，这句话是本段的主旨句，接下来就是对这句话的进一步解说。"也许，现代科学家研究蝎子、蟾蜍、盲鱼或蜘蛛（也还包括蝙蝠、甲鱼、电鱼和电鳗、老鼠、蚂蚁、蝗虫、蜥蜴，以及其他许多动物），看起来确实有些荒诞不经。"其他项都不是主要原因。

49. C。这句话的宾语是"甲虫能用眼睛准确地测定背景移动的速度"这个主谓短语。

50. B。没有下定义。

郑重声明

高等教育出版社依法对本书享有专有出版权。任何未经许可的复制、销售行为均违反《中华人民共和国著作权法》,其行为人将承担相应的民事责任和行政责任;构成犯罪的,将被依法追究刑事责任。为了维护市场秩序,保护读者的合法权益,避免读者误用盗版书造成不良后果,我社将配合行政执法部门和司法机关对违法犯罪的单位和个人进行严厉打击。社会各界人士如发现上述侵权行为,希望及时举报,本社将奖励举报有功人员。

反盗版举报电话　(010)58581897　58582371　58581879
反盗版举报传真　(010)82086060
反盗版举报邮箱　dd@hep.com.cn
通信地址　北京市西城区德外大街4号　高等教育出版社法务部
邮政编码　100120

特别提醒　"中国教育考试在线"http://www.eduexam.com.cn 是高教版考试用书的专用网站。网站本着真诚服务广大考生的宗旨,为考生提供了名师导航、下载中心、在线练习、在线考场、图书浏览等多项增值服务。高教版考试用书配有本网站的增值服务卡,该卡为高教版考试用书正版书的专用标识,广大读者可凭此卡上的卡号和密码登录网站获取增值信息,并以此辨别图书真伪。